가쿠다 미쓰요(角田光代)

문학성과 대중성을 동시에 인정받아 현재 일본문학에서 가장 주목받는 여성작가. 2005년 《대안의 그녀》로 132회 나오키상을 수상하며 여러 평론가에게 '어느 하나 버릴 작품이 없는 작가'라는 극찬을 받았다.

1967년 가나가와현에서 태어나 와세다대학 제1문학부를 졸업했다. 1990년 《행복한 유희》로 가이엔 신인문학상을 수상하며 문단에 데뷔했다. 1999년 《납치여행》으로 제46회 산케이 아동출판문화상 후지TV상, 2003년 《공중정원》으로 부인공론문예상 등  《록 엄마》로 가와바타 야스나리 ◯◯◯◯◯◯◯◯◯◯◯◯◯◯◯◯을 수상하며 문학적 입지를 확고 ◯◯◯◯◯◯◯◯◯◯◯

국내에는 《대안의 ◯◯◯◯◯◯◯◯◯◯◯◯◯◯◯◯◯◯, 《종이달》, 《평범》 등의 소설과 ◯◯◯◯◯◯◯◯◯◯◯◯◯◯ 되었네요》 등의 에세이가 소개◯◯◯◯◯

권인옥

외국어의 숲에서 원작가가 다룬 섬세하고 긴장된 언어 사이의 질서를 우리말로 옮기겠다고 마음먹다. 문화와 언어는 달라도 아이를 낳고 키우는 엄마만이 가지고 느낄 수 있는 미묘한 떨림과 감정의 흐름을 따라잡아 보려고 애쓰다. 우리말로 옮겨 놓고 수없이 다듬으며 다른 언어의 줄기와 가지, 잎사귀를 재배치하는 작업에서 가능한 한 원작가가 더듬은 나뭇결을 최대한 그대로 살리겠다는 생각을 하다. 부족하지만 덕분에 이 소설을 읽고 옮기는 행복을 누릴 수 있었다. 에세이집 《비늘》(2009), 《느낌표 그리고 마침표》(2013)가 있다.

김경림

성신여대 일어일문학과를 졸업하고 동경여대 언어문화학과에서 연구생으로 있으면서 언어의 생명력에 매력을 느꼈다. JETRO 서울센터, POSCO 도쿄지점, LG투자증권도쿄사무소 등에서 근무하면서 한국과 다른 일본 문화를 체험했다. 일본에서 약 10년간의 생활을 거쳐 일본어 통역 및 번역전문가로 활동 중이다. 무라카미 하루키의 〈조선일보〉 인터뷰를 통역했다. 《야쿠자경영학》(2009)과 기타 학술서 및 논문을 번역했다.

숲속에
잠든
물고기

나남
nanam

나남문학번역선 20

숲속에 잠든 물고기

2018년 11월 20일 발행
2018년 11월 20일   1쇄

지은이	가쿠다 미쓰요
옮긴이	권인옥·김경림
발행자	趙相浩
발행처	(주) 나남
주소	10881 경기도 파주시 회동길 193
전화	(031) 955-4601(代)
FAX	(031) 955-4555
등록	제 1-71호 (1979. 5. 12)
홈페이지	http://www.nanam.net
전자우편	post@nanam.net

ISBN 978-89-300-0920-1
ISBN 978-89-300-0909-6 (세트)

숲속에 잠든 물고기

가쿠다 미쓰요 장편소설

권인옥 · 김경림 옮김

나남
nanam

MORI NI NEMURU SAKANA by Mitsuyo Kakuta

Copyright © Mitsuyo Kakuta, 2008

All rights reserved.

Originally published in Japan in 2008 by Futabasha Publishers Ltd.

Korean translation copyright © 2018 by NANAM Publishing House

This Korean edition published by arrangement with Kakuta Mitsuyo Office, Ltd. / Bureau des Copyrights Français, through HonnoKizuna, Inc., Tokyo, and Tony International.

매스컴에서 등장하는 일상에서의 여러 사건이 너무나 충격의 연속이라 웬만한 사건은 또 이런 일이 벌어졌네 하는 정도로 무감각해져 버린 요즘, 이 소설에 등장하는 인물들과 사건은 새로운 관심을 끌지 못할지도 모르겠다.

그러나 국내에서도 유명한 유치원에 아이를 입학시키기 위해 부모는 물론 할아버지, 할머니, 이모까지 줄 서야 할 정도로 치열한 경쟁이 벌어진다는 뉴스를 보면, 이 소설이 유별난 사람들이 벌이는 유별난 사건이 아니라 우리 주변에서 보통 사람들이 늘 느끼고 가슴 졸이는 일을 섬세한 필치로 그 심리를 따라가며 묘사했음을 알 수 있다. 읽는 사람 누구나 그중 한 사람이 될 수도 있을 것이다.

이 소설 《숲속에 잠든 물고기》는 일본에서 1999년에 일어난, '수험 살인'이라고 칭하는 유아살인사건을 모티브로 했다. 그러나 실제 사건을 따라가며 전개·서술하는 것이 아니라 비슷한 나이의 아이를 둔 엄마들 사이에서 있을 수 있는 미묘한 심리 묘사와 갈등, 불안을 통해 우리의 모습을 투영하고 있다.

명문대학에 입학하는 것이 성공의 보증서라도 되는 듯한 사회적 분위기에서, 교육의 첫걸음이라고 할 수 있는 유치원에 처음으로 아이를 보내려는 엄마들은 더 나은 교육여건을 갖춘 유치원을 찾고자 한다. 거기에서 만난 엄마들과 정보를 나누면서 의도하지 않게 자녀들을 비교하고 자신을 아이와 동일시하게 된다.

부모들 사이의 양육방침 차이에서 오는 흔들림, 일관된 양육방침을 지탱해 주는 경제적 격차에서의 좌절, 본인이 부모로 인해 어린 시절에 받은 상처나 학창 시절에 겪었던 따돌림의 상흔, 형제자매 사이에서 일어나는 묘한 경쟁심리가 뒤섞인다.

마음속에만 머물던 이 혼란스러운 감정들은 어느 순간, 어떤 행동으로 옮겨진다. 작가는 그 과정에서 잃었던 자신을 찾아가는 다섯 엄마 사이의 관계를 통해 엄마라는 존재 속 뒤끓는 감정의 소용돌이를 세밀하게 펼쳐 보인다.

경제적 여유도, 학교도, 나이도 다르지만 비슷한 나이의 아이들을 통해 알게 되어 '엄마친구'(ママ友)가 된 다섯 명의 엄마가 겪어 내야만 했던 미묘한 갈등과 불안, 시새움, 절망, 의심 등이 뒤섞여 누구라도 그랬음 직한 심리를 따라가면서 극단적인 행동으로 옮기느냐 옮기지 않느냐의 차이일 뿐이라는 것을 보여준다.

시아버지의 유산을 발판 삼아 꿈이었던 도심의 맨션으로 무리해서 이사한 마유코, 시새움이 많고 다른 사람을 쉽게 믿지 못하는 성격의 요코, 세련되고 경제적 여유가 있으며 아이를 소신껏 양육하려고 애쓰지만 동생의 자유로운 라이프스타일에 주눅 들어 불편한 심경인 치카, 소심하고 예민하며 남편에 위축되어 자기 목소리를 내지 못하는 히토미, 무심한 남편과 타성에 젖은 결혼생활을 하면서 결혼 이전부터 알고 지내는 남자친구를 만나다가 문제에 부딪친 가오리가 그들이다.

작가가 등장인물을 통해 말하듯 매일 식사를 준비하고, 세탁기를 돌리고, 청소하고, 아이 키우고, 누군가를 의심하고, 누군가를 부러워하고, 누군가를 겁내고 있을 동안에도 세상은 돌아간다. 끝나지 않는다. 한때의 의심과 시새움이 결정적으로 되돌릴 수 없는 순간이 되기도 하고 더할 나위 없이 친하게 느껴지던 관계가 다시는 보고 싶지 않은 소원한 관계로 변해 버리기도 하지만 세상은 끝나지 않고 돌아간다. 그 속에서 살아가는 우리는, 한때 미치도록 최선을 다한다고 했던 일들이 지나고 보면 부질없는 욕심과 분별없는 생각의 결과였음을 시간이 지나고서야 알게 된다.

많은 사람이 각자 다른 숲속을 헤매고 있다. 성공을 향해 달리는 멀고 어두운 숲. 경제적 여유를 갖기 위해 지나가야만 하는, 그러나 방향을 알 수 없는 축축한 숲. 그중 아이들의 미래를 위한다는 명분인 사교육의 숲에서 지치도록 헤매고 있는, 제대로 앞을 내다보지 못하고 서로와 부딪치며 상처 입고야 마는 수많은 엄마와 아이들은 언제쯤 눈부신 밖으로 빠져나올 수 있을까. 일본과 비슷한 교육환경을 견뎌야 하는 한국의 부모에게도 해당하는 이야기라고 생각해 이 소설을 옮긴다.

어느 날 우연한 기회에 만난 이 소설을 읽고 아이를 키우는 엄마만이 느낄 수 있는 세밀하고 섬세한 심리적 감정 변화, 그 감정 변화가 끌고 가는 긴박한 속도감에 빨려들어 이 소설을 많은 사람과 만나게 하자고 생각했다. 도쿄에서 아이를 낳고 키우며 직장생활을 하면서 현지의 생생한 육아현장에 몸담았던 김경림 씨, 소설의 세밀한 표현을 함께 고민하며 다듬었던 김경아 씨, 그리고 이 소설은 우리 현실과도 맞닿아 있으므로 우리 독자들에게도 읽을 기회를 주는 것이 좋겠다며 번역하고 다듬고 출판하는 일에 앞장선 나. 이 세 사람의 땀과 정성이 모여서 한 편의 옮긴 소설로 탄생했다는 점을 밝힌다.

2018년 8월
권 인 옥

숲속에
잠든
물고기

차례

등장인물

시게타 마유코　　개방적이고 꾸밈없는 성격이다. 시아버지의 유산 덕에 꿈이었던 도심의 맨션으로 이사한다. 첫 아이로 레나를 낳는다.

구노 요코　　다른 사람을 쉽게 믿지 못하며 의심이 많다. 낯을 많이 가리는 아들 가즈토시가 있다.

다카하라 치카　　세련되고 경제적 여유가 있으며 대인관계가 좋다. 아이를 혼내지 않는다는 교육방침을 지녔다. 아들 유타와 딸 모모코를 기른다.

고바야시 히토미　　겁이 많고 신중하며 가끔 지나치게 예민하다. 자원봉사서클에 참가하고 있다. 아들 고타로와 딸 아카네가 있다.

에다 가오리　　마유코와 같은 맨션에 산다. 무심한 남편과 타성에 젖은 결혼 생활을 하며 불륜 상대가 있다. 딸 에리카에게 엄격한 편이다.

제1장

1996년 8월

공원의 녹음은 한층 짙어지고 모습을 숨긴 매미들이 경쟁이라도 하듯 울고 있다. 선풍기를 강으로 틀어 놓고 다다미바닥에 드러누워 여성잡지를 뒤적이던 시게타 마유코는 '하루 20개 한정 매혹의 밀크푸딩'을 판매하는 다이칸야마의 케이크 가게를 빨간색 사인펜으로 동그라미 치며 목에 걸치고 있던 수건으로 이마의 땀을 닦았다. 전기 코드를 뽑아 놓은 에어컨을 힐끗 올려다본다. 전기 코드를 다시 꽂고 에어컨 전원을 켜고 싶은 충동과 몇 초 동안 갈등한다. 아―아―. 마유코는 일어나 부엌으로 향한다. 면으로 된 원피스가 땀으로 몸에 들러붙는다. 냉동실에서 아이스크림을 꺼내 부엌바닥에 털썩 주저앉아 먹기 시작한다.

철저히 절약하자고 선언한 것은 마유코였다. 올해 초부터 냉난방을 켜지 않았다. 남편인 유스케의 맥주도 금지하고 값싼 대용

량 소주를 마시게 하는 게 다였다. 남편의 용돈은 한 달 3천 엔. 욕조의 물을 세탁용 물로 재사용하고, 화장품은 샘플로 때우고, 실내 전기제품은 모두 콘센트에서 코드를 뽑아 놓았으며, 샤워 대신 욕조에 받아 놓은 물로만 머리도 감고 몸도 씻었다. 마지막 으로 외식을 한 것은 작년 마유코 생일이었다. 아—아—. 마유 코는 일부러 큰 소리를 내어 본다.

언제까지나 이런 낡은 아파트에서 살고 싶지는 않았다. 고향에 있는 친구들은 모두 분양받은 맨션이나 단독주택에 살고 있다. 도쿄와 이바라키의 토지와 건물값이 다른 것은 당연하지만 그래 도 부럽지 않은 것은 아니었다. 자기 집을 소유한 친구들은 하나 같이 홈 파티를 기획하고 마유코에게 전화를 걸어 초대했지만, 물론 그 누구의 집에도 가지 않았다. 그저 남의 집을 구경하기 위 해 전철을 몇 번이나 갈아타고 갈 필요가 뭐람.

추위도 더위도 참아 가며 가짓수 적은 반찬에 저녁을 먹고 10시 에는 집 안의 모든 전원을 끄고 잠자리에 드는 생활을 하며, 마유 코는 맨션이나 단독주택의 계약금을 모을 수 있는 날이 과연 올까 싶었다. 올 초부터 8개월간 착실하게 정기적금을 붓고는 있지만 지금까지 모은 돈은 50만 엔 정도. 계약금으로 500만 엔이 필요 하다고 치면 앞으로 6년은 더 걸릴 것이다. 그런 생각을 하니 아 득해졌다. 마유코는 빈 컵을 싱크대에 던져 놓고는 창문을 열어 놓은 다다미방으로 돌아가 다시 누워 버렸다. 거침없이 들려오는 매미 소리를 들으며 여성잡지를 뒤적인다. 소 한 마리당 100그램

밖에 나오지 않는 귀한 부위를 사용한 마쓰자카 와규의 타르타르 스테이크를 파는 긴자의 레스토랑이 실린 페이지를 접어 둔다. 미용실을 하는 친구가 신간을 사면 보내 주는 지난 호 여성잡지가 방 한구석에 쌓여 있다. 잡지의 거의 모든 페이지가 접혀 있고 가게 몇 곳에는 빨간 사인펜으로 동그라미 표시가 그려져 있다. 단독주택은 무리일 테니 맨션을 구입하고 원하는 만큼 사치를 부려도 될 때가 오면 표시해 놓은 모든 가게에 가볼 작정이었다. 매혹의 밀크푸딩을 사고, 타르타르스테이크를 먹고, 다른 손님들처럼 줄을 서서 와플을 사고, 성게알을 소금과 함께 내는 초밥집에도 가고, 벨기에산 초콜릿을 아침식사로 먹어야지. 그렇게 마음먹고 있었다.

'근데 좀 무거운데.'

잡지를 들고 있던 팔이 저리자 마유코는 다시 엎드려 누웠다. 매미의 울음소리와 뛰어노는 아이들의 목소리가 들려온다.

*

시게타 마유코가 엎드려 누운 채로 잡지에 빨간 펜 표시를 하고 있을 즈음, 구노 요코는 세 살 아들을 데리고 마루토크슈퍼마켓에 있었다. 이 동네에 산 지 4년 가까이 되지만 주변 편의시설은 아직도 불편하게 여겨졌다. 상점가도 없고, 세탁소는 큰길에나 나가야 하나 있을 뿐이고, 서점도 비디오대여점도 약국도 문구점

도 걸어서 갈 수 있는 거리에는 하나도 없다. 마루토크는 슈퍼마
켓이라고 부르긴 하지만 세이유나 도큐스토어 같은 대형 슈퍼마
켓과는 비교도 안 된다. 채소와 고기, 생선 등을 조금 풍부하게
갖춘 편의점에 가깝다.

요코가 태어나고 자란 나가노의 마을도 비슷한 상황이었지만
이곳은 시골 마을이 아니다. 고층빌딩과 고층맨션이 늘어선 도심
인데도 이렇게 불편하다니.

조금 전까지 엄마에게 딱 붙어 있던 가즈토시의 모습이 보이지
않자 요코는 당황하여 좁은 가게 안을 찾아 나섰다. 가즈토시는
과자 진열대 앞에 쪼그리고 앉아 있었다. 엄마를 보고는 싱긋 웃
는다.

"뭐 사고 싶은 거 있니?"

요코는 몸을 숙여 물었다.

"아뇨, 엄마, 갖고 싶은 거 없어요."

가즈토시가 웃는 얼굴로 대답한다.

"그래, 가즈토시. 아주 착하구나."

엄마가 칭찬하자 가즈토시는 양손으로 얼굴을 가리더니 꺄ㅡ
하고 소리 내어 웃는다.

오른손에는 슈퍼봉투를, 왼손에는 가즈토시의 작은 손을 잡고
요코는 큰길가를 걸었다. 3차선 도로에는 끊임없이 차들이 달리
고 있다. 큰길가 도로변에는 고층건물이 늘어서 있어 마치 거대
한 담처럼 보인다.

4년 전, 구노 신이치와 결혼한 요코는 처음 이 동네로 이사를 왔다. 도쿄에서 대학을 다녔던 터라 도쿄에 사는 것은 두 번째였다. 넓은 도로와 그 주변으로 죽 들어선 고층맨션을 보는 순간 요코는 흥분되었다. '도쿄에 사는구나!' 싶었다. 10대 후반부터 20대 전반까지 도쿄에 살기는 했지만 쭉 기숙사 생활을 했기 때문에 도쿄에 살고 있다는 실감을 하지는 못했다. 그런 채로 고향으로 돌아갔다. 그래서 결혼하고 이사 온 이 동네가 비로소 도쿄인 듯 느껴졌다. 멋진 미래가 벌써 손에 잡힌 듯했다. 아직 가즈토시를 임신하기도 전이었다.

　조금 걸었을 뿐인데 땀이 났다. 요코가 사는 맨션은 큰길에서 들어선 언덕배기에 있다. 이탈리아 레스토랑의 모퉁이를 돌아 언덕을 한참 올라간 요코는 가즈토시의 머리카락이 젖어 있는 것을 보고는 쭈그리고 앉아 가방에서 손수건을 꺼냈다. 손수건으로 가즈토시의 젖은 머리카락을 닦아 주고 얼굴의 땀도 닦아 주었다.

　"집에 가면 엄마가 빙수 만들어 줄게."

　"야, 신난다!"

　요코가 말하자 가즈토시는 폴짝폴짝 뛰었다.

　아이의 손을 잡고 다시 언덕을 오르기 시작했다. 언덕길 저 끝이 아지랑이가 피어오르듯 가물거렸다.

구노 요코가 아들과 언덕길을 오르고 있을 때, 다카하라 치카는 스포츠클럽의 탈의실에서 거울 앞 의자에 앉아 머리를 말리고 있었다. 늘 하던 코스대로 운동을 시작하기 전에 신체측정을 한 결과, 상반신 근육량이 늘고 체지방이 0.2% 줄었다. 상반신 근육량은 웬만해서는 수치가 바뀌지 않았기 때문에 치카는 기분이 좋아졌다.

"다카하라 씨, 오늘 에어로빅은 안 해?"

거울에 비친 치카를 보며 머리를 하나로 묶은 여성이 말을 걸었다. 치카는 에어로빅 수업에서 자주 보던 그녀의 이름이 생각나지 않았지만 "오늘은 5킬로 뛰었으니까 괜찮을 거 같아서. 그것보다 봐요, 어때요?" 하며 오른팔을 구부려 알통을 만들어 보였다.

"와, 뭐야? 어떻게 한 거야?"

그녀가 가까이 다가와 치카의 팔뚝을 만져 본다.

"근육량이 늘었거든요. 드디어."

"어머, 대단해요. 팔뚝은 근육이 좀처럼 안 붙는데. 근데 다카하라 씨는 신경 쓰일 정도의 지방도 없잖아요."

"없으면 이런 데 오지도 않죠."

그녀는 하하 웃더니 "그럼 갔다 올게요"라며 거울 앞을 떠났다.

스포츠클럽 데스크에서 회원증을 돌려받고 출입구 근처 소파에 앉아 휴대폰으로 친정어머니에게 전화를 걸었다.

"엄마, 유타 지금 뭐 해요?"

맡기고 온 아들에 대해 묻자, 방금 잠들었다며 어머니가 대답했다.

"그래요? 그럼 쇼핑하고 가도 괜찮을까. 뭐 필요한 거 있음 말해요. 사다 드릴게. 응, 응, 알았어. 괜찮아, 차로 움직이니까 무거운 것도 상관없어. 네, 4시쯤 거기로 갈게요. 3시 반 되면 유타 깨워 줘. 잊지 말고요."

치카는 다짐이라도 받듯이 3시 반이라고 반복해서 말하고 스포츠클럽을 나와 뒤편에 있는 주차장으로 갔다. 차 문을 열자 그늘에 세워 두었는데도 안이 사우나처럼 더웠다. 냉방 스위치를 켜고 모든 창문을 내리고 시동을 걸었다. CD를 틀고 치카는 핸들을 돌려 주차장을 나왔다. CD에서 흘러나오는 U2의 노래는 남편 켄의 취향이다.

"닭 간, 간장, 수박, 그리고 스키야키 재료랬지."

방금 전 어머니가 부탁한 것을 잊어버리지 않도록 치카는 반복해서 되뇌었다. 차 안이 겨우 시원해지자 치카는 내렸던 모든 창문을 닫았다. 고기보다 생선을 좋아하는 부모님이 스키야키 재료를 부탁했다는 것은 치카와 유타도 저녁을 먹고 가게 하려는 거라고 생각했다. 수박도 유타가 좋아하는 과일이다. 이따가 켄에게 전화해서 일찍 들어올 거면 친정에 들르라고 말해 놔야겠다. 그러면 저녁 준비는 안 해도 되겠지.

빨간 신호등이 켜지자 차를 세우고, 치카는 CD데크에서 U2를 빼고 엔야의 CD를 넣었다. 시원한 차 안에 마치 물결처럼 음악이 펼쳐진다. 태양은 전방 비스듬한 높이에서 여전히 한낮과 같은 강렬한 햇빛을 발하고 있다. 길가의 나무와 건물도 하얗게 빛이 나는 듯했다. 치카는 잠든 유타의 얼굴을 떠올린다. 어른처럼 미간을 찌푸리며 살짝 입을 벌린 채 잠든 두 살배기 아들.

*

치카가 메지로도오리에서 신호 대기를 하고 있을 때 고바야시 히토미는 재봉틀 앞에 앉아 박음질 중이던 커튼 위에 편지를 펼쳐 놓고 읽고 있었다. 발밑에는 타월 천으로 만든 이불을 덮은 아들 고타로가 잠들어 있다. 고속도로를 달리는 자동차 소리가 빗소리처럼 방 안으로 흘러들어 온다.

편지는 '풍선 모임'의 바바 요시에가 보낸 것이다. 이번 가을에 33세가 되는 히토미가 풍선 모임에 들어간 것도 벌써 10년 가까이 되었는데 최근에는 두 달에 한 번 보내오는 회보지를 뜯어보지도 않고 버릴 정도로 소원해졌지만 요시에와는 꾸준히 연락하고 있었다. 삿포로에 사는 요시에는 히토미보다 두 살이 많으며 간병복지와 관련된 일을 하고 있다. 요시에도 히토미도 전화통화를 좋아하지 않는 편이라 편지를 주고받는 관계가 유지되고 있다.

요시에의 편지 내용은 두 달 전에 받은 편지와 거의 바뀌지 않았다. 풍선 모임에서 알게 된, 요코하마에 사는 남성에게 호감을 느끼고 있다는 것, 하지만 몇 년 동안이나 남성과 사귄 적이 없다 보니 어떻게 거리를 좁혀 가야 할지 모르겠다는 것. 두 달 전 편지에는 여름에 휴가를 받아 유럽을 혼자 여행할 생각이라고 써서 히토미를 놀라게 했는데, 오늘 낮에 받은 편지에는 결국 휴가를 받지 못해서 포기하기로 했다고 쓰여 있었다. 히토미는 휴가를 받지 못한 게 아닐 거라는 생각이 들었다. 가려고 했지만 막상 떠나려니 겁이 났던 것이겠지.

히토미는 요시에와 자신이 닮았다고 생각했다. 그래서 풍선 모임에서도 친해졌고 지금까지도 연락을 주고받는 것이라고. 둘 다 겁이 많고, 신중하고, 딱히 솜씨도 없고, 어딘가 지나치게 예민한 부분이 있다. 그런 요시에가 혼자 외국을 여행한다는 얘기를 들었을 때는 왠지 따돌림을 당한 것 같다는 생각조차 들었다. 이번 여름 그녀가 나 홀로 여행을 포기했다는 말에 히토미는 깊은 안도감을 느낌과 동시에 안도하고 있는 자신에게 혐오감을 느꼈다.

앙 하고 응석 부리는 소리를 내며 고타로가 잠에서 깨어났다. 누운 채로 칭얼대기 시작한다. 히토미는 편지지를 봉투에 넣고 서둘러 고타로를 안아 올렸다.

"일어났구나, 고타로. 일어났구나."

안아 올리며 달랬다. 곧 세 살이 되는 고타로는 히토미의 목덜미에 매달리듯 달라붙어서 울고 있다.

"알았어, 알았어. 잘 잤니, 고타로. 울지 않아도 돼. 시원해지면 슈퍼에 가자. 오늘은 뭐 먹을까?"

히토미는 고타로의 작은 등을 쓰다듬으며 노래라도 부르듯 이야기를 건넨다. 이 맨션으로 이사 온 지 3년, 아직 커튼을 달지 않은 창문을 통해 바깥을 내다본다. 빗소리와 같은 자동차 소음이 끊이지 않고 방 안으로 흘러들어 온다.

*

히토미가 고타로를 달래고 있을 그때, 에다 가오리는 메이지도오리를 달리는 택시 뒷좌석에 앉아 손목시계를 확인하고 있었다. 3시 40분. 약속시각은 5시였다. 한 시간이나 먼저 약속장소에 도착하게 되었다. 가든플레이스에 있는 미쓰코시백화점을 쳐다보며 시간이 남으면 차라도 마시며 기다려야겠다고 생각했다.

가오리는 4시 조금 전에 택시에서 내려 가든플레이스 내의 상점들을 둘러보며 걸어 보지만 오늘따라 쇼핑할 생각이 들지 않아 위층에 있는 서점으로 향한다.

신간 코너를 둘러보고 매대에 진열해 놓은 문고판 코너를 지나 논픽션, 해외문학 책들을 둘러보고는 아동서적 코너로 향한다. 딸아이 에리카가 히라가나를 읽고 쓸 수 있게 된 것은 작년이었다. 아직 유치원에 다니는 에리카는 히라가나가 많은 책이라면 그림책이 아니어도 읽을 수 있게 되었다. 최근 가오리는 《엘머와 드래곤》이나 《싫어 싫어 유치원》, 《숲속의 헤나소우루》, 《개구리 엘타》 등 자신이 어릴 때 읽었던 책들을 에리카에게 사다 주는

데 정성을 쏟고 있었다. 어느덧 여러 권의 책을 들고 서 있다. 하지만 약속장소에 이 책들을 가지고 가도 될지 고민되었다. 무겁기도 하고 누가 봐도 아이엄마 같은 모습이었다. 택배로 부칠까 어쩔까 고민하다가 결국 한 권씩 원래의 자리에 되돌려 놓는다. 여기가 아니면 살 수 없는 책도 아니니까.

아동도서 코너를 나와 다시 신간 코너를 둘러보고 가오리는 서점을 나왔다. 자신이 조심스레 여성지 코너를 피해서 걷고 있었다는 것도 안다. 화장실에 가서 화장을 고친다. 아직도 시간이 이르긴 하지만 가오리는 가든플레이스를 나와 웨스틴 호텔로 향했다.

1층 카페에 다야마 다이스케의 모습은 아직 보이지 않았다. 가오리는 종업원에게 한 사람 더 올 것이라 말하고 흡연석으로 부탁해 자리에 앉았다. 아이스커피를 주문했다.

'오늘은 꼭 매듭을 지어야지' 하고 가오리는 손님들이 듬성듬성 앉아 있는 카페를 둘러보며 생각했다. 오늘은 절대로 실패하지 않을 것이다. 당신을 만나는 것도 오늘이 마지막이라고 다이스케에게 말할 것이다.

다야마 다이스케는 가오리가 이전에 다녔던 출판사에서 상사였던 남자다. 가오리가 출판사를 그만둔 것은 6년 전이다. 출산 2개월 전까지 근무했다. 여성패션잡지와 정보지, 만화잡지 등을 주로 발행하는 출판사에서, 가오리는 몇 번의 이동을 거쳐 20대 직장여성을 타깃으로 한 인테리어잡지 편집부에 배속되었다. 다야마 다이스케는 당시 편집부장이었다. 그리고 남편인 에다 마모루를 알기 전부터 가오리는 다이스케와 비밀리에 교제하고 있었다. 에다 마모루와 교제를 시작했을 때도 가오리는 다이스케와 만나고 있었고 결혼 후 에리카를 임신했을 때도 연락을 주고받는 사이였다. 사실은 에다 마모루와의 교제, 결혼, 임신, 모든 것이 다이스케를 잊기 위한 것이었다. 아니 정확히 말하자면 다이스케에게 부담을 주고자 이런 것들을 결심했다. 가오리는 인정하고 싶지 않지만 본인도 알고 있는 사실이다. 다른 남자와 교제하면 다이스케가 당황할 것이라고 생각했다. 다른 남자와 결혼하기로 했다고 하면 다이스케가 막을 것이라고 생각했다. 임신했다고 하면 다이스케는 서둘러 자신들의 관계를 진전시킬 것이라고 생각했다. 하지만 그 어떤 행동도 그는 하지 않았다. 그래서 할 수 없이 마모루와 교제했고 결혼했고 아이를 낳았다.

그렇지 않다고, 가오리는 당연히 마음속으로 반론을 제기한다. 나는 마모루를 정말로 사랑했고, 그와 함께라면 안락한 가정을 꾸릴 수 있다고 생각했고, 출산했을 때는 감격한 나머지 눈물까지 흘렸다. 이 아이는 내가 평생 지켜 준다고 결심했고 지금도 에리카가 없는 건 생각할 수도 없다. 당연하지. 다이스케가 나의 인생을 좌우하고 있을 리 없다. 나의 인생은 이미 그로부터 분리되었으며 나만의 것이다.

가오리는 문득 얼굴을 들었다. 다이스케가 왔다는 것을 그의 모습이 보이지 않아도 알 수 있다. 아니나 다를까 호텔 문을 지나 카페로 들어오는 다이스케의 모습이 보인다. 똑바로 걸어 들어와 자신에게 다가온 종업원에게 무언가 말을 하며 주변을 휙 돌아본다. 가오리와 눈이 마주쳤다. 다이스케는 고지식한 표정으로 한 손을 들며 이쪽을 향해 걸어온다. 벌써 몇 년을 알고 지낸 남자인데 마음이 두근거린다. 빨대의 비닐을 벗기려던 손이 떨리고 있다.

긴장해서 떨리는 거야. 오늘 우리는 헤어지는 거다. 이번에야 말로 내 인생에서 이 남자를 밀어낼 거야. 마지막이니까 만약 자자고 하면 자도 좋겠지. 그 정도는 상관없다. 이런 생각을 하며 건너편 자리에 앉는 다이스케를 향해 웃음을 짓는다.

"많이 기다렸어?"

다이스케가 묻는다.

"쇼핑이라도 할까 해서 일찍 온 거예요."

가오리는 웃으며 대답한다.

제2장

1996년 10월

운동장을 ㄷ 자로 둘러싸듯이 유치원 건물과 교회 건물이 있다. 유치원 입구로 들어가면 작은 신발장이 있다. 신발장에 들어 있는 신발들도 작다. 신발장 안쪽으로 조금 널찍한 공간에 테이블이 놓여 있고 몇 명의 여자들이 줄을 서 있다. 그 줄 맨 끝에 요코가 아들 가즈토시와 함께 서있다. 줄이 점점 짧아졌다. 앞에 있는 여자의 뒷모습을 요코는 뚫어져라 쳐다보고 있었다. 그녀는 빨간색 반팔 니트에 검은색 스키니바지 차림이었다. 가지런히 자른 짧은 헤어스타일 때문에 하얀 목덜미가 드러나 있다. 뒷모습만 보아도 뭔가 세련된 분위기가 느껴졌다. 도서관에서 종종 훑어보던, 젊은 엄마들이 보는 패션잡지에 등장할 것 같은 사람이라고 생각했다.

"엄마!"

느닷없이 큰 소리로 부르는 가즈토시의 목소리가 주위에 울렸다. 앞에 있던 여자가 뒤를 돌아보자 요코는 황급히 시선을 돌렸다.

"여기 어디야? 뭐 하는 데야?"

가즈토시는 일부러 그러는 양 큰 소리로 떠들었고 요코는 입술에 손가락을 대며 쉿 하고 주의를 주었다. 뒤를 돌아본 앞의 여자는 가즈토시에게 웃어 보이고는 시선을 들어 요코에게 웃음을 보였다. 요코는 크게 안도했다. 패션잡지에 등장할 것 같은 여자가 의외로 상냥한 얼굴을 하고 있다는 것에.

마침내 앞 여자의 순서가 되었다. 테이블 앞에 앉은 여성에게 봉투를 내밀었다. 여성에게 서류를 받아 든 그녀는 인사를 하며 떠났다. 요코는 그녀가 내밀었던 것과 똑같은 봉투를 가방에서 꺼내서 내고 마찬가지로 테이블 앞에 앉은 여성에게 서류를 받았다. 맨 윗줄에 유치원 입학심사일 안내라고 적힌 서류의 왼쪽 위에 스테이플러가 찍혀 있다.

줄에서 빠져나와 작은 신발장으로 둘러싸인 현관에서 요코는 먼저 가즈토시의 신발을 신겼다.

"다른 곳도 신청서를 내셨어요?"

누군가 말을 걸어 얼굴을 들어 보니 조금 전의 그녀가 웃는 얼굴로 서 있다.

"네, 저 ⋯ ."

"어디?"

친한 친구에게 말하듯 허물없이 대하는 그녀의 말투에 요코는 멈칫했다. 가즈토시는 멍하니 입을 벌리고 그녀를 올려다보고 있었다.

"나는 이다음에 사쿠라유치원. 일정이 겹치지 않아서. 그래도 제1지망은 여기예요."

개의치 않고 그녀는 말을 이었다. 가즈토시에게 신발을 신긴 후 요코는 자신의 구두를 신고 일어섰다.

가즈토시의 손을 잡고 걷기 시작하자 그녀도 나란히 걸었다. 아무 말 안 하고 있으면 실례겠지, 싶어 요코는 할 말을 찾았다. 하지만 뭐라 말을 걸어야 할지 생각이 나지 않았다.

"남편은 대학부속 유치원이 좋지 않겠냐고 하는데, 아무것도 모르면서 아무 말이나 던지니까 열 받지 뭐예요."

팔에 걸치고 있던 트렌치코트를 입으며 그녀는 그렇게 말하고 웃는다.

"아, 저는 다카하라라고 해요."

갑자기 생각난 듯 말하며 머리를 숙인다.

그렇지, 이름.

"구노예요."

요코도 머리를 숙였다. 더 할 말을 생각해 보지만 머릿속 블랙홀에 말이라는 말은 다 빨려 들어간 것처럼 아무 말도 생각나지 않았다.

"혹시 시간 있으면 잠깐 차라도 하지 않겠어요? 바로 요 앞에 이탈리아 레스토랑이 있어요. 이 시간이라면 차만 마셔도 괜찮을 거예요."

"아, 네, 그래요, 잠깐이라면."

요코는 허둥대며 대답했다.

이탈리아 레스토랑은 큰길가에 있었다. 국기가 펄럭이고 있었다. 이 가게라면 요코도 잘 알고 있다. 가게 모퉁이를 돌아 언덕 위쪽에 요코가 사는 맨션이 있다. 가게에 들어가 본 적은 한 번도 없었지만.

"차만 마실 건데 괜찮은가요?"

유리문을 열며 그녀는 친척 집에라도 온 듯 밝은 목소리로 물었다.

"괜찮대요."

뒤돌아보며 웃는다. '참 예쁜 사람이다'라고 요코는 새삼 생각했다.

가게에 손님은 전혀 없었는데 방금 런치타임이 끝난 듯 몇몇 테이블에는 접시가 놓여 있고 레스토랑 안은 마늘냄새가 가득했다. 그녀는 코트를 벗으며 정리된 테이블로 향했다. 요코는 주변을 둘러보았지만 유아용 의자는 보이지 않았다.

"이름이 뭐니?"

요코가 건너편에 앉자 그녀는 테이블 위로 몸을 내밀며 가즈토시에게 물었다. 가즈토시는 울 것 같은 얼굴로 요코를 올려다보았다.

"가즈토시잖아. 스스로 말할 수 있지?"

요코가 말하자 가즈토시는 양손으로 얼굴을 가리고 만다. 여자는 유쾌하게 웃었다.

"나는 다카하라 치카. 여기 없지만 아줌마한테도 가즈토시랑 같은 나이의 아이가 있단다. 유타라고 해. 친구 해줄 거지?"

"저, 저는 구노 요코예요. 잘 부탁드려요."

그녀가 정식으로 이름을 밝혔기에 자기도 말해야 될 거 같아 요코도 이름을 댔다. 종업원이 주문을 받으러 왔다. 키가 큰 서양인이 와서 요코는 흠칫했다.

"저는 카푸치노 주세요. 요코 씨는?"

"음, 커피로."

"가즈토시는?"

가즈토시는 또 요코를 쳐다본다. 생소한 외국인을 보고 가즈토시도 놀랐는지 엄마의 스웨터 끝을 꼭 잡으며 당장이라도 울 것 같은 얼굴을 하고 있다.

"우리 애는 그냥 물이면 돼요."

"오렌지주스도 있는데요."

서양인 종업원의 말에, 그가 일본어로 말하는 것에 놀라면서 "그럼 오렌지주스로" 하고 요코가 주문했다.

"얼마나 견학했어요? 나는 책을 한 권 써도 될 정도로 돌아다녔어요. 그리고서 최종적으로 고른 곳이 세이에이유치원. 사쿠라유치원도 좋기는 한데 방침이라든가 그런 게 너무 추상적인 거 같아서."

"나는 운동장이 좀 좁은 거 같아서."

머뭇머뭇 요코가 말했다. 말을 뱉고 나니 긴장감이 스르르 풀리는 느낌이 들었다.

"네, 나도 그렇게 생각했어요. 그리고 세이에이유치원의 원장 선생님 말에 감동 먹어서. 감동 먹었다는 말이 좀 그렇지만."

치카가 웃었다.

"'하나의 가치관밖에 보지 못하는 어른으로 만들고 싶지 않다' … 였던가?"

요코도 웃었다.

"그것도 그렇지만 '눈에 보이지 않는 것을 느낄 수 있는 감성을' 이라든가. 그리고 그것도, 왜 나이가 다른 반 아이들이랑 함께 지내는 날도 있잖아요. 우리 애가 아직은 외동이라 가능하면 큰 애들이나 동생들하고도 놀았으면 했거든요."

"그거 좋은 거 같아요. 이 근처 다른 곳에서는 하지 않는 시도이기도 하고."

커피와 카푸치노, 오렌지주스가 나왔다. 요코는 컵에 빨대를 꽂아 가즈토시가 잘 마실 수 있게 도와주었다. 가즈토시는 치카를 빤히 쳐다보며 주스를 마셨다.

"요코 씨, 학원 같은 데 보내요?"

말하기 거북한 말을 하듯 치카가 속삭였다.

"설마요, 그럴 여유 없어요. 게다가 이렇게 어린 애를 학원에 보낸다는 것도."

"그렇지요."

치카의 얼굴이 확 밝아졌다. '표정이 참 풍부한 사람이구나' 하고 요코는 생각했다.

"이 부근에 그런 학원이 많잖아요. 나도 생각해 봤는데, 어차피 언젠가 싫든 좋든 공부해야 할 때가 오는데 지금부터 시키는 것도 불쌍하고."

"여러 생각들이 있으니까요."

요코가 말했다.

"정말 그래요."

치카가 말하며 컵에 입을 대었다. 컵에서 입을 뗐을 때 입술 위에 하얀 거품이 수염처럼 남았다.

"다카하라 씨, 여기."

요코가 웃으며 자기 코 밑을 가리켰다.

"어머, 몰라."

치카는 당황하며 냅킨으로 코 밑을 닦았다. 요코와 얼굴을 마주 보며 함께 웃었다.

심사 당일에는 무엇을 입고 갈 건지, 남편은 무엇을 입을 건지, 어떤 준비를 했는지 치카에게 묻고 싶어서 무엇부터 이야기할까 요코는 머리를 굴리고 있다. 너무 파고드는 듯한 말을 하고 싶지는 않았다. 저, 하고 말을 시작하려 할 때, 가즈토시가 의자 위에서 칭얼대기 시작했다. 엄마, 엄마, 하고 쥐어짜는 듯한 소리로 칭얼대며 몸을 비틀어 댔다.

"면접날에는 당연히 부부가 같이?"

무시하고 요코는 질문을 했다. 대답하려던 치카는 아, 하고 짧게 외치며 엎어질 듯한 컵을 양손으로 잡았다. 몸을 비틀던 가즈토시가 테이블에 부딪히면서 하마터면 컵이 넘어질 뻔했던 것이다.

"좀 얌전히 있어 줄래?"

테이블 밑에서 흔들어 대는 가즈토시의 다리를 요코가 가볍게 쳤다. 기다렸다는 듯이 가즈토시가 울기 시작했다. 진짜로 우는 게 아니고 우는 척하는 거였다. 우는 척이 요즘 가즈토시의 '특기'다.

"가즈토시, 좀! … 미안해요. 시끄럽게 해서."

요코는 왠지 짜증이 나서 치카에게 사과했다.

"가즈토시 얌전하고 착한데요, 뭐. 우리 애는 대단치도 않아요. 아, 애 데리러 갈 시간이네요. 안 데리고 가면 뭐라고 하면서 좀 오래 맡기면 그건 그거대로 잔소리한다니까요."

"시부모님?"

우는 척하며 손발을 휘저어 대는 가즈토시를 제지하며 요코가 물었다.

"아뇨, 친정. 오늘 갑자기 차 마시자고 해서 미안했어요. 그래도 즐거웠어요. 같이 다니게 되면 좋겠네요."

치카가 일어나자 요코도 서둘러 가방에서 지갑을 꺼내며 가즈토시를 일으켜 세웠다.

"내가 오자고 했으니까 내가 낼게요."

"아뇨, 아뇨. 우리 건 낼게요."

"괜찮다니까. 다음에 내세요."

치카는 계산서를 들고 카운터로 가버렸다. 계산을 마치고는 "다음 유치원 접수하는 날 만나요"라며 손을 흔들고 유리문을 열고 나갔다.

"앙, 와앙!"

계속 울어대는 가즈토시를 안고 찜찜한 마음으로 요코는 가게를 나왔다.

몸을 비트는 통에 가즈토시를 내려놓았다.

"이제 좀 그만 울자, 가즈토시."

"와앙….."

가즈토시는 눈물은 흘리지 않는 채로 계속 울어댔다.

"이제 갈 거야."

가즈토시의 손을 잡고 요코는 가게 모퉁이를 돌아 언덕길을 오르기 시작했다. 가즈토시는 여전히 몸을 비틀고 있지만 그래도 얌전히 따라왔다.

잡지에나 나올 것 같은 사람들의 생활은 역시 잡지에 실린 것과 같은 느낌이겠지. 언덕길을 걸으며 요코는 생각했다. 멋진 요리가 담긴 멋진 식기들을 차려 놓고 홈 파티를 하고, 주말에는 가족 다 같이 레스토랑에 가서 식사를 하고, 가끔은 아이들을 친정에 맡기고 부부 단둘이서만 데이트를 하겠지. 요코는 자기와는 너무 다른 생활이 치카의 외모나 몸짓, 말투에서 엿보인 듯했다. 실제로 그녀가 잡지에 등장할 것 같은 생활을 하고 있다고 해도 요코는 부럽지는 않았다. 세상에는 자신과는 거리가 먼 삶을 사는 사람들이 있다는 것을, 따져 보자면 세상은 그런 사람들로 구성되어 있다는 것을, 요코는 학생 시절에 이미 배웠다. 그걸 부러워한다는 것이 얼마나 바보 같은 일인지도. 그래서 단지 그런 사람과 알게 되었다는 것만으로도 기뻤다.

그날 밤, 남편 신이치를 위해 만든 요리를 테이블에 놓으면서 요코는 원서를 내러 갔던 이야기를 해주었다. 하지만 어느새 유치원 이야기가 아니라 오늘 알게 된 아이엄마에 대해 이야기를 하고 있었다. 굉장히 예쁘고 여배우처럼 세련됐고 밝고 상냥한 사람이고…….

"든든한데, 벌써 아는 사람도 생기고."

신이치가 웃는 얼굴로 말하자 요코는 점점 더 기뻐졌다. 조용하고 좀처럼 큰 소리조차 내는 일 없는 신이치가 "당신 이야기는 이제 듣고 싶지도 않아"라고 했던 건 딱 1년쯤 전의 일이었다. 그 당시 요코는 아동관(지역 유아 및 아동의 건강과 정서 지원을 위한 복지시설 — 옮긴이)이나 아동도서관, 공원에서 친구 사귀기에 죄다 실패하고는 남편의 귀가만을 기다렸다는 듯이 새로 알게 된 아이엄마들이나 그녀들의 양육관에 대해, 또는 동네 아동시설이 얼마나 적은지를 비판하거나 한탄하곤 했다. 마음을 터놓을 친구가 생기지 않자 요코는 초조해했고 신문 인생상담 코너에 편지를 쓰려고 할 정도였다.

"당신이 그랬잖아요. 그렇게 초조해하지 않아도 유치원이나 학교에 다니게 되면 귀찮을 정도로 아는 사람이나 친구가 생길 거라고. 정말 그래요. 너무 다행이야."

밥과 된장국을 쟁반에 담아 테이블로 옮긴다. 술을 마시지 않는 남편은 바로 밥부터 먹기 시작했다.

"아직 그 유치원으로 결정된 것도 아니잖아."

"맞아요. 그래도 유치원을 고르는 단계에서 가치관이 비슷한 사람들이 모이게 될 거 같아요. 오늘 다카하라 씨를 만나니 그런 생각이 들어. 그러니까 제2지망, 제3지망 유치원으로 결정되어도 분명히 이야기가 통하는 그런 사람들과 만날 수 있을 거 같아."

"제1지망에 붙으면 제일 좋은데 말이지. 그런 얘기를 들으니 나도 벌써 긴장되는데."

신이치는 이렇게 말하며 밀어 넣기라도 하듯 급하게 밥을 먹는다.

"가즈토시, 나중에 욕실에서 연습하자, 면접날 할 거."

텔레비전 앞에서 쌓기놀이를 하던 가즈토시는 자기 이름이 들리자 팔딱 일어나서는 아빠 다리 밑으로 달려간다. 아직이라니까, 아빠 다 먹을 때까지 기다리라니까. 남편 목소리를 들으면서 요코는 욕실을 청소하러 간다. 제발 붙기를. 다카하라 씨와 같이 세이에이유치원에 다닐 수 있기를. 제발 붙기를. 마음속으로 몇 번이고 되뇌며 요코는 욕조를 청소하기 시작했다.

*

　이삿짐 트럭을 기다리는 동안 시게타 마유코는 할 일 없이 맨션 내부를 돌아다녔다.

　걸어 돌아다니다 보니 어느새 춤이라도 출 듯한 자세가 되었다. 양손을 펼치고 스텝을 밟는다. '믿을 수 없어'라며 마음속으로 중얼거린다. 그거로도 모자라서 "믿을 수 없어!"라고 소리 내어 말을 해 본다.

　맨션 내부는 모든 것이 새것이다. 바닥, 시스템키친, 욕실, 화장실, 모든 방의 벽지까지. 2LDK〔방 2개 + 거실(living room) + 주방(dining room) + 부엌(kitchen)으로 구성된 집 — 옮긴이〕의 방들을 춤이라도 추듯이 몇 번이고 왔다 갔다 하던 마유코는 담배를 들고 베란다로 나갔다. 바람은 차가웠지만 그 차가움조차도 기분 좋게 느껴졌다.

　4층 집에서 베란다를 통해 보이는 전망이 좋다고는 할 수 없었다. 보이는 것이라곤 큰길을 사이에 두고 건너편에 위치한 회색 빌딩. 그 빌딩의 모든 창문이 파랗게 갠 하늘을 비추고 있다. 그래도 창을 통해 앞 건물이 보인다는 점조차도 마유코의 기분을 들뜨게 했다.

　6년간 절약 생활을 지속하지 않으면 맨션 같은 건 살 수 없다고 생각하고 있었다. 도심에 위치한 맨션은 로또라도 당첨되지 않고서는 무리라고 생각했다. 이케부쿠로까지 버스로 10분, 전철로

40분 걸리는 동네, 그것도 경량철골로 만들어진 아파트에서 평생 빠져나가지 못하는 것은 아닐까 생각하며 우울해하고 있었다. 그런데 지금, 나는 이렇게 넓은 맨션에 있다. 욕조의 물을 재가열할 수 있는 기능도 붙어 있고, 시스템키친에는 오븐이 내장되어 있다. 현관은 오토도어락이고 화장실에는 비데가 설치되어 있다. 게다가 월세가 아니라 우리 소유의 집이다. 마유코는 베란다에서 몸을 내밀고 큰 소리고 외치고 싶은 기분이었다. 그 대신 끊임없이 담배를 피워 대며 빈 커피 캔에 재를 떨고 있었다.

올해 여름, 남편 유스케의 아버지가 돌아가셨다. 뇌출혈로 쓰러진 지 이틀 후에 숨을 거두셨다. 시댁이 있는 가와사키에서 마유코도 유스케도 장례식 때문에 며칠간은 정신없이 보냈다. 49재가 있던 날 밤, 시어머니는 유스케와 그의 형 고헤이만을 불러서는 새로 장만한 불단이 있는 방에서 나오지 않았다. 집에도 못 가고 있던 마유코는 고헤이의 부인인 쇼코와 49재 모임의 뒷정리를 하고 있었다. 쇼코는 임신 8개월이었기 때문에 일은 마유코가 거의 다 했다.

"무슨 얘기를 하고 있는 걸까요"라고 마유코가 설거지한 초밥통을 마른행주로 닦으며 쇼코가 말을 꺼내자, "우리만 빼고 이야기하다니 뭔가 기분 나빠"라고 마유코가 말했다. 윗동서인 쇼코는 시어머니나 아주버님과 마찬가지로 싫지도 좋지도 않았지만 시게타 집안사람 중에서는 가장 말이 통하는 사이였다.

"유산분배라도 하는 건가."

쇼코는 그렇게 말하며 웃었다.

"유산 같은 게 뭐 별 게 있겠어요. 혹시 있다고 해도 우리는 아마 못 받겠죠, 차남이라."

마유코는 스펀지를 쥐고 있는 손에 힘을 주며 중얼거렸다.

하지만 실제로 세 모자의 이야기는 유산분배에 관한 것이었다. 그날 밤, 늦게 집으로 돌아가는 전철 안에서 유스케는 어머니의 이야기를 마유코에게 들려주었다. 토지는 아버지가 정년퇴직한 해에 합의하에 어머니를 공동명의인으로 해놓았기 때문에 상속세를 낼 필요가 없다. 아버지가 남긴 저축액과 사망보험금을 합하면 5천만 엔이나 그 이상이 되는데 어머니는 2세대주택(부모와 자식 세대가 같은 건물에 살지만 각자의 독립적인 생활을 유지하는 형태의 동거형주택 — 옮긴이)을 새로 지어서 두 형제 중 한 집과 같이 살고 싶어 했다. 아버지 유산에서 상속 수속에 필요한 변호사 경비, 집을 새로 지을 비용을 빼고 남은 금액을 가족 세 명이서 나누자는 것이 어머니의 의향이라고 했다.

"어머, 그럼 우리도 받는 거야?"라고 얼결에 물은 후 너무 흥분한 것처럼 들릴 거 같아 "우리는 뭐 안 받아도 …"라고 서둘러 말하고는, "2세대주택이니 뭐니 갑자기 말씀하셔도 이사하기도 그렇고"라며 동거 거부의사를 에둘러 덧붙였다.

"근데 동거하는 쪽은 그 특전으로, 표현이 좀 이상하지만 뭐, 그런 거지, 특전으로 좀더 많이 줄 생각이라고 엄마가 말하더라고. 형은 동거를 생각하고 있는 거 같아. 형수님이 곧 애도 낳을 거고. 뭐, 우리도 조금은 받겠지. 정식 상속인 중 한 명이니까.”

흠… 하고 마유코는 고개를 끄덕이며 그다지 기대하지는 말자고 생각했다. 실제로 '조금'일 테니까.

결국, 몸이 무거운 부인을 둔 형이 어머니와의 동거를 승낙했다. 그리고 유스케는 1천만 엔 정도를 받게 되었다. 남편에게 이 보고를 받은 것은 49재 이후 일주일 뒤였는데 마유코는 큰 액수에 놀랐다. 단순계산으로도 모으는 데 10년 이상은 걸릴 금액이다. 실제로 이 돈이 유스케의 계좌에 들어오는 것은 동거할 주택에 대한 견적이 정식으로 결정된 후라고 들었지만 유스케와 마유코는 분양맨션을 사기로 합의했다. 돈이 들어온 후 집을 보러 다니기로 했지만 심심풀이로 주택정보지를 훑어보던 마유코는 점점 흥분해서는 도쿄 도내의 부동산업자에게 연락해 매물을 보러 다니기 시작했다. 마유코는 어떻게든 도심에 살고 싶었기 때문에 신축맨션뿐만 아니라 지은 지 제법 된 집도 염두에 두고 있었다.

귀한 매물이 나왔다며 부동산에서 연락을 받은 것은 10월에 들어선 후였다. 마유코는 혼자 그 집을 보러 갔다. 지하철역에서 도보 2분 거리에 있으며, 지하철을 갈아타면 신주쿠, 시부야, 그리고 이케부쿠로까지도 채 30분이 걸리지 않는다. 신축은 아니지만 지은 지 5년 정도로 아직 새집이나 다름없었고 현재 비어 있는 집은 이미 리모델링 공사가 되어 있어 집에 들어선 순간 '여기다'라고 마유코는 마음먹었다. 모든 것이 새것으로 수리된 방들은 청결했고 최신 설비는 눈부신 빛을 발하고 있는 듯 보였다. 촌스러운 시장 길도, 술집도, 유흥업소도 없는 주변 거리는 생활감이 깨끗이 지워져 있는 듯했고 그런 점이 마유코의 마음에 들었다. 지금까지 살던 동네는 역 앞에 상점과 유흥업소가 뒤섞여 있고 버스를 타면 전원풍경이 펼쳐질 뿐이고 국도 주변으로는 패밀리 레스토랑과 값싼 신발을 파는 가게와 언제나 사람들로 붐비는 슈퍼가 있었다. 마유코는 이 모두를 초라하기 짝이 없다고 느끼고 있었다.

아직 돈이 들어오지도 않았다며 떨떠름하게 생각하는 남편을 설득해 그다음 주말 한 번 더 집을 보러 나선 마유코는 이 집으로 하자며 밀어붙이려 했다. 이 입지에 신축이나 다름없고 이런 구조에 이 가격으로는 매물이 나오지 않는다는 부동산업자의 지원사격도 일조하여 결국 유스케는 그날 가계약을 맺었다.

시어머니는 유스케의 유산분배금 중 3백만 엔을 보내 주었다. 여기에 마유코의 친정에서 1백만 엔, 유스케와 마유코가 저축한 50만 엔을 보태 계약금으로 지불했다. 시어머니는 유산 일부를 먼저 주는 대신 나머지는 자신들이 살 2세대주택이 완성된 후에 주겠다고 했다. 인색한 노인네 같으니 ⋯. 마유코는 속으로 욕을 퍼부으며 나중에 돈을 받으면 바로 대출금을 상환해 버릴 계획을 세웠다.

그리고 3일 연휴의 첫날인 오늘이 이삿날이다.

오후 2시가 지나 이사업체가 도착했다. 유스케의 지시에 따라 이사박스와 가구가 집 안으로 들어왔다. 시원한 음료를 사 오라는 유스케의 부탁으로 마유코는 집을 나섰다. 맨션에서 수십 미터 정도 떨어진 곳에 편의점이 있다. 이런 것도 마유코에게는 즐거움이었다.

차가운 스포츠드링크와 음료수가 든 비닐봉지를 들고 맨션으로 들어올 때 다른 입주민이 현관문을 열고 있었다. 굉장히 스타일이 멋진 여성으로 곁에는 A라인의 코트를 입은 여자아이가 서있다. 여자아이는 뒤돌아 마유코를 가만히 쳐다보고 있다. 아이엄마도 이쪽을 돌아보았기에 "안녕하세요" 하고 마유코는 일부러 밝게 인사를 건네며 공동현관문 안으로 들어갔다. 수상한 사람처럼 보이지 않도록 청바지 주머니에서 현관카드를 꺼내며 "오늘 이사 온 시게타입니다. 저, 4층, 401호예요. 이런 데서 갑자기 좀 뭐하지만" 하고 웃는 얼굴로 말을 걸며 모녀와 함께 엘리베이터에 올랐다.

"그러세요? 저희는 601호에 사는 에다입니다. 잘 부탁드려요."

스타일이 멋있는 여성이 인사를 건네며 가볍게 끄덕였다. '마담'이라고 마유코는 생각했다. 도심에 사는 세련된 부인의 이미지를 잡지에서 가끔 보면서 실제로 세타가야구나 미나토구에는 이런 마담이 잔뜩 살고 있을 거라고 먼 다른 나라 일처럼 생각했는데 엘리베이터에 함께 탄 모녀가 바로 그 마담과 영애인 것이다. 몇 살인지 도대체 가늠할 수 없는 아이엄마는 새하얀 코트를 입고 있었다. 감색 터틀넥 스웨터와 작은 구슬의 진주목걸이가 눈에 들어왔다. 얼굴 윤곽이 뚜렷해 보이는 여자아이는 감색 코트에 짙은 갈색 부츠를 신고 있었다. 있구나, 진짜로 마담. 마유코는 속으로 생각했다.

"나중에 정식으로 인사드리러 갈게요."

마유코는 지금 한 말이 잘못된 표현은 아닌지 다시 생각해 보았지만 확신은 없었다. 뭐, 괜찮겠지. 경어는 제대로 썼으니까.

"아니에요, 마음 쓰지 마세요."

에다라는 여성은 웃는 얼굴로 대답했다. 그녀와 손을 잡고 있는 여자아이는 마유코와 눈이 마주치자 "안녕하세요"라고 고개를 숙여 인사했다. "에다 에리카입니다"라고 했다. 그 모습이 어른스럽게 보여 마유코는 당황했다.

"나는 시게타 마유코."

얼떨결에 아이에게 말하고는, '어, 뭐야. 같은 또래 같잖아'라는 생각이 들자 기분이 이상했다.

"그럼."

엘리베이터가 4층에 이르자 마유코는 엘리베이터에서 내렸다. 문이 닫힌 엘리베이터를 바라보며 층수를 표시하는 버튼을 무심코 쳐다보고 있다. 주황색의 불빛이 5층을 지나 6층에서 멈춰 섰다. 6이라는 숫자를 한동안 바라보다가 마유코는 자기네 집으로 들어갔다.

30분도 지나지 않았는데 이미 모든 짐이 집 안에 들어와 있고 유스케가 이사비용을 지불하려는 참이었다.

"괜찮으시면 이거라도."

따분한 듯 복도에 서있던 제일 젊어 보이는 직원에게 마유코는 음료수가 들어있는 비닐봉지를 건넸다.

이사업체가 돌아간 뒤 마유코는 유스케와 묵묵히 짐을 풀기 시작했다. 보증금과 기타 지출로 저금도 거의 남지 않아 모든 가구를 이전에 살던 집에서 그대로 가지고 왔다. 전등갓과 식기수납장, 원목의 둥근 식탁은 새집에는 어울리지 않아 보였다. 아니, 그보다 눈부시게 아름다웠던 집이 이런 가구들 때문에 급속히 빛을 잃고 초라한 주거지로 바뀌어 버린 것 같았다. 이삿짐을 기다리고 있을 때의 날아갈 듯한 흥분도 마유코의 마음속에서 증발이라도 하듯 사라져 갔다.

오후 5시가 지날 무렵에는 모든 이삿짐박스가 비워졌다. 둘이서 빈 박스를 묶으며 저녁거리 이야기를 했다. 박스는 비워 접었지만 집이 다 정리된 것은 아니어서 편의점 도시락을 사 오기로 했다.

"아무래도 가구 새로 샀으면 좋겠다."

수십 미터 떨어진 편의점으로 향하면서 마유코가 말했다.

"그렇긴 한데 지금 당장은 무리지. 다음 달에는 보너스도 나오니까 천천히 갖춰 나가면 되잖아."

"그래. 맘에 드는 게 있을 때까지 찾아보고 천천히 갖춰 나가면 되지, 뭐. 급하게 사는 거보다는."

편의점에서 맥주와 도시락, 내일 아침 먹을 빵과 우유, 과자를 샀다. 물건들을 손에 들고 걸어가는 유스케의 다른 쪽 손에 깍지를 끼고 마유코가 함께 걸었다.

유스케가 공동현관문을 열고 있을 때 유리문 저편에서 한 가족이 걸어 나오는 모습이 보였다. 동시에 낮에 만났던 마담이라는 것도 알았다. 문이 열리고 마유코와 남편이 한발 먼저 현관입구로 들어섰다.

"어머, 안녕하세요."

마담이 먼저 붙임성 있게 인사를 했다. "이사 오셨대"라며 옆에 있는 남편에게 말을 한다. "안녕하세요"라고 남편도 인사를 한다. 부드러운 목소리라고 생각했다.

"시게타입니다. 잘 부탁드립니다."

유스케가 인사를 하고 마유코도 깊숙이 머리를 숙였다.

공동현관을 나서는 가족의 모습을 마유코는 뒤돌아 바라보았다. 남편은 키가 크고 부인과 비슷한 분위기였다. 빈틈없는 세련미와 너그러워 보이는 웃음. 아까 하얀 코트를 입고 있던 마담은 검은색 스웨터에 바지 차림이었고 감색 코트를 입고 있던 여자아이는 격자무늬의 원피스를 입고 있었다. '코트를 입지 않은 걸 보니 차로 외출하는 거겠지'라고 마유코는 생각했다.

"아이 만들까?"

엘리베이터에 탄 유스케가 불쑥 말을 꺼낸다.

"엉?" 하고 마유코가 무심결에 말이 나온 것도 너무 갑작스러웠기 때문이었다.

"아니, 이제 집도 있고 슬슬 생각해 봐도 되지 않을까 해서."

엘리베이터 버튼을 쳐다보며 혼잣말처럼 유스케가 말했다. '이 사람도 이 사람 나름대로 맨션을 샀다는 것에 어떤 감회가 있는 거겠지'라는 생각이 들었다.

*

　교회와 같은 부지 안에 있는 유치원 뜰은 따스한 햇볕 아래 온화한 분위기가 넘쳤다. 같은 또래의 아이를 데리고 온 엄마들이 모여 이야기를 나누거나 친구 사이인지 무리 지어 유치원 건물로 들어가기도 했다. 고타로를 데리고 온 히토미는 자신도 그렇게 누군가와 이야기를 나누고 싶다고 생각했지만 그렇다고 누구에게 말을 걸어야 할지 몰라 무료한 기분으로 문을 향해 걷기 시작했다.

　문에 기대듯 엄마와 아이가 서 있다. 입학 접수일이라 정장바지나 원피스를 입은 아이엄마들도 있지만 문 옆에 서있는 아이엄마는 청바지에 남자 옷 같은 점퍼를 걸치고 있고 엄마를 올려다보는 남자아이는 무릎이 드러난 바지에 두툼하고 복슬복슬해 보이는 점퍼를 입고 있었다. 그녀 역시 자기처럼 누군가에게 이야기를 걸고 싶지만 어떻게 해야 할지 모르는 듯 보였기에 히토미는 조금 망설이다가 큰맘 먹고 말을 걸어 보기로 했다.

　가까이 다가가도 그녀는 히토미를 보지 못했다.

　"접수하러 오신 거지요?"

　주뼛주뼛 말을 걸고 나서 히토미는 그녀가 누군가를 기다리고 있는 걸지도 모르겠다는 생각이 들었다. 말을 걸자 그녀가 히토미를 보고 낙담한 것처럼 보였기 때문이다.

"네, 이미 끝났어요. 그쪽도?"

하지만 그녀는 엷은 미소를 보였다.

"네. 고바야시 히토미입니다. 이쪽은 고타로. 얘, 인사해야지."

고타로는 히토미 다리 뒤에 숨으면서도 '안녕하세요'라고 작은 소리로 말했다.

"안녕하세요."

그녀는 허리를 굽혀 고타로에게 말하고는 옆에 서있는 남자아이의 등을 어루만진다.

"구노 요코입니다. 얘, 이름 말해야지?"

남자아이는 부끄러운지 얼른 뒤를 돌아 버렸다. 히토미도 요코도 웃었다.

"우리 애가 엄청 낯을 가려요. 가즈토시라고 합니다."

"같은 반이 될지도 모르겠네요. 잘 부탁드려요."

"저야말로."

서로 고개 숙여 인사했지만 다음엔 무슨 말을 하면 좋을지 히토미는 난감했다. 그래도 뭔가 이야기를 하고 싶었다.

"댁이 근처세요?"

히토미가 물었다.

"네, 큰길에서 언덕을 올라간 곳에요."

"가즈토시는 뭐 배우고 있는 게 있나요?"

그렇게 물은 것은 단순히 히토미가 학원에 대해 생각하고 있기 때문이었다. 유치원에 다니게 되면 뭔가 가르치는 게 좋지 않을까. 이전에 근처 어린이공원에서 알게 된 아이엄마들은 그런 이야기를 자주 했다. 원래 그녀들이 했던 말은 '유치원에 들어가기 전에 뭔가 배우게 해야 한다'는 것이었다. 지금도 마주치면 잠깐씩 이야기 정도는 나누지만 딱히 친하지는 않다. 그녀들은 양육에 야심이 있는 것처럼 보여 히토미에게는 조금은 무섭게 느껴져 의도적으로 거리를 두고 있었다. 히토미는 아이를 자유롭고 느긋하게 키우고 싶었다. 고타로가 무언가를 하고 싶다고 스스로 이야기할 때까지 무리해서 시킬 생각은 없었다. 그러나 동네엄마들과 만나는 기회가 줄면 주는 대로 역시 뭔가 배우게 하는 게 상식일까 싶어 불안해졌다. 그래서 그렇게 질문한 것이었는데 요코는 진지한 얼굴로 되물었다.

"왜요?"

그런 걸 왜 묻느냐는 듯한 표정이었다.

"아니 그냥, 그런 이야기를 많이 들어서 … ."

"저는 그런 거 안 시키는 주의예요. 애가 뭔가 하고 싶다고 하면 시키겠지만 그런 게 아니라면 매일 즐겁게 지내면 되는 거라고 생각하고 있어서요."

'아, 저도요! 저도 그렇게 생각해요!'라고 히토미는 큰 소리로 말하고 싶었다. 그러면 상대가 깜짝 놀랄 것 같아서 "실은 저도 그렇게 생각하는데 …"라고 말을 이었다. 말을 도중에 멈춘 것은 요코의 얼굴이 갑자기 밝아졌기 때문이었다. 히토미의 뒤쪽을 보고 있다. 뒤돌아보니 아는 여성이 이쪽으로 걸어오고 있는 것이 보였다. 아무래도 요코는 그녀를 찾고 있었던 것 같다는 것을 표정에서 알 수 있었다.

"다카하라 씨."

히토미가 인사했다.

"어머, 아시는 사이예요?"

요코가 묻는다.

"히토미 씨! 잘됐네요. 붙으신 거죠? 아, 그쪽은 일전에 ….."

"구노예요. 구노 요코."

"그래그래, 요코 씨. 요코 씨도 오케이인 거죠? 그럼 모두 같이 된 거네요. 잘 됐다! 진짜 안심이에요."

다카하라 치카는 가슴 앞에 양손을 모으며 말했다.

"어쩌면 만날지도 모르겠다고 생각하고 있었어요."

"정말 다행이에요. 저기, 연락처 알려 주지 않을래요? 입학식도 그렇고 준비도 그렇고 이래저래 물어볼 게 있을 거 같은데."

치카는 가방에서 메모장을 꺼내 펜과 함께 먼저 히토미에게 건넸다. 히토미는 자기 전화번호를 적고 요코에게 건넸다. 고타로와 가즈토시는 각자 자기 엄마 뒤에 숨듯이 서서는 힐끗힐끗 서로를 쳐다보고 있었다.

"아드님은 어머님 댁에?"

히토미는 치카에게 물었다.

"응, 이따가 스포츠클럽에 가야 해서 맡기고 왔어요. 고타로

오랜만이야. 많이 컸네. 유타보다 큰 거 같은데?"

요코가 메모장과 펜을 돌려주자 치카는 가방에 넣으며 말했다.

"그럼 바빠서 먼저 갈게요. 연락드릴게요."

치카는 손을 흔들며 문을 나서고는 빠른 걸음으로 사라져 갔다.

히토미는 요코와 조금 더 이야기하고 싶었지만, 요코가 "그럼 저도 이만… 가즈토시, 갈 거야"라며 가즈토시의 손을 잡는 것을 보았다. 히토미는 "앞으로도 잘 부탁드려요"라고 인사를 건네며 문으로 나가는 요코를 지켜보았다. 요코가 모퉁이를 돌아서는 것까지 보고 나서 웅크리고 앉아 땅바닥에 낙서를 하고 있던 고타로를 일으켜 세워 밖으로 나갔다.

다카하라 치카는 고타로가 두 살 때 아동관에서 만났던 사이다. 치카의 아들 유타는 고타로와 같은 나이에다가 생일도 1주일밖에 차이가 나지 않았고 그런 계기로 이야기를 나누게 되었다.

치카 같은 타입을 불편해하는 사람은 아마 없을 거라고 히토미는 생각했다. 낙천적이고 밝은 데다 다른 사람들을 배려하고 그러면서도 티를 내지 않는 성격이다. 물론 히토미도 치카를 불편한 상대라고 분류하고 있는 것은 아니다. 오히려 좋아했다. 하지만 그녀와 있으면 솔직히 피곤했다. 기가 눌리는 걸 거라고 히토미는 생각했다.

치카는 히토미가 아는 다른 엄마들과 마찬가지로 교육에 야심적인 듯했다. 아직 두 살밖에 안 된 아이에게 제대로 된 맛을 기억시키기 위해 고급 레스토랑에 데리고 다닌다고도 했고 아마도 그 당시에는 수영과 영어학원에 보내고 있었을 것이다. 초등학교는 대학부속 사립학교 외에는 안중에 없다고 다른 엄마들과 이야기하는 것을 들은 적도 있다.

그런 분위기에 끌려다니고 싶지 않아서 히토미는 가능한 한 치카와 친하게 지내지 않으려고 신경 썼지만 치카는 히토미의 어떤 면이 마음에 들었는지 자기가 다니는 스포츠클럽의 우대권을 주기도 하고 집으로 초대하기도 했다.

스포츠클럽은 사양했지만 집에는 방문했다. 몇 번이나 초대받고도 거절하는 것이 마음에 걸렸기 때문이다. 치카는 큰길가에 있는 14층짜리 신축맨션의 12층에 살고 있다. 같은 층에는 두 집만 있는 구조로 집 안의 모든 방이 다 널찍널찍했다. 히토미가 보기에 치카의 집은 만화나 드라마에서나 보는 집 같았다. 주인공이 사는, 현실감 없어 보이는 집이었다. 가구나 인테리어에 대해 아무것도 모르는 히토미지만 소파, 조명, 커피 잔 하나까지 값비싼 물건이라는 것은 알 수 있었다. 그래서 앉아 있기도, 서 있기도, 차를 마시는 것도, 화장실에 가는 것도 긴장되었다. 유타와 놀던 고타로가 오렌지주스가 든 유리잔을 넘어뜨려 깼을 때는 과장이 아니라 정신을 거의 잃을 뻔했다. 동시에 왜 아이용으로 유리잔을 쓰는 건지 화가 나기도 했다. "괜찮아요, 자주 깨뜨려요"라고 치카가 말했지만 백화점에서 비슷한 유리잔을 사서 며칠 후에 가져다주었다. 그 후로 아동관에는 가지 않기로 했다. 연락처를 교환하지는 않았기 때문에 얼굴을 마주치지 않으면 그뿐이었

다. 아주 드물게 오다가다 보기도 했다. 잠시 서서 이야기하는 정
도라면 기가 눌릴 일도 없었다.

교회와 유치원이 공동으로 사용하는 자전거 주차장에 세워 두
었던 자전거에 올라탔다. 앞쪽에 설치한 어린이용 안장에 앉은
고타로는 자전거가 움직이기 전부터 양손을 펼치고 붕— 붕—
하고 입으로 소리를 내고 있었다. 비행기놀이는 요즘 고타로가
푹 빠져 있는 놀이다.

"내년부터 고타로는 여기에 다니는 거야."

페달을 밟으며 히토미는 고타로에게 이야기했다.

"친구들도 많이 생길 거야. 재밌겠지?"

"나 아무 데도 안 가."

고타로는 소리치듯이 말하고는 다시 붕붕놀이를 시작했다.

다카하라 치카의 아들과 같은 유치원이라니. 자전거를 타면서
히토미는 생각했다. 하지만 꼭 같은 반이 된다는 보장도 없고 이
제는 나한테 말을 걸거나 하지도 않을 거야. 아니, 그런 건 상관
없어. 히토미는 머리를 저었다. 내가 유치원에 다니는 것도 아니
고. 지금은 그저 고타로의 합격을 기뻐하면 되는 거야.

*

전화가 울린 것은 저녁식사 준비를 하고 있을 때였다. 수화기
를 들자 "히토미, 고타로 어떻게 됐어?"라는 목소리가 들렸다.

'해바라기 프로젝트'의 사하라 스즈코의 목소리에 히토미는 자기도 모르게 미소를 지었다. 해바라기 프로젝트는 히토미가 이 동네에 이사 와서 참가한 자원봉사 서클이다.

"기억해 주셨네요. 감사합니다."

엉겁결에 선 채로 머리를 숙였다.

"붙었어요. 가고 싶었던 곳이에요."

"어머, 잘됐다. 고타로라면 문제없을 거라고 생각하긴 했지만 정말 잘됐다. 내일 바로 다른 사람들한테도 얘기할게요. 축하 파티하자고, 가네무라 씨도 그렇고 다들 그러자고 할걸요. 시간 꼭 내줘요."

"아, 내일 모임이군요. 좋겠다, 나도 가고 싶은데."

비디오를 보고 있던 고타로가 히토미에게 다가와 다리에 엉겨 붙는다. "엄마, 누구?"라고 묻는 고타로의 머리를 쓰다듬며 조용히 하라고 표정으로 말했다.

"오면 좋을 텐데. 3시부터 6시까지니까. 올 수 있을 거 같으면 따로 연락 안 하고 와도 돼요."

"유치원이 시작하면 시간이 좀 날 거 같아서 저도 복귀하려고 생각은 하고 있어요."

"그래, 복귀해요. 여긴 늘 손이 부족한 곳이니까."

"근데 이제는 다 모르는 사람들만 있는 건 아닌지 불안해서."

"그렇지 않아. 새로 온 사람도 있지만 가네무라 씨, 노다 씨도 여전하고. 다들 늘 이야기하고 있어요, 히토미 씨 잘 지내는지.

암튼 잘됐다. 합격해서. 정말 축하해요."

히토미의 눈에 그녀들의 얼굴이 차례로 떠올라 어느새 눈물이 글썽해졌다. 조금 전 다카하라 치카의 아들과 같은 유치원이 되었다며 잠시라도 불안감을 느꼈던 것에 깊은 죄책감이 들었다.

"감사드려요, 다음에 꼭 찾아뵐게요."

거듭 머리를 숙이고 히토미는 전화를 끊었다.

"누구한테 감사드려요, 한 거야?"

다리에 들러붙어 있던 고타로가 올려다본다. 히토미는 쭈그리고 앉아 고타로를 끌어안으며 뺨을 비벼 댔다.

"정말 다행이야, 고타로. 축하해. 정말 잘됐어."

"응? 뭐를 축하해?"

고타로는 히토미의 품에서 벗어나려고 버둥거리며 소리 내어 웃었다. 히토미도 갑자기 웃음이 터져 나와 같이 소리 내어 의미도 없이 웃어 댔다.

인근 사립대학 부지 내에 대학총장이 회장을 맡은 자원봉사 서클이 있다. 해외의 환경보전과 지역지원 같은 대규모사업부터 학생들의 간병체험이나 아동보호시설 방문 등 소규모사업까지 다양한 그룹으로 형성되어 있다. 남편의 일 때문에 이곳으로 이사 온 히토미는 아르바이트 일자리를 구하려 했지만 남편의 반대로 못 하고 있을 때 이 자원봉사 서클의 존재를 알게 되었다. 히토미가 봉사 서클 멤버로 등록한 것은 고타로를 임신하기도 전의 일이다. 혼자 사는 노인에게 도시락을 배달하거나 일주일에 한두 번

심부름을 해주러 가거나, 일 년에 몇 번 고령자를 대상으로 한 하이킹이나 이벤트를 기획하는 것이 해바라기 프로젝트로, 학생 참가자도 있지만 아이를 다 키운 주부 혹은 아이가 없는 주부가 중심 멤버였다. 다른 지방에서 이사 온 히토미는 같은 구는 물론 같은 도쿄 도내에 사는 친구도 없어 정기적으로 만나 이야기를 나누는 것은 이 멤버들뿐이었다.

그중에서도 리더 격인 사하라 스즈코와 같은 세대인 노다 미치코, 가네무라 하루미라는 중년여성 그룹에게 큰 도움을 받고 있었다. 모두 너그러운 성격으로 세세하게 따지는 일도 없고 '엄마'라고 부르고 싶어질 정도로 활기찬 사람들이었다.

남편 에이기치는 일이 바빠서 출산하는 날도 출장 때문에 지방에 가있었다. 히토미는 혼자 진통 시간을 재며 택시를 불러 병원까지 갔다. 고타로라는 이름을 지은 것은 에이기치지만 아이가 태어나도 바쁜 건 마찬가지여서 육아를 도와주는 일도 없었다. 야마가타에 사는 부모님과는 사이가 좋지 않았다. 아이가 고열이 나거나 의자에서 떨어졌을 때 다급한 마음에 전화하면 그때마다 친정어머니는 '네가 제대로 하는 게 없기 때문이다'며 질책할 뿐이었기 때문에 결국은 전화도 하지 않게 되었다. 지금까지 히토미가 육아 상담을 해온 것은 이 세 사람뿐이었다. 그녀들이 없었다면 나는 아이를 학대했을지도 모른다고, 히토미는 반은 진심으로 생각했다.

그리고 지금 스즈코의 '축하해'라는 말을 떠올리며 히토미는 금세 기분이 좋아졌다. '걱정할 건 아무것도 없잖아'라며 한껏 격려 받는 기분이 들었다. 4월이 되면 다시 모임에도 나가야지. 멤버들과 다시 왁자지껄 이벤트 계획도 세우고 도시락도 만들어야지. 4월부터 시작될 새로운 날들이 제자리 뛰기라도 하고 싶을 만큼 길게 느껴졌다.

콧노래를 부르며 히토미는 저녁 준비를 시작했다. 가스레인지에 올려놓은 냄비를 저으면서 밤에 쓰려고 했던 편지의 내용을 생각했다. 요시에에게 쓸 편지다.

보내고 싶었던 유치원에 고타로가 합격했어요. 도심에 있는 유치원인데 정원도 넓고 교육관이 확고한 정말 좋은 유치원이에요. 사립이라서 좀 비싸다는 게 걱정이긴 하지만 나는 가장 중요한 것은 교육이라고 생각해요. 합격한 걸 알고 친구들이 축하 파티를 열어준다고 하네요. …

*

산부인과 로비는 옅은 핑크색이 넘쳐나고 있었다. 접수창구의 커튼도 핑크, 슬리퍼도 핑크, 소파도 핑크, 커다란 창문에 걸린 커튼도 핑크. 창밖에 펼쳐진 겨울 풍경조차도 여기서 보면 왠지 따뜻하게 보였다. 소파에 앉아 고타로에게 읽어 줄 그림책을 무릎 위에 펼쳐 놓은 채 히토미는 앉아 있는 다른 여성들을 천천히 둘러보고 있었다. 수박만큼이나 배가 부른 여자, 배구공 정도로 배가 부른 여자, 아직 전혀 배가 나오지 않은 여자. 배가 부른 정도는 제각각이었지만 모두가 하나같이 핑크색에 둘러싸여 행복해 보이는 얼굴을 하고 있었다. '아마 나도 그렇겠지' 하고 히토미는 생각했다.

한 사람, 분위기가 전혀 다른 젊은 여성이 앉아 있는 게 눈에 띄었다. 작은 소리로 고타로에게 그림책을 읽어 주며 히토미는 그녀를 훔쳐보았다. 머리는 금발에 가까울 정도의 갈색으로 물들였고 남자 옷 같은 스타디움 점퍼를 입고 있었다. 청바지를 입은 다리를 꼬고 있는데 다리가 아닌 것처럼 가늘었다. 그녀는 자기가 가져온 것인지 가십잡지를 열심히 읽고 있었다. 빤질빤질 빛나는 점퍼도 그렇고, 황금색에 가까운 머리카락 색도 그렇고, 새파랗게 칠한 매니큐어도 그렇고, 가십잡지 표지도 그렇고, 그녀의 주변만 강렬한 색조를 띠며 어수선해 보였다. 저 사람, 어쩌면 아이를 지우려고 하는 거 아닐까. 히토미는 슬쩍 그런 상상을 했다.

엄마가 그림책 페이지를 넘기지 않고 있자 고타로는 히토미의 토트백에서 천으로 만든 공을 꺼내어 만지작거리다가 휙 하고 던졌다. "고타로, 잠깐" 하고 히토미가 제지하기도 전에 공이 굴러갔다. 하필 공은 스타디움 점퍼를 입은 여성 발밑까지 굴러갔고 그녀는 재빨리 슬리퍼를 신은 발로 공을 밟듯이 멈춰 세우고는 엎드려 주워 들었다. 주위를 두리번두리번하더니 고타로와 히토미를 발견하고는 일어섰다.

"고타로, 그러면 안 되잖니."

히토미는 작은 소리로 주의를 주었다.

"여기, 이거 네 거지?"

스타디움 점퍼를 입은 여성이 고타로에게 공을 내밀며 "죄송해요, 감사합니다"라며 머리를 숙이는 히토미 옆에 털썩 앉았다.

"몇 주째예요?"

그녀가 물었다. 말을 걸 거라고 생각 못 했던 히토미는 두근거리며 대답했다.

"21주째예요."

"와, 그럼 벌써 안정기? 예정일은 언제예요?"

"7월이에요. 7월 17일."

"와, 게자리네."

"네?"

"탄생별자리가 게자리라고 말한 거예요. 나는 10월. 천칭자리. 지금 한창 입덧이 심해서, 힘들어요."

"아⋯."

히토미는 입을 떡 벌리고 말았다. 이 사람도 진짜 임산부였구나.

"엄마, 책⋯."

무시당했다고 생각했는지 작은 목소리로 책을 들이밀며 고타로가 끼어들었다.

"몇 짤이에요? 귀엽네용."

일부러 애기 소리를 내며 그녀는 고타로를 바라보았다.

"나 애기 아냐!"

언제나 금방 엄마 뒤로 숨는 고타로가 어쩐 일인지 모르는 여성에게 말을 건다.

"이제 형인데."

"어머, 귀여워. 형아래. 그래요, 형아지요."

맞아, 형이야. 고타로가 중얼거리자 히토미는 여성과 얼굴을 마주 보며 웃었다.

핑크색 분위기 속에 앉아 있던 몇몇도 온화한 미소를 띠며 고타로를 바라보았다.

히토미의 이름은 좀처럼 불리지 않았다. 여성의 이름도 불리지 않았는지 소파에 앉은 채 이야기를 나눴다.

"21주 차 정도가 되면 입덧이 끝나나? 나 지금 밥 같은 거 하나도 못 먹거든요. 과자는 괜찮아서 먹고는 있는데 그러면 안 된다고, 뭐 당연한 거지만, 안 좋다고 하는데 짜증 나. 담배도 못 피우고 맥주도 못 마시고."

"제대로 안 먹으면 아기가 미숙아가 돼요. 게다가 담배도 맥주도 임신하는 순간 아예 끊는 사람이 많다고 들었는데 …."

태연하게 말하는 여성에게 마치 언니 같은 말투로 이야기하고 있는 자신이, 히토미는 이상하게 여겨졌다.

"저기, 그쪽 몇 살이에요?"

"스물일곱. 올여름이면 스물여덟. 사자자리"라며 별자리까지 대답한다.

"젊구나."

무심결에 히토미가 말하자 그녀가 웃었다.

"젊지 않다니까. 저기 그쪽은…."

"고바야시예요. 고바야시 히토미."

"고바 언니는 몇 살인데?"

'고바 언니'라는 갑작스러운 애칭에 쓴웃음이 나면서도 히토미는 대답했다.

"서른셋이에요. 다음 달 10월이면 이제 서른넷."

"그다지 다르지 않잖아! 10월이라는 건 천칭자리? 전갈자리?"

"전갈… 인가? 아마도."

히토미는 뭔가 엉뚱하다는 생각에 웃었다.

그때 진료실에서 나온 간호원이 '시게타 씨'라고 이름을 불렀다.

"넵."

여성은 초등학생처럼 기세 좋은 대답을 하고 일어나며, "이제 겨우 부르네. 나 시게타예요. 시게타 마유코"라고 히토미에게 한마디 남기고는 딸깍딸깍 슬리퍼 끄는 소리를 내며 진료실로 향했다.

진료를 마치고 나온 히토미는 주위를 둘러보며 시게타 마유코의 모습을 찾아보았다. 진료 순서가 비슷해서 어쩌면 아직 그녀도 있을지 모른다고 생각했다. 하지만 그녀의 모습이 보이지 않아 현관에서 고타로의 신발을 신기고 본인 신발을 신고 밖으로 나왔다. 입구 옆쪽으로 자동판매기가 늘어서 있는 코너가 있었는데 거기에 마유코가 오도카니 서 있다.

"저기."

히토미를 보고는 손을 흔든다.

"기다린 거예요?"

놀라서 히토미가 물었다.

"기다렸다기보다는, 주스 마시며 멍 때리고 있었죠. 버스? 버스정류장까지 같이 갈까요?"

고타로를 가운데 두고 히토미는 마유코와 함께 걷기 시작했다. 사는 곳 주소를 대다 보니 의외로 가깝다는 것을 알게 되었다. 버스정류장에서 같이 버스를 기다리고 버스가 오자 올라탔다. 2인석에 나란히 앉자 마유코는 창밖을 내다보며 이야기하기 시작했다.

"나는 작년 가을에 이사 왔어요. 늘 도심에 살고 싶어서 이쪽으로 온 건데 아는 사람도 없고 일을 하면 친구도 생기겠지 했더니 임신이 돼서 맨날 집에만 있고, 입덧은 심하고, 게다가 이 근처엔 마트도 없고 상점가도 없고, 정말 짜증 나."

"메모할 거 있어요?"

고타로를 무릎에 앉힌 히토미가 마유코에게 말했다.

"응?"

"메모. 내 연락처 알려줄 테니 곤란한 일 생기면 연락해요. 식사든 쇼핑이든. 이래 봬도 나는 출산경력도 있고 이 동네도 그쪽보다는 오래 살았으니까. 별일 없어도 수다 떨고 싶을 때 연락해도 돼요."

히토미는 자신이 이런 말을 하고 있다는 것이 놀랍기도 했다. 하지만 말하면서 생각이 났다. 이건 3년 전 내가 듣고 싶었던 말이었다. 이 동네로 이사 왔을 때, 오른쪽인지 왼쪽인지도 모르고 매달리듯 자원봉사 센터를 찾아갔을 때의 내가, 듣고 싶었던 말이었다.

"어, 정말? 고마워요."

마유코는 가방 안에서 작은 수첩을 꺼내서 히토미가 부르는 전화번호와 주소를 받아 적었다. 페이지를 넘겨 뭔가를 쓰더니 찢어서 히토미에게 주었다.

"이건 내 거"라며 건네준 메모에는 시게타 마유코라는 이름과 전화번호, 주소가 적혀 있었다. 메모지에는 아이들이 좋아할 것 같은 캐릭터가 인쇄되어 있었다. 메모지를 본 고타로가 "어, 이 야옹이 나 아는데"라며 아는 척을 했다.

"숫자가 많아서 질리네. 저기 고바 언니, 우리 집에 놀러 와. 시어머니가 한 번 자고 간 것 말고는 아 — 무도 안 오는걸. 나는 외출도 못 하고 심심해. 응? 놀러 와, 고타로도 같이요."

마유코는 고타로를 보며 반복해서 이야기했다. 내리는 정류장이 다가오자 "아, 내가 누를 거야"라고 조르는 고타로를 창가 쪽에 앉은 마유코가 들어 올려 버튼을 누를 수 있게 도와주었다. 히토미는 이 모습을 마치 종교화라도 감상하듯 바라보고 있었다.

*

　저 사람, 같은 맨션에 사는 마담이다. 꽤 멀리 떨어져 있었지만 마유코는 금방 알 수 있었다. 신주쿠에 있는 백화점 아동복매장이었다. 브랜드별로 매장이 나뉘어 있지만 한편에 그림책 특설 코너가 마련되어 있다. 마담은 이 코너에서 그림책을 고르고 있다. 이탈리아 브랜드매장에서 아동복을 보고 있던 마유코는 원피스를 손에 든 채, 마담 주위를 둘러보며 그녀의 딸을 찾았지만 보이지 않았다. 혼자 쇼핑하러 온 모양이었다. 마담은 한 권, 두 권 그림책을 집어 들고는 가슴에 품은 채 둘러보고 있다. 마담은 역시 마담이네, 마유코는 생각했다. 저렇게 책을 많이 들고 있으니 말이야. 역시 지적이야.

　"선물 고르세요? 아니면 따님용으로 …."

　점원이 물어보는 소리에 마유코는 자신이 원피스를 든 채 서있다는 것을 알아차리고 애매한 웃음을 보이며 다시 제자리에 걸어 놓았다.

　"몇 살 정도의 따님이세요?"

　"그냥 보는 거예요."

　웃는 얼굴로 묻는 점원에게 마유코는 쌀쌀맞게 대답했다. 아이는 아직 태어나지도 않았을뿐더러 아직 성별도 모른다. 그냥 보고 있을 뿐이었다.

　"천천히 둘러보세요."

웃으며 점원이 자리를 뜨자 마유코는 진열대에 있던 작은 블라우스를 펼쳐 보았다. 여자아이면 좋을 텐데. 마유코는 생각했다. 이렇게 프릴이 달린 옷을 입히고 함께 걷는 거야. 펼친 블라우스 너머로 마유코는 그림책 코너를 바라보았다.

마담은 아직 그곳에 있었다. 가슴에 품은 책이 늘었다. 마담의 아이는 여자아이였다. 귀여운 코트를 입고 있었다. 나도 그렇게 아이에게 예쁜 옷을 입혀줄 수 있을까. 저렇게 많은 책을 사줄 수 있을까. 책이라니, 무슨 책을 어떻게 골라야 하는지 모른다. 마담에게 상담해도 될까? 같은 맨션에 산다는 것만으로 그렇게까지 친하게 지내는 것은 무리일까?

블라우스를 선반에 올려놓고 마유코는 매장을 나섰다. 특설 코너로 다가갔다. 진열대는 빨간색과 녹색 천으로 장식되어 있고 색채감이 풍부한 그림책들이 보기 좋게 진열되어 있었다. 마담과 마찬가지로 몇몇 여성이 열심히 그림책을 보고 있다. 아이와 함께 와있는 엄마들도 있었다. 엄마는 어디에 있는지 쪼그리고 앉아 바닥에 펼친 책에 몰두해 있는 어린아이들도 있었다. 마유코는 마담을 힐끗거리며 가까이에 있는 그림책을 손에 들고 펼쳤다. 책을 내려다보는 순간 고개를 든 마담과 눈이 마주쳤다. 하지만 그녀는 마유코를 알아보지 못한 듯 마유코가 미소를 짓기도 전에 시선을 돌려 들고 있던 책들을 확인하듯 보고 있다. 역시 모르는구나. 마유코는 조금 실망하며 그 자리를 뜰까 망설였지만 손에 들었던 그림책을 제자리에 돌려놓고는 마담에게 다가갔다.

"안녕하세요."

큰맘 먹고 인사를 건넸다. 마담과 친해지고 싶은 마음이 있었다.

"정말 우연이네요"

마담은 고개를 들어 마유코를 보았지만, 마유코는 그녀의 표정을 보고는 말을 건넨 것을 후회했다. 마담은 마치 뭔가를 훔치려다 들킨 것 같은 놀람과 공포와 초조함이 섞인 표정을 보였기 때문이다.

"저 ⋯."

설마 이렇게 누가 봐도 마담 같은 사람이 도둑질을 할 이유도 없고 ⋯ 뭐라고 해야 할지 몰랐지만 그래도 어쨌든 적의가 없다는 것을 알리기 위해 마유코는 웃는 얼굴로 바라보았다.

"누구셨더라."

마담은 경직된 얼굴로 물었다.

"아, 저, 시게타예요. 맨션 4층에 사는. 전에 한 번 ⋯."

뭐야, 그냥 내가 누군지 몰랐던 거잖아.

"아, 아아, 아아, 아아, 시게타 씨."

부자연스러울 정도로 맞장구를 치며 마담은 겨우 웃는 표정을 지었다.

"이런 우연이 다 있네요. 저는 아이 옷을 보러 온 건데. 그래 봐야 아기가 태어나는 건 몇 개월이나 나중이지만. 그러다가 어머? 어디선가 본 사람이네, 싶어서."

마유코는 마담과 마담이 안고 있는 책을 교대로 쳐다보며 이야기를 했다.

"죄송해요, 갑자기 말을 걸어서."

"아뇨, 아뇨, 아뇨, 깜짝 놀라서."

마담은 웃었다. 여학생처럼 소리를 내면서. 주위 여성들이 힐끗 쳐다볼 정도였다.

"그림책이 엄청 많네요. 저는 책 같은 건 안 보니까 전혀 모르는 세계라. 뭐가 재밌는 건지 하나도 모르겠고."

"아, 네. 그러네. 많네요."

마담은 그다지 흥미도 없다는 듯 특설 코너 안을 둘러보며 말했다.

"차라도 마실래요? 아마도 위층에 카페가⋯."

마담의 웃는 소리를 듣고 기분이 좋아진 마유코가 물었다. 무슨 책을 샀는지 보고 싶었다.

"네? 차? 아, 차요. 죄송한데 제가 일이 좀 있어서. 미안해요, 시간이 별로⋯ 죄송해요."

물론 거절할 거라는 예상도 하고 있었기 때문에 마유코는 그다지 실망하지는 않았지만 마담은 대단히 실례라고 생각했는지 집요할 정도로 사과했다.

"아뇨, 제가 갑자기 가자고 한걸요. 저야말로 죄송해요. 그럼 다음에 또."

마유코는 살짝 손을 흔들며 그 자리를 떠났다. 마담이 가슴에 품고 있던 책 중 제일 위에 있던 책 제목은 《개구쟁이 해리》였다.

어떤 책인지 궁금해진 마유코는 진열된 책 중에서 똑같은 책을 찾아보았다. 찾기가 쉽지 않았다. 표지에 개 그림이 그려져 있었다. 책을 찾으며 마유코는 슬쩍 뒤를 돌아보았다. 특설 코너에 있는 카운터에 마담이 서있다. 카드로 지불하고 있었다. '그 책 어디에 있었어요?'라고 물어볼까 생각도 해보았지만 서두르는 것 같으니 묻지 않는 게 낫겠다 싶었다. 개구쟁이 해리, 개구쟁이 해리. 마유코는 중얼거리며 책을 찾아보았지만 그 책은 찾을 수 없었고, 대신 예쁜 색깔의 애벌레가 표지에 그려진 책을 집어 들었다. 페이지를 넘기며 다시 카운터 쪽을 돌아보았다. 마담은 몸을 숙이고 무언가 적고 있다. 배송신청서를 쓰는 듯했다. 그까짓 짐 정도는 가지고 가도 될 텐데 일부러 택배로 부치다니, 역시 마담이네. 젓가락보다 무거운 것은 들지 않는 주의라거나. 마유코는 마음속으로 실없이 웃었다. 그때 마담이 고개를 들어 다시 눈이 마주쳤다. 마유코는 웃으며 인사했지만 마담은 시선을 피하며 배송신청서를 점원에게 전달했다. 점원이 건네주는 영수증을 받아 든 마담은 빠른 걸음으로 특설 코너를 나갔다. 그 모습을 지켜본 후 마유코는 손에 든 그림책을 보았다. 그다지 재밌어 보이지 않는데 그래도 아이가 보면 재미있을까? 그림책을 제자리에 내려놓고 마유코는 매장 안을 어슬렁어슬렁 걸어 다녔다. 드디어 《개구쟁이 해리》를 찾았다. 와, 있었네. 천 엔 플러스 부가세. 어린이 책인 주제에 꽤 비싸다고 생각했다. 그래도 뭐 어때. 새로 시작된 삶에 절약은 어울리지 않아. 지금 사지 않으면 책 제목도 잊어버릴 테고.

마유코는 책을 집어 들고 카운터로 갔다. 무지 천의 앞치마를
한 점원에게 책값을 지불하고 책을 담은 쇼핑백을 받아 들었다.
특설 코너를 나와 아동복매장을 한 바퀴 돌았다. 이렇게 아무 때
나 훌쩍 신주쿠에 쇼핑하러 나올 수 있다니 마치 꿈만 같다. 이사
와서 다행이야. 프릴이나 리본이 달린 옷들 사이를 걷다 보니 마
유코의 얼굴에는 자연스레 미소가 퍼졌다. 2층 부인복도 보고 가
야지. 살 수도 없지만 곧 배가 불러 올 테니 그냥 보기만 하는 거
야. 얼굴에 미소를 머금은 채 에스컬레이터를 타러 간 마유코는
위층에서 내려온 마담과 또 마주쳤다. 보통 인연이 아니다 싶어
이상하기도 해서 웃음이 났다.

"어머, 또 만났네요."

에스컬레이터에서 내린 마담은 얼굴이 확 빨개지더니 부자연
스러울 정도로 점점 얼굴이 빨갛게 물들어 갔다. 뒤이어 내린 사
람들이 멈춰 선 마담 때문에 밀릴 정도였다.

"어머, 뒤에."

마유코는 급히 내려가는 에스컬레이터에 올라탔다. 마담도 이
어서 탔다.

"이런 일도 있네요. 한 번 만나면 몇 번이나 또 만나게 되는 게.
점점 민망해지고."

한 칸 뒤에 탄 마담에게 말을 하다가 마유코는 갑자기 무언가를
느꼈다. 마담 뒤에 동행인 듯한 남자가 있었던 것이다. 아, 저 사

람과 만나기로 했었던 건가 보지? 그래서 서둘렀던 거구나. 마담 얼굴이 빨개진 것은 나를 또 만나서 좀 곤란해진 거라고 마유코는 이해했다. 아까처럼 이런저런 이야기를 걸어오면 골치 아프니까.

"좀 일이 있어서요."

마담이 마유코에게 말했다.

"아아, 업무 중이셨구나. 죄송해요, 아까는 제가 방해를 했네요."

"방해라니요."

4층에서 3층으로 내려가는 에스컬레이터에 나란히 탔다. 마담과 동행인 남자도 뒤이어 탔다. 슬쩍 보니 전에 잠깐 보았던 남편보다 키가 작고 마른 남자였다.

"그럼 저는 여기서. 살 게 더 있어서요."

에스컬레이터를 타고 2층에 내렸을 때 마유코가 말하자 마담은 매우 티 나게 안도의 표정을 보였다.

"오늘 죄송했어요, 이런저런 말을 걸어서."

마유코가 말했다.

"아니에요. 다음에 여유 있게 놀러 오세요."

안도한 표정의 마담은 평소와 같이 인자하게 웃으며 아래로 내려가는 에스컬레이터에 탔다. 그 자리에 선 채로 보고 있으니 마담과 동행인 마른 남자가 뒤돌아보고 마유코에게 고개를 숙였다. 보조개가 있는, 나이를 알 수 없는 남자였다.

육중한 타입의 남편보다 지금의 남자 쪽이 마음에 든다. 마유코는 그런 생각을 하며 젊은 여성들로 붐비는 패션매장을 둘러보았다. 마담은 직장여성이었구나.

마유코는 감탄했다. 나 같은 건 무리구나. 아이가 유치원에 들어갈 나이가 되어도 일 같은 건 절대 무리다. 간이음식점 아르바이트도, 전화만 받는 아르바이트도 오래 버티지 못했다. 나는 그냥 집에서 아이를 위해서 간식을 만들거나 체조가방을 집에서 만들거나 하는 그런 엄마가 되고 싶다고나 할까. 그렇게 될 수밖에 없겠지만.

제3장

1997년 5월

돗자리 위에 하나하나 꺼내 놓는 밀폐용기들을 보며 치카는 깜짝 놀랐다. 그저 공원에서 애들을 놀게 하고 어디 가서 식사하는 정도라고 생각하고 있었기 때문이다.

"미안해요. 저는 아무것도 준비하지 않았는데."

유타가 먹을 과자와 홍차를 담은 물병이 들어 있는 토트백을 열어 보여 주었다.

"괜찮아요. 우리 건 남은 거 싸온 건데요."

히토미가 웃었다. 히토미가 가져온 밀폐용기에는 닭튀김과 브로콜리가 들어 있었다. 그다음 꺼낸 은색 포장은 주먹밥일 것이다.

"제 건 사 온 거고."

마유코는 반찬 가게서 사온 것 같은 팩을 꺼내놓았다. 감자튀김과 미트볼이었다.

"입에 맞으실지 모르겠지만."

요코의 밀폐용기에는 무말랭이와 톳, 호박조림이 깔끔하게 나뉘어 담겨 있었다.

"엄마, 나도 주세요."

유타가 끼어들어서는 손을 뻗어 맨손으로 계란말이를 집어 입에 넣었다.

"유타야, 그렇게 덤벼들면 어떡하니."

치카가 웃자 모두 웃었다. 물감으로 빈틈없이 칠해 놓은 듯한 하늘에는 구름 한 점 없었다. 공원 여기저기 심어 놓은 벚나무는 벌써 꽃잎이 떨어져 옅은 녹색으로 물들어 있었다.

"근데 나 마음이 든든해요. 이렇게 '맘친'들이 생겨서. 처음에 여기 이사 왔을 때는 친구도 없고 정보도 없고 혼자 애 낳게 되는 거 싫다고 생각했는데 이젠 안심. 여기서 애 낳을까 봐."

돗자리에 벌렁 드러누운 마유코가 말했다. "맘친이 뭐야?"라고 요코가 히토미에게 묻자 "엄마들 친구라는 말이에요"라고 누워 있던 마유코가 대답했다.

"그래도 마유코 씨, 여기서 애기 낳으면 친정어머님이 와 주시는 거야? 그런 게 아니라면 친정으로 가는 게 편하지 않을까?"

"우리 엄마는 치카 씨 어머니처럼 친절하지 않은걸. 밥이나 제대로 해 주실지 싶을 정도예요. 친정 가도 내 건 내가 해야 되고 그러면서도 잔소리 들어야 하고. 계속 말싸움만 해서 스트레스 쌓일 거 같아요."

마유코의 말에 히토미, 요코, 치카도 웃었다. 히토미가 데리고 온 이 젊은 여자를 치카는 좋게 생각했다. 개방적이고 꾸미지 않고 연상인 자신들에게 기묘한 별명을 붙이고 — 히토미는 고바짱, 요코는 요땅, 치카는 치카링 — 전혀 남을 의식하지 않고 이야기하는 그녀와 함께 있으면 왠지 고교 시절로 돌아간 듯한 기분이 들었다. 별것도 아닌 일로 반나절을 웃을 수 있었던 순수했던 시기로.

　"엄마, 저기 가서 놀고 와도 돼?"

　유타가 가지고 온 축구공을 들고 치카에게 물었다.

　"너무 멀리는 가지 마. 보이는 데서 놀아."

　"가자."

　유타는 고타로하고만 달려 나갔다. 지난달, 유타와 가즈토시, 고타로는 같은 유치원에 들어갔지만 가즈토시만 다른 반으로 배정되었다. 그래서인지 유타는 가즈토시가 있어도 직접 말을 걸지 않았다. 가즈토시도 쫓아가지 않고 뛰어가는 두 아이를 가만히 보고만 있었다. 가즈토시도 데리고 가라고 유타를 불러 타이르고 싶었지만, 육아지침서를 산더미처럼 읽고 혼내지 않는 양육을 하자, 명령하지 않는 엄마가 되자고 결심한 치카는 약간은 불편한 마음을 참으며 밀폐용기에 손을 뻗었다.

　"요땅도 아이 한 명 더 만들지 그래?"

　마유코가 아직 그다지 커지지도 않은 배를 잡고 상반신을 일으키며 마치 대단한 거라도 생각해 낸 것처럼 말했다.

"으응?"

요코는 당황한 듯한 얼굴로 웃었다.

"아니, 고바짱은 7월, 치카링은 8월이지? 내가 10월이니까 요땅도 지금 만들면 생일이 빨라서 같은 학년이 될 수 있잖아. 재밌을 거 같지 않아?"

"'만들면'이래!"

치카가 쓰러질 듯 웃고 요코도 히토미도 마주 보며 웃었다.

"근데, 그렇게 해봐요, 요코 씨. 같이 낳자고요."

너무 웃어서 흐르는 눈물을 닦으며 치카가 말했다. 정말 그렇게 생각했다. 내년 3월까지 여기 있는 4명이 모두 출산한다면 아마도 즐거운 육아가 되겠지. 서로 힘을 합치고 고민도 털어놓으며 서로 도와 가면서.

"저기, 우리 애가 태어나면 다 같이 사진관에 가서 사진 찍지 않을래요? 잡지에서 봤는데 아기한테 이런저런 옷을 갈아입히면서 사진 찍어 주는 사진관이 오모테산도에 있더라고. 토끼 옷이라든가, 천사 옷이라든가, 진짜 귀여워! 아기 사진을 전문으로 찍는 프로가 있는데 무조건 웃는 얼굴 사진을 찍어준대."

요코에게 아이를 만들라고 말한 것은 벌써 잊어버린 사람처럼 마유코는 치카와 히토미를 보며 신이 나서 떠들었다.

"마유코 씨는 정말 아는 것도 많네요."

감탄이라도 한 듯 히토미가 말했다.

"그게 젊다는 증거지."

치카가 말했다. 실제로 마유코는 깜짝 놀랄 정도로 아는 게 많았다. 야나카에 있는 케이크 전문점의 바움쿠헨이 최고라는 것도, 기치조지에 있는 프랑스제 아동복 부티크에 대한 것도, 메지로에 있는 헤어 에스테틱 잘하는 미용실에 대한 것도.

"어디 케이크가 맛있는지, 어디 레스토랑이 인기인지, 난 그런 거 정말 모르는데. 완전 아줌마가 다 됐나 봐."

"치카링은 도쿄 사람이니까. 도쿄를 잘 아는 건 오히려 시골 사람들이잖아. 게다가 내가 아는 건 전부 잡지에서 본 건데, 뭘. 잡지 사는 것도 아까워서 편의점에 서서 읽은 거고."

마유코는 아무렇지도 않게 말했다.

"그럼 마유코 씨는 서서 잠깐 읽은 걸 다 외운 거네, 대단하다. 역시 젊다, 마유코 씨."

치카가 마유코를 보며 진지하게 말하자 마유코는 마치 칭찬받은 아이처럼 콧등을 찡긋거리며 웃었다.

우는 소리에 모두가 유타와 고타로 쪽을 돌아보았다. 넘어진 건지 고타로가 땅바닥에 누워 울고 있다. 히토미가 달려가 고타로를 일으켜 세웠다. 유타는 엄마한테 달려와 "넘어진 거야, 고타로"라고 응석 부리는 말투로 말했다.

"거짓말! 민 거잖아, 지금 네가."

마유코가 웃으며 말해서 치카는 깜짝 놀랐다.

"민 거야? 유타?"

"아니야, 넘어진 거야."

"고타로, 그렇게 쉽게 우는 거 아니야. 이제 형아잖아."

고타로의 손을 잡고 히토미가 돌아왔다.

"넘어진 거래요. 수다 떨다가 애들도 못 보고."

"나도요. 어떤 일이 있어도 애들한테서 눈을 떼지 말라고 유치원에서도 그렇게 얘기했는데."

히토미가 난처한 듯이 웃었다.

농담이었을까. 마유코가 또 밀었네 어쨌네 하면 어쩌지 싶어 걱정하고 있을 때, "이제 슬슬 갈까요"라며 요코가 자리를 정리하기 시작하는 것을 보고 치카는 마음이 놓였다.

집으로 돌아가는 길에 마침 옆에서 걷고 있던 히토미가 "치카 씨, 다음에 다 같이 절에 가지 않을래요? 순산 기원하러"라고 한다. 치카는 깜짝 놀라 히토미를 보았다. 히토미와는 유타가 2살이었을 때 아동관에서 만났던 사이다. 아들이 같은 나이라는 것이 반가워서 히토미를 식사에 초대하기도 하고 스포츠클럽에 같이 다니자고도 했다. 히토미는 한 번 집에 놀러 오기는 했지만 그 후에는 왠지 자기를 피하는 듯한 느낌이 들어서 쉽게 말을 거는 것도 망설여졌다. 그러다 히토미는 아동관에도 나오지 않게 되었다. 내가 불편한 걸까. 아니면 아이들이 같은 나이라는 것만으로 친구처럼 몰려다니는 게 싫을지도 모른다고 치카는 생각했다. 그런 히토미가 자신한테 같이 가자고 하니 치카는 놀랐던 것이다.

"어머, 히토미 씨 그런 쪽으로 잘 아시나 봐요? 가고 싶다, 진짜 가고 싶어요. 우리 차로 가면 되니까 좀 멀어도 괜찮아요."

치카가 말했다. 본인도 모르게 목소리가 들떠 있다.

"저기!"

앞에 가고 있던 두 사람을 불렀다.

"다음에 순산 기원하러 가요, 다 같이."

"나도 갈래!"

마유코가 큰 소리로 대답했고 요코는 약간 곤란한 듯 웃고 있다. 치카는 임신을 하지 않은 요코에게까지 이렇게 다 같이 가자고 부추기는 것은 좀 그런가 싶은 생각이 잠깐 들긴 했지만, 금방 '뭐, 어때' 하고 생각했다. 말 안 하고 세 명이서만 갔다 오면 요코도 기분이 좋지는 않을 거야. 그리고 다 같이 가는 게 더 재밌을 테니까.

치카에게는 마유코가 말하는 맘친이라는 존재가 있었다. 아동관에서 만나거나 건강검진을 받으러 갔던 병원에서 만나 친해져서 서로 연락하고 지내던 아이엄마가 대여섯 명 있었다. 하지만 그녀들과 친해질 만하면 언제나 두꺼운 벽에 막히는 듯한 느낌이 들었다. 그 벽이라고 하는 것은 가치관의 차이일지도 모른다. 예를 들면 어떤 아이엄마는 유타와 같은 나이의 자기 딸에게 유명 브랜드의 옷만 입힌다고 했다. 실제로 그 아이는 만날 때마다 버버리나 소니아 리키엘 같은 브랜드 옷을 입고 있었다. 치카도 브랜드 옷이 절대적으로 싫은 것은 아니었지만 그 아이엄마는 딸 옷이 더러워지는 것을 극단적으로 싫어했다. 한 번은 유타가 그 아이에게 모래밭에 가서 놀자고 했더니 큰일이라도 날 것처럼 못하게 막았다. 또 다른 아이엄마는 치카가 아이에게 명령하지 않고 혼내지 않는 양육법을 지키려는 것에 대해 마치 시어머니라도 된 듯이 장황하게 설교하기도 했다. 한 사람, 자녀의 나이가 같고 서로의 집을 방문할 정도로 친하게 지낸 아이엄마도 있었다. 새 친구의 출현으로 그저 기쁘기만 했던 치카였으나 몇 번인가 그 집에 가다 보니 마음에 걸리는 게 있었다. 그 아이엄마는 치카의 집에 놀러 왔다가 본 것과 똑같은 물건을 자기 집에도 사 놓는 것이었다. 어린이용 식기나 장난감부터 시작해서 핸드타월이나 슬리퍼 같은 잡화용품까지. 나중에는 치카가 입고 있는 옷을 어디서 샀냐고 물어보고는 자기도 똑같은 옷을 사 입고 나오기까지 했다. 그런 그녀와의 관계는 숨이라도 막힐 듯 점점 힘들어졌고 결국 그녀가 자기 아이를 유타와 같은 유치원에 보내겠다고까지 하자 치카의 숨 막힘은 완전한 불쾌감으로 바뀌었다. 그래서 그녀의 아이가 선발고사에서 떨어졌을 때 스스로 창피할 정도로 치카는 기뻐했다. 유치원에 들어가고 그녀로부터 연락이 끊어지자 치카는 진심으로 마음이 놓였다. 아마도 그녀에게 누군가 새로 모방할 상대가 생겼을 거라고 생각했다.

그렇기에 히토미와 요코, 히토미가 데리고 온 마유코와의 만남이 기뻤다. 마유코는 숨기지 않고 거침없이 이야기하는 것이 시원해서 좋고, 요코는 조용하고 생각이 깊다는 것을 느낄 수 있었고, 히토미라면 지금까지 만났던 아이엄마들에게 느꼈던 위화감을 세세한 것까지 이해해 줄 거라 생각했다. 이 사람들이라면 유타 엄마, 고타로 엄마라는 식의 데면데면한 사이라든가, 맘친 같은 일시적인 관계가 아니라 더 오랫동안 관계가 이어지지 않을까. 누군가의 엄마라든가 누군가의 아내가 아니라 한 사람의 자아로서.

치카는 때때로 자신을 덮쳐오는 초조함을 떠올렸다. 평범하게 결혼하고 평범하게 아이를 낳고, 어릴 때 꿈꾸던 피아니스트나 디자이너가 되지도 못한, 어디서나 볼 수 있는 전업주부로서 하루하루를 보내고 있다는 것에 대한, 엷은 베일에 덮여 있는 듯한, 패배감이라고도 할 수 있는 초조함이었다. 치카는 얼마 전부터 이 세 사람과 있으면 그런 마음이 깨끗하게 사라지는 것을 느끼고 있었다. 요코도 히토미도 마유코도 일상을 너무나도 당당히 받아들이고 있다. 그런 그녀들과 이야기할 때면 '그래, 이래도 되는 거야, 나는 틀리지 않았어'라는 생각이 들어 지금까지 느껴보지 못했던 자신감을 가질 수 있었다.

패밀리 레스토랑 앞에서 모두가 손을 흔들며 헤어졌다. 요코는 그대로 집으로, 마유코는 편의점으로, 히토미는 슈퍼마켓에 간다고 했다. 치카는 손을 흔들고 유타와 함께 조금 걷다가 뒤를 돌아보았다. 각자의 방향으로 걸어가던 세 사람이 똑같이 뒤를 돌아보고는 웃으며 크게 손을 흔들었다.

　신사의 경내는 의외로 넓었고, 고즈넉한 작은 신사를 상상했던 요코는 놀랐다. 순산 기원으로 유명한 신사인 만큼 토요일 낮의 경내는 히토미 같은 임산부와 부부인 듯 보이는 사람들로 붐볐다. 계단을 올라 도리이(신사 입구에 세운 기둥 문 — 옮긴이) 밑을 지나자 "아, 멍멍이!" 하고 고타로가 뛰어가기 시작했다. 가즈토시는 요코를 힐끗 올려다보고는 주뼛주뼛 고타로를 따라갔다. 둥근 받침대 위에 놓인 개 동상을 뚫어지게 보고 있는 아이들의 모습을 찍으려고 히토미는 토트백에서 콤팩트카메라를 꺼냈다.

　"히토미 씨, 준비성이 좋네"라고 요코가 말하자 "친구한테 보내 주려고"라며 히토미는 엉거주춤한 자세로 셔터를 눌렀다.

　나란히 서서 사당 앞에 준비된 물로 손을 씻고 아이들 손에도 물을 뿌려 주고 순산 기원식 신청서를 작성했다. 그다지 오래 기다리지 않아 호명되었고 본전에 들어가 액운을 쫓는 의식과 축원문 낭독이 이어졌다. 좀 전까지 흥분해서 까불어 대던 가즈토시와 고타로는 신관(神官)들의 의상이나 장식, 도구 등 낯선 모습에 겁을 먹었는지 굳게 입을 다물고 의자에 앉아 있었다. 가즈토시의 울 것 같은 얼굴을 본 요코는 '울지 마라, 울지 마라'라고 속으로 빌면서 축원 낭독을 듣고 있었다.

　"우리 운세 뽑기 점괘 안 살래요?"

　기원이 끝나고 본전을 나섰을 때 운세 뽑기를 발견한 요코가 말했다.

"난 그런 건 됐어요."

가벼운 마음으로 사자고 한 것인데 히토미는 눈살을 찌푸리며 말했다.

"흉이 나오면 계속 마음에 걸릴 거 같애. 나 진짜 그런 거에 약해요."

히토미가 덧붙여 말하며 웃어 보였다.

"그보다 부적에 소원 쓰지 않을래요?"

"부적이 뭐야?"

"신한테 쓰는 편지야. '건강한 아기가 우리 집에 오게 해주세요'라는 편지."

고타로가 묻자 히토미가 대답했다.

"부적은 저쪽이네."

간판을 발견하고 요코가 걷기 시작했다. '성실하고 좋은 사람이구나'라고 요코는 히토미에 대하여 생각했다. 왠지 히토미의 말투에는 부적에 쓴 것을 정말로 신이 들어줄 것이라고 믿는 듯한 울림이 있었다.

'보여 줘, 보여 줘' 하며 두 아들이 법석을 떨자 히토미와 요코는 두 아이도 잘 볼 수 있도록 웅크리고 앉아 부적에 소원을 썼다. "건강한 아이가 태어나기를"이라고 쓴 히토미의 부적을 보고 요코는 부러운 생각이 들었다. "가내안전"이라고 쓴 자신의 부적을 보며 "아기, 나도 갖고 싶어졌어"라며 요코는 농담처럼 말했다.

"좋을 거 같은데. 마유코 씨도 '지금 만들면'이라고 했잖아."

히토미가 말하자 두 사람은 함께 소리 내어 웃었다.

"나도 쓸래, 쓰고 싶어!"

고타로가 히토미의 치마를 당기며 조른다.

"고타로는 애 낳을 거 아니잖아."

히토미의 말이 웃겨서 요코는 하늘을 보며 웃었다.

"아쉽네, 마유코 씨하고 치카 씨."

경내 벤치에 앉아 캔 주스를 아들과 나눠 마시면서 히토미가 말했다.

마유코는 감기 기운이 있어서 외출은 안 하는 게 좋을 거 같다고 했고, 치카는 아버지 생신과 겹쳐서 올 수 없었다.

"선물로 작은 부적 사 가요."

"그래요."

고타로가 조금 떨어진 곳으로 달려가더니 털썩 쭈그리고 앉아 뭔가를 만지고 있다. 고개를 들어 가즈토시에게 '이리 와, 이리 와' 한다. 가즈토시는 허락을 구하듯 요코를 올려다보고 고타로에게 다가갔다. 땅바닥에 쭈그리고 앉아 뭔가를 열심히 보고 있는 아이들을 요코와 히토미는 한동안 말없이 바라보았다.

"나 처음에는 치카 씨가 좀 부담스러웠어."

갑자기 히토미가 그런 말을 시작하자 요코는 깜짝 놀라 히토미에게 시선을 돌렸다. 아들을 바라보면서 입가에 미소를 띠며 히토미는 이야기를 시작했다.

"뭐라고 할까, 다른 세상 사람 같은 느낌이랄까. 다른 동네는 어떤지 모르겠지만 우리 동네에는 유독 멋있는 엄마가 많은 거 같지 않아요? 아이를 대학까지 일관교육(동일 재단 내에서 유치원부터 대학까지 지속적인 교육이 가능한 일본의 교육 시스템 — 옮긴이)이 가능한 사립초등학교에 보내려고 일찍부터 결정하거나 아직 두세 살밖에 되지 않은 아이한테 영어나 수영을 가르치기도 하고. 그뿐 아니라 아이엄마들도 왠지 다들 예쁘지 않아요? 바쁘고 피곤할 텐데 머리스타일도 화장도 완벽하고, 잡지에 실린 모델처럼 멋쟁이고. 마치 예쁘게 꾸미고 있지 않는 것은 죄악이라고 생각하는 사람들처럼 …. 처음엔 치카 씨도 그런 사람일 거라고 생각했거든."

"아, 하긴 치카 씨 언제나 예쁘게 하고 다니니까."

요코는 고개를 끄덕였다.

"그렇잖아. 유치원 엄마 중에도 몇 명 있지만 그런 타입일 거라는 생각이 들어서 처음엔 좀 거리를 두고 있었어요."

"혹시 유메카 엄마 말하는 거 아냐?"

현재 3세반 전체 중에서 가장 유명한 엄마를 요코가 입에 올렸다. 결혼 전에는 모델 활동을 했었다고 자기소개를 할 때마다 말하는 젊은 엄마다. 유메카라는 딸은 발레, 영어, 댄스 등은 물론이고 초등학교 입시를 준비하는 유아교실에도 다니고 있는 것 같았다. 유메카와 가즈토시는 같은 반은 아니지만 다른 엄마들에게 유메카에 대한 이야기를 듣기도 했고 유치원에서 몇 번 본 적도 있다. 엄마도 딸도 화사함을 넘어 화려했고, 입만 열면 입시니 유아교실이니 하는 이야기만 하다 보니 다른 유치원 엄마들과 잘 섞이지 못하는 존재였다.

"어머, 요코 씨!"

히토미는 요코의 등을 가볍게 치며 배를 잡고 웃기 시작했다. 끝도 없이 웃고 있었다.

"그렇게 웃겨요? 아니, 자기 야심을 그렇게 노골적으로 드러내는 사람은 별로 없잖아요. 히토미 씨가 말한 게 그런 사람이죠? 애 교육이라면 사족을 못 쓰는 여자라고나 할까."

히토미는 고개를 들어 너무 웃어서 눈물이 고인 눈으로 요코를 찬찬히 쳐다보다가, "요코 씨는 뭐든 분명히 말하는 분이네요 …"라며 감탄이라도 한 듯 중얼거렸다. '자기 의사를 분명히 말한다'라는 말을 처음 들어서 왠지 해서는 안 될 말을 한 건가 싶은 생각도 잠깐 들었지만 요코는 말을 이었다.

"그렇잖아요. 사족을 못 쓴다는 말 외에는 달리 표현할 말이 없지 않아요? 확실히 그런 엄마가 많기는 해요. 동네 분위기가 그런 건지 모르겠지만. 하고 싶은 대로 하라 그래요."

요코는 웃었고, 히토미는 놀란 얼굴로 요코를 보았다.

아마도 상대가 다른 사람이었다면 이런 식으로 말하지는 않았을 거라고 요코는 생각했다. 좀더 신중히 어휘를 고르거나 아무 말도 하지 않고 듣고만 있거나 둘 중 하나였을 것이다. 아마 히토미였기 때문에 이야기할 수 있었던 것이다. 그런 생각이 들자 요코는 더 이야기하고 싶어졌다. 학생 시절의 이야기. 여대에 입학해 기숙사 생활을 했던 4년간의 이야기. 학창 시절 요코는 처음에는 자기 집에서 학교에 다니는 여대생들의 화려한 생활, 화끈한 돈 씀씀이도 부러웠다. 거의 주말마다 반복되는 파티와 미팅 같은 데 끼고 싶다고도 생각했다. 실제로 기숙사 동급생들은 그런 여학생들의 생활을 동경하여 집에서 돈을 많이 보내 주는 아이들은 있는 대로 옷을 사댔고, 보내 주는 돈이 적은 집 아이들은 아르바이트를 열심히 해서 모은 돈으로 어떻게든 그녀들과 같이 놀고 싶어 했다. 기숙사에는 통금 시간이 정해져 있어서 늦게까지 노는 데 맛을 들인 많은 학생은 2학년 중간에 기숙사를 나가 아파트 생활을 시작했다. 어느 틈엔가 기숙사에는 자신과 비슷한 수수한 타입의 여학생들만 남아 있었다.

하지만 요코는 당시 기숙사를 나간 여자애들을 경멸했다. 어리석다고 생각했다. 부모가 보내준 돈으로 옷을 사대고 남자친구 사귀는 데 정신을 팔더니 결국은 기숙사비보다 몇 배나 비싼 아파트를 얻어 나가고, 거기서 하는 짓이라고는 남자들한테 몸이나 바칠 뿐이잖아. 그렇게 생각하고 있었다.

어쩌면 그것은 콤플렉스였을지도 모른다. 화려한 동급생들처럼 살고 싶지만, 그러지 못했기에 그녀들을 경멸했던 것인지도 모른다. 하지만, 하고 요코는 생각한다. 오모테산도나 롯폰기 같은 번화가도 모르고 4년을 보낸 자신보다 화려한 생활을 동경하여 기숙사를 나간 여학생들 쪽이 훨씬 괴로웠을 거라고. 어쩌면 지금도 그 괴로움을 안고 살아가고 있을지도 모른다. 그 사람들은 그 사람들이고 나는 나다. 그 당시 흔들리지 않았기 때문에 나는 살아남은 것이다. 나도 똑같이 그녀들처럼 살려고 했다면 지금은 더 고통스러운 나날을 보내고 있었을 것이다. 그렇게 생각했다.

'그렇게 생각하지 않아?'라고 요코는 히토미에게 이야기하고 싶었다. 하고 싶은 대로 하라고 말할 수 있는 지금이 얼마나 행복한지를. 그렇게 이야기해 보고 싶었다.

"하지만 전혀 그렇지 않았어요."

갑자기 히토미가 말을 꺼내자 요코는 이 말이 아까 치카에 대한 이야기라고 이해하기까지 약간 시간이 걸렸다.

"생각했던 그런 사람이 아니었어요. 상냥하고 자상하고. 하지만 요코 씨나 다른 친구들과 만나지 않았더라면 그런 걸 모르고 있었을지도 몰라요. 그래서 감사하고 있어요. 오늘도 같이 와줘서 고마워요. 다들 못 간다고 해서, 나 혼자였다면 분명 안 왔을 거야."

이번에는 요코가 히토미를 가만히 쳐다보았다. '감사하고 있다'라는 말을 얼굴을 보면서 말할 수 있는 곧은 마음을 가진 사람을 지금까지 본 적이 없는 것 같았다.

"무슨, 나야말로 ….."

요코는 우물거렸다. 나야말로 당신들을 만나서 다행이라고 말하고 싶었지만 말하지 못했다. 진심이 아닌 말처럼 들리는 그런 말을 하면 지금 여기서 이야기를 나누는 상황 자체도 진심이 아닌 것처럼 되어 버릴 것 같았다.

"히토미 씨, 오늘 저녁은 뭐 할 거예요?"

결국 요코는 이렇게 물었다.

"그러네. 집에 갈 때 저녁 반찬거리 사 가야 하는데. 글쎄, 어제 생선 먹었으니까 오늘은 고기?"

"고기라면 편하지. 메뉴 정하기도. 채소도 같이 먹을 수 있고."

"맞아요. 생선 굽는 거야 간단하지만 다른 반찬들도 준비해야 하고. 게다가 우리 애는 생선을 별로 안 좋아하거든요."

"우리 애도. 등 푸른 생선은 절대 안 먹는다니까."

요코와 히토미는 마주 보며 웃고는 벤치에서 일어섰다. 이마를 맞대기라도 하듯 쭈그리고 앉아 나뭇가지로 뭔가를 건들고 있는 아이들 곁으로 다가갔다. 뭘 하고 있는 걸까 싶어 웅크리고 보던 요코는 낮게 비명을 질렀다. 가즈토시와 고타로가 나뭇가지로 만지작거리고 있던 것은 나방의 시체였다.

"안 돼, 가즈토시. 그거 손으로 만진 거 아니지?"

가즈토시는 혼이 날까 봐 금방이라도 울 것 같은 얼굴을 하고 있다.

"만지지 않았어. 이거 죽은 건데. 만지면 세균이 묻는 걸."

고타로가 가즈토시를 감싸듯 말했다.

"혹시 모르니까 손 씻고 가자."

고타로의 손을 잡고 걸어가는 히토미의 뒤를 요코도 따라갔다.

아이들의 손을 씻긴 후 신사를 나섰다. 아침 방송에서 장마가 시작되었다고 했지만 하늘에는 엷은 구름이 흘러갈 뿐 파란 하늘이 펼쳐져 있었다. 비가 올 것 같지는 않았다.

지하철은 한산했다. 옆 차량과의 연결통로 쪽에 있는 3인석 좌석에 각자의 아들을 데리고 앉았다.

"제가요, 히토미 씨⋯."

사실은 무서웠어요. 유치원, 초등학교, 중학교, 그리고 고등학교도 가는 건 이 아이인데 저 자신이 한 번 더 반복해야 하는 것 같은 생각이 들어서, 전보다는 훨씬 잘하겠지만, 그래도 역시 무서웠어요. 마음이 맞지 않는 사람이나 아무리 노력해도 좋아할 수 없는 사람, 동경하게 되는 사람, 질투가 나는 사람, 그런 많은 사람 속에서 살아가는 동안 그런 건 나와는 관계없다고 확실히 선을 그을 수 없다는 것이 무서웠어요. 손에 넣을 수 없는 것을 갖고 싶어 하거나 갖고 싶지도 않은 것에 안달하거나, 그런 거, 히토미 씨도 그랬던 기억이 있나요? — 마음속으로 요코는 필사적으로 이야기를 했지만, 입 밖으로 내는 말은 전혀 달랐다.

"오늘은 비프스튜라도 만들까 싶어요."

히토미는 그 소리를 듣고 배를 감싸 안는 듯한 자세로 웃기 시작했다.

"뭐예요, 요코 씨. 심각한 얼굴로 무슨 말을 하려는 거지 싶었더니 저녁거리 쭉 생각한 거네. 아아, 배 아파. 아야야야, 찬다, 찬다."

웃고 있는 엄마를 올려다보며 고타로가 물었다.

"엄마, 아기가?"

작은 손바닥을 가만히 엄마의 복부에 올려놓는다.

"그렇게 웃긴가."

요코도 웃었다.

"나도 그럼 비프스튜로 할까. 오늘은 좀 큰맘 먹고 고깃집에도 들르고."

"가모이정육점? 거기 갈 거면 같이 가요, 집에 가는 길에."

"그래요, 같이 가요. 아야야야, 너무 웃었나 봐."

눈물을 닦는 히토미를, 이상하다는 얼굴로 고타로가 쳐다본다.

*

사무실이라는 명목으로 다이스케가 빌린 1LDK의 집은 청결하다고 하기는 어려웠다. 책과 잡지를 삼면의 벽을 따라 쌓아 올린 모습은 단층집을 삼키기라도 하듯 무성하게 뒤덮은 담쟁이덩굴을 떠올리게 했다. 부엌 싱크대도 사용하지도 않지만 청소하지 않아서 희뿌옇게 색이 바래 있었다. 대부분의 시간 동안 창문이 닫혀 있는 탓에 공기는 탁했다. 창문을 열자 근처에 있는 어시장에서 비린내가 어렴풋이 풍겨 온다.

그래도 가오리는 그 비좁고 갑갑한, 볕도 들지 않는 집에 있으면 마음이 편안해졌다. 가죽이 갈라진 듯한 소파에 누워 있으면 그대로 움직이고 싶지도 않았다. 지금도 가오리는 옷에 주름이 생기는 것도 상관하지 않고 소파에 누워 욕실에서 들려오는 샤워 소리와 낡은 에어컨에서 나는 덜덜거리는 소리를 들으며 잠이 드는가 싶더니 번쩍 눈을 뜨고, 팔을 툭 떨어뜨렸다가는 놀라서 눈을 뜨기를 반복하고 있었다. 눈을 뜰 때마다 어둑어둑한 방에서 유일하게 밝은 창문이 눈에 들어왔다. 반쯤 열린 커튼 사이로 보이는 하늘은 몇 가닥의 전선으로 나뉘어 있었고 회색빛이었다.

이제 당신과 만나지 않겠다고 오늘에야말로 다이스케에게 말하고야 말겠다고 가오리는 작년부터 쭉 생각해 왔다. 다이스케와 만날 약속이 있는 날은 꼭 그렇게 결심했다. 가오리는 왠지 자신이 케이크를 볼 때마다 다이어트를 결심하는 20대의 혈색 좋은 아가씨 같다고 느끼며 자조라도 하듯 웃었다.

이런 집을, 이런 삶을, 가오리는 멸시하고 있었다. 먼지투성이에 어둡고 지저분한 집. 생활을 위해 준비된 것이 아닌 집. 결혼 전에 가오리가 혼자 살던 맨션과 많이 비슷했다. 비슷한 구조 — 다다미 12장 크기의 거실과 다다미 6장 크기의 방으로 구성된 1LDK — 로 창문으로는 비슷한 풍경 — 회색이거나 연지색의 빌딩, 전선과 좁은 하늘 — 이 보였다. 그 무렵 가오리는 열심히 그 맨션을 집답게 꾸몄다. 독일제 소파를 사고 청소할 번거로움에 대해서는 생각지도 않고 북유럽 장난감으로 여기저기 장식도 하고 브랜드명이 쓰인 식기를 찬장에 채워 넣었다. 뭔가를 사고 또 사도 방은 자신이 원하는 것과는 거리가 멀어져 갔다. 꾸미면 꾸밀

수록 추악함이 더해지는 듯했다. '결혼하면'이라고 가오리는 자주 생각하곤 했다. 결혼하면, 내가 원하는 아름다운 곳에서 살 수 있을까.

문이 열리는 소리에 가오리는 눈을 떴다. 또 잠이 들었나 보다. 졸던 동안은 마치 영원한 듯 느껴졌지만, 소파테이블에 놓인 디지털시계를 보니 30분도 채 지나지 않았다. 이윽고 욕실에서 드라이어 소리가 들려왔다.

"어떻게 할까, 밥 먹을 시간은 있어?"

옷을 입고 머리를 말린 다이스케가 욕실에서 나왔다.

"아, 그러네, 밥은 무리야."

가오리는 다이스케의 말투를 흉내 내어 말했다. 밥은 무린가, 일부러 반복해 말하며 다이스케는 낮은 목소리로 웃는다.

"그럼 차라도 마시고 갈까?"

다이스케는 호텔 이름을 말한다.

"거기서 차 한 잔 때리면 너네 집까지는 택시로 금방이잖아."

"그러네, 그러면 거기서 한 잔 때리자."

가오리는 따라 말하며 더는 참지 못하고 웃었다.

다이스케를 따라 방을 나서 낡은 엘리베이터를 탔다. 가만히 가오리를 보고 있던 다이스케가 검지로 가오리의 눈가를 어루만진다.

"잤지? 아까."

"어, 왜?"

"까마귀 … 까마귀 뭐라고 하지?"

"못된 남자네. 까마귀 발자국 말하는 거지?"

"아아, 그래. 까마귀 발자국. 좋은 비유야. 시적이라고나 할까."

"뭐가 시적이야. 보통 여자들한테 그런 말 하면 안 되는 거 아닌가."

"아니, 이상한 의미가 아니라 예쁘다고 생각하거든. 모래사장에 까마귀 발자국이 나 있으면, 뭐랄까, 감동이 밀려오잖아."

가오리는 백에서 콤팩트를 꺼내어 들여다본다. 엘리베이터의 문이 열리자 서둘러 내린다.

"어차피 내 피부는 모래사장이고 잔주름은 까마귀 발자국이라는 거죠."

가오리는 종종걸음으로 거리로 나가 택시를 찾았다.

"뭘 모르는군, 가오리는."

다이스케는 투덜거리며 따라와서는 가오리가 세운 택시에 느릿느릿 올라탔다.

택시가 출발하고 채 몇 분 지나지 않아 앞 유리창에 물방울이 흘러내린다. 아아, 비네. 운전사가 혼잣말을 한다. 시트에 내려놓은 가오리의 손을 다이스케가 가볍게 잡았다. 손을 잡은 채로 가오리는 창밖을 바라보고 있다. 보도를 걷는 사람들은 아직 우산을 쓰고 있지 않았다. 빗발이 이제부터 세지려나. 에리카의 수업이 끝날 무렵에는 그치려나.

"오늘 에리카는?"

에리카를 생각하고 있는 것을 꿰뚫어 본 것처럼 다이스케가 말했다. 가오리는 백미러를 통해 운전사의 얼굴을 슬쩍 쳐다보고 작은 소리로 대답했다.

"엄마가 같이 있어."

"오늘은 무슨 날? 요리? 피아노? 체조?"

"체조 같은 거 안 배우는데."

다이스케의 말에 살짝 화가 나 가오리가 대답했다.

"시험 본다고 했나?"

가오리는 다이스케의 손에서 자신의 손을 티 안 나게 빼서는 핸드백을 열어 휴대폰을 확인한다. 부재중 메시지가 녹음되어 있다. 서둘러 재생해 들어 보았다. 엄마였다. "수업 끝나고 돌아가는 길에 에리카하고 간식 먹고 가도 될까?"라고 묻는 내용이었다. 에리카의 웃음소리가 같이 녹음되어 있다.

"저기 시험 본다고 했나?"

창밖을 보면서 다이스케가 한 번 더 물었다.

"아직 몰라."

"아직 모르는 거면 그렇게 많이 배울 필요도 없는 거 아닌가? 만약 사립에 보내려고 지금 정했다고 해도 아직 여유 있으니까 너무 빡빡하게 시키지 않아도 될 거 같은데. 기본적으로 시험이라고 해도 애들이니까 편차치(한 학생의 상대적 학력 정도를 표시하는 수치 — 옮긴이)니 뭐니 확실한 기준은 … ."

"그런 얘기 안 하기로 하지 않았나?"

이쪽을 보는 운전사와 백미러로 눈이 마주치자 가오리는 자신의 목소리가 거칠었다는 것을 깨달았다.

"예민하게 신경을 곤두세우고 있는 것도 아니고 이것저것 내가 시키는 게 아니라 애가 하고 싶다고 하는 것만 하는 거야."

가오리는 일부러 밝은 목소리로 말하고 휴대전화를 가방 안에 넣고는 다시 창 쪽으로 얼굴을 돌렸다.

다이스케에게는 중학교 1학년과 초등학교 4학년인 아이들이 있다. 둘 다 여자아이다. 가정에 대한 이야기를 하지 않기로 한 것은 교제를 시작하고부터 두 사람 사이에 암묵적으로 양해된 것이지만, 가오리가 결혼하고 에리카가 태어나고 그 후에 다시 정기적으로 만나게 되면서 다이스케는 딸들에 대해 이런저런 이야기를 했다. 그래서 가오리는 그의 딸들이 둘 다 초등학교 시험을 보고 대학까지 일관교육을 하는 사립학교에 다니고 있다는 것을 알게 되었다. 요코하마에 집이 있는 다이스케의 딸들은 초등학교 때부터 1시간 가까이 걸리는 도쿄 시내에 있는 학교에 다니고 있다는 것도, 2년 전까지 딸들의 통학시간에 맞춰서 다이스케도 빨리 집을 나와 부녀지간 세 명이서 전철을 타고 다녔다는 것도, 큰 딸이 좋아하는 것은 새우튀김이고, 작은딸이 미술부에 들었다는 것까지도 알고 있었다. 처음으로 듣는 그런 이야기가 가오리에게는 결코 불쾌하지 않았고 가오리 자신도 에리카가 처음으로 엄마라고 말했다는 것, 보행기 없이 걸었다는 것, 정기검진을 받을 때 칭찬받았다는 것, 《구리와 구라》 책을 좋아해서 몇 번이고 읽어 달라고 졸랐다는 것도 다이스케에게 주저리주저리 이야기하게 되었다. 가오리가 결혼하기 전에는 더 이상 진전이 없을 것 같던 두 사람 사이에 마치 아동관에서 마주치는 주부들 같은 분위기도 생겨나면서 이전과는 다른 의미에서 친밀해진 것처럼 느껴졌다.

하지만 에리카가 유치원에 들어가고 이후의 진학에 대해서 생각해야 할 시기가 되자 다이스케의 이야기가 가오리의 기분을 상하게 했다.

다이스케는 공립학교면 충분하다고 생각하고 있었다. 하지만 본인도 초등학교부터 사립학교에 다녔다는 다이스케의 부인이 사립학교 진학을 강력하게 희망해 입학시험을 치른 것이다. 하지만 다이스케는 아이가 어릴 때부터 뭔가를 강제로 배우게 하는 것을 싫어했기 때문에 시험공부를 시키지도 않았고 유아교실 같은 곳에는 절대 보내지 않았다. 특별히 아무것도 시키지 않았지만 그래도 두 아이 모두 무사히 합격하였다. 지금은 결과적으로 사립학교에 보내길 잘했다고 생각하고 있다. 사립학교가 모두 좋다고는 할 수 없지만 지금 다니는 학교를 선택한 것은 정답이었다. 수학여행을 자주 가고, 뻔한 커리큘럼보다는 학생의 개성을 살리는 데 중점을 두며, 가끔 매스컴에서 들리는 황폐한 수업 풍경과는 거리가 먼 학교라는 것이 다이스케의 이야기였다. 처음에 가오리는 단순히 다이스케의 딸들이 부럽다고 생각하면서 들었다. 운동부와 합창부 같은 형식적인 활동뿐만 아니라 도예니 댄스니 승마니 초등학교부터 다채로우면서도 본격적인 클럽 활동을 갖추고 있고, 여름에는 서머스쿨, 겨울에는 희망자 대상으로 스키캠프가 개최되고, 또한 히나마쓰리(3월 3일 여자아이의 행복을 기원하는 축제 — 옮긴이)와 십오야(음력 8월 15일 밤 달맞이 행사 — 옮긴이)와 같은 전통적인 행사도 실시하는 등 좋은 건 다 한다고 하는 학교에 자매가 같이 다닐 수 있다니 얼마나 행복할까. 다이스케도, 부인도 딸들에 대해서는 일찌감치 안심하고 있는 것은 아닐까.

그런 이야기를 들어 왔기 때문에 가오리는 에리카가 유치원에 들어갈 때, 여대부속 사립유치원 시험을 보게 했던 것이다. 하지만 에리카는 합격하지 못했다. 불합격이라는 사태를 예상하지 못했던 가오리는 당황하여 3년 후에 닥칠 초등학교 입학을 진지하게 생각하기 시작했다. 다이스케의 딸이 다니는 학교의 입학시험 정보를 조사해 보니 다이스케의 이야기와는 반대로 다른 학교보다 경쟁률이 매우 높았고 그 학교 입학시험만을 타깃으로 한 유아 입시교실이 있을 정도로, '특별한 것은 아무것도 시키지 않고' 합격했을 리가 없다고 생각했다. 에리카가 유치원에 간 뒤부터 가오리는 다이스케에게 합격 비결을 시시콜콜 죄다 물어보았지만 다이스케는 일관되게 '특별한 것은 시키지 않았다, 이것저것 강요하지 않고 느긋하게 키웠을 뿐'이라고 대답할 뿐 아니라 급기야는 '그렇게 까칠하게 굴지 마라, 엄마의 초조함과 불안함을 아이들은 민감하게 느끼니까'라며 설교까지 해대는 것이었다.

에리카가 제일 어린 반에서 윗반으로 오르자 가오리는 다이스케의 딸들에 대한 이야기는 피하게 되었다. 다이스케가 말하는 대로 아무것도 하지 않고 그 학교에 붙을 리가 없다. 아니면 다이스케가 아무것도 모르고 있을 뿐일지도 모른다. 공립학교에 가도 상관없지 않으냐고 느긋하게 말하며 거의 집에도 들어오지 않는 남편은 단념하고 부인 혼자서 딸을 유아 입시교실에 다니게 하고 집에서도 공부시켰던 것은 아닐까. 남편 마모루도 에리카가 유치원 시험에 떨어지자 '시험은 지긋지긋하다'며 초등학교는 공립도 좋다는 의견이었다. 사립학교를 희망하는 가오리와 의견이 대립하여 험악한 분위기가 된 적도 몇 번이나 있었다. 말싸움이 시작되면 언제나 가오리에게 지고 마는 마모루는 최근에는 에리카의 진학에는 상관하지 않기로 마음먹었다. 에리카가 배우는 것들에 대해서도 '반대하지는 않으니 비용은 대겠지만 찬성하는 것도 아니므로 자신은 관여하지 않겠다'고 했다. 다이스케도 분명 그랬을 것이다. 다이스케의 부인이 고군분투하여 딸들을 들어가기 어려운 명문학교에 입학시켰을 것이라고 가오리는 다이스케와 마모루를 겹쳐 생각하기도 했다.

딸들의 학교를 아무 생각 없이 칭찬하는 다이스케와 함께 있을 때마다 그가 미워지는 자신의 모습에 가오리는 쓴웃음이 났다. 남편도 친척도 아니고, 좋아서 만나는 사이인데 미워할 필요가 있을까. 그의 이야기에 신경이 초조해지고 그의 무신경함을 증오할 정도라면 망설일 것 없이 헤어지면 그만이다. 그래서 가오리는 다이스케에게 제안한 것이다. 서로 가정사는 아예 이야기하지 말자고.

"아아, 본격적으로 내리기 시작했네."

다이스케가 중얼거린다. 택시는 호텔 현관에 들어섰다. 가오리는 먼저 택시에서 내려 다이스케가 택시비를 지불하는 동안 슬쩍 손목시계를 보았다. 엄마와 에리카가 카페에서 케이크를 먹고 오는 거라면 1시간은 괜찮을 거라고 재빨리 계산했다. 다이스케가 택시에서 내렸고 나란히 호텔 입구로 향했다. 제복을 입은 종업원이 정중히 머리를 숙여 맞이했다.

"조금 여유 있어요."

회전문을 지나며 가오리가 말했다.

"그거 다행이군. 비 오는 날 차 마시는 것도 좋지."

"미안해요. 멀리 돌아가게 해서. 오늘은 철야해야 되는 거 아냐?"

다이스케를 올려다보고 미소를 지으며 가오리는 이상하게 느껴졌다. 나와 이 사람을 이어주는 것은 도대체 무엇일까 싶어 이상한 생각이 들었다. 사랑에 가까운 것일까, 연정에 가까운 것일까, 타성에 가까운 것일까, 아니면 자신도 모르는 종류의 그 무엇일까.

*

친정은 예상한 대로 결코 편하지 않았지만 마유코는 맨션으로 돌아가는 것도 불안했다. 유스케는 다른 남편들보다는 집안일에 협조적이고 청소를 안 하거나 저녁을 사 온 반찬으로 때우거나 시켜 먹어도 싫은 소리 한 번 안 하지만, 아침 일찍 나가 귀가하는 것은 대략 밤 9시가 지나서이다. 온종일 혼자 레나를 돌봐야 한다. 내가 할 수 있을까 불안했다.

만삭이 되자 바로 친정에 온 마유코가 근처 가장 큰 병원에서 출산한 것은 10월 중순이었다. 여자아이였다. 여자아이라면 레나, 남자아이라면 레오. 그렇게 이름을 짓기로 남편과 며칠 밤을 이야기해서 정했다. 마유코의 부모님은 외국인 같은 이름이라며 꼬투리를 잡았지만 아빠가 추천하는 '히로코'나 '유코', 엄마가 추천하는 '미쓰코', '하나코'에 양보할 생각은 없었다.

의사가 언제 태어나도 이상할 것이 없다고 말한 날도 아침 7시에 마유코를 깨우고 아침식사 준비를 돕게 하고 청소를 시켰던 엄마였다. 그런데 첫 손주는 여간 아니게 귀여웠는지 아빠와 엄마가 서로 경쟁이라도 하듯 목욕을 시키고 기저귀를 갈고 어르고 달래며 보살펴 주었고, 근처에 혼자 사는 언니도 와서 '레나, 레나'를 부르고 안아 주며 곁을 떠나려 하지 않았다. 실제로 마유코는 큰 도움을 받고 있었다. 이렇게 손주, 조카를 귀여워해 주는 사람들이 없다면 목욕, 기저귀 가는 것, 달래는 것까지 전부 혼자 해야 하는 거라고 생각하면 좀처럼 집으로 갈 엄두가 나지 않았다.

드디어 마유코가 "내일 갈게요"라고 한 것은 부모님이 가라고 말한 것도 유스케가 재촉해서도 아니었다. 치카에게 전화가 왔기 때문이었다.

"예정일에 전화하고 싶었지만 그날 태어났는지도 모르고 해서 조심스러웠거든. '이제 전화해도 되지 않을까'라고 히토미 씨가 얘기해서 내가 걸게 된 거야. 출산 힘들었어? 마유코 씨는 건강하고? 남자애? 여자애?"

전화기 너머로 들리는 들뜬 목소리에 여름방학 동안 못 만났던 친한 친구들처럼 그리움이 느껴졌다. 여자아이이고 레나라는 이름이라고 마유코가 말하자 치카는 두 아이의 엄마라고는 생각도 못 할 정도로 떠들어 댔다.

"어머, 여자아이구나. 우리랑 똑같네. 저기 언제 돌아와? 빨리 레나 보고 싶다. 전에 마유코 씨가 말했던 사진관에 다 같이 가자. 재밌겠다. 그렇구나, 여자애구나."

"근데 ⋯."

치카의 목소리를 들으며 빨리 도쿄에 돌아가 이전처럼 다 같이 피크닉을 가거나 누군가의 집에 모였으면 좋겠다는 생각이 들었지만 마유코는 어리광 부리는 목소리로 도쿄에서 혼자 애를 볼 수 있을지가 걱정이라고 속마음을 털어놓았다.

"어머, 무슨 말을 하는 거야. 혼자가 아니잖아. 나도 히토미 씨도 요코 씨도 있잖아. 무슨 일이 있으면 바로 달려갈 거야. 우리는 친정도 가까우니까 우리 엄마도 부려먹어도 된다니까."

치카는 전화로 그런 이야기까지 했다.

그럼 곧 갈게. 가면 연락할게요. 그렇게 말하고 전화를 끊자마자 마유코는 거실로 가서 "엄마, 나 내일 돌아갈게"라고 말했다.

주말이면 자기가 데리러 가겠다고 유스케가 말했지만 마유코는 말 그대로 치카한테 전화가 왔던 다음날, 짐은 도쿄로 부치고 레나를 안고 우에노행 전철에 올라탔다.

더위가 남아 있던 때에는 아직 태어나지도 않았던 아이를 안고 혼자 전철을 타고 중간에 지하철로 갈아타는 일은 마유코에게는 대모험이었다. 붐비는 JR에서 레나가 울기 시작했을 때는 기겁할 정도였고, 혼잡한 중앙 홀에서는 레나가 케이크처럼 찌부러지는 것은 아닌가 싶어 간담이 서늘해지기도 했고, 아기띠는 점점 무거워져 왔다. 이제 코트를 걸치는 계절이 되었는데도 땀투성이가 되어 걸었다. 지하철에서 내려 지상으로 향하는 계단을 다 올라갔을 때는 그리움과 안심으로 그 자리에 주저앉아 울어 버릴 것만 같았다.

그래서 맨션 입구에서 6층에 사는 마담과 만났을 때, 그렇게 친한 사이가 결코 아닌데도 자기도 모르게 오랜만이라며 달려가고 싶을 정도였다. 게다가 거의 인사밖에 나눈 적 없던 마담이 "어머, 시게타 씨, 아기?"라며 놀란 얼굴로 다정스레 다가오자 마유코는 더는 참지 못하고 거의 울 것 같은 얼굴로 치카와 히토미에게 말하듯 호소했다.

"아기 낳았어요, 나, 혼자서 처음으로 이 애를 데리고 전철도 탔다구요."

"어머나, 힘들었겠어요. 혼자서라니 대단해. 첫 외출인 거죠? 예쁜 아기네요. 여자애인가?"

마담은 만면에 웃음을 띠고 레나의 작은 손을 검지로 살짝 건드려 본다. 누가 봐도 도시의 부인 같은 모습으로 빈틈없이 멋을 부리고 친한 듯 다가가면 예상 밖의 반응을 보이는 마담은 분명 자신과는 다른 세상 사람일 거라고 마유코는 머릿속 한편으로 생각하고 있었다. 하지만 너무나 상냥하게 마냥 기쁜 듯 보이는 마담의 옆얼굴을 보고 있자니 코끝이 찡해져, '아, 이러면 안 되는데'라고 생각할 틈도 없이 두 눈에서 주르륵 눈물이 떨어졌다. 아, 이러면 안 되는데, 이상한 여자라고 생각할 거야, 왜 눈물이 나는 거야, 울면 안 돼, 울면 안 돼. 마음속으로 생각하면 할수록 어지간히 긴장하고 있었는지 눈물이 계속해서 흘러내렸다.

"어머."

마담은 울고 있는 마유코를 보자 놀라 나지막이 소리를 질렀다.

"어머, 왜 그래요? 어디 아파요?"

"어머, 몰라. 아니에요. 미안해요, 안심이 돼서. 전철이니 환승이니 엄청 긴장했거든요. 아저씨들은 아무렇지도 않게 밀고 들어오지. 아아, 다행이다, 집에 돌아왔구나 싶으니까 안심해서. 어머, 몰라, 나, 바보 같애."

마유코는 눈물과 콧물을 손등으로 닦으며 겨우 웃는 얼굴을 지어 보였다.

"저기, 시게타 씨. 여자아이죠? 장난감이라든가 옷이라든가 안 쓰는 거 드릴까요?"

조심스레 마유코와 아기를 번갈아 보던 마담은 마치 좋은 생각이라도 난 듯 눈빛을 반짝이며 말했다.

"어머, 그래도 돼요? 그럼 미안한데. 미안하잖아요."

"아니, 그냥 둬 봤자 쓰레기가 될 뿐인걸. 우리 애는 이제 곧 초등학생이에요. 버리지도 못하고 그렇다고 옷장에 여유도 없고 곤란했던 참이에요. 나중에 가지고 갈게요. 물론 필요 없으면 버려도 상관없어. 지금부터 에리 ⋯ 딸을 데리러 가는데 갔다 와서 바로 가지고 갈게요."

마담은 빠른 어조로 이야기하고 종종걸음으로 현관을 나가 뒤돌아보며 손을 흔들고는 그대로 서둘러 나갔다.

적막한 집으로 돌아와 미리 준비해 두었던 아기침대에 레나를 눕히고 배낭에서 기저귀와 젖병, 갈아입힐 옷을 꺼내고 방에 바뀐 것은 없는지 여기저기 둘러보다가, 아마도 인사치레로 한 말일 거라고 마유코는 생각했다. 내가 갑자기 울기 시작하니까 가지도 못하고 그런 말을 해준 걸 거야. 말한 대로 가지고는 오겠지만 애가 벌써 대여섯 살은 되었을 거고 아무리 그래도 유아용 옷이나 장난감이 남아 있을 리가 없겠지. 그래도, 그래, 책, 책을 갖다줄지도 모르겠네. 그럼 좋고. 나는 책 같은 거 고를 줄도 모르고. 좋은 사람이구나, 그 사람. 아기를 좋아하는 것도 같고.

한 시간을 기다려도 마담이 오지 않자 냉장고 안을 살펴본 후 아기띠를 사용하여 레나를 안고 근처 슈퍼마켓까지 두 번째 모험에 나서려고 마유코가 점퍼를 입고 있을 때 현관 인터폰이 울렸다. 문을 열자 마담과 딸아이가 서 있었다. 마담은 양손에 두 개,

아마도 에리카라는 이름이었던 여자아이는 하나, 쇼핑백을 들고 있었다. '잡지에 실려 있는 엄마 모델과 어린이 모델 같다'라고 순간 마유코는 생각했다.

"늦어서 미안해요. 이거, 양이 좀 많아졌는데 괜찮을까?"

마담이 말하자 "와, 아기다, 귀여워"라며 에리카가 까치발을 하고 레나를 들여다본다.

"어머, 이렇게 많이 주셔도 돼요? 정말 가져다주시다니."

"괜히 쓰레기만 늘린 게 아니라면 좋겠는데."

마담이 쑥스러운 듯 웃는다.

"저기, 차 마시고 가실래요? 일부러 오셨는데."

"아니, 괜찮아. 그냥 여기서 실례할게요."

"그렇게 오래 붙잡지 않을게요. 과자도 아무것도 없지만 어서 들어와요"라고 말하며 마유코는 두 사람을 안내하듯 복도를 걸어가기 시작했다. 엄마, 아기 보고 싶어. 그럼 아주 잠깐만 들어갈까? 에리카, 얌전히 굴어야 해. 작은 목소리로 이야기하는 소리가 들리고 거실로 이어진 문을 마유코가 열었을 때, "실례합니다"라는 모녀의 목소리가 들렸다.

전에 살던 아파트에서 가져온 원형테이블 의자에 마담과 에리카가 다소곳이 앉았다. 레나를 아기띠로 안은 채 부엌을 부지런히 왔다 갔다 하며 찬장이라는 찬장은 다 열어 보았지만 홍차도 일본차도 없었다. 냉장고에는 페트병에 들어 있는 녹차와 콜라밖에 없었다. 하는 수 없이 마유코는 술집에서 받았던, 캐릭터가 그려진 컵에 녹차와 콜라를 따라 두 사람 앞에 내놓았다. 회색 반소매 니트에 진주 목걸이를 한 마담과 황록색의 유난히 어른스러운 원피스를 입은 에리카가 앉아 있으니 테이블도, 술집에서 받은 컵도 한층 더 초라해 보여서 가구를 새로 맞추지 않은 것을 마유코는 속으로 후회했다.

"잘 먹겠습니다."

마담이 말하자 "잘 먹겠습니다"라며 에리카도 공손히 말하고 양손으로 감싸듯 컵을 들어 마신다.

"와, 이거 뭐야? 처음 먹는 맛이야."

에리카가 말해서 마유코는 철렁했다. 이 사람들은 콜라 같은 건 마시지 않는 걸까.

"그거 콜라야. 콜라 주면 안 되는 거였나?"

마유코는 주뼛주뼛 마담에게 물었다.

"안 된다니 그런 거 없어요. 맛있지? 콜라."

마담은 에리카를 쳐다보았다.

"응, 맛있어."

에리카가 눈을 동그랗게 뜨고 대답하자 마담이 웃었다. 왠지 애가 연기하는 것 같다고 생각했던 마유코도 함께 웃었다.

"저기, 봐도 돼요? 가지고 오신 거."

마유코는 아기띠를 풀어 레나를 아기침대에 눕히고 마루에 주저앉아서는 마담이 가져온 쇼핑백을 끌어당겼다. 쇼핑백 하나는 버버리, 또 다른 하나는 입생로랑, 에리카가 가지고 있던 작은 쇼핑백은 프라다 거였다. 이 사람들 같은 맨션에 살고 있지만 생활 레벨이 심하게 다를지도 몰라. 아니면 허세를 부리려고 브랜드 가게의 쇼핑백을 골라 온 것일지도 몰라. 마유코는 가방에 들어 있던 내용물을 꺼내고는 "어머나" 하고 자신도 모르게 큰 소리를 내고 말았다. 책이나 사용하지 않는 크레용, 입어서 좀 낡아진 커버올 종류일 거라고 상상했는데 정성껏 접어 쇼핑백에 넣어 가져 온 갓난아기용 포대기, 스웨터, 커버올 등은 그야말로 모든 게 새 것 같아 보였고, 색이 바래거나 누렇게 변한 것 하나 없을뿐더러 클리닝 태그까지 붙어 있었다. 원피스와 코트, 바지에 투피스도 있었는데 그 옷들은 레나가 좀더 커야 입을 수 있겠지만 모두 브 랜드 제품이었다.

"엄마, 아기 봐도 돼?"

에리카가 말하자 마유코가 들떠서 말한다.

"괜찮아, 괜찮아. 봐. 얼마든지 봐."

"미안해요, 사이즈가 좀 큰 것도 있는데."

"전혀 무슨 그런. 그런데 이거 받아도 돼요? 다 굉장히 비싼 거 잖아요? 게다가 이렇게 많이 … ."

또 다른 가방에는 털실로 짠 인형과 목재 퍼즐, 천장에 매다는 회전목마 모빌이 들어 있었고, 프라다 가방에는 마치 장식품 같 은 작은 구두와 가방이 들어 있었다.

"이렇게 공짜로 받다니 거짓말 같애."

마담은 그 말을 듣자 왠지 웃음이 나왔다.

"좋아해 주어서 다행이야."

너무 웃어서인지 눈꼬리의 눈물을 닦으며 말했다.

"시게타 씨, 뭐라고 해야 할까, 기분 좋은 사람이네요. 정말, 좋아해 주어서 다행이에요."

"엄마, 봐요! 이 아기 내 손 잡고 있어! 봐, 악수하는 거야."

마담은 일어나 아기침대 가까이 다가갔다. 마유코도 보러 갔다. 작은 에리카의 검지를 레나가 더 작은 손가락으로 꽉 쥐고 있었다. 마담과 마유코가 들여다보자, 레나가 씨익 하고 이도 없는 입을 옆으로 벌리며 웃었고 에리카가 탄성을 질렀다.

"엄마, 귀여워, 귀여워요."

"정말, 귀엽다. 왠지 옛날 생각이 나는 거 같아요. 아기."

에리카와 마담은 입가에 웃음을 띠며 넋을 잃고 레나를 보고 있었고, 마유코는 갑자기 기쁨이 몰려왔다. 집으로 돌아오길 잘했다고 진심으로 생각했다.

"애기가 크면 에리카랑 같이 놀 수 있어."

"언제가 되면 말할 수 있어요?"

아기침대를 들여다보면서 마담과 에리카가 소리를 죽여 가며 이야기하는 모습을 보자니, 연극이라도 하는 듯함을 넘어 뭔가 드라마를 보고 있는 것 같았다. 그렇게 자기 자신도, 나쁜 사람은 한 사람도 등장하지 않는 그 드라마에 같이 출연이라도 한 듯한 기분이 들었다.

"이 동네, 좀 불편하다고 생각했지만 굉장히 좋은 곳 같아."

그런 기분에 잠긴 채, 마유코는 혼잣말처럼 말했다.

"아니면 그냥 내가 운이 좋은 걸지도 몰라. 아이가 생겼을 때 여기서 혼자 애를 키울 수 있을까 걱정했는데 맘친들도 생겼고, 그 사람들이 어려운 일 생기면 이야기하라고 말해 주어서 친정 부모님보다도 훨씬 의지할 수 있을 거 같고. 이사한 곳에서는 마담처럼 친절한 사람도 만나고 이렇게 잘 해주시니. 나, 이사하고 왠지 운이 트인 걸지도 몰라."

"마담이라는 건, 나?"

마담은 어리둥절한 얼굴로 묻고는 또 웃기 시작했다.

"시게타 씨, 정말 재밌어요."

"앞으로도 여러 가지로 잘 부탁드려요."

마유코는 마담을 향해 깊이 머리를 숙여 인사했다. 마담은 계속해서 웃고 있었다.

30분이 채 지나지 않아 "너무 오래 있어도 실례니까"라며 마담은 에리카의 손을 잡고 현관으로 향했다. 마유코는 좀더 있었으면 하는 마음이었지만 저녁 준비도 해야 할 테니 붙잡는 것도 민폐일 거라고 생각했다.

"정말 정말 고마워요. 너무 기뻐. 주신 거 소중하게 쓸게요."

현관까지 배웅을 나갔다. 복도를 걷는 두 사람의 스타킹과 양말을 신은 발을 보고 슬리퍼 정도는 사야겠다고 마유코는 생각했다.

"그럼 실례 많았어요. 또 봐요, 시게타 씨."

마담이 웃는 얼굴로 말했다.

"실례 많았습니다."

에리카가 예의 바르게 머리를 숙였다.

그날 밤 귀가한 남편에게 마유코는 오늘 하루 있었던 일을 차례차례 이야기했다. 남편이 침실에 옷을 갈아입으러 갈 때도, 욕실에서 손을 씻을 때도, 거실의 아기침대에서 조심조심 레나를 안아 올릴 때도 옆에 딱 붙어서 이야기를 계속했다. 도쿄까지 오는 동안의 모험담보다도 6층에 사는 마담에 대해 열심히 이야기했다. 맥주를 마시면서 조금 전 도착한 배달 피자를 먹는 남편에게 아까 받은 옷과 장난감을 하나씩 보여주며 그것이 어떤 브랜드이고 새것을 사면 얼마 정도 하는지 하나하나 자세히 설명했다.

"이사해서 정말 다행이야. 그때 무리해서 계약하기를 정말 잘한 거야."

웃으며 팔에 안은 아기를 보면서, 남편에게라기보다, 딱히 누구에게랄 것 없이 마유코는 중얼거렸다.

제4장

1998년 6월

취재하고 싶다는 작가에 대한 이야기를 히토미는 유치원 바자회 때 치카에게 들었다. 아직 장마가 본격적으로 시작된 것은 아니었지만 6월에 들어서부터는 매일 비가 왔고 그날도 공교롭게 비가 오는 날이었다. 정원에서 개최될 예정이었던 바자회는 각각의 교실에서 열렸다. 4세반과 5세반 교실에서는 아이들이 만든 것을 물물교환하는 코너, 6세반 교실에서는 판매액 전부가 자원봉사 단체에 기부되는 학부모 바자회 등이 열렸다. 책상과 의자를 치우고 바닥에는 색색의 돗자리가 빈틈없이 깔려, 코너별로 나뉘어 있다. 평일이어서 히토미는 작년 7월에 태어난 아카네를 아기띠로 안고 참가하였다. 치카도 작년 8월에 여자아이를 낳았다. 모모코라는 이름의 아기를 오늘은 친정어머니에게 맡기고 온 듯했다. 고타로는 5세반에 올라와서 올해는 가즈토시와 같은 제비꽃

반이 되었다.

히토미도 요코도 바자회에 아무것도 출품하지 않았지만 치카는 인형과 레이스로 짠 컵받침, 피터 래빗과 스누피 자수를 놓은 도시락가방과 신발주머니를 팔고 있었다. 치카의 어머니가 바자회를 위해 의욕적으로 만든 것 같지만 겨우 5백 엔 정도의 가격을 붙였을 뿐이었다. 플리마켓은 아니지만 고액 거래는 하지 않는다는 암묵의 룰이 있는데, 히토미가 보기에는 재료비가 훨씬 비싸게 들었을 물건을 바자회에 가지고 오는 치카와 그 어머니의 사고방식이 이상하다고 생각했다. 다른 학부모들은 낡은 그림책과 만화, 게임센터에서 받은 것 같은 인형, 남편 회사의 재고품을 가져온 듯한 어린이용 양말, 취미로 만든 종이공예품 등을 출품했다. 치카의 출품 물건들은 시판 물품처럼 번듯해서 눈 깜짝할 사이에 팔려 나갔다. 히토미와 요코는 같이 스누피 도시락가방을 사고 마유코에게 선물로 줄 인형을 샀다.

히토미와 요코는 치카의 코너를 도와주고 있었는데 물건이 거의 다 팔려서 요코가 가지고 온 포트에 든 홍차를 마시며 숨을 돌리고 있을 때, 치카가 그 이야기를 꺼낸 것이다.

마유코에게 들은 이야기이므로 확실한 것은 아직 잘 모른다는 전제를 두고 치카가 말하기를, 사립유치원에 아이를 보낸 엄마들을 취재하고 싶다는 여성작가가 있다는 것이다. 그녀는 아이들 교육에 대단히 흥미를 느끼고 있는 듯했고 동시에 과열되고 있는 유명 유치원, 유명 초등학교 입시에 의문점을 가지고 있다고 했다. 지금 현재, 유치원생을 키우고 있는 엄마들을 만나 이야기를 꼭 듣고 싶다고 그 작가가 부탁했다는데 협력할 생각이 있느냐는 얘기였다.

"마유코 말로는 출판사에 근무했던 엄청난 미인 마담의 소개기 때문에 그렇게 이상한 건 아닐 거래. 하지만 혹시 거절한다고 해도 딱히 꼭 들어줘야 할 이유가 있는 것도 아니니까 신경 쓰지 않아도 된대."

"미인 마담이니까 이상한 이야기는 아니라니 마유코다운 말이네."

히토미가 웃었다.

"근데 지금 과열되고 있어? 아이들 입시라든가."

요코가 물었다.

"응, 그렇지 않나? 올해 유타는 백합반이지? 백합반은 꽤 대단한 사람들이 많은 거 같아."

"대단하다니 어떻게?"

히토미가 물었을 때, "유타 엄마, 슈크림 있는데 먹을래요?" 하며 작년에 같은 반이었던 아이엄마가 치카의 코너 쪽에 무릎을 대고 다가와 사각상자를 내밀었다.

"이거 에마 엄마가 직접 만든 거야."

"어머, 그래도…."

치카는 히토미와 요코를 살짝 뒤돌아보았다. 상자에 들어있는 슈크림은 두 개. 자기만 먹을 수는 없다고 순간 생각했을 것이다.

하지만 상자를 내민 아이엄마는 히토미와 요코를 개의치 않고 그 자리에 진이라도 치듯 이야기를 시작했다.

"나 오늘 퀼트 식탁매트 팔았어. 마마가 만든 거. 유타 엄마 것도 마마가 만드신 거지? 이것도 가져가라, 저것도 가져가라, 짜증 나요."

"치카 씨, 나 잠깐 아이한테 우유 주고 올게."

히토미가 토트백을 들고 일어나자 요코도 잠자코 따라 일어났다.

아이들 그림이 전시된 복도를 히토미는 요코와 나란히 걸었다. 후후훗 하고 요코가 웃는다. "마마래"라고 작은 소리로 말했다.

"그러게."

히토미도 웃었다. 아카네가 칭얼댄다.

"마마라니, 자기 친정엄마를 어떻게 그렇게 부르지? 창피해서."

교실 한 곳을 휴게실로 쓰고 있었다. 몇몇 4세반 아이들이 엄마에게 안겨 잠을 자거나, 한쪽 구석에 모여 어떤 엄마가 보여 주는 종이연극을 넋을 잃고 보고 있었다. 히토미는 비어 있는 의자에 앉아 아카네에게 우유를 먹였다.

"어떻게 생각해? 아까 그 이야기."

실눈을 뜨고 열중해서 우유를 먹고 있는 아카네를 내려다보며 요코가 물었다.

"그러게, 좀 어떨까 싶은데."

"그래?"

"딱히 아는 척하고 말할 게 아무것도 없는걸. 아이들 교육에 열심인 엄마들에 대해서 특별히 생각하는 것도 없고."

"뭐, 그렇긴 해."

우유를 먹인 후 히토미는 요코와 함께 휴게실을 나와 아이들이 물물교환 가게를 차린 교실을 보러 갔다. 아이들은 일찌감치 가게놀이에 싫증이 났는지 아예 자기네 마음대로 놀고 있었다. 유타는 다른 아이들과 뛰어다니고 있었고 고타로는 같은 반 남자아이와 고무공으로 놀고 있었다. 가즈토시의 모습은 보이지 않았지만 다른 교실에서 놀고 있을 것이다. 요코는 웅크리고 앉아, 파는 사람 없이 진열된 점토공예품들을 집어 들고 찬찬히 들여다보고 있었다.

"그거 내가 만든 거예요."

6세반 남자아이가 달려와 진지한 얼굴로 말한다.

"아주 잘 만들었네."

"멋있다!"

요코와 히토미는 입을 모아 칭찬했다.

"그래도 돈으로는 살 수 없어요. 그런 규칙이니까. 갖고 싶으면 교환할 수 있는 걸 가지고 와야 해요."

단숨에 말하고는 다시 달려 나가 버렸다. 요코와 히토미는 남자아이의 어른스러운 말투가 재미있어서 얼굴을 마주하고 웃었다.

"1년 만에 저렇게 어른스러워지네요."

"고타로는 아카네가 있으니까 괜찮아. 우리도 형제가 있으면 좋을 텐데."

점토공예품을 하나하나 들어보며 요코가 조용히 말했다.

"낳지 그래?"

"음, 우리는 남편이 …."

머뭇거리며 고개를 숙이는 요코를 보며 히토미는 "낳지 그래?" 같은 말을 쉽게 한 것을 바로 후회했다. 집집마다 각자의 사정이 있는 것이다. 화제를 바꿔야 할 거 같아 복도에 붙여 놓은 그림 쪽으로 시선을 돌리자, "우리, 꽤 오랫동안 안 하고 있어, 그거" 라며 작은 목소리로 요코가 말했다.

"네?"

무심결에 되물은 것은 요코가 무슨 말을 하는지 전혀 몰랐기 때문이다. 요코는 부부 생활에 대해 이것저것 말하는 타입이 아니었다.

"그니까, 왜 그거, 밤에 …."

"아, 아."

요코가 그 말까지 하게 두면 안 될 거 같아 히토미는 당황하여 끄덕였다.

"우리도 그래요, 고타로한테 형제가 필요하다는 것 때문이었던 거고, 그다음에는 뭐 …."

거기까지 말할 필요는 없다. 하지만 요코가 털어놓아 주었기 때문에 나도 뭔가 말해야 하는데 …. 혼란스러운 히토미는 앙 하고 우는 아이의 울음소리에, 다행이라는 생각을 하며 아이가 우

124

는 쪽을 바라보았다.

울고 있던 아이는 하야테라는 백합반 남자아이였다. 옆에 유타
가 서있었다. 곁에 있던 아이엄마가 두 사람에게 다가가 "싸우면
안 되잖아"라고 타이르고 있었다. 히토미와 요코도 다가갔다.
"유타가 물었어"라며 하야테가 울고 있었다. 정말 통통한 팔에 이
빨 자국이 남아 있었다.

"얘, 유타야. 친구를 물면 안 되는 거야. 무는 건 아주 나쁜
거야."

옆에 있던 아이엄마가 이야기하자 유타는 히토미와 요코에게
다가와 "나 안 물었어요"라고 호소라도 하듯 말했다. 히토미는 전
에 다 같이 공원에 갔을 때의 일이 떠올랐다. 고타로가 울었던 때
다. 하지만 그때도 지금도 제대로 보지 않았기 때문에 유타를 혼
낼 수 없었다.

"이제 슬슬 정리할 시간입니다!"

선생님이 나타나 소리치자 유타는 바로 달려 나가 버렸다.

바자회 종료 후에는 근처 레스토랑에서 마무리 파티를 하기로
되어 있었다. 3시에 시작해서 1시간 정도면 끝난다고 했다. 아카
네도 있고 해서 히토미는 그냥 집에 갈 생각이었으나 "아기 데리
고 온 다른 엄마들도 있으니 괜찮아, 가자"며 치카가 붙잡고 요코
도 간다고 하니 결국 그녀들과 함께 레스토랑으로 향했다.

파티라고는 해도 요리와 술이 나오는 것은 아니고 케이크와
차, 아이들에게는 주스가 나왔다. 학부모 중 한 사람이 레스토랑

주인과 아는 사이인 듯 큰길에서 조금 들어간 곳에 있는 식당을 통째로 빌려 아이들이 아무리 소란을 피워도 종업원들이 싫어하는 기색을 보이지도 않았다. 치카의 말대로 아기를 데리고 온 엄마들도 있고 화목한 분위기였다. 히토미는 살짝 참가자들을 둘러보고 하야테의 엄마를 찾았다. 하야테도 아이엄마도 보이지 않아 그것만으로도 안심하고 있을 때였다.

"유타 엄마."

조금 전 두 아이를 중재했던 엄마가 의자에 앉으려는 치카의 뒤에서 얼굴을 내밀며 이야기를 걸었다. 아, 하고 히토미는 생각했다.

"왜?"

치카는 상냥하게 웃으며 뒤돌아보았다.

"아까 유타가 하야테를 물었어요."

"어머, 정말?"

"그래. 그래서 내가 혼냈거든. 피가 날 정도는 아니었지만 내일 하야테 엄마 만나면 사과하는 게 좋을 거 같은데."

히토미는 케이크를 자르면서 이야기에 귀를 기울였다. 치카는 가만히 아무 말 없이 그녀를 보고 있다가 "그때 본 거야?"라고 목소리를 낮추어 물었다.

"못 봤지만, 그 자리에는 유타와 하야테밖에 없었는걸."

"그래도 못 본 거네?"

어색한 분위기가 두 사람 사이에 흘렀고, 치카 옆에 앉아 있던 히토미는 긴장했다.

"그래도 두 사람밖에 없었고 하야테 팔에는 이빨 자국이 … ."

"알았어. 오늘 집에 가면 유타에게 제대로 물어볼게. 그래서 정말로 유타가 나쁜 거 같으면 내일 사과하러 갈게. 고마워, 알려 줘서."

치카는 그 이야기는 그만하자는 듯한 말투로 부드럽게 말하고 는 "저기, 어떻게 할 거야, 아까 그 얘기"라며 나란히 앉아 있던 히토미와 요코를 향해 몸을 내밀며 물었다. 그 엄마는 슬쩍 이쪽 을 보고는 안쪽 자리로 돌아갔다.

"그러게, 아직 잘 모르겠지만."

요코가 애매하게 대답했다.

"나는 안 하는 게 좋을 거 같아"라고 히토미가 말을 꺼냈을 때, "뭔데? 무슨 얘기?"라며 큰 테이블 건너편에 있던 다른 엄마가 치 카에게 물었다. 작년에 고타로와 같은 반이었던 호코라는 아이의 엄마였다. 치카는 그녀에게 "유아교육에 대한 취재 요청을 받았 거든"이라고 간단히 설명해 주었다. '그런 이야기 호코 엄마에게 이야기하지 않는 게 좋은데'라고 히토미는 내심 생각했다.

"그렇구나. 유타 엄마 그런 방면으로 열심이니까."

"무슨. 아무것도 안 해요. 이런 태평한 엄마 이야기를 듣고 싶 어 하는 거 아닐까?"

치카가 웃자 호코 엄마의 옆에 있던 아이엄마도 이쪽으로 얼굴 을 돌리며 이야기에 끼어들었다.

"또, 또! 유타는 수영도 영어도 하잖아요. 아무것도 안 한다고 하면 안 되죠. 그런 애가 반에 한 명은 있죠. 시험 보기 전에 '나 아무것도 공부 안 했어'라고 해놓고는 100점 맞는 아이."

히토미는 깜짝 놀라 그녀를 보았다. 6세반 아이엄마였다. 친근한 말투로 보아서는 치카와 사이가 좋은 듯했고 그런 사이에서만 통용되는 농담일지 모르겠지만 말이 좀 심하다고 생각했다. 무엇보다 치카가 이른바 그런 교육열이 넘치는 엄마가 아니라는 것을 지금은 히토미도 잘 알고 있다. 유타가 배우고 있는 것도 본인이 하고 싶다고 하니까 시키고 있을 뿐이었다. 그만두고 싶다고 하면 금방이라도 그만두게 할 거라고 치카 자신이 말했다. 그러나 치카는 화를 내는 대신에 '아니야, 너무해'라며 웃고 있었다. 치카는 발이 넓다. 낯을 가리지도 않고 주눅 드는 성격도 아니기 때문에 누구와도 금방 친해졌다. 웃고 있는 치카를 보며 '이 엄마와 치카는 내가 생각하는 것보다도 훨씬 친하겠지'라고 히토미는 생각했다. 우리들보다도 훨씬 더.

큰 테이블에 둘러앉은 엄마들은 바로 초등학교 입시에 대해 활발하게 이야기를 시작했다. 누구누구는 국립대부속 초등학교만 시험 볼 거래. 그쪽 전문 학원이 있는데 지금 유치원 같은 데나 다니고 있을 때가 아니라며 그 애는 이제 거의 오지 않더라고. 어머, 나는 N여대부속으로 정했어요, 내가 거기 출신이라. 이런 거는 숨기지 말고 얘기하는 게 좋아요. 그러고 보니까 어떤 집은…… 여름방학 때 이탈리아에 간 거 알고 있어? 유아교실에서 여름방학

추억 만들기가 숙제라서 간 거예요. 그 정도는 기본이죠. 우리는 홋카이도 갔었지만.

계속해서 이어지는 엄마들의 화제에 히토미도 요코도 끼어들 수가 없었다. 그저 눈을 동그랗게 뜨고 이야기를 귀담아들을 뿐이었다. 지루한지 아카네가 칭얼거리기 시작해서 히토미는 자리에서 일어나 구석 쪽으로 가서 몸을 흔들어 아카네를 달랬다.

"와, 대단해. 이탈리아에 가족 네 명이 가면 돈이 얼마나 드는 거야?"라는 치카의 얼빠진 듯한 목소리가 들리고, "유타 엄마 진짜로 아무것도 모르는구나. 해외 나가는 건 오히려 마이너스야. 그 집 엄마 착각하고 있는 거야"라는 말이 이어졌다. 다른 엄마가 몸을 내밀며 물었다.

"그럼 어떻게 하는 게 플러스인데?"

"제일 좋은 건 야쓰가타케나 가루이자와 같은 자연 속에 가서 아빠랑 곤충을 잡아 관찰하거나 엄마랑 소젖 짜기 체험을 하거나 셋이서 반합으로 밥을 짓거나 그런 거예요. 너무 호화로우면 안 돼요. 모두가 같이 체험하고 배우는 그런 가족이라는 인상을 주는 것이 중요한 거지."

"또, 또. 유타 엄마 아무것도 모르는 척하면서 얄밉게 정보만 캐내고 말이야."

"너무해. 바로 그런 식으로 말한다니까."

치카는 화를 내기는커녕 깔깔거리며 웃고 있었다.

내가 왜 여기 있는 걸까. 아카네를 달래며 히토미는 생각했고,

그런 생각이 들었다는 것에 소름이 돋았다. 중학생 시절 느꼈던 것과 별다르지 않았다. 여자들만 있는 소란스러운 교실에서 역시 지금처럼 조금 떨어진 장소에 서서 나는 왜 여기 있는 걸까 라고 생각했던 기억이 히토미에게 선명하게 떠올랐다. 해바라기 프로 젝트에서는 그런 일이 전혀 없었다. 누군가가 이야기를 걸어 주 었고 히토미가 모르는 것은 회의 진행을 멈추고라도 설명해 주었 다. 저는 이렇게 생각해요, 그건 아니라고 생각해요. 그곳에서라 면 히토미는 또박또박 의견을 이야기할 수 있었다.

지금 왜 여기에 있는 걸까 라는 생각이 드는 것은 엄마들의 입 시 이야기에 낄 수 없기 때문이다. 입시에 대한 것은 생각해 본 적도 없었기 때문이다. 하지만 이대로 괜찮은 걸까. 아카네가 태 어났으니 해바라기 프로젝트 복귀는 또 뒤로 미뤄졌지만 그것은 어디까지나 나 개인적인 일이다. 저곳에서 아무리 내 생각을 술 술 말할 수 있다고 해도 그건 이 엄마들처럼 아이를 위한 열정 때 문도 아니고, 아이를 위한 활발한 논의가 필요해서도 아니다. 이 대로는 엄마로서 자격이 없는 것 아닐까. 입시 준비라니 바보 같 은 짓이라든가, 혹은 아이를 위해서라면 해야 한다든가, 나도 뭔 가, 이제는 확고한 의견을 가지고 그대로 주장할 수 있어야 하지 않을까 ….

"아쉽지만 슬슬 마무리해야 할 시간입니다."

엄마들 중 한 사람이 일어나 모두를 주목시켰다.

"일단 이쯤에서 해산하고자 합니다."

여기저기서 박수 소리가 터져 나왔다. "수고하셨습니다"라는 인사 소리로 시끄러워졌다. 우는 아이가 있다. 까불며 손뼉을 치는 아이도 있다. 각자 부산스레 돌아갈 준비를 시작했다.

히토미는 요코, 치카와 함께 레스토랑을 나왔다. 그새 비가 그쳤다. 다른 엄마들과 헤어져 큰길가를 향해 걷는다. 아기띠에 안긴 아카네는 끄덕끄덕 졸더니 눈을 뜨고 가만히 히토미를 쳐다보고는 다시 눈꺼풀이 감기고 만다. 고타로와 유타는 오늘 손에 넣은 것들을 서로 자랑하며 앞서 걸어가고 있다. 가즈토시는 요코의 손을 잡고 걷고 있다.

"나 그렇지 않아요."

히토미와 요코 사이에서 걷던 치카가 불쑥 말을 꺼냈다. "네?" 하고 히토미가 묻자 치카가 말했다.

"겉으로는 태평한 척하면서 유타한테 이것저것 공부시킨다거나 아무것도 모르는 척하면서 정보를 캐려고 한다거나, 아까 나한테 뭐라고들 했잖아요."

조금 전 웃고 있던 사람과는 다른 사람처럼 치카는 골똘히 생각에 잠긴 얼굴을 하고 있었다. 그런 거 전혀 신경 쓰는 사람이 아닌데 어쩐 일일까. 히토미는 생각했다.

"웃고는 있었지만 그런 말 들으면 나 정말 속상해요. 입시에 대한 것도 남편과 이야기해서 전부 아이에게 맡기기로 했어요. 충분히 이야기 나누고 결정한 거야. 아직 어리니까 제일 좋은 선택을 하지는 못하겠지. 하지만 아이에게 뭔가 명령하거나 무리하게 강요하거나 하고 싶지 않아. 정말 대화를 많이 나눴는데. 그래서 농담이라도 그런 말 들으면 참을 수 없게 돼요."

치카는 그렇게 말하고 히토미와 요코를 번갈아 보고는 살짝 웃었다. 웃는 얼굴이지만 울기 직전처럼 보여서 히토미는 멈칫했다. 언제나 쾌활하게 사람들을 배려하는 치카에게서 너무나도 자신 없어 보이는 표정을 보는 것은 처음이라 몸 깊은 곳에서 부글부글 노여움이 솟아오르는 것을 느꼈다. 죄책감도 섞여 있을지도 모른다. 친구라고 하면서 치카를 몰아붙이는 엄마들에게 아무 말도 하지 못했다. 치카도 즐기고 있는 거라고 방관하고 있었다.

"치카 씨."

목소리가 떨리고 있어 히토미는 이상한 기분이 들었다. 왜 이렇게 화가 나는 걸까, 나는.

"아까 그 이야기, 취재하는 거. 나 할래요."

치카와 요코가 동시에 히토미를 보았다.

"저기, 요코 씨도 같이해요. 우리 다 같이 이야기해 보자구. 같은 엄마들 사이에는 사고방식이나 교육관이 다른 사람도 있다. 그런 게 당연한 거다. 하지만 저렇게 속속들이 파고들거나 마음에도 없는 소리를 하는 엄마들도 있다. 아까 그 사람들 도대체 뭐 하는 건지. 누가 어떻다, 그 애가 어떻다는 둥."

"뭔가 대단해, 히토미 씨."

멍한 얼굴로 히토미를 쳐다보는 치카는 아들 유타와 아주 닮았다.

"그것도 괜찮을지 몰라. 의사표명이라 이거지."

진지한 얼굴로 요코가 말했다.

"그래, 의사표명."

히토미가 힘주어 말했다.

"용감해."

치카가 웃었다. 치카가 웃자 히토미는 겨우 마음이 놓였다.

"용감해지는 거야."

히토미는 다시 말했다. 석양 아래서 유타와 고타로가 뒤돌아보며 엄마들이 오는 것을 기다리고 있다.

"엄마, 너무 느려."

유타가 말했다. 고타로가 허리를 구부리며 웃는다.

패밀리 레스토랑 앞에서 손을 흔들며 헤어졌다. 아카네는 푹 잠들어 있다. 분명히 오밤중에 일어나 울겠지. 아카네를 깨우려다 말았다. 뭐, 어때. 오늘 하루 정도야. 고타로의 손을 잡고 히토미는 큰길가를 힘차게 걸었다.

"나 목말라."

작은 목소리로 고타로가 말했다.

"집에 가면 엄마랑 주스 마시자."

고타로에게 웃어 보이며 히토미는 마음속으로 한 번 더 반복했다.

용감해지는 거야.

만나기로 한 곳은 마유코가 사는 맨션 앞이었다. 주소는 알고 있었고 가깝다는 것도 알고 있었지만 실제로 걸어와 보니 5분도 걸리지 않아 이렇게 가까웠구나 싶어 치카는 새삼 놀랐다. 그러자 옆에 있던 히토미가 똑같은 말을 했다.

"정말 가깝네."

"그러게."

치카는 히토미에게 맞장구쳤다.

"정말 괜찮아? 아카네와 고타로."

미안한 듯 히토미가 말했다. 오늘은 가능한 한 아이들이 없는 편이 낫겠다고 판단한 치카는 유타, 모모코와 함께 친정엄마에게 맡기자고 제안했던 것이다. 마침 운 좋게도 오늘은 친정엄마의 여동생인, 고향에 사시는 이모가 놀러 온다고 했다. 엄마도 아이들을 좋아하고, 이모는 2년 전 정년퇴직 때까지 초등학교 음악교사였다. 아이들 다루는 데는 익숙하실 테니 둘이나 넷이나 마찬가지였을 것이다. 히토미와 아이들을 차에 태우고 메지로에 있는 친정까지 가서 엄마가 만드신 것 같은 초밥과 샐러드로 다 같이 점심을 먹고 돌아왔다.

"괜찮아, 괜찮아, 효도의 일환이야. 히토미 씨가 효도를 도와준 거라고나 할까. 그것보다 사례 같은 거 안 해도 되는데. 히토미 씨 너무 예의 바르다니까."

치카가 웃었다.

"그래도 아이를 봐주시는데 빈손으로 가면 안 되는 거잖아. 상품권인데 실례가 된 건 아닐까?"

"실례되는 건 아닌데 앞으로는 그런 거 하지 않기로 해요."

먼저 들어갈까 아니면 요코를 기다려야 하나 이야기하고 있을 때 마침 요코가 나타났다. "뭔가 엄청 가깝다"라며 또다시 똑같은 감상을 말해서 치카와 히토미는 웃음이 나왔다.

셋이서 현관의 자동문을 지나 오토락 버튼을 눌렀다. 먼저 마유코의 집으로 가기로 약속되어 있었다.

"네, 어서 오세요."

인터폰을 통해 마유코의 목소리가 흘러나오고 문이 열렸다. 문을 들어서자 크고 편안해 보이는 소파 세트가 놓여있고 유리벽 넘어 일본풍의 정원이 보였다.

"호화로운 맨션이네."

"정말. 마유코 젊은데 대단해."

목소리를 낮춰 히토미가 말하자 요코가 맞장구쳤다.

"요코 씨, 가즈토시 괜찮아요?"

치카는 가즈토시도 맡아 줄까 하고 일단 연락은 했지만 요코는 괜찮다고 거절했다. 신경 써서 사양하는 건지 그게 아닌 건지 잘 모르겠지만 너무 집요하게 권하는 것도 이상할까 싶어 더는 이야기하지 않았다. 사양하는 건지 아니면 사실은 민폐라고 생각하는 건지 알 수 없었던 것은 단지 이번뿐만이 아니었고 치카에게 있어서 요코 그 자체가 그렇기도 했다. 사양하는 거라면 사양할 필요 없다고 알려 주고 싶었고 그게 아니라면 이쪽도 신경 쓰지 않겠지만. 늘 이런 식의 답답함이 있었다.

"응, 괜찮아. 오늘은 남편이 쉬는 날이라 애 봐주고 있어."

"그랬구나. 그러면 그러는 편이 안심이지."

치카는 마음이 놓였다. 뭐야, 그런 거였구나.

"아, 치카 씨 어머님은 안심할 수 없다든가 그런 게 아니야. 그냥 남편한테도 가끔은 도움을 받고 싶다고나 할까, 우리 애도 낯을 가려서."

당황해서 요코가 말했다. 요코의 이런 필요 이상으로 앞서가는 듯한, 게다가 크게 오해한 듯한 말투도 치카를 불편하게 했다.

"남편분 뭐 하시는 분이었지? 평일에 쉴 수 있다니 좋겠다."

엘리베이터를 타고 4라는 숫자를 누르고 치카는 자연스레 화제를 바꿨다.

"글쎄, 뭐라고 할까, 대략적으로 얘기하면 서비스업."

"아아."

대략적인 서비스업이 무엇을 말하는지 전혀 몰랐지만 치카는 충분히 납득한 듯이 몇 번이나 고개를 끄덕였다.

4층에 도착하여 401호실 인터폰을 눌렀다. "네" 하고 문 안쪽에서 목소리가 들리고 기세 좋게 현관문이 열렸다. "꺄!" 하고 마유코는 과장되게 즐거운 듯 소리쳤다.

"들어와, 들어와. 6층에는 3시에 오라네. 30분도 안 남았지만 잠깐 차라도 마시고 가요."

줄줄이 셋이서 집 안으로 들어갔다. 슬리퍼가 없어서 치카는 주저했지만 그런 것도 마유코답다고 하면 마유코답다. 무신경함.

맨션 외부와 비교하면 꽤나 소박한 집이라고 생각했다. 모든 것이 새것이었지만 집 안에 있는 가구와 인테리어는 통일감이 없고 어중간하게 낡아서 그렇게 보이는 걸 거라고 치카는 생각하면서, 동시에 그런 생각을 하는 자신을 창피하게 여겼다. 다른 사람의 집안 사정에 그다지 흥미가 없을 텐데, 초대받으면 자기도 모르게 여기저기 둘러보는 버릇이 있다는 것을 치카는 자각하고 있었다. 거실에 아기침대가 놓여 있고 레나가 머리 위에서 돌아가는 회전목마 모빌을 넋을 잃고 보고 있었다.

"레나 얌전하다."

치카는 침대 나무살 사이로 들여다보며 레나의 볼을 가만히 쓰다듬었다. 레나는 힐끗 얌전한 눈길로 치카를 보고 방긋 웃었다.

"귀여워!"

치카도 히토미도 요코도 무심결에 소리를 질렀다.

"아무것도 없지만 마셔요."

마유코가 가지고 온 것은 캔 커피 두 개와 페트병에 든 콜라였다. 그것도 컵도 없이. 그런 꾸밈없는 모습에 치카는 자기도 모르게 웃음이 나왔다.

"마유코, 컵 같은 거 없어? 아니, 이거 다 같이 돌려 가며 마시는 거야?"

요코가 웃으며 말하자, "아, 그런가"라며 혀를 내밀고 마유코
는 부엌으로 달려간다. 돌아와 내민 것은 플라스틱 일회용 컵이
었다. '마유코는 정말 재밌어'라며 치카는 웃음을 참았다.

"레나가 최근에는 아무거나 손을 대서 위험해. 그래서 깨지지
않는 것을 쓰고 있는 거야."

변명하듯 마유코가 말했다.

"그래서 매번 일회용을 사는 거야? 왠지 그게 더 아까운데."

"아, 그런가. 그런 자잘한 것에 돈이 나가는 거네."

요코의 말에 마유코가 감탄한 듯 말했다.

마유코가 어디에 앉으라는 말도 없어서 모두 왠지 아기침대를
둘러싸듯 서있었다.

"어떤 걸 질문할까?"

불쑥 히토미가 말했다.

"지난번에 말한 것 같은 거라고 생각하는데. 교육방침이라든
가, 유치원 분위기라든가. 그렇게 어려운 건 아니야. 아, 다들
서 있지 말고 앉아요."

겨우 마유코가 그렇게 말해 주어서 세 사람은 거실테이블에 앉
았다. 마유코가 아무것도 안 하고 있어 히토미가 플라스틱 컵에
콜라를 따라 나눠 주었다.

부엌과의 칸막이인 카운터에 아크릴 사진틀에 크게 뽑은 사진
이 진열되어 있었다. 일전에 마유코가 추천한 사진관에 넷이 가
서 찍은 사진이었다. 그 사진관에는 동물 인형탈과 만화 캐릭터,

일본 전통 옷 등 영유아용 의상이 많아 모두가 들떠서 의상을 골랐다. 마유코는 레나에게 천사 옷을 입혔고, 히토미는 고타로에게 가문표식이 들어 있는 전통 예복, 아카네에게 토끼 옷을 골라 입혔다. 가즈토시는 울트라맨이 되고 싶다고 스스로 말했다. 왠지 아이에게 그런 흉내를 내게 하는 건 꼴불견이라고 생각했고 그런 취향도 아니어서 치카는 처음에는 내키지 않았지만 막상 모두와 함께 이것저것 보고 있자니 갑작스레 흥분되어서는 결국 유타에게 만화 캐릭터 옷을 입히고 모모코에게는 프릴이 많이 붙어 있는 공주님 같은 드레스를 입히고는 박장대소를 하며 촬영했다. 진열된 사진에서도 치카는 입을 크게 벌리고 웃고 있었다.

"재밌었어. 그날."

치카의 시선을 쫓고 있었는지 마유코가 말했다.

"정말. 마유코 덕분이야."

히토미가 말했다.

"나도 집에 걸어 두었어, 사진."

요코가 말했다.

"또 모두 같이 어딘가 가고 싶다."

치카가 말했다.

"슬슬 가볼까, 조금 이르지만."

마유코가 일어나자 모두 따라서 자리에서 일어났다. 그대로 복도로 향하려고 하는 마유코를 당황한 요코가 불러 세웠다.

"잠깐만, 레나는?"

"응? 두고 가면 안 되나?"

"뭐? 안 되지, 그러면. 데리고 가야지."

요코가 놀라 말했다.

"얘가 얌전하기도 하고, 가봤자 6층인걸. 아마 금방 잠들 거야."

"안 돼, 안 돼. 마유코 말도 안 되는 소리를 하네."

웃으며 요코가 레나를 안아 올렸다. 레나는 "앙" 하고 칭얼대는
듯한 소리를 내었지만 마유코가 안자 금방 조용해졌다.

줄줄이 엘리베이터를 타고 6층을 향했다. 엘리베이터에서 내
리자 문이 하나밖에 없다. 최상층만은 한 층에 한 집인 듯했다.

"마담은, 아, 마담이라는 건 6층에 사는 에다 씨를 말하는 거야.
미인이라 차갑게 보이지만 굉장히 좋은 사람이니까 안심해요."

한 손으로 레나를 안은 마유코는 다른 한 손으로 인터폰을 누르
고 뒤돌아 세 사람에게 말한다.

문이 열리고 나타난 것은 마유코가 말한 대로, 정말 반듯한 용
모의 여성이었다.

"안녕하세요, 에다 가오리라고 합니다. 오늘 일부러 모여 주셔
서 감사합니다. 어서 들어오세요."

문을 열고 인사를 하는 여성을 보고 한순간에 치카는 호감을 느
꼈다. 좋다. 이 사람. 그렇게 생각했다.

마유코, 요코, 히토미에 이어 치카도 현관에 발을 들였다. 아
련하게 달콤한 향기가 났다. 향수일까, 구두를 벗으며 생각하다
가 과자구나, 하고 치카는 생각했다. 과자 향기. 준비된 슬리퍼

를 신고 한 줄로 복도를 지났다. 같은 맨션이지만 마유코의 집과는 모든 것이 달랐다. 크기도 다르고 방 배치도 다르다. 무엇보다 고급스러움이 달랐다. 마유코도 처음 들어온 듯, '멋지다'를 연발하고 있었다.

"멋지다, 멋지다! 우리 집과는 완전 달라. 와, 넓다. 엄청 부잣집 같애."

마유코의 소리를 듣고 바로 앞을 걷고 있던 히토미가 가만히 뒤돌아 웃는다. 치카도 웃었다. 정말 마유코는 어쩜 저렇게 꾸밈없는 애 같을까.

널찍한 거실 한가운데 놓인 L자형 소파로 안내했다. 맞은편에 놓인 1인용 소파에 앉아 있던 여성이 일어나 한 사람씩 명함을 건넨다.

"시간을 내주셔서 정말 감사합니다. 프리로 작가 일을 하고 있는 다치바나 유리라고 합니다. 오늘 모이시게 한 취지를 설명해 드리겠습니다."

다치바나 유리는 조금 전 마중 나온 에다 가오리보다 선배인 듯했다. 하지만 어쩌면 동년배로 가오리가 젊어 보이는 것일지도 모른다고 치카는 생각했다. 명함으로 시선을 돌렸다. 프리라이터(free writer) 다치바나 유리. 주소는 요코하마였다.

다치바나 유리가 취재 설명을 하는 동안 가오리는 4인분의 차를 준비하고 접시에 담은 쿠키와 함께 내왔다. 이야기를 들으며 가오리는 유리와 이전에 같은 출판사에 근무했고 가오리는 출산을 위해 퇴직했으며 유리는 독립하기 위해 같은 시기에 퇴사했다는 것을 알 수 있었다. 마유코에게는 여성작가라고 들어서 현대 어머니를 모티브로 한 소설이라도 쓰는 걸까 하고 치카는 상상하며 어쩌면 저명한 작가일지도 모른다는 드라마틱한 기분도 들었으나 다치바나 유리는 작가라기보다는 기사를 쓰는 사람으로, 자신의 이름으로 책을 쓰는 것은 처음이고 쓰고자 하는 것은 픽션이 아니라 유아 입시의 실태라는 것 같았다. 처음 쓰는 책이어서인지 그녀는 유난히 열정적으로 유아 입시라는 테마에 관해 이야기하며 지금 그것을 쓴다는 것이 얼마나 필요한지를 장황하게 떠들어 댔다. 그녀의 이야기에 약간 싫증이 난 치카는 가오리를 관찰했다. 차와 과자를 내놓은 가오리는 조금 떨어진 다이닝의자에 앉아 조용히 이야기를 듣고 있다. 도중에 레나가 칭얼대기 시작하자 바로 일어나 자연스러운 몸짓으로 마유코에게 레나를 받아 달래 주었다. 마유코와 가오리는 자주 만나는지 레나는 가오리의 품 안에서 금방 울음을 멈추었다.

치카는 가오리를 처음 본 순간, 뚜렷하게 그림을 그리던 것은 아니지만 이런 식으로 살고 싶다, 이런 집에서 이런 아내가, 이런 엄마가 되고 싶다고 막연히 생각하던 모습을 구체화한 듯한 여성이라고 생각했다. 언어적 표현으로 그렇게 느낀 것이 아니라 직감 같은 것이었다. 치카가 언어로 생각한 것은, '아, 좋겠다'라는 정도였다.

가오리는 차려입고 있는 것이 아니다. 하지만 제대로 고른 옷을 입고 있다는 것을 잘 알 수 있었다. 목덜미에 작은 프릴이 달린 검은 블라우스에 하얀색 와이드팬츠를 입고 있었다. 가슴 쪽에 보이는 심플한 목걸이는 백금이겠지. 유리처럼 짙은 화장을 하고 있지 않지만 얼굴이 환해 보이는 것은 원래 피부가 깨끗하기 때문일까. 그리고 이 집. 복도 벽에 걸려있는 것은 모두 연대도, 장르도 다른 꽃 그림이었다. 호안 미로나 조지아 오키프의 카피도 있었지만 오구라 유키는 아마 진품일 거라고 치카는 짐작했다. 그중에 아마도 초등학생인 딸이 그린 것 같은 꽃 그림이 다른 그림들과 비교해도 손색이 없는 액자에 담겨 함께 걸린 것이 가오리라는 여성의 익살스러움인 듯했다. 그리고 넓디넓은 거실과 다이닝룸. 마유코네 집 창에서 보이는 것은 도로를 사이에 둔 건너편 건물과 약간의 하늘이었지만 이곳 거실의 넓은 유리창으로는 꽤나 넓은 하늘이 보였다. 루프발코니에는 작은 정원이 있었고 테이블과 의자가 놓여 있는 것이 레이스 커튼 너머로 보였다. 아직 어린아이가 있는데도 집 안은 어디든 잘 정돈되어 있었고 청결하게 닦여 있었다. 소파도 거실테이블도 식기 선반도 아마 지금 자신이 신은 슬리퍼도, 아주 고급품임이 틀림없을 텐데, 각각의 물건이 따로 노는 게 아니라 딱 그 자리에 맞게 자연스레 어울렸다. 치카는 유리의 이야기를 듣는 것보다도 이 집 안을 구석구석 견학하며 돌아보고 싶은 기분이었다.

세련된 생활을 하고 싶은 것이 아니다. 모델하우스와 같은 집이 좋다고 생각하는 것도 아니다. 고가의 물건으로 집 안을 꾸미고 싶은 것도 아니다. 그런 게 아니라고 치카는 생각했다. 생활의 기반을, 기준이라는 것을 양육과 가사로 바빠서 잃어버리고 싶지는 않다고, 그런 가정이 되고 싶지는 않다고, 치카는 결혼할 때 생각했던 것이다. 남편과 성장해 가는 아이들이 집에 돌아왔을 때 마음 놓고 쉴 수 있는, 바깥세상에서 힘든 일이 있어도 이 문 안으로 들어오면 괜찮다고 느낄 수 있는 그런 장소를 만들자고 생각했고 지금도 그렇게 생각한다. 그러기 위해 앉았을 때 불편한 소파여서는 안 되고 촉감이 안 좋은 수건도 걸어 놓고 싶지 않다. 정전기가 일어나는 시트커버가 아니라 질 좋은 리넨이 좋고, 먼지가 쌓인 관엽식물도 보이고 싶지 않다. 아, 이 예쁜 사람이 내 아내이고 엄마라고, 언제까지고 생각해 주었으면 좋겠다. 그래서 차리고 있을 필요는 없지만 청바지에 티셔츠 차림으로 가족을 맞이하고 싶지는 않다. 화장도 안 한 얼굴로 '다녀오세요'라고 말하고 싶지 않다. 경제적인 풍요로움만이 중요한 것은 아님은 알고 있지만 돈으로 해결할 수 있는 것이라면 경제적으로 허락하는 선에서 마음껏 여유를 누리고 싶었다.

하지만 그런 이야기를 나눌 수 있는 사람이 지금까지 주변에 없었다. 가벼운 차림이 아니라 제대로 된 스타일을 하고 있으면 지난번처럼 괜히 불쾌한 소리를 하는 사람들이 있다. 입시니 교육에 열심이면서 아무것도 모르는 척한다고 야유하기도 한다. 내가 바라는 아름다운 생활과 교육에 치중하는 엄마는 어쩐지 언제나 혼동된다. 지금 친하게 지내는 세 사람은 내가 그런 위선적인 사람이 아니라는 점은 알아주지만 아무것도 모르는 순진한 마유코나 옷차림에 그다지 신경을 쓰지 않는 요코, 브랜드를 싫어한다고는 말하지 않지만 전혀 흥미 없어 보이는 히토미에게는 이런 자신의 이상이 관심 밖의 화제일 것이다. 하지만 가오리라면 알아주지 않을까. 우리는 같은 이상을 꿈꾸며 사는 것이 아닐까. 치카는 그런 생각을 하며 가오리를 엿보고 있었던 것이다.

시선을 느꼈는지 가오리가 치카를 보았다. 눈이 마주쳤다. 가오리가 먼저 웃었다. 치카도 같이 웃었다. '아, 이야기 나누고 싶다'라고 생각했다. 이 사람과 이야기하고 싶다. 따님이 있다고 들었는데 어떤 학교에 다니고 있어요? 유치원은 어디였어요? 어떤 걸 배우게 했나요? 가정교육은 어떻게 하나요? 교육에 있어서 가장 중요하다고 생각하는 것은 뭐죠? 남편분은 무슨 일을 하세요? 불만은 없나요? 아, 그렇게 어떤 것이든 물을 수 있다면 얼마나 좋을까.

문득 정신을 차리고 보니 히토미가 이야기하고 있었다. 예의 그 이야기였다. 우리는 무조건 사립이 좋다거나 대학부속 학교가 좋다고 생각하지 않는다는 이야기. 유치원도 사립이라서 선택한 것이 아니라 유치원 정원의 크기, 교육방침, 원장선생님의 인품 등을 종합적으로 보고 그곳으로 정한 것이라고. 히토미 씨 변했구나. 치카는 겨우 가오리에게서 시선을 돌려 이야기에 귀를 기울이기 시작했다. 처음 만났을 때는 자기 의견을 정확히 이야기하는 편이 아니었고 무언가를 말하기보다는 그 자리에서 빠지는

것을 선택하는 사람이었다고 기억하지만 최근 몇 년간 굉장히 또
랑또랑하고 당찬 사람이 되었다. 원래가 그런 사람이었을지도 모
른다. 모르는 동네에 이사 와서 처음에는 약간 당황스러웠던 것
뿐일지도 모른다.

"하지만 모두가 그런 것은 아니지요? 물론 교육에 열심인 어머
니들도 있겠죠. 그 유치원이 진학률이 높다는 이유로 그 유치원
을 선택한 학부모도 있겠죠."

"그건 각자 다를 거라고 생각해요. 다만 우리는 그렇지 않다고
하는 것뿐입니다."

히토미의 뺨이 약간 붉어졌다.

"하지만 어떨까요. 영향을 받는 경우는 없나요? 주변에서 모두
입시, 입시 하고 떠들어 대면 그런 생각이 없었지만 어느 틈엔가
그런 마음이 생긴다든가."

"저는 아니에요. 적어도 휘둘리지 않으려고 노력하고 있어요."

히토미가 말하고 재촉하듯 요코를 보았다.

"그러네요, 그런 쪽으로 열심인 분들은 열심인 분들끼리 그룹
이라고 할까, 그런 분위기여서, 그 사람들 따라서 그런 생각을 가
질 만큼 친하게 지내는 사이가 아니라고나 할까."

요코가 말했다.

"나도 그런데. 우리는 부모가 바보라 레나도 분명 바보일 거야.
하지만 바보라도 구김살 없이 무럭무럭 자라주면 되지, 뭐. 공부
잘하는 애, 무섭지 않아요? 부모를 살해하기도 하고 말이야."

마유코도 한마디 거들었지만, 유리는 마유코를 무시하고 히토미와 요코를 보며 물었다.

"그럼 입시 준비그룹과 그렇지 않은 사람들은 완전히 분리되어 있나요? 유치원 내에서."

"그렇지도 않아요. 물론 이런저런 이야기는 하지요. 다만 입시에 관한 대화는 하지 않는다는 의미예요."

"불안하지는 않으세요? 초등학교나 유치원 입시를 준비하는 어머니 중에는 가끔 광신적인 분도 있잖아요? 좋은 유치원, 좋은 초등학교에 아이를 보내는 것이 행복한 인생으로의 통행권 같은. 그런 분의 이야기를 듣고 어쩌면 입시 준비를 하지 않는 우리들은 아이에게 뭔가 해주어야 할 것을 못 해주고 있는 것은 아닌가, 불안해지는 일은 없나요?"

이유는 모르겠지만 치카는 다치바나 유리라는 이 프리라이터에게 불쾌감을 느꼈다. 화장이 너무 진한 탓일까. 하얀 블라우스에 회색 바지라는 심플한 복장은 가오리와 비슷하지만 어쩐지 여유가 없어 보였다. 다이아몬드가 박힌 카르티에처럼 보이는 손목시계도 일부러 꾸민 티가 났다. 그래서일까.

"유명 사립학교에 보냈다고 해서 반드시 행복하다는 것은 아니지 않나요."

히토미의 얼굴이 아까보다도 빨갛다. 말하고 싶은 것을 제대로 표현하지 못해서 애가 타는 듯했다.

"최근 공립학교의 황폐화가 화제가 되고 있는데 그런 게 신경 쓰이거나 하진 않나요?"

"학교도 여러 종류가 있어서 모든 학교가 다 망가지고 있다고
는 생각하지 않는데요."

조심스레 요코가 말했다.

"아뇨, 입시 준비를 하는 어머님들에게 들어보면, 입시를 준비
하는 가장 큰 이유가 그겁니다. 물론 다른 이유도 있다고 생각합
니다. 부모가 사립학교 출신이기 때문이라든가, 입시의 고생을
시키고 싶지 않다든가, 조금 전 말한 것처럼 행복의 한 잣대라든
가. 혹은 단순히 브랜드백을 들고 다니는 듯한 감각도 없지는 않
다고 생각해요. 다만 역시 공공연하게 공립학교가 현재 걱정되기
때문이라고 말씀하시는 어머님이 아주 많아요. 이것에 대해서는
어떻게 생각하세요? 그런 식으로 생각하는 어머님에 대해서는 어
떤 의견을 가지고 계시는가요?"

"브랜드백이라니, 세상에."

요코가 히토미와 마유코, 그리고 치카를 보며 킥킥 웃었다.

"만약 그렇다고 해도 그런 식으로는 말하지 않지요."

"공립 운운하는 이야기는 별로 들어보지 못했는데요. 그것보
다 엄마 자신도 유치원부터 대학부속 유치원에 다녔기 때문이라
든가."

히토미가 말했다.

"하지만 그런 거 뭐라고 할까."

요코는 자신의 주변을 내려다보더니 빠른 어조로 말했다.

"아이가 어떻다기보다는 자신은 그런 세계에서만 자랐다는 것을 말하고 싶어 한다고나 할까."

"알 거 같아요, 그거."

유리가 엉덩이를 틀면서 앞으로 몸을 내밀었다.

"'나는 유치원부터 일관교육을 하는 학교에 다녔다, 그래서 이 아이에게도 그렇게 하겠다'라고 말씀하시는 분, 분명히 있어요. 하지만 굳이 말하자면 자신의 교육 이력을 자랑하고 싶은 거라고 느낄 때가 있어요."

유리의 말에 요코도 히토미도 슬며시 웃었다.

치카는 아까 느꼈던 불쾌감이 서서히 커지고 있음을 느꼈다. 그러나 그런 치카의 마음을 눈치채지 못하고 요코와 히토미는 긴장을 푼 듯 이것저것 이야기하기 시작했다. 유메 엄마, 작년에는 사람들이랑 잘 어울리지 못하더니 올해는 왠지 그렇지도 않잖아. 맞아, 비슷한 것에 흥미를 느낀 사람들이 많아져서일까. 그러면 어딘가 경쟁하는 기분도 있겠네요, 아이들은 제쳐 놓고 '나는 이러니까, 남편은 이러니까'라고. 요코와 히토미는 유리와 상관없이 이야기하고 있었고, 유리는 흥미로운 시선으로 둘을 번갈아 바라보고 있었다. 치카는 드디어 불쾌감의 이유를 알았다. 이 유리라는 사람, 유도질문을 하려는 것이다. 이 사람의 마음속에는 쓰고 싶은 것이 이미 정해져 있고 그에 맞게 우리가 이야기해 주기를 바라는 것이다. 그 이외의 것은 들으려고도 하지 않았고 어떻게든 자기에게 맞는 이야기를 꺼내려고 하고 있다. 요코 씨도 히토미 씨도 그 분위기에 휩쓸려서 잘 알지도 못하는 엄마들의 이야기를 나쁘게 이야기하고, 그럼 안 되는 거잖아. 치카는 요코와 히토미에게 무언의 뜻을 전하려고 시선을 보냈지만 두 사람은 눈치채지 못했다. 눈치채지 못한 채 돌려 말하기는 하지만 입시에 열심인 엄마들을 조롱하며 웃고 있었다. 그런 두 사람에게 치카는 화가 났다. 참지 못하고 입을 열었다.

"다치바나 씨, 아까부터 이야기를 듣고 있자니 다치바나 씨가 생각하는 엄마들의 세계는 청팀 백팀 같은 거네요. 실제로 그렇게 확연하게 나뉘어서 적대적인 관계에 있는 건 아니에요. 뭔가 다치바나 씨 마음속에는 이미 우리에게 듣고 싶은 것이 있어서 그 얘기를 하게 하려고 열심히 애쓰는 것 같네요."

상대의 페이스에 말리지 않기 위해 치카는 일부러 유연하게 말하고 애들처럼 웃었다. 요코와 히토미가 치카를 보았다. 치카는 유리에게서 시선을 돌리지 않았다.

"그런 식으로 들렸다면 죄송합니다. 이런 이야기를 끌어내고자 했던 것은 아니에요. 다만 지금까지의 취재를 통해 선입관을 가지게 되었을지도 모르겠습니다. 그쪽은…."

"다카하라예요."

"다카하라 씨도 아이에게 입시 준비는 시키지 않겠다고 정하신 건가요?"

"결정하거나 그런 건 없어요."

치카는 미소를 지으며 말했다. 그건 정말이었다. 진학에 대한 것은 내년이 되고 나서 생각하면 된다고 여기고 있었다. 치카는 유리의 '선입관'을 걷어 내고 싶었다. 입시 준비를 하는 사람들은 히스테릭하게 대책을 세우고 입시를 준비하지 않는 사람들은 그런 엄마들을 냉소한다는, 혹은 입시 준비를 하지 않는 사람들도 입시 준비하는 사람들의 열기에 자신도 모르는 사이에 가열된다는… 유리가 가진 그런 단순하고 뻔하고 경박한 도식을 깔보고 싶은 마음도 있었다. 치카는 말을 이었다.

"우리는 아이의 의사에 맡기기로 했어요. 내년이 되면 가능한 한 많은 학교에, 국립, 사립, 공립 상관없이 아이와 함께 견학하러 갈 생각이에요. 만약 우리 애가 입시가 필요한 학교에 가고 싶다고 하면 우리는 준비할 생각도 있어요. 유아교실도 필요하다면 찾아볼 거고, 어떤 특정한 학습이 유리하다고 하면 그걸 배우게 하겠죠. 물론 붙을지 안 붙을지는 우리가 정할 수 없지만. 제 솔직한 마음을 말한다면 아들이 A학교에 갔으면 좋겠어요. A학교는 중학교부터인데 들어가기 어려운 학교라 진심으로 희망한다면 진학률이 높은 초등학교에 가는 편이 유리하다고 생각하고 있어요."

자신을 가만히 응시하는 요코와 히토미의 표정에 어렴풋한 놀라움이 섞여 있음을 치카는 알 수 있었다. 지금까지 그런 이야기를 한 적이 없었다고 생각하고 있을 것이다. 물론 그랬다. 치카는 웃음이 났다. 나조차 지금 생각한 것이다. 이 여자의 생각대로 대답하고 싶지 않았기 때문이다.

"왜 A학교에?"

유리의 얼굴에 호기심이 드러났다. 치카는 자리에 있는 전원을 빙 둘러보고 큭큭 웃었다.

"제 첫사랑이 A학교 출신이었어요. 그 교복을 보는 것만으로 가슴이 찡해지는 거예요. 아들한테 꼭 그 교복을 입히고 싶어요. 하지만 그런 엄마의 사정 같은 걸로 밀어붙일 수 없잖아요. 남편한테도 말 못 하는 거고. 제가 아들의 판단에 맡기겠다고 하는 것은 그런 거예요. 엄마의 첫사랑에 인생을 좌지우지 당해서는 안 되잖아요?"

치카는 한 번 더 웃었다. 그러나 아무도 웃지 않았다. 유리의 얼굴에서 흥미와 호기심이 희미하게 사라졌다. 치카는 만족했다.

"하지만 여섯 살 아이에게 냉정한 판단이 가능할까 불안하지는 않나요?"

유리가 물었다.

"당신은 여섯 살 아이를 모르기 때문에 그렇게 생각하시는 것 아닐까요? 아니면 자신이 여섯 살이었을 때 일을 잊어버리셨거나. 저 자신도 여섯 살 때 아빠 엄마가 똑같은 질문을 하셨어요. 어느 학교에 가고 싶으냐고. 저는 스스로 선택했어요."

"어느 학교예요?"

단순한 흥미를 감추려고도 하지 않고 유리가 물었다.

치카는 졸업한 초등학교의 이름을 말하는 것을 주저했다. '자신의 교육 이력을 자랑'하려는 것으로 여기지는 않을까 싶은 생각이 잠깐 들었던 것이다. 모교가 교육에 열심인 엄마들 사이에서 인기라는 것을 치카는 알고 있었다. 그것이 사회 일반에서는 물론이거니와 이 좁은 세계에서는 자랑이 될 수 있다는 것도 알고 있었다.

"별로 상관없지 않아요? 대단한 학교가 아니었어요. 게다가 제 이야기가 아니라 아이들에 대한 이야기를 하는 거잖아요?"

치카는 그렇게 대답하고 웃어넘겼다.

그때, 가오리가 안고 있던 레나가 여느 때와 달리 칭얼대기 시작했다. 가오리는 서둘러 일어나서 몸을 흔들며 레나를 달랬지만 우는 소리는 점점 커졌다. 마유코가 가오리에게 달려가 레나를 받아 달랬다. 레나의 울음소리에 치카는 안심했다. 요코도 히토미도 안심한 듯 보였다.

"죄송합니다. 시간을 많이 뺏어서. 저, 괜찮으시다면 다음에 또 이야기를 들려주시겠어요? 시간이 되실 때면 됩니다. 시간이 오래 걸리지는 않을 거니까. 괜찮으시다면 연락처를 알려 주세요."

유리에게 노트와 펜을 받았다. 이 여자와 다시 이야기하고 싶지 않다고 내심으로는 생각했지만, 가오리 앞에서 거절할 수도 없어 치카는 자신의 주소와 전화번호를 얼른 썼다.

이유를 만들어 거절하면 그만이라고 치카는 생각했다.

왔을 때와 마찬가지로 줄줄이 현관으로 향하는 네 사람을 가오리와 유리가 배웅하러 나왔다.

"오늘은 감사했습니다. 다음에 천천히 인사드리겠습니다."

유리가 아니라 가오리가 그렇게 말했다.

"저희야말로, 꼭 다음에 이야기해요. 알게 되어서 반가웠습니다."

치카도 가오리만을 보며 그렇게 말했다. 마유코의 품 안에서 레나가 얼굴이 새빨개져서 울어대고 있다.

"아아, 뭔가 기분 나쁜 여자네, 그 유리라는 사람. 아니, 나는 완전히 무시하잖아. 마담은 굉장히 좋은 사람인데."

엘리베이터에 타자마자 마유코가 말했다.

"레나는 아직 어리니까. 입시니 뭐니 앞으로 한참 후의 일이잖아."

요코가 레나의 이마를 가만히 손가락으로 어루만지며 말했다.

"저기, 이대로 돌아가요? 우리 집 들를래?"

4층에서 문이 열렸을 때, 마유코가 물었다. 치카와 요코와 히토미는 각각 얼굴을 마주 보았다. 가능하면 마유코의 집에서 콜라를 마시며 이야기하고 싶다고 치카는 생각했다. 유리라고 하는 여자의 유도질문에 대하여, 그리고 아까 자신이 말한 입시 운운하는 이야기는 유리한테 열 받아서 그 자리에서 벗어나기 위해 꾸민 말일 뿐이라고 설명도 하고 싶었다.

"애가 좀 걱정되어서 돌아갈래, 나는."

요코가 먼저 말했다.

"남편, 믿을 수도 없고."

"그럼 나도."

히토미까지 말하자 할 수 없이 치카도 끄덕였다.

"그럼 또 다음에. 연락할게. 또 와요. 이제 여기 기억할 수 있죠?"

울어 대고 있는 레나를 한 손으로 안고 마유코는 손을 흔들며 엘리베이터에서 내렸다.

"그럼, 나 서둘러야 해서, 여기서."

엘리베이터가 1층에 서자 그렇게 말하고 요코는 혼자 뛰어나가며 말했다.

히토미와 함께 주차장을 향해 걸으며 치카는 말해 보았다.

"아까 다치바나 씨라는 사람 꽤나 밀어붙이는 사람이네."

'그러네'라며 동의할 거라고 생각했지만 히토미는 "그래? 꽤 열심히 취재하는 인상이었는데"라고 쌀쌀맞은 목소리로 대답하더니 "미안해요, 또 차를 얻어타야 해서"라며 미안한 표정으로 얼굴 앞에 손을 모았다.

"괜찮아, 괜찮아. 그런 거. 서로 편의를 봐주는 거죠."

주차장은 아직 보이지도 않는데 핸드백에서 키홀더를 꺼내며 치카는 대답했다. 온몸에 엉겨 붙는 듯한 습한 열기가 새삼 느껴졌다. 밤부터 비가 올 거라는 일기예보가 맞기는 맞는가 보다, 하고 치카는 생각했다.

*

엄마들은 교실 뒤에 철제의자에 앉아 자기 아이의 모습을 지켜
보고 있다. 작은 책상, 작은 의자에 앉아 있는 아이는 다섯 명.
체험 레슨을 하는 아이는 가즈토시와 또 한 사람, 가슴에 '치나쓰'
라는 이름표를 단 여자아이였다. 다른 세 명은 이 '쑥쑥스쿨'의 학
생이다. 역시나 익숙한지 선생님이 내는 문제를 집중해서 듣고
있었다. 요코는 정신이 아찔해지는 듯했다.

"갈색 색종이로 커다란 동그라미를 하나 오려 주세요. 그다음
에 남은 부분으로 세모를 두 개 오리세요. 그리고 검은색으로 동
그라미를 세 개, 흰색으로는 가늘고 긴 동그라미를 두 개 오려서
흰 색종이 가운데에 아까 오린 검은색 동그라미를 하나씩 붙입니
다. 그리고…."

선생님이 문제를 내는 동안 가위를 손에 들어도 안 되고, 질문
해서도 안 된다. 아이들은 무릎 위에 손을 올리고 가만히 선생님
말씀을 듣고 있다. 도중부터는 요코조차도 무엇을 하면 좋을지
알 수 없어졌다. 그런데 얼추 설명이 끝나고 "자, 시작" 하며 선생
님이 지시를 내리자, 세 명의 아이는 바로 선생님이 말한 대로 해
내고 있는 것이다.

치나쓰라고 하는 아이도 불안한 듯 엄마를 슬쩍슬쩍 보고 있어
서 요코는 안심하고 있었는데 점점 요령이 생겼는지 정확하게는
아니지만 대략 비슷하게는 할 수 있게 되었다. 가즈토시만이 울

것 같은 얼굴로 요코를 보았고 요코가 시선을 돌리자 고개를 숙이고 손톱이나 양말을 만지작거리며 침착하게 앉아 있지도 못했다.

학생들이 선생님의 주문대로 다 만들고 나자, 선생님은 바로 차례로 채점을 했다.

"마코토, 틀렸잖아. 뭘 들은 거니. 자, 3점."

3점을 맞은 아이는 그 점수가 충격이었는지 선생님께 혼이 난 것이 충격이었는지 얼굴이 일그러지며 훌쩍훌쩍 울기 시작했다. 그러자 요코의 옆에 앉아 있던 아이엄마가 성큼성큼 다가가서는 등을 힘껏 때렸다. 똑바로 해, 울지 말고. 작은 목소리로 귓속말을 하고는 아무 일도 없었다는 듯이 자리로 돌아왔다.

"자, 가즈토시. 몰라도 되니까 선생님 이야기를 잘 듣자."

"자, 가즈토시. 아는 데까지 혼자 해 보자."

선생님이 이름을 부를 때마다 가즈토시는 흠칫흠칫 일어서서는 울 것 같은 얼굴을 요코에게 향했다. 그럴 때마다 요코도 일어나 가즈토시에게 주의를 주러 가고 싶었지만 몸이 경직되어 일어날 수조차 없었다.

임신을 알게 된 것은 2주 전이었다. 그때가 10주째라고 했기 때문에 곧 4개월이 된다. 작년에 히토미와 치카, 마유코가 약속이라도 한 듯 아이를 낳았을 때는 역시나 부러웠다. 그녀들이 임신 중이었을 때, 지금 '만들면' 모두가 같은 학년이 된다고 마유코가 말했을 때 정말로 그렇게 할까 하고 요코는 생각했다. 기초체온을 재고 배란일이 다가왔을 때 요코는 남편에게 둘째가 갖고 싶다고 말했다. 솔직한 심정이었다. 그런데 남편은 여자한테 섹스 하자는 말을 들으면 '시들해진다'고 하는 것이었다. 가벼운 마음 으로 한 말일지도 모른다. 피곤한 걸지도 모른다. 하지만 요코는 상처를 받았다.

그런데 올해 봄, 남편도 둘째를 진지하게 생각하기 시작했다. 아무래도 기후에 사시는 부모님이 재촉하신 모양이다. '가즈토시 도 이제 곧 초등학교에 들어가고, 둘째, 어떻게 할까'라며 마치 작년 일을 잊어버린 것처럼 말했다. 내가 먼저 이야기하면 거절 하는 주제에 자기가 말하면 되는 거다, 이거지. 요코는 기분이 상 했지만 그래도 배란일을 포함해 며칠 잠자리를 했다. 절실하게 아이를 갖고 싶었지만 거기까지의 과정은 너무나 바보 같고 서글 프다고 요코는 생각했다. 치카와 히토미에게 있어 아이를 만든다 는 것은 훨씬 더 꿈과 사랑이 넘치는 그 무엇이었을까, 하고 남편 의 코 고는 소리를 들으며 생각하곤 했다.

그래도 역시 축하한다고 의사가 말했을 때는 맑은 하늘이 펼쳐 진 듯한 기분이었다. "이번엔 여자아이라면 좋겠다, 아니야, 남 자아이도 좋아"라며 여느 때와 달리 떠들어 대는 남편을 보고 있 으면 그의 조심성 없는 말도 잊을 수 있었다.

임신 사실을 알게 된 후, 어째서인지 요코 자신도 알 수 없었지 만 갑자기 치카와 히토미가 신경 쓰이기 시작했다.

지금까지 입시니 학원이니 그런 것에 열중인 엄마들을 요코는 경멸하고 있었다. 유명 초등학교에 갔다고 해서 그 아이의 장래가 약속된 것은 아니라고 생각했다. 좋은 학교, 좋은 성적에 내몰려 말도 안 되는 범죄를 저지르는 아이도 있지 않은가. 중요한 것은 학력과 이력이 아니라 구김살 없이 자라는 것, 사랑받으며 자라는 것이라고 자신 있게 말할 수 있었다. 히토미도 치카도 자신과 같은 생각을 하고 있다고 믿었다.

하지만 어쩌면 틀린 게 아닐까. 임신한 후 요코는 마치 홀리기라도 하듯 그런 생각이 들었다. 실제로 치카는 다치바나 유리라고 하는 프리라이터의 취재를 받을 때 A학교에 유타를 보내고 싶다고 말했다. 히토미는 자원봉사를 한다지만 어쩌면 그것도 입시에 유리하기 때문이 아닐까. '아니야, 설마'라며 고쳐 생각하기는 하지만 유치원 여름방학이 시작되고 그녀들과 만나지 않게 되자 요코는 서서히 불안해졌다.

불안한 마음에 등 떠밀리듯 요코는 유아교실을 찾았다. 너무 가까우면 같은 유치원에 다니는 아이와 엄마를 만날지도 모른다. '구노 씨가 체험교실에 왔던데요'라는 말이 치카나 히토미의 귀에 들어가면 안 될 것 같았다. 그래서 요코는 다카다노바바에 있는 교실에 전화를 걸어 체험 예약을 했다. 예약하고 나자 왠지 히토미와 치카를 배신한 듯한, 자신의 교육방침을 뒤집은 듯한, 떳떳하지 못한 기분이 들었다. 요코는 오늘을 위해 산더미 같은 변명을 준비해야 했다. 그냥 시험 삼아 해 보는 것뿐이야. 어떤 곳인지 알아볼 뿐이야. 지금 알고 있으면 둘째 때 도움이 될 거야. 이런 변명을 계속 생각하면서 요코는 집을 나선 것이다.

"그러면 다음은 낚싯대를 만들겠습니다. 우선 이 봉에 이렇게 실을 끼웁니다. 실은 두 번 묶습니다. 이 실 끝에 작은 유리구슬을 두 개 끼웁니다. 구슬을 두 개 끼우면⋯."

가즈토시는 이제 얼굴을 들지도 않았다. 가만히 고개를 숙인 채 얼굴을 단단히 찌푸리고 있었다. 귀가 빨갛다. 이제 곧 울 거라는 신호다. '정신 차려, 울면 안 돼'라며 요코는 마음속으로 가즈토시를 꾸짖었다. 선생님의 이야기는 또다시 길게 이어진다.

"자, 시작."

지시와 함께 네 명의 아이는 재빨리 도구를 들어 공작을 시작했다. 가즈토시만이 등을 굽혀 고개를 숙이고 있다. 요코는 고개 숙인 가즈토시의 얼굴에서 똑 하고 눈물이 떨어지는 것을 보았다. 아아. 요코는 양손으로 얼굴을 가리고 싶었다. 선생님은 이제 가즈토시에게 말을 걸지도 않는다. 처음부터 학생이 네 명이었던 것처럼 네 명에게만 이야기하고 네 명만 보고 있다.

이렇게 다를 수 있을까. 요코는 기가 막혔다. 모두 같은 나이다. 다른 세 명의 아이가 몇 살 때부터 여기에 다녔는지는 알 수 없지만 어떻게 저렇게 얌전하게 앉아 있을 수 있을까. 어른이 들어도 모를 것 같은 문제를 아주 쉽게 풀 수 있을까. 설령 세 명은 익숙해져 있다고 해도 체험 레슨에 참가한 치나쓰도 이제 엄마를 보지도 않고 문제에 매달리고 있다. 마치 즐거워 보이기조차 한다. 가즈토시만이 특별히 늦은 것일까. 아니면 치카의 아들인 유타나 히토미네 고타로도 이런 장소에 오면 가즈토시와 그리 다르지 않은 반응을 보일까.

체험 레슨 후 요코는 접수창구 안쪽에 있는 사무소에서 선생님과 마주 앉아 있다. 조금 전까지 눈물을 흘리던 가즈토시는 로비에서 얌전히 그림책을 보고 있다.

"처음이고 너무 신경 쓰지 않으셔도 됩니다. 다른 아이들은 2, 3년은 다니고 있으니까요. 다만…."

요코는 눈을 치켜뜨고 선생님을 바라보았다. 가면처럼 보이는 짙은 화장을 하고 미용실에서 막 나온 것처럼 긴 머리를 세팅했지만 이미 오십은 넘었을 것이다.

"가즈토시지요? 또래보다 조금 미숙한 것은 아닐까 싶기는 해요. 대부분의 아이는 치나쓰처럼 처음에는 멍하니 있지만 점점 익숙해지니까요. 자기 속도에 맞추는 게 나쁜 것은 아니지만 이제부터를 생각하면 아무래도 불리하죠. 저희로서는 자녀분이 가지고 있는 개성과 역량을 가능한 한 소중히 하면서 협조성과 능력을 키워 가고자 하는 방침이므로…."

"입시 준비를 결정한 게 아니라서."

미숙하다는 말에 발끈한 요코는 이야기를 끊고 그렇게 이야기했지만 선생님의 말투는 더욱 열기를 띠고 있었다.

"저희 스쿨에는 수험생을 대상으로 한 코스도 있습니다만, 여기는 입실 테스트가 있어서 아무나 들어갈 수 있는 것은 아닙니다. 조금 전 체험하신 능력 개발, 입학 준비 클래스에서는 아직 입시를 치를 것인지 결정하지 못한 분도 계시고 입시 준비코스에 대비하는 분도 있습니다. 초등학교는 유치원과 다르니까 유치원에서 느긋하게 생활한 아이는 어떤 초등학교에 가도 반드시 고생합니다. 조금 전 코스는 입시라기보다는 오히려 초등학교 생활에 쉽게 적응할 수 있도록 준비시키는 것을 목적으로 한 코스입니다."

요코는 가즈토시가 초등학교에 가면 바로 문제아 취급을 받을 거라고 단정 짓는 것 같아 초조함이 섞인 불안감을 느꼈다. 가즈토시는 역시 어딘가 이상한 것일까.

"하지만 걱정하실 것 없습니다. 지금부터라도 시간이 충분합니다. 체험 시간에 가만히 앉아 있지도 못하고 뒹굴며 울어 버렸던 아이도 이곳에 다니고 3개월 만에 몰라볼 정도로 바뀌었으니까요. 문제를 풀었을 때의 기쁨은 노는 재미보다도 웃도는 거지요."

그리고 그녀는 책자를 몇 권 책상 위에 늘어놓고 코스와 레슨 날짜, 시간표와 요금에 관해 상세한 설명을 시작했다. 주 1회, 휴식 시간 포함하여 90분 클래스가 교재비 별도로 한 달에 2만 5천 엔, 주 2회가 되면 3만 5천 엔이었다. 남편의 월급을 떠올리지 않아도 지불할 수 없는 금액은 아님을 금방 알 수 있었다. 신청해야 하는 게 아닐까. 입시 준비를 하고 안 하고와 상관없이 가즈토시를 위해 다니는 게 좋지 않을까.

"그럼 돌아가서 남편과 상담하고 다시 연락드리겠습니다."

신청서를 쓰고 싶은 마음을 겨우 참고 요코는 일어섰다.

가즈토시의 손을 이끌고 주상복합빌딩을 나왔다. 밖으로 나오니 강한 햇빛과 습한 열기로 거리가 일그러져 보였다. 큰길가를 향해 걸었다. 근처에 대학 입시학원이 있는 건지 젊은 남녀들이 길거리에 앉아 있기도 하고 그늘에 웅크리고 앉아 담소를 나누고 있기도 하다.

"엄마, 목말라. 응? 뭐 마실래. 주스 마시고 싶어."

가즈토시는 멈춰 서서 투정 부리듯 말한다. 요코는 엉겁결에 발끈해서는 잡고 있던 손을 힘껏 잡아당겼다. 아까는 얼굴도 못 들고 울고 있더니 밖으로 나오자마자 주스가 다 뭐야.

"참아. 그 정도는."

가즈토시를 잡아끌 듯 걷는 속도를 높였다. 잡고 있던 손이 무거워지더니 가즈토시의 울음소리가 들린다. 자신도 울고 싶은 마음이 되어 요코는 발걸음을 멈추고 웅크리고 앉아 가즈토시의 땀과 눈물을 닦아 주었다. 몇 미터 앞에 있는 전화박스가 눈에 들어왔다. 아까 요코는 남편과 상담하겠다고 했지만 정말로 상담하고 싶은 것은 남편이 아니라 히토미와 치카였다.

"잠깐만, 가즈토시. 엄마 전화하고 싶어."

아직 우물우물하며 울고 있는 가즈토시의 손을 이끌고 요코는 전화박스로 향했다. 문을 열자 열기에 푹푹 찐 불쾌한 공기가 넘쳐 나왔다.

잠시 망설인 후 요코는 우선 치카에게 전화를 걸었다. 하지만 다섯 번째 벨 소리가 울린 후 들려온 것은 "지금은 부재중입니다"

라고 녹음된 치카의 목소리였다. 그저 부재중이라는 자동응답기 목소리였을 뿐인데 갑자기 요코의 마음을 흔들어 댔다. 어쩌면 정말 치카는 아무것도 모르는 척하고 있을 뿐이고 이미 유타를 입시교실에 보내면서 숙제를 위해 다테시나 근처로 가족여행을 떠난 것은 아닐까. 요코는 반환되어 나온 전화카드를 다시 삽입하고 히토미의 집 번호를 눌렀다. 히토미는 바로 전화를 받았다.

"어머, 요코 씨."

"히토미 씨, 오늘 바빠? 바쁘면 다른 날도 괜찮지만, 만날 수 있을까?"

히토미의 목소리에 안도한 요코는 매달리는 듯한 목소리로 말했다.

"괜찮은데 … 무슨 일이야?"

"이런저런 이야기하고 싶은 게 있어서 … . 큰일은 아니지만 상담이라고나 할까 … ."

전화기 너머로 히토미는 아무 말 없었다. 갑자기 이런 전화는 지나치게 허물없는 행동이었을까. 적어도 내일이라고 하면 좋았을까 … . 요코가 복잡하게 생각하는데, 히토미가 말했다.

"그럼, 우리 집에 올래요? 나는 아카네가 있어서 나가는 게 좀 힘들어서, 우리 집 지저분하고 좁지만 그래도 괜찮다면."

"괜찮아? 갑자기 집으로 찾아가서. 가즈토시도 같이 있어."

"괜찮아, 괜찮아. 가즈토시가 있으면 우리 애도 좋아할 거야. 주소 알던가? 근처까지 와서 잘 모르겠으면 또 전화해. 마중 나갈 테니까."

　전화를 끊고 요코는 전화박스를 나왔다. 지친 얼굴로 앉아 있는 가즈토시를 세우고 역으로 서둘렀다.

*

　요코는 히토미가 사는 맨션이 어디인지 알고 있었다. 전에 교환했던 주소를 들고 보러 온 적이 있었던 것이다. 히토미뿐만 아니라 치카의 맨션 주소도 알고 있다. 본인들에게는 절대 말할 수 없지만 그저 그녀들이 어떤 곳에 사는지 궁금했다. 분양받은 것인지, 규모는 어떤지, 지은 지 몇 년 된 맨션인지. 본인들이 아는지 모르겠지만 치카와 히토미의 맨션은 같은 도로 면에 있었다. 치카의 맨션은 신축 분양맨션이었지만 히토미의 맨션은 오래된 주상복합건물로 1층이 선술집이었다. 게다가 고가로 된 고속도로 바로 옆이어서 건물의 아래층 절반 정도는 온종일 해가 안 들 것 같아 보였다. 히토미의 맨션을 보고 요코는 내심 안도했다. 큰 길가에서 언덕을 올라간 곳에 있는 자기 집의 집세와 히토미네는 거의 비슷할 것이라고 생각했기 때문이다.

　다른 사람과 비교함으로써 사람은 불필요한 불행을 짊어진다. 학생 시절, 요코는 이미 그렇게 깨달았다. 그것은 요코에게 있어 분명한 진실이었다. 다른 사람은 다른 사람, 나는 나. 확실하게 선을 긋고 생활하고자 했으며 실제로 그렇게 해왔다. 그렇지만 나는 어느 틈엔가 친한 사람들의 맨션을 몰래 가서 확인하고 있다. 그런 짓은 하지 말자, 하지 말자고 생각은 한다. 못난 짓이라는 생각도 들었다. 하지만 친구들이 어떤 곳에 사는지 알고 싶다고 한 번이라도 생각이 들면 초조해져서 참을 수가 없었다. '보기만 하는 거다, 비교하는 게 아니다'라고 자기 자신에게 반복해 되뇌면서도 보러 가게 되었고 그녀들의 집을 확인하면 마음이 편해졌다. 그러나 심각한 자기혐오를 느끼기도 한다. 히토미의 맨션을 보고 집세를 상상하고 게다가 안도까지 하는 자신을 요코는 심하게 자책했다. 그리고 변변한 가구도 없이 학생 방 같은 집에 아무렇지도 않게 모두를 초대하고, 같은 맨션의 전혀 다른 구조의 집을 보며 '대단하다'며 소리 지르는 마유코의 태평함과 천진함을 요코는 부러워했다.

히토미의 집을 알고 있다는 것을 눈치채지 못하도록 요코는 일부러 역에서 히토미에게 전화를 걸어 가는 길을 물었다. 그리고 준비 중이라는 안내가 붙어 있는 선술집 옆을 지나 긁힌 상처와 낙서가 있는 엘리베이터에 올라탔다. 히토미의 집은 5층이다.

마중 나온 히토미는 청바지에 티셔츠를 입은 가벼운 차림이었다. 선물로 사 온 케이크 상자를 건넬 때 "아, 가즈토시"라며 히토미 옆에서 고타로가 뛰어나와 가즈토시의 손을 끌고 집 안으로 들어갔다. 준비해 놓은 슬리퍼를 신고 요코는 히토미의 집 안으로 들어갔다.

에다 가오리의 집 같은 화려함이나 세련됨은 없었고 외관과 마찬가지로 낡은 인테리어였지만 히토미의 집은 정갈하고 청결했다. 현관을 들어서자 바로 부엌과 주방, 건너편에 세면대와 목욕탕이 있었고, 그 안쪽으로 다다미 열 장 정도 크기의 거실, 오른편에는 방이 있는 듯 미닫이문이 닫혀 있었다. 맨션 앞 고속도로는 집 안 거실 창을 가리지 않았고 햇살이 잘 들고 있었다. 거실 벽 쪽에 아기침대가 있었고 아카네가 다리를 크게 벌리고 자고 있었다.

"갑자기 어떻게 된 거야. 무슨 일 있었어?"

테이블에 요코가 사 온 케이크와 아이스티가 든 컵을 내려놓으며 히토미가 물었다.

"그게, 히토미 씨, 나 오늘 어디 갔는지 알아요?"

테이블 밑에서 기차 장난감을 늘어놓으며 놀고 있는 가즈토시와 고타로를 보며 요코는 입을 열었다.

"유아교실이라는 곳에 처음으로 가 보았어."

"어머, 정말?"

히토미는 요코의 옆에 앉았다.

요코는 단숨에 이야기를 늘어놓았다. 아이들이 엄청난 속도로 문제를 풀고 경쟁하듯 손을 들었다는 것, 가즈토시가 울어 버린 것, 교사가 가즈토시를 '미숙하다'고 말한 것, '하지만 아직 늦지 않았다'고 유아교실에 들어올 것을 권했다는 것. 히토미는 휘둥그레 눈을 뜨기도 하고 미간에 주름을 잡기도 하며 자초지종을 듣고는 "그런 곳 안 좋아요" 라며 딱 잘라 말했다.

"듣고 보니 뭔가 악덕 상술 같잖아요. 저기 요코 씨, 기억하죠? 정기 건강검진에서 이 아이는 발육이 늦는다거나 말이 늦는다거나 보건 담당자가 지적하면 절망적인 기분이 되거나 하잖아? 만약 그때, 이 항아리를 사면 문제가 해결된다고 하면 아마 샀을 거야. 그 정도로, 뭐라 할까, 궁지에 몰린 기분이 된 거 아닌가. 그 유아교실 선생이 말했다는 게 그런 거 아냐? 댁의 아이는 다른 아이보다 늦었지만 여기에 들어오면 전부 잘될 거라고, 그건 겁주는 거나 다름없지."

히토미가 잘라 말하자, 요코는 듣고 싶었던 말을 들었다는 안도감과 함께, 놀라기도 했다. 어딘가 느슨하고 자신 없이 주뼛주뼛한 것처럼 보였던 히토미가 어느 틈에 이렇게 듬직해진 것일까.

"유아교실도 천차만별이라고 생각해. 만약 정말로 가즈토시를 보내고 싶다면 제대로 골라야 할 거예요. 치카 씨에게도 물어보면 어때? 치카 씨라면 조금 더 잘 알고 있지 않을까?"

"역시 치카 씨 유타를 어디 보내고 있는 거예요?"

생각지도 못한 자기의 다급해진 목소리를 듣고 요코 본인도 놀라고 말았다. 히토미는 그런 기세에 놀란 듯 요코를 쳐다보았지만 바로 슬며시 웃었다.

"글쎄, 그건 모르지. 얼마 전에 말했잖아. 만약 유타가 입시가 필요한 학교에 가고 싶다고 하면 그럴 준비도 하고 있다고."

"그때 나 놀랐어요. 치카 씨 그런 말 안 했잖아. 입시라든가 유명 초등학교가 곧 행복의 보증서라든가 그런 건 어리석은 짓이라고, 우리는 다른 사람들 페이스에 말려들지 말자고 이야기한 지 얼마 되지도 않았잖아. 그런데, 치카 씨, 그때 갑자기 입시 준비할 가능성도 있는 것처럼 이야기하니까 ….”

히토미는 케이크 접시를 무릎 위에 놓고 포크로 떠서 입으로 가져가며 “혹시, 그래서 요코 씨 가즈토시를 유아교실에 데리고 간 거야?”라고 요코에게 시선을 두지 않고 물었다.

“설마. 그럴 리 없잖아. 그 사람은 그 사람이고.”

고타로가 히토미에게 달려와 “저기, 내 전철 책 어디에 있어?”라고 물었다. 히토미는 일어나 안쪽 저편으로 사라졌다가 그림책 몇 권을 들고 돌아왔다. 고타로는 그 책들을 손에 들고 가즈토시가 있는 곳으로 다시 달려갔다. 두 아이가 그림책을 보기 시작한 것을 확인하고는, 요코가 툭 털어놓았다.

“저기, 아직 아무한테도 얘기 안 했는데, 저 둘째 생겼어요.”

‘그래서 …’라고 이야기를 이어가려 하는 요코를 막고는 히토미는 요코 쪽으로 몸을 돌려 양손을 감싸듯 잡았다.

“그랬어요? 뭐야, 빨리 말해 주지! 축하해요, 요코 씨!”

히토미가 마치 자기 일인 것처럼 금방이라도 울 것 같은 얼굴로 이야기하자, 그런 반응을 보여주리라고는 상상하지 않았던 요코는 당황스러웠다. 예정일은 언제? 언제 알았어요? 어디 병원? 잇따른 히토미의 질문에 요코는 애매하게 대답했다. 히토미의 질문이 일단락되는 듯하자, 요코는 변명하듯 빠른 말투로 덧붙여 말했다.

"그래서, 입시 준비를 하느냐 마느냐가 아니라 둘째에 대한 것도 생각해 보니 이것저것 알아두는 편이 좋지 않을까 싶어서 단순히 생각한 거예요."

"그런 거였구나. 알 것 같아. 나도 둘째는 여자애잖아요. 고타로는 괜찮지만 아카네는 역시 사립으로 보낼까 이런저런 생각을 하니까."

"어머, 그래?"

그러고 보니 치카네도 둘째는 여자아이이다. 그래서 치카도 입시에 대한 것을 갑자기 생각하게 된 걸까. 어쩌면 치카와 히토미는 딸들을 어디에 보낼지 둘이서 그런 이야기를 했던 건 아닐까.

"나는 뭐가 괜찮아?"

주방에서 놀던 고타로가 잘도 알아듣고 화를 낸다.

"아무것도 아니야. 고타로 케이크 먹을래? 그쪽으로 가져다줄까?"

"응, 먹을래. 나 먹을래. … 가즈토시도 먹는대."

히토미는 일어나 테이블에 케이크와 주스를 준비하고 있다. 자고 있던 아카네가 칭얼대기 시작하자 요코가 반사적으로 일어나 아기침대 안에서 꼬무락꼬무락하는 아카네를 안아 올렸다. 상상하던 것보다 훨씬 무거웠다. 아카네는 눈을 꼭 감은 채 얼굴을 요코의 가슴에 파묻으며 울기 시작했다. 그 무게와 달콤한 향기, 비벼대는 머리의 감촉이 요코에게는 그립게 다가왔다. 얼마나 귀여운가. 어어, 그래그래. 그렇게 하려고 하지 않아도 오른손이 알아서 아카네의 등을 부드럽게 두드려 주기 시작했다. 요코는 코끝을 아카네의 머리카락에 파묻듯이 대며 우유 같은 냄새를 힘껏 들이마신다. 어떻게 이렇게 부드럽고 청결한 냄새가 나지?

"아, 미안해요. 요코 씨."

히토미가 돌아와 아카네를 안으며 달랬다.

"나요, 요코 씨."

유리문 앞에 서서 몸을 흔들며 히토미가 입을 열었다.

"요코 씨니까 털어놓는 건데 우리 엄마, 엄청 교육열이 높은 사람이었어요. 엄마는 1930년 전후에 태어난 사람이라 형제도 많고 시골 출신이라 여자는 공부 같은 거 안 해도 된다고 듣고 자랐대. 그래서 학력 콤플렉스라고나 할까, 자기 아이들만큼은 무슨 일이 있어도 대학까지 보낼 거라고, 그것만을 인생의 희망처럼 여기고 살아온 사람이었어요. 그래서 나도 초등학교부터 입시를 치렀고 단과대학까지 일관교육을 하는 학교에 다녔어요. 지방이고 유명한 학교도 뭣도 아니지만."

요코에게라기보다 혼잣말을 중얼거리듯 히토미는 이어 나갔다. 히토미가 무엇을 이야기하려고 하는지 도무지 이해되지 않았고, 어쩌면 이 사람도 자기가 일관교육을 받았다는 것을 자랑하려는 건 아닐까 하고 요코는 한순간 의심이 들었다.

"하지만 그 학교, 이른바 숙녀학교라고나 할까. 유복한 집 아이들이 많았어, 역시나. 우리 집은 그다지 유복하지도 않았고 게다가 농사짓는 집 애도 없었죠. 따돌림을 당한 것도, 못된 짓을 당한 것도 아니지만 점점 그런 세계에 있는 것이 숨이 막혀서 고등학교에 올라가자마자 밥도 못 먹게 되었어요. 지금 말로 말하면 섭식장애."

요코는 히토미가 무엇을 말하려는지 아직 알 수가 없었다. 아무래도 자랑은 아닌 것 같지만, 이 이야기는 어디로 이어지는 걸까. 아카네는 히토미의 품 안에서 겨우 울음을 멈추고 '아, 아' 하고 가는 소리를 내고 있었다. 히토미는 아카네를 바닥에 내려놓았다. 아카네는 바닥에 있던 오리인형을 가지고 놀기 시작했다.

"처음에는 사람들 앞에서 밥을 먹을 수 없었어. 사람들 앞에서 무언가를 먹는다는 건 꼴불견이라고 생각했죠. 그래서 혼자 미술실이나 음악실에서 먹었는데 점차 먹는다는 행위 그 자체가 추잡스럽게 생각되는 거야. 수프는 그래도 괜찮았지만 고형물을 씹거나 삼키거나 하는 것을 참을 수 없었어. 점점 말라가고 생리가 멈추고 결국은 부모님과 선생님까지 걱정했고 병원에 가게 되었죠. 입원하지는 않았지만 학교에 갈 수 없어서 집에서 쉬었어요, 한참을."

요코가 뒤에 있는 유리문 쪽으로 시선을 돌리자, 레이스 커튼 너머로 희미하게 보이는 고층빌딩과 파란 하늘이 보였다. 냉방이 잘 된 집 안에서는 지금이 8월인지도 잊어버릴 것 같았다.

"엄마는 성격이 그런 사람이라 울면서 나를 나무랐고, 나 역시 이젠 인생이 끝난 것처럼 생각했어요. 죽으려고 생각했던 적도 있었고. 하지만 학교는 나를 버리지 않았어. 선생님과 반 친구들이 찾아오기도 하고 진학할 수 있도록 여름방학과 겨울방학에 보충수업 시간을 마련해 주기도 했어. 학교에 돌아가는 게 너무 무서웠지만 주변의 덕분으로 고2 때 용기를 내서 학교로 돌아가 보았죠. 그랬더니 모두 아무 일도 없었던 것처럼 대해 주었어요. 정말 아무 일도 없었던 것처럼 말도 걸어오고. 그 일을 최근에는 자주 생각하곤 해. 만약 내가 남녀공학 공립학교에 다녔더라면 그런 도움을 받지는 못했을 거라고. 하지만 애초에 공립학교에 갔었더라면 섭식장애에 걸리지 않았을지도 모르는 일이고. 아니 결국은 어떤 일로든 좌절하고 그렇게 되었을지도 모르지…. 고타로나 아카네가 나처럼 되는 일은 생각도 하고 싶지 않지만 만약 무슨 일이 생겼을 때를 생각하면 역시 사립 쪽이 좋지 않을까라는….”

여기까지 듣고 나서야 요코는 겨우 히토미가 무엇을 말하려고 이 이야기를 시작했는지 이해할 수 있었다. 그리고 말했다.

“그럼 역시 히토미 씨도 생각을 바꿔서 사립학교 입시를 생각하고 있는 거네.”

“요코 씨, 그런, 아직 결정한 건 아니에요. 아카네 이제 겨우 한 살인걸. 입시라든가 그런 게 아니라 단지 요코 씨에게 이런 이야기를 하고 싶었어요. 우리들 함께 지내는 시간에 비해서 서로에 대해 잘 모르잖아요? 너무 시시콜콜 캐묻는 것도 매너가 아니라는 분위기도 있고. 유치원 엄마들을 보면 다들 화려하고 유복하고 도회적이고 행복하게 자란 사람이라는 느낌이고, 애들에 대해서도 뭐든 잘될 거라는 자신감이 있다고나 할까⋯. 하지만 나는 전혀 그런 사람이 아니라는 것을 이야기하고 싶었어요. 입시도 그렇게 생각해 보기는 했지만 우리는 아무래도 여유도 없고 그 당시의 나처럼 자유롭지 못한 생각을 하게 만들고 싶지는 않다는 걱정도 있고. 학비도 솔직히 낼 수 있을지 어떨지 알 수 없고. 어머, 어두운 이야기를 하게 돼서 미안해요. 들어줘서 고마워."

요코는 히토미를 보았다. 마룻바닥에 앉아 있던 아카네가 양손을 바닥에 대고 엉덩이를 들고 비틀비틀 일어났다. 그대로 크게 휘청거리자 아, 하고 얼결에 요코가 소리를 질렀다. 그러나 아카네는 넘어지지도 않고 서투르지만 걸어서 히토미의 다리에 매달렸다.

"벌써 걷네요."

"아주 조금."

히토미가 웃었다.

수수하기만 했던 대학 시절 이야기를, 화려했던 같은 과 친구들을 어리석다고 여겼다는 것을, 나는 나고, 다른 사람은 다른 사람이라고 선을 그어 생각하는 것을 배울 수 있었다는 것을, 히토미에게 하나하나 이야기하고 싶었던 과거의 일들을 요코는 떠올리고 있었다. 히토미도 그런 마음으로 이야기해 준 것일까.

"저기, 요코 씨, 이렇게 하지 않을래요? 치카 씨에게도 물어보고 어딘가 다 같이 체험이든 견학이든 시험 삼아 가보지 않을래요? 딱히 다니겠다고 결정하기 위해서가 아니라 그냥 보기만. 다 같이 가면 안심도 되고, 치카 씨는 맘친이 많으니까 정보를 많이 가지고 있지 않을까."

"그거 괜찮을 거 같아요."

요코는 고개를 끄덕였다. 아무래도 유타와 고타로가 함께 간다면 가즈토시도 오늘처럼 위축되거나 울거나 하는 일은 없을 거고. 게다가 무엇을 두고 천차만별이라고 하는지 단순히 알고 싶은 생각도 있었다.

"그래요, 그렇게 하자. 그럼 내가 치카 씨에게 연락해 볼게. 날짜가 맞으면 다 같이 가요."

그렇게 말하며 히토미가 벽시계를 보는 것 같아 요코도 시간을 확인했다. 4시가 다 되었다. 서둘러 일어섰다.

"미안해요, 너무 오래 있었네요. 이제 가볼게요."

"어머, 괜찮은데. 아, 그러면 배웅도 할 겸 슈퍼에 갈까. 고타로, 슈퍼에 갈 건데 같이 갈래?"

테이블 밑에 들어가 있던 두 아이는 뛰쳐나오듯 기어 나와 엄마들 앞에서 싱글싱글 웃었다.

"히토미 씨 남편은 어떤 일을 하세요?"

엘리베이터 안에서 문득 생각이 나서 요코가 물었다. 전부터 궁금했지만 지금까지 히토미 말대로 매너가 아니라고 생각되어 묻지 못했다.

"설명하기가 좀 어려운데."

히토미가 엷은 미소를 띠며 웃었다.

"교회에서 일해요. 종교인이에요."

예상외의 대답이라 요코는 놀랐다.

"신부님이라든가 그런 거?"

"크리스천은 아니에요. 뭐, 그런 느낌이랄까. 하지만 수상한 컬트종교는 아니니까 안심해요. 그렇게 생각할까 봐 걱정돼서 유치원에서 물어볼 때마다 애매하게 대답해요."

어느새 엘리베이터가 1층에 도착했다. 고타로와 가즈토시가 맨션 밖으로 뛰어나가자 히토미가 조심하라며 큰 소리를 질렀다. 아카네는 히토미의 품 안에서 옹알이마냥 뭐라고 소리 내어 말하고 있었다.

"월급이 너무 적어서 힘들어요."

히토미는 그다지 힘들어하지는 않는 듯한 미소를 요코에게 보이며 아이들을 쫓아 바깥으로 나갔다. 거리에 나서자 4시 가까운 시각이었지만 아직 태양은 기울지 않았고 한낮과 같은 열기와 습기가 남아 있다.

"그럼 또 연락할게. 오늘 고마웠어요. 케이크도 잘 먹었어요."

고타로의 손을 잡고 히토미가 말했다.

"나야말로 갑자기 찾아가서 미안했어요. 고마워. 또 히토미 씨랑 이런저런 이야기 나누고 싶어."

"가끔 이렇게 수다 떨어요."

히토미가 고교생 같은 말을 했다. 그리고 이어서 말했다.

"아기 정말 축하해. 저기, 아기가 태어나면 또 다 같이 사진관에 가요. 신입 멤버인 아기 데리고."

맨션 앞에서 히토미와 헤어져 가즈토시와 손을 잡고 언덕을 오르며 역시 오길 잘했다고 요코는 안도했다. 히토미와 치카 두 사람끼리 상담하고 있을 거라는 공상이나, 초조해서 유아교실을 찾아갔던 자신의 행동이 미안하게 생각되었고 또 창피하게 여겨졌다.

히토미와 자신은 정말 많이 닮았다고 요코는 생각했다. 집 수준도 비슷하고 화려한 엄마들과 어울리지 못하는 것도, 남편의 직업을 어쩐지 말할 수 없다는 점도 비슷했다. 요코의 남편은 조리기구 제조업체의 영업부에 근무하고 있다. 주로 업자를 만나 조리기구를 판매하는 세일즈맨이지만 성과에 따라 판매를 위해 개인가정을 방문하는 일도 있는 듯했다. 출산 때 같은 병동에 있던 여성이 남편의 일을 물어서 그렇게 대답하자 "터무니없이 비싼 냄비세트를 팔거나 그러는 거 아니에요?" 라며 농담 비슷하게 이야기한 적이 있었다. 그 이후로 누군가 남편의 직업을 물으면 요코는 애매하게 대답하곤 했다.

다음에 히토미와 이야기하게 된다면 나도 그런 이야기를 해야지. 요코는 가슴속으로 그렇게 마음먹었다. 그녀가 나에게만 이야기해 준 것 같은 이야기를 나도 그녀한테만 해야지. 요코는 히토미와 더 친해지고 싶었다. 이전에 치카와 친해지고 싶다고 갈망한 적이 있었다. 그것과는 미묘하게 다른 기분이었다. 더 서로를 이해하고 싶었다. 더 무언가를 공유하고 싶었다. 아직 어떤 실감도 나지 않는 배를 가즈토시와 잡은 손이 아닌 다른 쪽 손으로 어루만졌다. 이 아이도 여자아이라면 좋을 텐데. 그러면 더 히토미와 가까워질 수 있다. 상담하고 이야기하고 문제를 함께 극복해 나갈 수 있다.

마음이 편해지자 요코는 순간 죄책감을 느꼈다. 오늘은 가즈토시에게 너무 화풀이를 해댄 것 같았다. 가즈토시가 가장 힘들었을 텐데.

"가즈토시, 오늘 너무 잘했어. 이제 훌륭한 형아네."

요코는 가즈토시를 내려다보며 머리를 쓰다듬으며 말했다. 하지만 가즈토시는 멍하니 앞을 향한 채 아무 대답도 하지 않았다. 순간적으로 유아교실에서 느꼈던 것과 같은 초조함을 요코는 느꼈지만 꾹 참고 밝은 목소리로 말해 보았다.

"오늘은 가즈토시가 좋아하는 그라탱으로 할까? 디저트로 아이스크림도 살까?"

가즈토시는 여전히 아무 말도 없었지만, 다카다노바바에 있는 유아교실을 나온 후 쭉 이어지던 답답한 기분이 겨우 사라지고 있음을 요코는 느꼈다.

*

나카노의 재활용품 가게는 편의점에서 서서 읽었던 잡지에서 본 곳이다. 19개월 된 레나를 아기띠에 안은 마유코는 양손에 종이가방을 들고 지하철을 갈아타며 나카노를 향했다. 레나를 데리고 외출하는 것에는 익숙해졌지만 이렇게 지하철에 레나를 안고 타면 마유코는 언제나 친정에서 돌아왔던 날이 생각났다. 레나가 울지나 않을까 조마조마했고 사람들에게 눌리지나 않을까 벌벌 떨며 빨리 치카와 모두를 만나고 싶은 마음에 바짝바짝 속을 태우며 전철을 탔던 그날을. 고생고생하며 도착한 맨션 현관에서 마담과 만났던 것이다.

도자이선 안은 냉방이 잘 되어 있었지만 지하철에서 내려 개찰구를 나서자 8월의 햇볕이 사정없이 내리쬐고 있었다. 레나는 보챘고 레나와 밀착한 배가 불쾌할 정도로 뜨거웠다. 마유코는 기억을 더듬으며 아케이드를 지나 골목 안쪽으로 들어갔다.

아동복이 중심인 재활용품 가게는 복잡한 골목의 막다른 곳에 있었다. 주위는 술집거리인 듯 셔터들이 내려져 있었다. 앞면이 유리로 된 가게 앞에는 다채로운 캐릭터인형이 세워져 있었고 유리창 내부에는 세련된 아동복이 빽빽이 진열되어 그 가게만이 주위와 동떨어진 느낌이었다. 칭얼대던 레나는 울지도 않고 똑바로 마유코를 올려다보며, 음마, 음마 하고 소리를 내고 있다. 마유코는 이미 땀으로 젖은 레나의 이마를 타월 손수건으로 닦아 주며 재활용품 가게의 문을 열었다. 안으로 들어가자 바로 시원해져 한숨 놓았다.

복작거리는 가게를 상상했는데 보통의 다른 부티크처럼 잘 정돈되어 있었다. 진열된 옷과 장난감을 곁눈으로 보면서 마유코는 안쪽에 위치한 카운터 쪽으로 갔다. 머리를 노랗게 물들인, 아동복 재활용품 가게보다는 성인용 헌옷 가게에 있는 게 더 어울릴 듯한 여자점원이 읽고 있던 만화잡지에서 눈을 들어 마유코를 보았다.

"저, 옷을 처분하고 싶은데."

마유코가 말하자 그녀는 벌떡 일어나 "네, 이쪽으로 오세요"라며 싹싹하게 웃었다.

마유코는 종이가방에 담아온 물건을 카운터에 꺼내 놓았다. 세 개의 종이가방에서 옷을 모두 꺼내자 카운터에 작은 산더미가 생겼다.

"매입할까요, 위탁으로 할까요?"

바로 의류의 태그를 확인하면서 점원이 말했다.

"네?"

"매입의 경우, 바로 금액을 지급합니다. 고객님이 희망하는 가격에 매입이 될지는 모르겠지만요. 위탁의 경우에는 희망하는 가격을 붙이지만 팔렸을 경우에만 돈을 드립니다. 우리는 기한 같은 건 없어서 처음엔 위탁으로 맡기고 반년이나 1년 후에 매입하는 것도 가능해요."

"매입으로 할까 하는데."

'바로 지급'이라는 말에 반응하여 마유코가 말했다.

"알겠습니다. 그럼 잠시 가격을 매겨야 하니까 가게 안을 둘러보며 기다려 주세요."

점원의 말을 따라 마유코는 가게 안을 둘러보았다.

레나에게 어울릴 것 같은 귀여운 옷이 많았다. 하얀 마로 된 원피스는 내년 여름에는 입을 수 있을 것 같았다. 목 부분에 자연스럽게 프릴이 달린 블라우스도 귀엽다. 타탄 체크무늬의 스커트는 걸을 수 있기 전까지는 무리겠다. 거의 모든 옷이 브랜드 제품이었다. 가격을 확인하니 5천 엔 전후라 마유코는 바로 낙심했다. 아동복 주제에, 이렇게 조금밖에 천을 쓰지 않은 주제에, 게다가 중고품 주제에, 왜 이렇게 비싼 거람. 마유코는 핑크와 회색 체크무늬의 원피스를 옷걸이에서 꺼내 가만히 바라보았다. 이것과 아주 닮은 옷을 치카는 딸인 모모코에게 입혔다. 치카는 한 살이 될까 말까 한 아기에게 심플하게 보이지만 디테일에 굉장히 공을 들인 원피스를 입혔는데, 마유코는 자기도 모르게 "귀여워!"라며 소리를 질렀던 것이다. "좋겠다, 이거 어디서 산 거야?"라고 물어도 치카는 웃기만 할 뿐 가르쳐 주지 않았다. 아마도 알려 줘도 내가 사지 못할 거라고 생각한 거겠지. 아니면 따라 하는 게 싫었던가. 마유코는 주눅이 든 기분으로 원피스 옷단에 손을 넣어 가격을 확인했다. 9,800엔이었다.

　"많이 기다리셨지요."

　부르는 소리에 카운터 쪽으로 갔다.

　"3만 4천 엔입니다."

　'어머'라고 생각했다. 어머, 그렇구나.

　"4천 엔이라니 어정쩡하니까, 한 번 더 생각해서, 5천 엔으로 해요."

시험 삼아 미소를 지어 보였다.

"알겠습니다. 그럼 첫 회 서비스라는 의미에서."

노랑머리의 점원도 웃으며 시원하게 매입가격을 올려 주었다.

"또 들러 주세요. 또 오세요, 바이바이."

레나에게 손을 흔드는 점원에게 고개를 숙이고 마유코는 돌아
섰다. 가게를 나설 때 조금 전 보았던 체크무늬의 원피스를 살까
어쩔까 망설였지만 결국 안 사고 가게를 나왔다.

아케이드를 어슬렁어슬렁 걸었다. 늘어선 점포들의 냉방 덕에
아케이드는 충분히 시원했다. 레나가 끄덕끄덕 졸기 시작하자 등
을 두드려 잠을 유도하면서 마유코는 속옷 가게와 옷 가게, 구두
가게를 구경만 하며 걸었다. 3만 5천 엔이라. 그만큼 되는구나.
가오리에게 받은, 거의 새것 같은 아이 옷을 파는 것은 아까웠지
만 지난달 사용한 카드대금을 지불하기에는 돈이 모자랐기 때문
에 하는 수 없었다. 정기예금을 깨기는 싫었다.

갑자기 지갑이 두툼해지자 이것도 저것도 사고 싶어졌다. 본인
의 옷은 꽤 오랫동안 사지 않았다. 여름옷도 전부 작년 거였다.
사버릴까. 허벅지와 팔을 노출한 젊은 애들 틈에 섞여 마유코는
자기 옷을 찾았다. 캐미솔이 1,900엔. 싸다! 게다가 이 스커트,
3,900엔. 둘 다 사도 1만 엔이 안 된다. 좀 전에 받은 돈에서 필
요한 금액을 빼도 충분히 살 수 있다.

그래도. 얼룩무늬 미니스커트를 손에 든 채, 마유코는 생각했
다. 이런 거, 그 사람들 안 입잖아.

마유코는 스커트를 제자리에 돌려놓고 가게를 나왔다. 건너편에 있는 패스트푸드점에 들어가 치즈버거 세트를 주문하고 안쪽 자리에서 혼자 느릿느릿 먹었다. 편의점에 서서 읽었던 잡지에서 본 여름옷과 백, 유행하는 액세서리, 대기자 줄이 늘어서는 가게의 디저트와 이탈리아 요리, 그런 것들이 떠올랐다가 사라진다.

마유코는 어릴 때부터 쭉, 멋있는 것은 저 멀리 있다고 생각했다. 초등학교 때는 예를 들면 버스로 20분, 전철로 30분은 흔들리며 타고 가야만 하는 캐릭터 가게였고, 중학교 때는 더 먼 번화가의 패션빌딩이었다. 고등학교 때 마음 깊은 곳에서부터 갖고 싶었던 것은 도쿄에 있었다. 잡지를 보며 도쿄에 가면 이것도 저것도 전부 손에 넣을 수 있다고 착각했다. 고향에 있는 단과대학에 진학하고부터는 주말에 도쿄에 가기는 했지만 그래도 원하는 것을 전부 모으는 것은 불가능했다. 가진 돈은 언제나 부족했다. 고향에서 취직했던 이십 대 전반, 마유코는 주말도 연휴도 연말도, 휴일이라고 하는 모든 휴일에는 도쿄에 가서 돈을 썼다. 학생 때보다는 자유롭게 쓸 수 있는 돈이 늘었지만, 그래도 역시 사고 싶은 것을 사고 싶은 만큼 사는 것은 불가능했다. 결혼하고 도쿄 근교로 이사하고 나니 멋있는 것은 도쿄가 아니라 잡지 안으로 멀어져 갔다. 매혹의 푸딩. 무조건 매진되는 액세서리. 언제나 줄이 늘어서 있는 와플. 브랜드 신상. 벨기에산 초콜릿. 다리가 멋있어 보이는 청바지. 왜인지 손에 넣을 수 없는 그것들을 쉽게 손에 넣는 사람이 어딘가에 있다고 생각하면 마유코는 바짝바짝 속이 타는 기분이 되었다. 도심으로 이사하면. 맨션을 사면. 경제적으로 여유가 생기면. 매일 염원이라도 하듯 생각했다. 그러면 잡지 속에 있는 모든 것을 손에 넣을 수 있다.

그래서 유스케의 아버지가 돌아가시고 유산을 받아 도심에 있는 중고맨션을 샀을 때, 마유코는 자신의 인생에서 승리했다고 생각했다. 언제나 멀리에 있어서 다가가면 멀어져만 가는 멋있는 것들이 전부 손에 들어온 것처럼 생각했다. 실제로 이사하기 전에 애타게 원했던 것 중 몇 개는 손에 넣었다고 마유코는 생각했다. 예를 들어 세련되고 예쁜 맘친. 치카와 마담. 그녀들과 지내는 시간. 그녀들과 함께 갔던 유명 케이크 가게와 사진관. 그리고 레나. 장래 연예인이 될 게 분명할 정도로 귀여운 레나.

하지만 생각해 보면 많은 것들이 다시 멀어지고 있다. 유럽제 고급 가구. 너무 드러나지 않게 브랜드의 로고가 들어간 옷과 구두. 누구나 알 수 있게 브랜드명이 들어간 아이 옷. 부잣집 아이들이 다닐 게 분명한 학원. 자아실현을 위해 아이엄마가 다니는 교양강좌. 한 달 후까지 예약이 꽉 찬 레스토랑. 유명 셰프에게 배우는 요리교실. 아울렛을 순회하는 하와이투어. 가족과 함께 가는 유럽여행. 이것들은 지금 잡지 속이 아니라 자신의 눈앞에 있다고 마유코는 생각했다. 자신이 사는 동네의 모든 곳에 손을 뻗으면 닿을 것 같은 위치에 있다. 예를 들어 마담의 집에 그것들이 있고, 치카의 생활에도 있는 것 같았다. 치카를 포함한 유치원 엄마들의 일상에도. 그런데 잡지 속보다 멀리 있다. 어떻게 된 것인지 도무지 알 수가 없다.

아니, 어떤 것인지 알고 있다. 마유코는 프렌치프라이의 부스러기를 입에 털어 넣으며 거의 얼음만 남은 콜라를 들이켰다. 구석 자리에서 자기보다도 더 어려 보이는 아이엄마들이 담배를 피우며 자지러지게 웃고 있다. 아이들은 자기들끼리 장난감을 가지고 놀고 있었다.

돌아가신 시아버지의 유산과 보험금에서 2세대주택 건축비용을 떼고 나머지를 유스케의 어머니, 형, 유스케 이렇게 세 명이 나누기로 했던 것은 2년 전이다. 적게 어림잡아도 1천만 엔은 될 것이라고 듣고 3백만 엔을 미리 받았다. 그래서 맨션을 구입할 수 있었던 것이다. 2세대주택은 벌써 지었다. 변호사 입회하에 유산 분배도 실시되었다. 그런데 모든 절차가 끝난 6개월 전, 유스케가 받은 것은 7백만 엔은커녕 1백만 엔도 안 되는 금액이었다. 그런 말도 안 되는 일이 있을 수 있느냐며 속은 게 분명하다고 마유코가 성화해서 유스케는 변호사에게 아버지의 유산의 정확한 금액, 차감된 2세대주택의 건축비용을 물었다. 변호사가 보란 듯이 쌓아 놓은 엄청난 양의 서류를 보니 시아버지의 유산과 보험금은 합쳐서 4천만 엔 정도였다. 애초 계산보다 상당히 적을뿐더러 시어머니는 2세대주택의 건축비뿐만 아니라 가구와 설비대금도 거기서 충당했고 기타 수속에 필요한 비용, 게다가 묘지와 비석대금까지 뺐던 것이다. 분명 잔금을 삼등분한 공평한 금액이 유스케에게 분배된 것이다. 하지만 이야기가 다르다며 마유코는 열을 냈고 유스케도 어머니에게 그렇게 말했다. 하지만 처음부터 그런 이야기였다, 너희들이 동거하지 않겠다고 하지 않았느냐며 어머니는 몰아붙였고 애초에 받기로 예상했던 금액은 못 받게 된 것이다.

1백만 엔도 채 안 되는 돈을 앞당겨 상환해 봐야 별수 없다고 유스케와 마유코는 결론을 내리고 결국 보통예금에 그대로 넣어 두었지만 생활비로 인출해 쓰는 동안 그 돈은 차츰 줄어들었고 지금은 전혀 남아 있지 않았다. 당초 예상대로 7백만 엔이 들어왔다면 대출금 상환이 조금은 편했을 것이고 레나의 학비 저금도 가능했을 것이다. 가구도 바꿀 예정이었고 치카와 마담이 하는 것처럼 레나에게도 뭔가 배우게 할 생각이었다. 레나에게는 마담이 준 것 같은 옷만 입힐 작정이었고 자신도 치카와 마담이 입는 옷처럼 화려하진 않지만 비싸 보이는 옷만 입을 생각이었다. 레나에게 제대로 된 맛을 알려 주기 위해 고급 레스토랑에 가는 가족이 되고 싶었고, 여름휴가와 설날은 해외에서 보낼 생각이었다. 물론 마유코는 7백만 엔으로 무엇을 할 수 있고 무엇을 할 수 없는지 구체적으로 생각해 보지는 않았다. 다만 손에 넣을 수 있었던 것들이 눈앞에서 스쳐 지나가 버리고 가까이에 있었는데 손이 닿지 않는 곳으로 사라져 버린 것 같은 기분만 줄곧 품고 있었다.

레나가 눈을 뜨고 칭얼대더니 얼굴이 빨개지며 울기 시작한다. 마유코는 작은 배낭에서 물통을 꺼내 사과주스를 주려 했지만 레나는 오늘따라 싫어, 싫어, 하며 더 크게 울기 시작했다. 환성 소리가 들려 돌아보니 안쪽에 앉아 있던 아기엄마들 소리였다. 피어싱, 염색머리, 팔찌, 어깨와 가슴을 드러낸 옷차림의 아기엄마들은 뭐가 재밌는지 테이블을 두드리기도 하고 서로를 때려 가며 웃고 있었다. 아이 중 한 명은 장난감을 빼앗겼는지 바닥에 뒹굴며 울고 있었지만 엄마들은 눈길조차 주지 않았다.

문득 마유코는 원래는 자신이 저곳에 있어야 할 인간이 아닐까 생각했다. 처음 본 그녀들의 생활을 선명하게 상상할 수 있었다. 아이가 생겨서 결혼했겠지. 남편도 그녀들과 마찬가지로 젊고 머리를 물들이고 피어싱을 하고 있을 것이다. 아르바이트에 가까운 일을 하고 이 근처 2LDK 아파트에 살고 있겠지. TV와 스테레오와 게임기 배선이 얽혀 있고 UFO 뽑기기계로 뽑은 인형이 여기저기 장식되어 있고 벽장에는 싸구려 옷이 넘쳐 나고 부엌과 거실은 구슬로 만든 발로 나누어져 있고, 방 벽에는 고교 시절 사진부터 디즈니랜드에서 찍은 가족사진까지 빈틈없이 붙여 놓았겠지. 그녀들은 여기서 나가면 슈퍼마켓 반찬 코너에서 크로켓과 마카로니샐러드를 사서 집으로 돌아가 남편이 돌아올 때까지 아이에게는 TV 만화를 틀어 주고 자신들은 감자칩을 집어 먹으며 패션 잡지를 넘겨 보면서 한숨을 쉬겠지. 이전에 자신이 그랬던 것처럼. 그런 생활은 싫었다. 역 앞에 있는 유흥업소와 아파트 주변의 논밭, 먼지투성이의 국도, 값싼 구두 가게와 복잡한 슈퍼마켓, 추운 것도 더운 것도 참아야 하는 생활, 보풀이 일어난 다다미와 얼룩이 묻은 리놀륨 바닥재, 타일 사이사이가 금세 새까맣게 되는 욕실이 싫었다. 비참하다고 생각했다. 그런데 지금 패스트푸드점 한쪽 구석에서 자지러지듯 웃고 있는 아이엄마들을, 멋대로 상상했던 그녀들의 생활을, 맹렬하게 부러워하고 있는 자신을 이해할 수 없었다.

"필요 없으면 안 준다."

마유코는 목소리를 낮추어 화를 내며 물통 뚜껑을 닫고 가방 안에 넣었다. 울고 있는 레나를 달래려고도 하지 않고 쟁반을 가져다 놓고는 빠른 걸음으로 바깥으로 나갔다.

부럽다니 있을 수 없는 일이다. 그런 동네도 그런 삶도 나는 너무 싫어했으니까. 역을 향해 걸었다. 아케이드는 사람들로 붐볐다. 레나는 아기띠 안에 안긴 채 울어대고 있다. 3만 5천 엔. 아까 받은 금액을 생각하며 마유코는 간신히 마음을 가라앉혔다. 마담한테 받은 옷과 장난감은 3만 5천 엔이나 되었다. 그렇다면 마담은 저걸 살 때 도대체 어느 정도의 돈을 지불했던 걸까.

아까 노랗게 머리를 물들인 아기 엄마들은 마담 같은 사람과 평생 만날 일도 없을 것이다. 저 사람들의 아이들은 치카나 히토미의 아이들이 다니는 사립유치원에 다니지도 못할 것이다. 치카나 히토미가 최근 이야기했던 입시와도 인연이 없을 것이다. 잡지 저편에 있는 멋진 것을 발견하고는 한숨을 쉬며 나이를 먹어 가겠지. 그런 게 싫었던 것이다. 그런 게 싫어서 이사한 것이다. 마유코는 가방에서 공갈젖꼭지를 꺼내 레나의 입에 물리려 했지만 레나는 고개를 저으며 입에 물려고 하지 않았다. 얼굴이 빨개지며 계속해서 울어 댔다. 예쁜 눈물방울이 레나의 볼을 따라 흐른다.

마유코는 멈추어 서서 레나의 입을 억지로 벌려 공갈젖꼭지를 물렸다.

마유코는 멈춰선 채 젖꼭지를 억지로 입에 문 레나를 내려다본다. 갑자기 불안감이 발끝에서부터 솟구쳐 올라옴을 느꼈다.

지난달 쓴 카드대금 인출 통지를 받고 보니 금액은 5만 4천 엔 정도였다. 달리 큰 쇼핑을 한 기억은 없었다. 화장품을 사고, 유스케의 가죽구두를 사고, 레나의 장난감을 사고, 현금이 모자랄 때 슈퍼에서 카드로 지불한 정도였다. 유스케의 급여가 입금되는 계좌에는 30만 엔 정도밖에 없어서 자동으로 빠져나가는 공과금과 대출금을 생각하면, 자신이 쓴 카드대금을 납부하기 위해 5만 4천 엔을 인출하는 것이 망설여졌다. 그래서 고민에 고민을 한 끝에 마담에게 받은 옷을 팔기로 한 것이다. 마유코는 갑자기 막연한 불안감이 들었다. 정기적금이 하나 있지만 그래 봐야 50만 엔이다. 앞으로 우리 가족은 어떻게 될까. 레나는 어떻게 될까. 우리는 이대로 차도 못 사게 될까. 레나는 치카나 히토미, 요코의 아이들처럼 사립유치원에 가지도 못하게 되는 걸까. 초등학교에 가는 것도 먼저 경제적 조건에 따라 선택해야 하는 걸까. 도심으로 이사하고 이제 겨우 친구들이 생겼는데, 노랑머리 엄마들은 만날 수도 없는 사람들과 친해졌는데, 나만 혼자 아이를 다른 유치원에 보내고 다른 초등학교에 보내고 점점 그녀들과 멀어지게 되는 걸까.

뒤에서 걸어온 젊은 남자가 멈춰 서 있는 마유코에게 혀를 차며

피해 갔다. 마유코는 휙 발길을 되돌려 조금 전 걸었던 골목길로 향했다. 셔터가 내려진 술집거리를 지나 재활용품 가게의 문을 열었다. "어서 오세요"라며 인사를 한 여자점원이 마유코를 보고 '아아'라며 미소를 지었다.

"이거 아무래도 귀여워서 사려고. 쭉 망설였지만."

마유코는 모모코가 입고 있던 옷과 매우 비슷한 원피스를 카운터로 가지고 갔다. 레나가 다시 울기 시작하고 조금 전 물린 공갈 젖꼭지가 똑 하고 떨어졌다.

*

정말로 안정감이 느껴지는 집이구나. 가오리네 집 거실에 앉아 치카는 생각했다. 가오리는 쟁반에 홍차를 들고 부엌에서 나왔다.

"일전에는 미안했어요. 유리가 나쁜 사람은 아닌데 쭉 독신인데다 일도 이제 막 독립해서 닥치는 대로 일만 하다 보니 무례한 데가 있어서."

컵을 테이블에 내려놓고 건너편 소파에 앉아 가오리는 곤란한 듯 웃었다.

"그런 건 아니었는데 … 다만 질문이 좀 억지스러워서요."

치카가 조심스레 말했다.

"뭐야, 우리 말 편하게 하자. 진짜 유리도 처음으로 자기 이름으로 책을 쓰는 거라 의욕이 지나친 거라는 생각도 드는데, 내가 끼어들면 걔가 말이 많거든. 일하는 자기를 내가 부러워하는 거 아니냐고, 그런 사고 회로를 가진 애라."

"아, 알 거 같아요. 있어요, 그런 사람."

치카는 기뻐서 앞으로 더 다가갔다.

뭐가 기쁜 것인지 알 수 없었다. 그때 다치바나 유리에게 느꼈던 불쾌감을 설명하지 않아도 가오리가 알아주어서인지, 가오리와 유리의 미묘한 관계를 자신에게 털어놓아 주어서인지.

"나도 학생 시절 친구 중에 그런 애가 있어서 알 거 같애. 독신이고 일도 잘하는 사람들, 왠지 그런 식으로 이야기하고 싶어 하죠."

치카는 그 화제에 대해서 더 이야기하고 싶었지만 가오리는 엷은 웃음만을 보일 뿐 더 반응하지는 않은 채 물었다.

"오늘 아이는?"

"엄마한테 맡겼어요. 큰애는 수영교실에 갔는데 엄마가 데리러 가기로 되어 있어요. 가오리 씨는 시간 괜찮으세요? 갑자기 죄송해요."

"우리 애는 초등학교 친구 생일파티라 메구로까지 가 있어. 끝나면 집 근처까지 데려다주시기로 해서 시간은 신경 쓰지 마. 그래서, 그. 뭐를 묻고 싶다고 했지?"

"아, 초등학교 입시에 대해서요."

치카는 말했다. 초등학교 입시에 관해서 이야기를 들려줄 수 있느냐고, 큰맘 먹고 가오리에게 연락했던 것이다. 사실은 그저 가오리와 친해지고 싶을 뿐이었다. 아이의 나이가 달라서 히토미와 요코 그룹에 가오리가 들어오는 일은 없겠지만, 치카는 히토미나 다른 친구들과 마찬가지로 가오리와 가까워지고 싶었다. 히토미, 요코, 마유코와 지내는 스스럼없는 시간도 귀중하고 교육에 관해 비슷한 생각을 하는 히토미나 요코와 이런저런 상담을 하는 것도 귀중한 시간이었지만, 그래도 왠지 그녀들하고만 있으면 숨이 막혀 왔다. 그런 데다 고등학교, 대학 시절의 친구 대부분과는 소원해진 상태였다. 아이엄마가 된 대학 동기들은 이 부근의 엄마들과는 미묘하게 다른 면에서 교육에 열심이었고, 지금도 일하는 동기들과는 가오리의 말대로 이야기가 서로 맞지 않았다. 유치원과 수영교실같이 아이와 관계된 곳이 아닌 다른 곳에서 가오리와 친해지고 싶다고 치카는 생각했다.

"입시, 아이한테 맡겼다고 했죠?"

"네, 그럴 생각이에요. 다만 정보나 노하우를 듣고 싶은 게 아니라 어떤 것을 염두에 두고 따님 학교를 선택했는지라든가, 실제 입시를 경험하고 어땠는지, 지금은 어떻게 생각하는지, 그런 이야기를, 뭐라고 할까요, 솔직하게 듣고 싶었어요."

가오리는 엷은 미소를 띤 채 가만히 치카를 보고 있다. 다정하게도 냉담하게도 보였다.

"제 주변에, 지금 아이 친구의 엄마들밖에 없어요. 정말 좋은 친구들이라고 생각하지만 그래도 입시에 대한 이야기라든가 학원에 대한 이야기가 나오면, 뭐라고 할까, 모두 좀 신경질적으로 된다고나 할까…. 특히 최근 들어서지만."

"알아요, 이 동네에 특히 애들 교육에 열심인 가정이 많죠. 그래서 나는, 치카 씨가 말하는 아이 친구 엄마들, 의식적으로 사귀지 않았어."

가오리는 홍차 잔을 손에 들고 장난기를 감추고 있는 듯한 얼굴로 웃었다.

"어머, 그래요? 하지만 그러면 힘들지 … ."

"힘들 거라고 모두가 생각할 뿐이죠. 실제는 아무것도 아니야. 평범하게 인사하고 세상 돌아가는 이야기 한두 가지 정도 하면 누군가와 사이좋게 지낼 필요도 없고 그룹이 될 필요도 없어요. 그렇잖아? 내가 아이였을 때 그랬는걸. 엄마들끼리 찻집에서 차를 마시거나 전화통화하거나 그런 거 없었죠. 그래도 나는 제대로 친구들도 있었고 학교도 재미있었으니까."

"가오리 씨 강한 사람이네요."

치카가 무심결에 생각한 대로 말하자 가오리는 웃음을 터트렸다.

"강하지 않다고 생각하는데. 친구란 만드는 게 아니라 그냥 생기는 거잖아? 아이가 같은 나이라든가, 같은 유치원에 다니고 있다든가, 그런 이유로 친구를 만드는 걸 난 못했을 뿐이지."

가오리는 찻잔을 손에 든 채 가만히 치카를 바라보았다. 그리고 살짝 시선을 옮겨 커튼 저편을 바라보며 중얼거리듯 이야기를 이어갔다.

"나는 쭉 일을 해왔고 아이를 낳아도 일을 계속할 생각이었어. 전업주부라니 말도 안 된다고 생각했지. 그래서 에리카 친구의 엄마들을 얕보고 있었을 거야. 치카 씨도 알겠지만 그 부근의 엄마들, 구시대적인 면도 있잖아. 물론 그렇지 않은 사람도 많이 있고, 일하는 엄마도 많죠. 하지만 에리카가 다닌 유치원은 그건 뭐거의 매달 학부모 참가 이벤트가 있고 만화 금지라는 통지가 오기도 하고 대부분의 엄마가 전업주부였어. 양육이 어느 정도 일단락되면 남편 돈으로 꽃꽂이니 홍차 수업 같은 거나 듣고, 그러다잘되면 그걸로 자기 학원을 차릴 거라고 진심으로 생각하는 그런천진난만한 엄마들 천지였다니까. 좋게 말하면 세상 물정 모르는거고, 나쁘게 말하면 정신 나간 여자들이지."

꽤나 당찬 말투에 치카는 깜짝 놀라 가오리를 쳐다봤다.

"미안해요, 내가 입이 험해. 치카 씨는 말하기 편한 사람이라, 나도 모르게 그만."

"아뇨, 알 거 같아요."

치카가 당황하여 말했다. 기뻤다. 본래의 가오리의 모습을 더보여주길 바랐다.

"전 여학교 출신이라 여자들 세계의 독특함을 잘 알죠. 받는 거에만 민감해서 받지 못하면 불평만 하는 사람, 어릴 때도 어른이되어서도 어디나 있죠. 유치원 엄마들도 처음에는 좋지만 친해지고 나면 점점 그런 면들도 드러나서 보이게 될 거고."

가오리는 일부러 이런 말도 했다.

"그렇죠? 그래서 싫었던 거예요. 그런 바보 같은 사람들과 몰려다니는 게. 내가 이렇게 보여도 출판사에서 여성지 만들었어.

남자한테 밥 얻어먹는 게 너무 싫었고, 남편한테 얹혀살 생각도 없었지. 조금이라도 좋은 조건의 남자와 결혼하는 것밖에 능력이 없는 여자를 경멸했어. 사실이 어떤지는 모르겠지만 에리카와 같은 유치원에 다니는 아이엄마들은 그런 사람뿐이라는 인상이 있었고 학원이나 유아교실에서 만나는 엄마들도 마찬가지고. 자신이 아무것도 못 했던 만큼 아이에게 최대한의 기대와 꿈을 짊어지게 하려는 사람 천지였지. 도쿄에 살면서 사립여학교에 다니고 영어를 잘하고 뭔가 스포츠도 잘하고 친구들이 많고, 자신이 되고 싶어도 될 수 없었던 걸 아이한테 대신 시키는 거지. 말하자면 아이는 엄마의 작은 대역이랄까."

가오리의 어조는 조금씩 열기를 띠었고 가슴속을 보여주고 있는 듯해서 처음에는 기뻐했던 치카는 점점 묘한 기분이 되었다. 가오리가 말하는 '엄마' 혹은 '여자'는 유치원이나 학원에서 만난 불특정다수가 아니라 특정한 누군가인 듯한 느낌이 들었다. 하지만 그렇다고 한다면 그건 누구일까 하고 치카는 생각했다. 물론 알 턱이 없었다.

"지금은 그런 건 없나요? 에리카가 사립초등학교에 들어갔는데 그곳 엄마들도 역시 유치원과 비슷한 느낌?"

"전혀 달라."

가오리는 일어나 부엌으로 가서 무언가를 하고 있다. 치카는 부엌 카운터 너머에서 움직이고 있는 가오리를 눈으로 좇았다. 가사일 같은 건 일절 하지 않는 것처럼 깔끔하게 정돈된 부엌에서 움직이는 가오리는 부엌용품 CF에 출연 중인 모델 같았다.

"에리카의 초등학교는 여기서 좀 떨어진 곳에 있는데 메구로나 세타가야, 요코하마 쪽에서 다니는 아이가 많아서 이 동네 학교들처럼 폐쇄적이지 않아. 폐쇄적이라고 말하기는 좀 그렇지만…. 하지만 그런 거, 비슷한 지역의 아이만 모이면 어쩐지 숨이 막히는 느낌, 알죠? 조금 더 자유로워서 좋아. 유치원 때와는 달리 그런 이벤트도 없고 엄마들과 만나는 기회도 적으니까, 예를 들면 학생 시절 때 같은 친구가 생겼느냐고 한다면 그건 아니지만 그래도 기분은 훨씬 편해요. 일하는 엄마도 많고 이야기도 잘 맞아."

커다란 접시를 손에 들고 가오리가 돌아왔다. 테이블에 놓인 접시에는 한입 크기로 자른 케이크가 담겨 있었다. 크기가 일정하지 않은 것을 보면 가오리가 직접 만든 것일까. 저렇게 깔끔하게 정돈된 부엌에서도 이 사람은 효율적으로 일을 하고 있구나. 치카는 감탄하며 손을 뻗었다.

"우와, 맛있어요!"

가오리는 이런 반응에도 아랑곳하지 않고, '그래도…'라며 이야기를 이어 갔다.

"그래도 결국, 나는 그렇게나 싫어했던 전업주부가 되어버린 거지. 에리카 유치원이 아무튼 너무 힘들었고 가능하면 사립에 보내고 싶다고 생각했기 때문에 유아교실에도 보냈어. 일하고 싶다, 일하고 싶다고 마음만 조급해져서 울기도 했죠. 하지만 에리카의 초등학교가 정해지고 나니 지금은 좀 취업난인 것 같죠? 막

졸업한 학생도 취직이 잘 안 되는데 칠팔 년이나 일을 쉰 아이엄마를 고용해 줄 출판사가 있을지. 그래도 전에 이런저런 일을 했다는 자부심이 있으니 아무 회사나 들어가서 사무직을 할 생각도 없고, 파트타이머로 일하고 싶지도 않고, 왠지 요즘에는 '이대로도 괜찮지, 뭐'라는 생각이 들기도 하고. 결국 진 거죠. 내가 나한테."

"하지만 가오리 씨라면 뭐든 할 수 있을 거 같은데요. 출판사에서 그렇게 열심히 일했고. 취업난 같은 거 상관없어요."

"이제 무리예요. 지금의 나는 에리카의 도시락 메뉴를 생각하는 거로도 벅차."

가오리는 그렇게 말하며 치카를 보고 재미있다는 듯이 웃었다. 삐, 삐 하고 날카로운 소리가 들리자 가오리는 웃음을 거두고 빠른 걸음으로 부엌 쪽으로 향했다. 거기에 놓여 있던 휴대폰을 들어, "편히 있으세요"라는 말을 남기고 "여보세요, 응, 나예요"라고 휴대폰에 응답하며 방을 나갔다.

갑자기 조용해졌다. 치카는 예상했던 것보다 가오리가 허물없이 대해 준 것에 만족하며 집 안을 둘러보았다. 역시 가오리 씨는 내가 생각한 대로 성격이 시원시원하고 좋은 사람이네. 어쩌면 우리들 친구가 될 수 있을지도 몰라. 가오리 씨가 말한 갑갑함, 나도 알 거 같은 기분이 든다. 히토미나 요코, 마유코를 좋아하지만 지금 이대로 아이들이 모두 같은 초등학교, 중학교에 진학하게 되면 좀 힘들 것 같다는 생각도 든다. 여러 지역에서 온 학생들과 다양한 가치관 안에서 크는 편이 당연히 좋다. 역시 유타의 입시를 조금 더 진지하게 생각해 볼까…. 창밖의 햇살이 강렬해서 커튼 너머로 보이는 베란다는 하얗게 빛을 발하고 있었다. 그 빛 안에서 흐드러지게 핀 꽃의 빨갛고 노란색이 아련히 번져 보인다.

5분이 지나고 10분이 지나도 가오리는 좀처럼 돌아오지 않았다. 치카는 무료하게 케이크를 하나 더 먹고 커튼 밖을 바라보다가 소리 없이 움직이는 천장의 에어컨을 올려다보고 걸려 있는 그림을 순서대로 둘러보았다. 뭔가 긴급한 용건일까 싶어 불안해질 무렵 가오리는 휴대폰을 손에 들고 돌아왔다.

"급한 용건이 계신 거면 저는 이만 실례할게요."

치카가 엉거주춤 일어서자, "괜찮아요, 괜찮아. 대단한 용건도 아니니까"라며 가오리는 벽에 걸린 시계를 힐끗 보고 웃었다.

"어디까지 이야기했지?"

"지금 다니는 초등학교가 아주 좋다는 이야기요."

"홍차, 더 드릴게요."

가오리는 일어나 다시 부엌으로 갔다. 뭔가 조금 전과 분위기가 달라졌다. 들떠 있다고 할까, 건성이라고나 할까. 문을 여닫는 것도 조심성이 없고 멍한 듯한 얼굴을 하고 있다. '저, 아무래도 이제 실례할게요'라고 말하려고 치카가 입을 뗐을 때, 부엌에 있는 가오리가 말했다.

"비밀이야기 해도 될까?"

"네?"

"아무한테도 얘기 말아 줄래? 그래봤자 공통으로 아는 지인도 거의 없지만, 얼마 전 같이 왔던 친구들한테도 말하지 말아 줘."

"아, 네, 네."

치카가 대답했을 때, 여자 비명 같은 소리가 들렸다. 치카는 흠칫 몸이 굳어졌지만 금방 주전자의 물이 끓었다는 것을 알리는 소리임을 알았다. 알기는 했으나 마음은 여전히 술렁거렸다. '비밀이야기'라는 가오리의 말에 흥분도 되었고 또 안 듣는 편이 나을 것 같은, 불안에 가까운 예감도 있었다. 가오리는 바로 이야기를 꺼내지는 않고 아주 시간을 들여 홍차를 만들고 있었다. 뭘까. 아무한테도 말할 수 없는 이야기란 뭘까. 아이를 학대하고 있다든가? 설마. 에리카의 입학, 부정한 방법을 쓴 건가? 하지만 잘 알지도 못하는 나에게 하는 거니까 분명 그렇게 대단한 이야기는 아닐 거야. 다치바나 유리와 사실은 사이가 안 좋다든가, 그런 이야기가 아닐까. 어지러울 정도로 상상을 하면서 치카는 가오리가 이야기를 꺼내기를 기다렸다.

*

마지막으로 하나만. 진짜 친구라고 생각하니까 쓸게요. 그렇게 강조해서 자기 생활이 충실하다고 장황하게 말하지 않아도 괜찮아요. 행복한 사람은 자신이 행복하다고 새삼스레 말하지 않는다는 선생님의 말씀이, 당신의 편지를 읽으며 생각나더군요. 내가 말하고 싶은 것은 너무 무리하지 말고, 위를 보지도 아래를 보지도 말고 숨쉬기 쉬운 생활을 하기를 바란다는 겁니다. 우리 같이 힘내요!

마지막 부분을 히토미는 세 번 반복해서 읽고 세 장으로 겹쳐져 있던 편지지를 단숨에 찢어 있는 힘껏 구겼다.

이 사람 무슨 소리를 하는 거지?

"고타로, 나갈 거야. 준비 다 됐니?"

히토미는 구겨 버린 편지를 쓰레기통에 던져 버리고 침실에 있는 고타로를 불렀다. 대답이 없어 문을 열어 보니 고타로는 양말을 신고 있는 참이었다.

"어머, 대단하네. 고타로, 혼자 양말 신은 거야?"

"나 양말도 신을 수 있고 파자마도 입을 수 있어요."

콧구멍을 벌렁거리며 고타로가 대답했다.

아카네를 업고, 어린이용 안장에 고타로를 앉히고 히토미는 자전거에 올라탔다. 몇 분간 페달을 밟았을 뿐인데 땀이 솟아났다. 부웅, 부웅. 고타로가 비행기 흉내를 내자 아카네는 등에서 깍깍 소리 내며 웃는다. 여름 햇살을 받아 가로수가 반짝반짝 빛을 발하고 있다. 도로 끝이 굽은 듯 보였다.

"엄마, 나 치즈 소시지 먹고 싶어."

뒤를 돌아보며 고타로가 말했다.

"아니야, 슈퍼에 가는 거 아니야. 고타로, 지금부터 공부하러 가는 거야."

"어, 공부."

고타로는 어린이용 안장 위에서 몸을 뒤로 젖혔다. 일부러 그러는 거였다. 히토미가 주의를 주자 고타로는 깔깔 웃는다. 아카네도 더 큰 소리를 내며 웃는다.

편지는 풍선 모임의 바바 요시에에게서 온 것이다. 지금도 여전히 편지를 주고받고 있다. 삿포로에 사는 요시에는 최근 2년 동안 결국 나 홀로 여행에 나서지도 않았고, 요코하마에 사는 남자와 친해지지도 않았고, 그렇다고 해서 다른 새로운 남자가 생긴 것도 아니고, 결국 2년 전, 아니 더 이전과 무엇 하나 변하지 않은 생활을 하고 있는 것이다. 그래서 그런 내용을 써서 보낸 걸거라고 히토미는 페달을 밟으며 생각했다. 가끔 요시에가 "나 홀로 여행을 해 볼까 생각해", "용기 내서 그 남자한테 연락해 볼까 생각해", "지역 서클 활동에 참가할까 생각해", "풍선 모임 이사에 입후보할까 생각해"라며 결심한 듯 편지를 보내면 왠지 따돌림이라도 당한 듯한 기분이 들었지만 요시에는 그런 결심을 단 한 번도 실행에 옮기지 못했고 결국 언제나 "역시 안 하기로 했어"라고 했다. 이전의 히토미는 그것에 안도감을 느꼈지만 최근 들어 무엇 하나 새로운 것을 시작하지도 않고, 누구 한 명 새로운 사람과 사귀려고도 하지 않는 요시에가 안타깝기도 하고 불쌍하다고 여겨지기도 했다.

이 2년 동안, 고타로가 유치원에 올라가고, 새로운 친구들이 생기고, 아카네가 태어나고, 이처럼 정신없는 시간을 보내던 히토미는 솔직히 말해 아주 오랫동안 요시에에게 편지를 쓰지 않은 적도 있었다. '편지 왕래를 그만둘까'라고 생각한 적도 있다. 그래도 정기적으로 편지를 써온 것은 자신도 요시에를 버린다면 요시에는 정말 외톨이가 되어 아무것도 하지 않을 것처럼 생각되었기 때문이었고, 자신의 근황을 때로는 과장되게 썼던 것은 나도 하면 되니까 너도 힘내라고 넌지시 메시지를 보내기 위해서였다. 물론 자랑하는 마음이 없었다고는 할 수 없다. 어쨌든 자신은 결혼해서 도쿄로 이사도 했고, 요시에는 도저히 할 수 없는 대모험을 한 것이다. 자원봉사 서클도 스스로 찾아서 신청했다. 새로운 친구를 절대 사귀지 못할 거라고 생각했는데 순산을 기원하러 가기도 하고 사진관에 같이 가기도 하는 친구들이 이렇게 많이 생겼다. 대단하다고 한마디 말해 주기를 바라는 마음도 어딘가 있었다. 그런 게 친구 아닐까. 상대가 자신할 수 없는 것을 하면 대단하다고 감탄해 주고 안에 틀어박히면 바깥으로 나가도록 유도해 주고 자신 없어 보이면 크게 격려해 주는.

"그렇게 강조해서"라니, "행복한 사람은"이라니, "우리 같이 힘내요"라니. 너는 전혀 노력하지도 않고 그저 질투하고 있을 뿐이잖아.

'풍선 모임, 이제 그만둘 때가 된 건지도 몰라'라고 히토미는 생각했다. 지푸라기라도 붙잡는 심정으로 풍선 모임에 들어갔던 그 당시와 지금의 나는 이제 완전히 다르다. 남편과 관련된 부분도 있어서 가입한 채로 남아 있지만 모임에도 가지 않고 회보도 펼쳐 보는 일이 드물다. 풍선 모임은 요시에처럼 스스로 아무것도 할 수 없고 아무것도 바뀌지 않고 무엇인가에 구원되기만을 바라는 사람을 위한 모임이다. 좀더 일찍 그만두었어야 했다. 요시에와의 편지도 더 일찍 그만두었어야 했다.

아카네를 업고 있다 보니 대학교에 도착할 무렵에는 셔츠가 땀으로 등에 들러붙어 있었다. 지정된 곳에 자전거를 세워 놓고 히토미는 서둘러 아기띠를 풀고 고타로와 아카네의 땀을 닦아 주었다. 해바라기 프로젝트 미팅은 자원봉사 센터에서 열리기로 되어 있었다. 하지만 오늘 히토미의 목적은 미팅뿐만 아니라 무료로 실시되는 어린이 영어회화 체험 레슨에 고타로를 데리고 가는 것이기도 했다. 요코가 방문했던 날 이후, 평판이 좋은 유아교실을 아는지 해바라기 프로젝트 멤버에게 물어보니 유아교실은 아니지만 유학생과 학생 봉사자들이 여름방학 동안만 주최하는 어린이 대상 영어회화교실이 있다고 가네무라 하루미가 알려 주었다. 고타로에게 영어회화를 시켜봤자다, 어차피 단어 하나도 외우지 못할 거라고 히토미는 생각했지만 추천해 준 것을 무시할 수도 없어 체험 레슨만 받아보기로 했다. 고타로가 레슨을 받는 동안 아카네를 데리고 프로젝트 미팅에도 참가하기로 했다. 자원봉사 활동을 할 수 있을 정도의 자유로운 시간은 없었지만 프로젝트 멤버들과의 인맥만큼은 유지하고 싶었다.

영어회화 레슨이 실시되는 곳은 학생회관의 한 교실이라고 들었다. 여름방학이라 대학캠퍼스도 학생회관도 평소보다 한산했다. 안내받은 대로 4층 교실로 가서 주뼛주뼛 문을 열자 외국인을 포함한 젊은 학생풍의 남녀와 여덟 명의 어린이가 있었다. 영어회화 레슨이라기보다 백화점 옥상의 어린이놀이터 같은 느낌이었고 풍선과 그림책, 장난감과 레고블록이 어질러져 있었고 구석에 놓인 카세트테이프에서는 밝은 영어노래가 흘러나오고 있었다.

"안녕하세요. 음, 고타지요?"

젊은 여자가 다가와 고타로에게 시선을 맞추며 말했다. 고타로는 불안한 듯이 히토미를 올려다보며, '고타로'라고 작은 목소리로 정정해 주었다.

"어머, 미안, 미안. 고타로구나. 어머님이시죠? 가네무라 씨한테 들었습니다. 레슨은 두 시부터 40분 정도 걸립니다. 세 시전에는 데리러 와주세요."

"아이만 두고 가도 되나요?"

그곳 분위기가 생각보다 밝아 마음을 놓으며 히토미가 물었다.

"네. 어머님이나 아버님의 동반은 안 됩니다. 다른 아이도 모두 혼자 참가하고 있고."

젊은 여자는 교실에서 노는 아이들을 가리키며 말했다.

"그럼 죄송합니다만 잘 부탁드려요. 고타로, 제멋대로 굴면 안돼. 선생님 말씀 잘 들어야 한다."

히토미는 고타로에게 말하고 교실에서 나왔다. 고타로는 불안한 듯 히토미를 올려다보았지만 울지도 않았고 엄마를 쫓아 나오지도 않았다. 문이 닫히자 "자, 모두 노래 부르자. 레츠 싱 어송!"이라며 기세 좋은 목소리가 들렸고 음악 소리도 더 커졌다.

히토미는 다른 곳에 있는 자원봉사 센터를 향했다. 건물 밖으로 나서자 지글거리는 듯한 열기가 히토미를 에워쌌다. 등에 업은 아카네가 자기도 걷고 싶다고 말하기라도 하듯 앙앙 소리를 내며 몸을 움직이고 있었다. 히토미는 멈춰 서서 아카네를 내려 주고 아기띠를 토트백 안에 넣었다. 등이 시원해짐을 느꼈다. 킥킥거리며 천진스레 웃으며 몇 발자국 걸어가던 아카네는 쿵 하고 주저앉았고 이상하다는 듯이 히토미를 쳐다보았다. 히토미는 웃음이 터져 나왔고 아카네를 안아 올렸다. 나무마다 무성하게 붙어 있는 나뭇잎이 바람에 흔들리며 청량한 소리를 내고 있다.

히토미가 갑자기 사람들 앞에서 식사를 할 수 없게 된 것은 중3 때였다. 고등학교에 올라가자 먹는 것 자체가 싫어졌다. 중1 때 시작된 생리가 멈추고, 체중이 30킬로그램대까지 떨어져 야위었고, 요코에게 말은 안 했지만 고1 여름방학 때는 입원까지 할 정도였다.

'마더어스'에 대한 것은 같은 병실에 입원해 있던 이십 대 여성에게 들었다. 기독교를 모태로 한, 그러나 종교가 아니라 이념을 배우는 모임으로 그녀는 그곳에 다니면서 '산다는 것이 편해졌다'고 히토미에게 말했다. 그녀는 공황장애를 앓고 있었는데 마더어스의 존재는 약보다도 효과가 있다고 했고 히토미보다 먼저 퇴원한 후에도 히토미를 문병하러 왔다.

히토미의 부모는 히토미를 창피하게 여기고 있었는지 거의 병문안을 오지 않았기 때문에 부드러운 분위기의 그녀에게 히토미는 많은 도움을 받았다. 그래서 퇴원한 후 그녀의 권유로 마더어스 모임에 나갔다. 구민센터의 방 하나를 빌려서 십여 명이 모여 있었다. 중년여성이 30분 가까이 이야기를 하고 모두 조용히 듣고 있었다. 히토미가 그녀의 이야기를 전부 이해한 것은 아니었지만, 우리들은 모두 전생을 가지고 있으며(그녀는 과거생이라는 말을 썼다) 지금 현재 우리에게 일어나는 불행이라고 분류되는 것, 행복이라고 분류되는 것, 이것들은 모두 전생의 업보이며 현생(그녀는 현재생이라고 했다)의 숙제라고 하는 부분만 묘하게 마음에 남았다. 그녀의 이야기가 끝나자 전원이 일어나 반주도 없는데 노래를 부르기 시작했고 양손을 크게 들어 춤을 추었다. 히토미는 다 큰 어른들이 그렇게 노래하며 춤추는 것에 놀랐지만 거기에 서있는 동안 왠지 모르게 눈물이 흐르며 멈추지 않았다.

그 후 화기애애한 대화의 시간이 이어졌고 같은 병실에 있던 여성이 히토미를 소개하였다. 모두 손뼉을 쳤고 그때도 의도치 않았던 눈물이 흐르자 히토미는 놀랐다. 더 놀랐던 것은 내용도 잘 몰랐던 모임이고 집단인데 돌아가는 길에 놀랄 정도로 몸이 가볍고 마음이 평온했던 점이다.

그 이후 히토미는 마더어스에 다니기 시작했다. 일주일에 한 번 구민센터에서 모임이 있었고, 정해진 기념일(1월에 현재생을 축하하는 탄생제가 있고, 7월에 생을 주신 '위대한 존재'에게 바치는 감사제가 있으며, 12월에 기독교와 같은 의미에서 크리스마스가 있었다)에는 시민 홀이나 호텔의 홀을 빌려 다른 지부의 사람들과 참가하는 대규모 집회가 있었다. 나가노의 S라는 마을에 마더어스의 본부를 겸한 교회가 있었는데 히토미는 고등학교 3학년 여름에 부모님께 거짓말을 하고 본부에서 열린 합숙에도 참가했다.

집 근처 단과대학을 졸업한 후 히토미는 아동복지시설에 취직했으나 일 년 만에 그만두고 마더어스 본부에서 일하기로 했다. 인간의 과거생, 현재생, 미래생을 관장하는 '위대한 존재'가 있다고 믿는 마더어스는 종교법인이 아니라 자선사업을 하는 비영리단체(NPO)로 되어 있었다. 마더어스의 주재자는 건강식품을 취급하는 회사의 경영자이기도 하며 활동자금의 반은 그 회사에서 지원받고 있었다. 회원들이 운영하는 키즈스쿨의 수입도 있었다. 한 달에 한 번이나 두 번, 아이들을 모아 연날리기나 죽마타기놀이와 같은 전통 놀이를 가르치기도 하고 야생조류나 풀꽃을 공부한다는 취지로 여름방학이나 겨울방학에 어린이 합숙도 있었다. 여기에 회원에 의한 기부가 더해졌다.

히토미는 바바 요시에와 그곳에서 만났다. 홋카이도에 사는 요시에는 그 당시부터 간병복지 관련 일을 하고 있었고 여름 합숙에 참가했다.

히토미는 현재의 남편인 에이기치와도 이 본부에서 만났다. 에이기치는 간부 멤버로 각지의 지부에 가서 모임을 조정하거나 설교를 했다.

마더어스의 부지 안에 세워진 소박한 조립식주택에 살며 열심히 활동을 도와주던 히토미였지만 26세 때 에이기치와 교제하기 시작한 순간 콩깍지가 벗겨지기라도 한 듯 마더어스에 대한 열의를 잃고 말았다. 본부에서 먹고 자면서 그때까지는 보지 않아도 되는 복잡한 문제들을 봐야 한다는 것에 질려 있기도 했다. 남녀 간의 트러블, 금전과 관련된 분쟁 등 일정 수의 인간이 모이면 이런 문제가 발생하는 것도 이상하지는 않다. 굳이 말하자면 사소한 문제였지만 사오 년을 보고 있자니 마더어스라는 집단 자체가, 교활하고 마음이 약한 인간들의 집단처럼 생각되었다.

마더어스를 그만두겠다고 한 히토미를 누구도 막지 않았지만 조금 마음 편하게 활동할 수 있는 모임도 있다고 풍선 모임을 알려 주었다. 풍선 모임은 지구환경에 대해 생각하며 가능한 것부터 실천해 나가자는 취지의, 마더어스와는 전혀 다른 모임인 것 같았지만 그것도 모태는 마더어스일 거라고 생각한 히토미는 가입할 생각도 없었다.

마더어스를 그만둔 히토미는 부모님이 계신 집으로 돌아갔지만 그다지 환영받고 있다는 생각은 들지 않았다. '부모님 입장에서는 겨우 얻은 직장을 버리고 '수상한 종교 나부랭이'에 빠져서 연락도 하지 않다가 갑자기 돌아온 딸로 보이겠지'라고 히토미는 생각했다. 특히, 딸이 남 보기에도 어엿한 직장에 들어가기를 바랐던 엄마의 실망은 역력히 드러났다. 집에서도 맘 편히 지내지 못하고 반년간 여러 아르바이트를 하며 돈을 모아 무작정 도쿄로 나와 일을 찾았다. 에이기치와는 장거리 연애를 하면서 방과 후 보육 아르바이트를 했고, 많다고는 할 수 없는 월급으로 혼자 살았다. 하지만 그런 나날 속에서 다시 고등학교 때처럼 되는 것은 아닌지, 먹지 못하게 되는 것은 아닌지 불안감을 느꼈고 이는 어느새 강박관념이 되어 배가 부른데도 계속 먹어 대는 증상이 나타나 이십 대의 히토미는 에이기치의 권유로 풍선 모임에 가입했다. 그리고 그곳에서 요시에와 재회했던 것이다.

재회 후 결혼하기까지 몇 년간 히토미는 요시에와 가장 친한 사이가 되었다. 여름휴가와 연말연시휴가 때 도쿄에서 열리는 풍선 모임에 참가했고, 연휴에 요시에가 사는 삿포로를 방문하기도 했고, 둘이서 온천여행을 가기도 했다. 요시에와 자신은 매우 닮았다고 히토미는 생각했다. 소극적인 성격에 신중한 요시에와 있으면 히토미는 안심되었다. 무엇이든 이야기할 수 있었다. 또 요시에에게 일상의 불안과 과거의 실패담을 들으면 마음이 안도됨을 느꼈다. 앞으로 두 사람이 결혼하거나 아이엄마가 되고 혹은 해외로 이사한다고 해도 우리는 언제나 친하게 지낼 거라고 히토미는 생각했고, 초등학생처럼 그런 말을 직접 말하기도 했다.

하지만 결혼하고 아이가 태어나자 상황은 변했다. 변함없이 겁이 많고 소극적인 요시에에게 짜증이 나기도 했고 과거 자신의 모습을 보는 것 같아 소름이 돋는 일도 많아졌다. 하지만 관계를 잘라 버릴 수는 없었다. 소중한 친구다. 실제로는 자신이 나이가 어렸지만 언니 같은, 엄마 같은 마음이었다. 그게 실수였다고 히토미는 생각했다. 진짜 언니나 엄마도 아닌데 요시에는 나에게 너무 의존하고 있다. 화가 나고 분하고, 무엇보다 이런 관계는 요시에에게 좋을 리가 없을 것이다.

해바라기 프로젝트 모임에 사람이 많이 모이지는 않았다. 두세 사람이 컴퓨터 앞에서 작업하고 있었고 하루미와 얼굴을 아는 몇몇은 대형테이블에 모여 각자 노트를 펼쳐 놓고는 있었지만 미팅이라기보다는 수다를 즐기고 있었다. 모두 상냥하게 히토미를 맞아 주었고 학생이 차를 내오고 스즈코가 과자를 내왔다. 모두가 다투듯 아카네를 안으며 '귀엽네', '히토미와 어디가 닮았네'라며 즐겁게 떠드는 사이에 요시에의 편지로 우울했던 히토미의 기분은 점차로 밝아졌다.

결국—그들과 이야기하면서 히토미는 속으로 생각했다—결국 요시에는 뭔가에 의지하지 않으면 살아갈 수 없는 사람이다. 마더어스, 풍선 모임, 그리고 나. 그녀라면 몇 년 전 사건을 일으킨 컬트종교에도 쉽게 빠졌을 것이다. 그런 사람인 줄도 모르고 걱정하고, 마음 쓰고, 조금이라도 그녀가 변화되기를 가족처럼 바라고, 적은 시간을 쪼개 가며 편지를 썼는데, 바보 같은 짓이었다.

"히토미 씨, 이제 슬슬 시간 돼가는 거 아냐? 고타로 데리러 가야지."

스즈코의 말에 히토미는 아카네를 안고 일어났다.

"자원봉사의 일환이라 영어회화 스쿨에 다니는 것처럼 영어를 잘하게 되는 건 아니겠지만, 고타로가 마음에 들어 하면 보내요,

무료잖아. 그리고 히토미도 여기서 수다 떨고 가면 되잖아."

하루미가 말했다.

"그러네요, 소개해 주셔서 감사합니다."

히토미는 인사를 하고 방을 나섰다. 몇 명이 일어나 히토미를 입구까지 배웅하러 나왔다. 히토미는 손을 흔들며 좀처럼 약해지지 않는 햇살을 받으며 걸어갔다.

"어디에 갔었어?"

집에 돌아와 아카네의 옷을 갈아입히고 있을 때 전화가 울렸다. 전화를 귀에 대자 어딘지 다급하게 들리는 목소리가 들려왔다. 요코였다. 주스 마셔도 되냐며 묻는 고타로를 데리고 부엌으로 가서 냉장고에서 주스를 꺼내 주면서 무슨 일인가 싶어 히토미는 허둥댔다. 무슨 큰일이라도 생긴 것일까.

"왜 그래, 무슨 일 있었어?"

"전화했는데 계속 안 받으니까 어떤 일인가 싶어서."

수화기 저편에서 요코가 말했다.

"급한 일이 있는 거야?"

"그건 아니야. 그냥 점심이라도 같이할까 싶었는데 계속 전화를 안 받았잖아. 어디 간다고 들은 거 같지 않은데 혹시 무슨 일이 있는 건가 해서."

히토미는 허공을 응시했다. 전화 상대가 누구인지, 무슨 말을 하는 것인지, 순간 아무 생각도 들지 않았다. 수화기를 귀와 어깨 사이에 끼고 쭈그리고 앉아 고타로의 손에 들려 준 주스 팩을 받아 빨대를 꽂아 주었다. 고타로는 거실로 뛰어갔다.

"아, 오늘 잠깐 자원봉사모임 사람들과 만나고 왔어."

히토미는 잠시 망설였지만 말을 안 하는 것도 이상하다고 생각해서 입을 열었다.

"그 모임 사람이 학생들이 자원봉사하는 영어회화 레슨이 있다고 알려 줘서 고타로를 체험 삼아 데리고 가봤어."

그래, 숨길 일은 아니지. 히토미는 지금 막 느낀 위화감을 잊고 영어회화 수업이 생각나 웃으며 이야기를 시작했다.

"외국의, 아마도 유학생이지, 고타로가 외국인을 보는 게 처음이라 눈을 동그랗게 뜨고 굳어 버리더라고. 어떻게 될지 걱정했는데 꽤 마음에 들었는지 헬로, 헬로 하면서 집에 오는 길에 계속 반복하더라고. 그러더니 '헬로가 뭐야?'라며 묻는 거야. 아무것도 모르면서 그냥 춤추고 노래하고 있었던 거지."

거기까지 이야기하고 히토미는 눈치를 챘다. 전화기 저편에서 요코는 맞장구도 치지 않고 함께 웃지도 않는다는 것을. '여보세요?' 하고 말하려는데, 요코의 목소리에 히토미는 깜짝 놀랐다.

"어떻게 그런, 혼자만 앞서가다니 너무해!"

혼자만 앞서간다고?

"영어회화 스쿨에 갈 거면 같이 가자고 하면 좋잖아! 요전에 그렇게 말했으면서."

아, 그건가. 요전에 그런 이야기를 했던가. 치카도 불러서 같이 체험 레슨하러 가자고. 히토미는 이제 겨우 납득했다. 요코는 착각하고 있을 뿐이다.

"저기, 아니야, 요코 씨. 그런 무슨 스쿨 같은 그런 게 아니야. 그런 제대로 된 곳이라면 나 혼자 가거나 하지는 않죠. 학생들이 봉사 차원에서 하는 건데 영어라기보다 그저 외국 학생들과 함께 노는 느낌이랄까. 무료고 공부 같은 건 기대도 할 수 없는 곳이고. 같이 가자고 하는 게 오히려 미안할 정도인 곳이에요."

히토미는 설명했지만 요코는 더 캐물었다.

"무료라고? 그럼 같이 가자고 해도 좋았을 텐데. 게다가 자원 봉사 활동 쉬고 있는 거 아니었어?"

"쉬고 있지만 그곳 사람들과 연락은 하지."

사라졌던 위화감이 아까보다 더 진하게 다시 올라오는 것을 히토미는 느꼈다. 뭐지? 이 사람. 어떻게 된 거지.

"어쨌든 알려 줘야지, 그런 거. 나도 가보고 싶었어. 유학생이 가르친다니 좋은 거 아냐? 게다가 무료인 거지? 다음엔 언제 갈 거야, 히토미 씨?"

"글쎄, 이제 안 갈지도 몰라."

퍼져만 가는 위화감에 뚜껑을 덮듯 히토미는 부드러운 목소리로 말했다.

"그게 학생들만 있고 책임자는 없고, 게다가 부모는 같이 못 들어가. 혹시 무슨 사고라도 있으면 싶어서 걱정되어 맡길 수 없을 거 같애. 젊은 사람들만으로는 어떻게 하지도 못할 거고."

"역시 무료로 하는 곳은 그렇게 되는 걸까. 어쨌든 만약 다음에도 그런 곳에 고타로 데리고 갈 거면 나한테도 꼭 알려줘야 해."

거실에서 아카네의 울음소리가 들렸다. 히토미는 서둘러 그쪽
으로 향했다. 누워서 울고 있는 아카네 옆에 고타로가 히죽히죽
웃음을 참으며 다른 데를 보고 있다.

"잠깐, 고타로. 뭐 한 거야!"

히토미가 화를 내자 "미안해요, 바쁜데. 또 전화할게"라며 요
코가 전화기 너머로 말했다.

"요코 씨, 뭔가 용건이 있었던 거 아니야?"

"아냐, 아냐. 다시 연락할게. 그럼."

전화가 끊겼다.

"나 아무것도 안 했어. 아카네가 넘어진 거뿐이야."

고타로는 히토미 쪽으로 다가와 필사적으로 말했다. 히토미는
전화기를 마룻바닥에 내려놓고 아카네를 안아 등을 어루만져 주었
다. 고타로를 추궁하는 것도 잊고 조금 전 전화를 되새겨 보았다.

임신 중이라 불안정하겠지. 가즈토시 때문에 생각이 많겠지.
주변 아이 모두 뭔가 시작하고 있는 것 같은 착각을 하고 있겠지.
여름방학이라 만나지 않으니까 더 걱정되는 거겠지. 요코의 말
한마디 한마디를 다시 생각해 보며 히토미는 위화감을 누르고 있
었다. 요코의 기분은 잘 알 것 같았다. 나도 마찬가지다. 뭔가 해
야 할 거 같으면서도 무엇을 하면 좋을지 모르니까. 요코의 기분
은 잘 알겠다. 특히, 배 속에 아이가 있잖아, 평소보다 더 불안해
질 거야.

하지만 — 똑 하고 떨어지는 물방울처럼, 히토미는 작은 불안을 품었다. 하지만 어쩌면 요코는 요시에와 비슷한 타입의 여성인 것은 아닐까.

"아카네, 고타로, 간식 깜박했네. 엄마가 금방 만들어 줄게."

그럴 리 없다. 치카처럼 외향적인 사람은 아니지만 요코 역시 확실한 자기 주관을 가진 엄마잖아. 요시에 같은 사람이랑 같은 취급을 하면 요코한테 미안하지.

아카네를 보행기에 태우고 히토미는 부엌으로 간다. 방금 혼날 뻔했던 고타로가 "간식, 간식, 간식 시간!" 엉터리 노래를 부르며 따라 왔다. 찢어서 쓰레기통에 던져 버린 요시에의 편지가 살짝 히토미의 시야를 스쳤다.

제 5 장

1998년 9월

입덧이 없는 것을 보니 어쩐지 얌전한 아이일 거라는 생각이 들었다. 분명 여자아이일 거라는 확신이 있었다. 히토미의 아카네와 치카의 모모코는 태어날 아이의 좋은 언니가 되어 줄 거라고 생각했다. 가을에는 히토미와 치카에게 순산을 기원하는 신사에 가자고 해야지. 이번에 다 같이 사진관에 갈 때는 태어날 아기에게 천사 옷을 입힐 생각이었다.

요코가 계류유산을 한 것은 여름방학이 끝나고 유치원이 시작된 9월 상순이었다.

가즈토시와 함께 간 산부인과의 초음파 검사에서 지난주까지는 분명 있었던 심장박동이 확인되지 않았고, 다음 날 다시 검사를 받으러 가봤으나 역시 심장박동은 없었다. 계류유산이라고 의사가 말했다. 주말에 요코는 입원하여 수술을 받았다. 신이치는 병원에는 계속 붙어 있었지만 수술이 시작하기 전에 가즈토시를 데리고 병원을 나갔고 요코가 마취에서 깨어났을 때도 나타나지 않았다. 무서웠을 거라고 요코는 생각했다. 신이치는 겁이 많은 사람이었다. 다른 사람이 괴로워하거나 고통을 참는 모습을 지켜볼 수 없었을 것이다. 가즈토시의 출산 때도 신이치는 분만실에 들어가는 것을 거부했다. 어떻게 이렇게 차가운 사람과 결혼했을까 하고 그 당시 요코는 생각했지만 수년 동안의 결혼 생활로 차가운 사람이 아님을 서서히 이해했다. 겁쟁이인 것이다. 소심한 것이다. 세상이 언제나 쾌적하고 온화하고 아름답기를 바라는 것이다. 친구를 잘 사귀지 못해서 고민하고 있을 때, 네 이야기는 더 이상 듣고 싶지 않다고 그가 말했지만, 그것 역시 나를 거부한 것이 아니라 세상의 부정적인 측면을 보고 싶지 않았을 뿐이라고, 침대 위에서 구토와 복통을 참으며 요코는 생각했다. 하지만 그래서 어쩌겠다는 건가. 세상은 쾌적하고 아름답고 온화한 것만으로 넘쳐나지 않는다. 어째서 곁에 있어 주지 않는 것일까. 이 불안과 죄책감과 슬픔을, 어째서 여기서 함께 나누려고 하지 않는 것일까. 그가 수술을 받는 것도 아닌데.

일요일 오후, 퇴원하기 직전이 되어서야 신이치는 겨우 병원으로 왔다. 울었는지, 잠을 자지 못했는지, 눈이 빨갰다. 그것을 보고 요코는 겁쟁이 남편을 비난할 마음이 사라졌다. 함께 나누지 않아도 수술을 받지 않아도, 이 사람은 충분히 괴로워하고 있으며 고통을 느끼고 있고 슬퍼하고 있으며 스스로를 비난하고 있다, 나와 마찬가지로. 그렇게 생각했다.

자택 맨션에 돌아와서도 기분은 나아지지 않았고 요코는 이불을 깔고 누워 있었다. 신이치는 가즈토시를 데리고 편의점에 가서 도시락과 과자를 사 왔다. 레토르트 우동을 사온 듯 익숙하지 않은 솜씨로 요코를 위해 만들고 있다. 식욕은 전혀 없었지만 요코는 겨우 그 우동을 먹고 다시 누웠다.

가즈토시를 가운데 두고 나란히 누운 후 신이치는 불을 껐다. 가즈토시의 숨소리가 들려오자, "미안해"라며 요코는 용서를 빌었다. 신이치에게, 태어나지 못한 아기에게.

"다시 곧 만들면 되지."

신이치는 낮은 목소리로 말하며 뒤척였다.

다시 곧 만들면 되지. 신이치의 말을 가슴속으로 되뇌면서 내가 듣고 싶었던 것은 그 말이 아니라고, 요코는 순간 강렬히 느꼈다.

"미안해."

그래서 다시 한 번 말했다. 듣고 싶은 말을 듣기 위해서.

"그러니까 이제 됐다니까."

우물거리는 듯한 목소리는 역시나 요코가 듣고 싶은 말이 아니었다.

"미안해."

요코는 한 번 더 말해 보았다. 이번에는 대답이 없었다. 당신 탓이 아니라고, 요코는 그 말을 결국 한 번도 듣지 못했다.

다음날, 기분이 나아지지는 않았지만 요코는 늘 일어나던 시간

에 일어나 아침을 준비했다. 신이치를 배웅하고 가즈토시에게 외
출할 채비를 시키고 집을 나섰다. 보통은 자전거를 타고 가는 길
을 천천히 걸었다. 출근하는 사람들과, 요코와 마찬가지로 아이
를 데리고 나온 엄마들 틈에서 요코는 이리저리 히토미의 모습을
찾았다. 자전거가 지나갈 때마다 히토미가 아닌지 뒷모습을 눈여
겨보았다. 여느 때라면 유치원 앞에서 찾을 수 있었던 히토미의
모습은 하필 오늘따라 보이지 않았다. 빨리 히토미를 만나고 싶
었다. 히토미와 둘이 있고 싶었다. 지난 주말부터 어제까지 있었
던 일들을 조금이라도 빨리 이야기하고 싶었다.

하지만 유치원에도 히토미의 모습은 없었다.

"저기, 히토미 씨 어떻게 된 거지? 없는 거 같은데."

유치원을 나서는 엄마들 무리 속에서 치카를 발견하고는 요코
가 다가가 물었다.

"아, 아카네가 열이 난대. 고타로도 벌써 옮았을지도 모른다고
혹시 몰라 쉬게 한대."

치카가 말하더니 갑자기 얼굴이 환해졌다.

"그건 그렇고, 요코 씨, 축하해!"

"응? 뭐가?"

요코는 미간을 찌푸렸다. 왜 히토미는 결석한다는 연락을 치카
에게 하고 나한테는 하지 않은 걸까.

"뭐가라니, 너무하네. 아기 임신했다면서요? 요코 씨 가르쳐
주지도 않고 말이야. 남 대하듯 그럴 거야?"

"어? 그거 누구한테 ⋯."

이야기를 하다 말고 요코는 애매하게 웃었다. 누구한테 들었는지 물어보나 마나다. 당연히 히토미겠지. 히토미에게만 털어놓은 거니까.

"요전에 공원에서 히토미 씨를 만나서 들었어. 잘됐다고 둘이서 손을 잡고 기뻐했는걸. 컨디션은 어때? 입덧 괜찮아? 나는 둘째 때는 그다지 힘들지 않았는데 사람마다 다르니까. 뭐 도와줄 일 있으면 말해요."

어쩌다 보니 둘이서 나란히 걷고 있다. 저기, 치카 씨, 아기, 잘못됐어. 요코는 말하려고 했지만 악의 없는 치카의 말을 끊을 수가 없었다. 지금 그런 말을 하면 이 사람은 놀라서 상처를 받을 거라고 요코는 생각했다. '어머, 그랬어요? 몰랐어, 미안해요'라며 돌이킬 수 없는 행동을 한 것처럼 자신을 탓하며 사과하겠지. 치카에게 그런 일을 겪게 하고 싶지 않았다.

"고마워."

요코는 웃으며 말했다. 다음에 말하면 되지. 히토미와 치카가 함께 있을 때 한 번에 털어놓으면 되지. 두 사람이 상처받지 않는 말로.

"지금 치카 씨 바빠? 차라도 마실래요?"

큰길가까지 나와 요코가 물었다. 매일 그랬던 것은 아니지만 히토미를 포함해서 세 명이 차를 마시러 가는 일이 많았다. 오늘은 히토미가 없지만 요코는 혼자 집에 돌아가고 싶지 않았다. 횡

한 집에 혼자 돌아가면 자신이 무엇을 잘못했는지, 어떤 행동이 나빴는지, 소용없는 일이라는 것을 알지만 유산된 이유를 줄곧 생각하며 우울해할 것이 뻔했기 때문이다. 치카의 밝은 이야기를 듣고 싶었다. 아직 아기가 있다고 믿는 치카와 이야기하고 싶었다.

"어머, 미안해. 오늘은 좀 일이 있어서."

하지만 치카는 그렇게 말하며 요코에게는 일부러 하는 행동처럼 손목시계까지 확인했다.

"어떤 일인데?"

요코가 그렇게 물은 데 다른 뜻은 없었다. 어떤 일인지 상세한 게 알고 싶었던 것이 아니라 이야기의 흐름상 물었을 뿐이었다. 조금이라도 누군가와 이야기를 하고 싶었기 때문에. 하지만 치카는 순간 경계하는 듯한 눈빛으로 요코를 보며 말했다.

"왜 어떤 일인지 말해야 하는 거지?"

요코가 쩔쩔맬 정도의 말을 하고는 좀 지나치다 싶었는지 어색하게 웃었다.

"중요한 일은 아니지만."

"아, 미안해요."

요코는 당황해서 사과했다.

"캐물을 생각은 아니었어. 그게 아니라⋯."

"알아, 알아"라고 웃으며 치카는 요코의 변명을 막았다.

"여동생이 돌아온다고 했거든. 우리 친정, 오랜만이라 들떠 있어서 밤에 모이는 거지만 준비하는 걸 도와 달라고 부모님이 말씀하셔서. 그런 거, 다른 사람에게 말하는 게 좀 창피하잖아. 언제까지고 부모도 자식도 자립하지 못한 가족 같아서. 그래서 나도 모르게."

치카는 웃었다. 문득 처음 만난 날을 생각나게 하는 웃는 얼굴이었다. 이 웃는 얼굴에 안도하고 긴장을 풀었던 것이 요코는 새삼 생각났다.

"치카 씨, 여동생 있는지 전혀 몰랐어."

"아, 우리 서로 이야기를 많이 하면서도 가족 관계라든가 그런 건 말하지 않았지. 그래도 일부러 숨겼던 건 아니야. 우리 여동생, 해외에 살고 있는데 잘 오지도 않고, 우리, 그다지 사이가 좋지도 않거든."

"그렇구나, 해외에서 살다니 멋있다. 어디?"

"미안, 시간이 없어서 다음에. 요코 씨, 기분 나쁘게 생각하지 마. 별 뜻은 없고 급해서 그런 거니까."

치카가 밝게 내뱉은 말의 말꼬리를 잡고는 요코가 되물었다.

"어? 별 뜻이 없다니 무슨 말이야?"

"그러니까 정말 바빠서 그런 거지, 일부러 대답하지 않는다거나 숨긴다거나 그런 게 아니라고. 요코 씨, 금방 그런 식으로 생각하는 사람이잖아? 여동생에 관해서 이야기하면 엄청 길어져. 아주 성가신 애야. 그러니까 다음에 다시 천천히 설명할게. 그럼 또 봐."

치카는 변함없이 악의 없는 말투로 말하고 손을 흔들며 요코에게 등을 돌려 큰길가를 달리듯 가버렸다. 요코는 그 자리에 서서 멀어져 가는 치카의 등을 보고 있었다. 일부러 말하지 않는다거나 숨긴다거나 그런 식으로 금방 생각하는 사람, 나는 치카에게 그런 식으로 보였던 것일까. 치카의 뒷모습이 보이지 않게 되자 요코는 순간 불안해졌다. '그런 사람'이라고 생각하고 싫어했던 건 아닐까. 너무 캐묻는다고 생각한 걸까. 그런 생각이 들자 안절부절못했다. 그게 아니라, 치카에 대한 것을 전부 알고 싶다거나 그런 게 아니라, 이야기 흐름상 물었을 뿐이라고 치카에게 설명하고 싶어서 참을 수 없었다.

그렇다고 치카를 쫓아갈 수도 없는 노릇이다. 집에 돌아가 청소라도 하려고 걷기 시작했지만, 그래도 여전히 그런 생각에 잠긴 채 요코는 큰길가에 있는 슈퍼마켓에 들렀다. 슈퍼라고 해도 이름만 그렇지 편의점에 신선식품이 추가된 듯한 작은 점포다. 노란색 바구니를 손에 들고 요코는 점포 안을 돌아다녔다.

정신을 차리고 바구니 안을 들여다보니 필요 없는 것만 잔뜩 들어 있었다. 가즈토시에게 먹지 않도록 금지한 초콜릿 종류와 스낵 종류, 캔 식품. 요코는 바구니 안을 멍하니 내려다보고는 하나하나 제자리에 가져다 놓았다.

유치원이 끝나고 아이를 데리러 오는 시간, 요코는 치카의 모습을 찾았다. 아까 캐물을 생각은 아니었다고 말할 생각이었다. 단지 이야기하고 싶었을 뿐이라고 담담하게 말할 생각이었다. 하지만 치카는 보이지 않았다. 문 쪽에서 같은 반 아이엄마와 함께 있는 유타를 보고, 요코는 가즈토시의 손을 끌고 그녀가 있는 곳으로 달려갔다.

"치카 씨는?"

"아, 집을 나올 수 없대서. 오늘은 우리랑 같이 가자."

아이엄마는 유타에게 이야기했다.

"응, 저기 지금부터 탁이하고 놀 거야."

유타가 자랑이라도 하듯 대답했다.

"탁이하고 놀지 않을 거야. 유타는 바로 집으로 가는 거야. 우리 집이 치카 씨네 집을 거쳐서 가니까 가는 길에 데려다주는 거예요. 탁이하고는 다음에 놀자."

탁이 엄마는 유타와 요코 쌍방에게 설명했다.

"에, 놀 거예요, 우리!"

"그래요, 괴물놀이 할 거야."

"그럼 내일 봐요. 가즈토시도 내일 보자. 유타야, 늦으면 엄마가 걱정하셔."

오른손을 유타와, 왼손은 자기 아들의 손을 잡은 그녀는 요코에게 눈인사를 하고 문을 떠났다. 요코는 그 자리에 서서 뒷모습을 지켜보았다. 엄마, 가자. 작은 목소리로 가즈토시가 머뭇머뭇 말할 때까지 그곳에 내내 서 있었다.

그날, 신이치와 가즈토시가 잠자리에 든 열한 시가 지나, 요코가 다치바나 유리에게 전화한 것은 누군가와 이야기를 하고 싶었기 때문이었다. 정말은 히토미나 치카와 이야기하고 싶었다. 하

지만 히토미는 아이가 열이 난다고 했고, 가족모임을 하고 있는
치카는 집에 없겠지. 그렇지 않다고 해도 열한 시가 넘어서 전화
를 걸 수 있는 상대는 아니다. 다치바나 유리는 혼자 사는 거 같고
또 이야기를 들려 달라고 했기 때문에 민폐를 끼치는 건 아니겠
지. 그렇게 생각은 했지만 이렇게 늦게 무슨 용건이냐고 물으면
어쩌지 싶어 망설이기도 했다. 요코는 한동안 전화기를 손에 쥔
채 부엌을 서성거렸지만 과감히 명함에 쓰여 있는 번호를 눌렀다.

"아아, 일전에 만난 구노 씨. 구노 요코 씨죠?"

그래서 유리가 밝은 목소리로 바로 전화를 받았을 뿐만 아니라
성을 말했을 뿐인데 이름까지 기억해 준 것에 요코는 진심으로 안
도했다.

"일전에는 감사했어요. 또 이야기를 나누고 싶다고 생각하고
있었어요. 다들 잘 지내시죠? 신학기가 시작해서 여러모로 바쁜
시기시죠? 아, 그래도 친구분들 모두 입시 준비 같은 것은 하지
않는다고 하셨죠. 죄송해요, 여러 어머님과 이야기를 나누다 보
니 이야기가 뒤죽박죽되어서."

유리는 그렇게 말하며 웃었다.

"이런 시간에 민폐가 되는 건 아닌가요?"

요코는 목소리를 낮추며 물었다.

"민폐라뇨, 조금도 그렇지 않아요. 잘 지내셨어요? 자녀분 …
그러니까, 가즈토시라고 했죠? 가즈토시도 잘 지내나요? 지금 시
즌에는 유치원도 분주하겠네요."

"이 시즌에 뭔가 있나요?"

"네, 속설인 것 같긴 한데, 초등학교 입학시험을 볼 거면 5세반 가을부터 본격적으로 준비한다는 것 같더라고요. 유아교실 같은 곳도 서둘러 레벨업 한다고 해요. 제가 인터뷰했던 다른 어머님께 들은 이야기인데요. 역시 유치원에서도 조금은 분위기가 예민해졌다고도 하고. 하지만 구노 씨나 고바야시 씨는 입시는 생각하고 있지 않다고 하셨죠. 그러는 편이 역시 아이들한테는 좋을 거라고, 취재하면서 느끼기도 해요."

"저요, 다치바나 씨."

전화기를 귀에 대고 식탁에 앉아 유일하게 켜놓은 싱크대 위 형광등을 응시하며 요코는 멋쩍게 웃었다.

"다치바나 씨를 만나고 나서부터 불안해져서 체험 레슨이라고 하는 곳에 가 봤어요. 아들을 데리고."

"어머, 그러세요? 불안하게 만들었다니 왠지 죄송하네요. 근데 어떠셨어요?"

"그게, 우리 아이, 전혀 못 하더라고요. 우리 애 말고도 체험하러 온 애가 있었는데 그 애는 금방 적응해서 집중하던데 우리 애는 금방이라도 울 거 같아서 보고 있을 수가 없었어요. 부모의 의견이 이렇다 저렇다 하기 전에 우리 애는 절대 무리예요, 입시 같은 건."

요코는 웃으려고 했지만 금방이라도 울 것 같은 자신의 모습에 당황하여 입술을 깨물었다.

"구노 씨는 처음부터 그렇게 말씀하셨던 거니까 그러면 되는 거 아니세요? 아이를 사립학교에 보내겠다고 큰소리치는 어머니들은 자신이 그런 세상만 보고 자랐다고 말하고 싶어서 그러는 것뿐이라고, 그때 구노 씨가 말씀하신 것을 듣고, 저는, 정말 확고한 가치관을 가지신 분이라고 생각했어요. 그렇게 객관적으로 볼 수 있는 분은 아무래도 별로 없으니까요."

"그런 건 아닌데 …."

히토미와 이야기했을 때는 자신이 듣고 싶었던 말을 히토미가 해주었다고 느꼈다. 다른 아이들과 비교해서 뒤처진다고 하다니 협박이라고, 히토미는 그렇게 말하며 분노해 주었다. 하지만 사실은 그런 말이 아니라, 나는 이렇게 말해 주기를 바랐던 거라고, 유리의 말을 들으며 요코는 깨달았다. 확고한 가치관을 가지고 있으니까 체험 레슨 같은 데 갈 필요가 없는 것 아니냐고 말해주길 바랐던 것이다.

"함께 인터뷰했던 다카하라 씨, 그때는 아직 입시를 준비할지 말지 정하지 못한 것 같았는데, 역시 하시기로 했다면서요. 그분 똑 부러지게 말씀하셨지만 구노 씨처럼 확고한 가치관은 없었던 거구나 하고 생각이 들더라고요. 입시반 어머님들을 보면서 흔들리고 계시는구나 하고."

"네? 다카하라 씨라는 건 치카 씨?"

"네, 저 여섯 살 때 스스로 학교를 정했다고 하셨던."

"유타, 입시 준비해요?"

"가오리 ··· 아, 그날 거실을 빌려주었던 에다 가오리라고 기억하시나요? 가오리 딸이 지금 사립초등학교에 다니는데 이것저것 상담을 하셨다고. 가오리는 딸이 입시 준비할 때 엄청 공을 들였으니까, 근처에 있는 그저 그런 학원에 보내는 것보다 가오리의 체험담을 듣는 편이 훨씬 낫지 않을까 싶을 정도로 상세히 잘 알지요. 그런 가오리에게 상담을 하고 계신 거니까 이미 그쪽으로 정하신 거겠지요. 어머? 구노 씨는 모르셨어요?"

"네, 지금 처음 알았어요. 그런 이야기, 치카 씨 전혀 안 하니까."

여동생의 귀국이라는 것도 거짓말 아니었을까? 요코는 허둥지둥 돌아선 치카의 모습을 떠올렸다.

"아무래도 꽤나 냉엄한 세계죠. 제가 취재하고 있는 다른 어머님 중에도 친구에게는 일체 비밀로 입시를 준비하는 분이 있는데, 그래도 정보를 위해서는 네트워크도 필요해서 아주 극소수 사람만 모여서 비밀리에 정보를 교환한대요. 비밀결사대 같대요, 얼결에 다 말씀드리고 말았지만 ··· ."

요코는 전화기 너머로 이어지는 유리의 이야기에 적당히 맞장구를 치면서 재빨리 생각을 정리해 보았다. 오늘 치카의 여동생이 귀국했다고 하는 것은 거짓말일 것이다. 치카는 가오리와 만나거나 아니면 입시와 관련해서 어딘가 갈 일이 있었겠지. 그런 거라면 그렇다고 말하면 될 것을. 나는 그런 걸로 치카가 배신했다고 생각하지도 않을 거고, 하물며 우리 애도 같은 곳에 보내겠다고 나서지도 않을 건데. 치카는 도대체 나를 어떤 식으로 오해하고 있는 걸까? '그런 식으로 생각하는 사람'이라니, 어째서 치카는 그렇게 믿고 있는 거지? 그런 게 아니라고 오해를 풀 기회는 없을까? '다른 사람은 다른 사람, 나는 나'라고 선을 그어 생각하는 것을 이미 이십 대 때 깨달았다고, 어떻게 하면 나를 이해해줄까.

"히토미 씨는?"

전혀 듣고 있지는 않았지만, 유리의 이야기가 일단락되었을 때 요코가 물었다.

"히토미 씨도 입시 준비한다고 했어요?"

"아뇨, 가오리가 말했던 건 다카하라 씨뿐이었는데요. 이 시즌이 되면 정말 친한 어머님끼리도 그런 이야기는 안 하게 되는군요. 그래도 구노 씨, 너무 신경 쓰시지 않는 게 좋아요. 구노 씨는 확고한 가치관을 가지고 계시니까 자신감 가지세요. 지금은 다소 외부의 영향도 있어서 흔들리기도 하지만 그런 건 2년 정도 지나면 아무것도 아니에요. 아이가 초등학교에 입학하고 나면 오히려 마음이 잘 통하는 친구를 사귈 수 있을 거예요."

전화를 끊고 요코는 식탁에 앉은 채로 형광등이 비추고 있는 싱크대를 바라보았다. 저녁식사에 사용한 접시는 식기건조대에 정리되어 있었고 은은하게 반짝이고 있다. 은색 수도꼭지에서 똑하고 물방울이 한 방울 떨어졌다. 초등학교 입학 후에 또 친구를 사귈 수 있다니, 그럴 리가 없다고 요코는 어렴풋이 생각했다. 아이들이 다른 초등학교에 가면 얼굴을 마주칠 일도 없어지겠지.

만약 유타와 마찬가지로 고타로도 입시가 필요한 초등학교에 진학한다면 나는 또 처음부터 다시 시작해야 한다. 신문 독자상담 코너에 투고라도 할까 고민하고, 남편에게 그런 이야기는 듣고 싶지 않다는 소리를 듣는 것부터 또다시 시작해야 한다.

어째서 나의 아이는 배 속에서 호흡을 멈추어 버린 걸까. 여자 아이를 낳는다면 치카나 히토미와 공통점이 하나 더 생길 텐데. 가만히 응시하고 있던 형광등의 불빛이 점점 번져갔다. 부엌이 하얗게 물든다.

*

비밀을 털어놓은 것은 실수였을지 몰라. 저녁 준비를 하면서 가오리는 안절부절못했다. 처음 만났을 때부터 치카에게는 호감을 느꼈다. 이야기가 잘 통할 것 같았다. 유리의 뻔뻔한 질문에 과감히 도전하는 모습을 보면서 시원하다는 생각도 들었다. 이야기를 듣고 싶다며 치카에게 연락이 왔을 때 조금 망설였던 것은 단지 엄마들과의 그런 교제를 지금까지 피해왔기 때문이다. 아이 엄마라는 것만으로 친해지거나 몰려다니는 것은 사양하고 싶었다. 하지만 거절하지 않았다. 치카에 대한 좋은 인상도 있었고 치카의 아들과 에리카의 나이 차이가 있었던 이유도 있었다. 이른바 맘친이 되는 일은 없을 거라고 생각했던 것이다. 하지만 실제로 치카가 왔을 때, 그게 아니라 자신이 이야기가 하고 싶었음을 느꼈다.

사람들이 말하는 맘친이라는 것을 가오리는 의식적으로 만들지 않았다. 공원데뷔(엄마가 아이를 데리고 근처 공원에 가서 다른 엄마들과 교제를 시작하는 것 ― 옮긴이) 라든가 엄마들끼리 어울려 점심 먹으러 다니는 것을 바보 같은 짓이라고 생각했다. 금방 다시 일을 시작할 생각이었고 비슷한 시기나 더 일찍 아이를 낳은 학창 시절 친구들과도 가깝게 연락하고 있었기 때문이다. 하지만 바쁘다 보니 재취직 따위는 상관없어졌고 육아에 쫓겨 친구들과 만나는 것은 고사하고 전화로 통화하는 일도 줄어서 이제 대화다운 대화를 나누는 것은 다이스케가 유일했다. 물론 남편인 마모루와도 대화는 한다. 하지만 에리카가 태어난 후로는 거의 에리카에 대한 화제가 중심이었다. 그러나 그것도 입시 운운하며 말다툼이 잦아진 후에는 부쩍 줄어 버렸다. 뭔가 의견을 말할 때마다 말싸움에서 밀린 것에 질렸는지 마모루는 최근, 자신은 이렇게 생각한다, 이렇게 하고 싶다는 말을 하지 않았다. 가오리의 이야기를 듣기도 하고 가오리가 이렇게 하고 싶다고 하면 그에 대해 대답은 하지만, 뭐랄까, 대화의 알맹이가 없는 것처럼 느껴졌다. 마모루는 형과 누나가 있는 형제 중 막내여서인지 싸우는 걸 가장 싫어하고 험악한 분위기를 견디지 못하는 면이 있다. 결혼 전에는 그런 모습이 엄청난 관용으로 보였다. 하지만 입시 문제로 말다툼을 한 후, 관용이 아님을 알게 되었다. 겁쟁이에 소심한 무사안일주의자였던 것이다. 그렇게 이해했다고 해서 마모루를 싫어하게 된 것은 물론 아니다. 이렇게 겁이 많고 소심한 탓에 사업을 시작하고 싶다든지 전원생활을 하고 싶다든지 하는 멍청한 짓은 하지 않을 거라는 안도감도 있었다. 다만 믿음직스럽지 못한 사람이라고 가오리는 결론지었을 뿐이다. 친절하고 섬세하며 겁이 많고, 경제적인 면 이외에는 의지가 되지 않는 사람.

치카와 이야기하는 동안, 자신이 얼마나 대화에 굶주리고 있었는지 가오리는 알게 되었다. 다이스케의 부인을 경멸하고 싶었다. 대놓고는 아니지만, 조금 깔보고 조롱하면 마음이 시원해진다는 것을 알게 되었다. 일하고 싶다고 진심으로 원했던 것도, 하지만 생활에 지쳐 포기하고 말았다는 것도, 그런 일에 아직 제대로 타협점을 찾지 못했다는 것도 알게 되었다. 친구를 만들지 않고, 매스컴 정보에 휘둘리지 않고 아이를 키워 온 자기 자신을 칭찬하고 싶다는 것도 알게 되었다. 기분이 좋았다. 그래서 그만 말이 너무 많아진 것이다. 물론 이야기를 하고 나서야 무엇보다도 다이스케와의 사이에 관해서 이야기하고 싶었던 걸지도 모른다고 가오리는 생각했지만. 다이스케와 언제 어디서 만났는지, 어떤 교제를 해왔는지, 결혼한 후에 어떻게 두 사람의 관계가 바뀌었는지, 연애에 대해서 여자친구들과 몇 시간이라도 떠들 수 있었던 고등학생 때나 대학생 때처럼, 그저 이야기하고 싶었던 걸지도 모른다고.

스위트바질과 잣, 마늘과 올리브에 소금을 뿌리고 푸드프로세서의 스위치를 켰다. 갑작스러운 굉음에 소파에서 책을 읽던 에리카가 놀라 얼굴을 들었다.

"엄마, 오늘 저녁은 뭐야?"

"오늘은 파스타야. 그린파스타와 생선요리."

"도울 일 있으면 말해"라며 에리카는 다시 책을 읽었다.

"이따가 부탁할지도 모르지만, 지금은 괜찮아."

푸드프로세서에서 초록색 소스를 긁어내면서 가오리는 대답했다. 감자를 전자레인지에 넣고 가스레인지에 올려놓은 냄비의 수프를 저었다. 에리카는 유치원 때부터 부엌에 서서 어린이용 칼로 채소를 자르기도 하고 받침대를 밟고 올라서서 냄비를 저어 주기도 했다. 초등학교 입시에 대비해서 가오리가 시켜 왔던 것이다. 하지만 실제로는 어린 에리카가 부엌을 아장거리는 것보다 혼자 하는 편이 안심이었고 훨씬 빨랐다. 다이스케의 딸이 다니는 제1지망 학교는 떨어졌지만 제2지망 사립초등학교에 합격하자 가오리는 더 이상 에리카에게 심부름을 시키지 않았다. 초등학교 입시 직전, 가오리는 입시에 관련된 책을 전부 읽고 이건 준비해 놓는 게 좋다고 쓰여 있는 것은 무엇이든 에리카에게 시켰다. 싫다고 해도 하게끔 했다. 너를 위한 것이라고 나무라며 시켰다. 그때까지는 아무렇지도 않았던 에리카에게 갑자기 손가락과 눈꺼풀에 아토피 증상이 나타났다. 입시가 끝나자 깨끗하게 나은 것을 보면 스트레스가 원인이었을 거라고 가오리는 생각했다. 아토피는 나았어도 어딘가 눈치 보는 듯한 모습으로, "도와줄까?", "청소할까?", "에리카가 뭐 할 거 있어?"라며 에리카가 묻는 것은 그때의 영향일 거라고 생각했다. 그렇게 생각은 했지만 그래도 그게 나쁜 것은 아니라고 반드시 변명처럼 덧붙이곤 했다.

전자레인지에 넣어 쪄낸 감자를 으깨어 한 번 더 체에 내린 후 생크림을 섞는다. 파스타를 삶기 위한 물을 큰 냄비에 끓이고 소금을 뿌려 둔 생선에 밀가루를 묻힌다. 손에서 미끄러진 탓에 대량의 밀가루가 생선 위로 쏟아져 버려서 가오리는 혀를 찼다. 밀가루를 싱크대에서 털어 내고 프라이팬을 가스레인지에 올렸다.

그날, 다이스케의 이야기를 시작하자 나도 모르게 몰두해 버렸다. 지금도 일주일에 한두 번은 만난다는 것도, 성적으로 남편보다 훨씬 잘 맞는다는 것까지 말했다. 도중에 다이스케에게 전화가 오자 손님이 있다며 바쁜 척 전화를 끊은 것도 가오리의 기분을 좋게 만들었다. 치카는 흥미 깊게 가오리의 이야기를 들었다. 왠지 자기만 이야기하고 있다는 것을, 30분이나 떠든 후에야 느낀 가오리는 "치카 씨는 그런 거 없어요?" 라며 슬쩍 떠보았다. 흥미가 있다기보다는 자기가 털어놓았으니 치카의 비밀도 알고 싶다는 생각이 들었다. 치카도 뭔가 있을 거라고 생각했다. 옛 남자 친구를 사실은 잊지 못하고 있다든지, 한 번쯤 바람을 피운 적이 있다든지, 흔한 이야기라도.

하지만 치카는 "그분의 딸이 다닌다는 초등학교가 그렇게 좋은 곳이에요?"라고 물었다. 그뿐 아니라 어디에 있는 무슨 초등학교인지, 어떤 시험이었는지, 경쟁률은 어느 정도였는지 등 치카는 그런 것만 물어서 이야기 도중에 다이스케의 딸이 다니는 학교에 에리카를 보내고 싶었다는 것까지 털어놓은 것을 조금 후회할 정도였다. 대단한 학교가 아니라고 가오리는 그 자리에서 말했다. 남자들은 정말 열심히 나서거나 아예 나서지 않거나 둘 중 하나잖아. 다이스케처럼 아예 나서지 않는 사람은 일단 뭐든지 칭찬하는 거지. '좋은 학교다, 좋은 학교다'라고 말은 하면서도 내막은 전혀 모르는 거지. 그걸 믿은 나도 나섰지만. 그렇게 둘러댔다. 그날은 거기까지였다. 치카도 더는 그걸 화제로 이어가지는 않았다.

하지만 오늘 오후, 치카에게 전화가 왔던 것이다. 가오리 씨가 다음에 다야마 다이스케 씨를 만날 때 잠깐이어도 되니까 자신도 동석하면 안 되겠냐는 거였다. "어?" 하고 의아한 듯한 소리를 내자 초등학교에 대한 이야기를 듣고 싶을 뿐이라고 간청이라도 하듯 치카가 말했다. 가오리 씨한테 이야기를 듣고 역시 유타의 사립학교 진학도 고려해 봐야겠다고 진지하게 생각했다. 그래서 가능하면 많은 사람과 만나서 생생한 목소리를 듣고 싶다는 거였다.

거절할 수도 있는 일이었다. '그건 좀 곤란해'라고 웃으면 치카는 납득하고 물러났을 것이다. 비상식적인 사람은 아닌 것 같고 끈질긴 타입으로는 보이지 않았다. '좋아요'라고 대답한 것은 비밀을 털어놓았다는 마음의 빚도 있었다. 치카의 졸라 대는 듯한 열의를 보니 에리카의 입시 전 자신의 모습을 보는 듯한 기분도 들었다. 격려해 주고 싶은, 도움이 되어 주고 싶은, 동시에 입시가 그렇게 쉬운 게 아니라는 것을 알려 주고도 싶은 복잡한 기분이기는 했지만.

타는 냄새에 깜짝 놀라 가오리는 허둥대며 가스레인지의 불을 껐다. 프라이팬의 생선이 반 정도 탔다. 가오리는 작은 한숨을 쉬고는 수프를 데우고 잘 삶아진 파스타에 소스를 부어 섞었다. 와인의 코르크마개를 따고 잔에 반 정도 따랐다.

"에리카, 나이프하고 포크하고 스푼을 놔줄래?"

가오리의 부름에 에리카는 바로 일어나 부엌으로 가서 싱크대 서랍을 열었다.

"잠깐, 손 닦았니?"

에리카가 깜짝 놀라 어깨를 흠칫하는 것을 보고 가오리는 자신이 날카로운 목소리로 말했다는 것을 알았다.

"화장실에서 손을 닦고 도와주렴."

능청맞을 정도로 부드러운 목소리로 다시 말했다. 에리카는 쪼르르 화장실로 달려간다. 에리카는 이걸 하라고 하면 바로 하지만 뭐든지 시간이 걸린다. 손도 분명히 (가오리가 입시를 보기 전에 깐깐하게 가르친 것처럼) 비누의 거품을 내고 손가락 사이부터 손톱 사이까지 꼼꼼히 씻고 있겠지. 에리카가 돌아오기도 전에 식탁 준비를 다 해버렸다.

화장실에서 돌아온 에리카는 이미 정리된 식탁을 보고 잠시 상처받은 듯한 표정을 했다. 가오리는 못 본 척, 밝은 목소리로 말했다.

"자, 그럼 저녁 먹을까? 에리카 앉아서 잘 먹겠습니다, 해 줄래?"

에리카가 자리에 앉아 '잘 먹겠습니다'라고 했을 때 인터폰이 울렸다.

"에리카, 먹고 있어도 돼. 어쩌면 아빠가, 늦는다고 했지만, 일이 일찍 끝났을지도 모르겠다."

가오리가 일어나 현관까지 달려 나갔다. 예정이 바뀐 거면 전화 정도 해주면 좋을 텐데, 지금부터 다시 1인분을 더 만들어야 한다는 생각에 귀찮게 여기며 문을 열자, 서있는 것은 다른 사람이 아니라 레나를 안고 있는 마유코였다.

마유코는 "늦은 시간에 죄송해요"라며 조금도 미안하지 않은 기색으로 말했다.

"어떻게 된 거야?"

어안이 벙벙해진 가오리가 물었다.

"와, 맛있는 냄새. 혹시 식사 중인 건가?"

"응, 이제 막 먹으려는 참이었어요."

이런 시간에 방문하는 건 민폐라고 돌려 말한 것이었지만 마유코는 전혀 개의치 않고 "그렇구나. 저기, 잠깐 들어가도 돼요? 아, 저녁은 괜찮아요, 드시는 동안 기다릴게"라며 천연덕스럽게 말했다.

"그러면 식사 마치고 내가 그쪽으로 갈까요? 아니면 삼십 분 후에 오면 ⋯."

"괜찮다니까, 우리 신경 쓰지 말고 계속 식사하세요. 이 애는 이제 막 젖도 먹었고, 나는 점심을 늦게 먹어서. 전혀 신경 쓰지 말고."

그렇게 말하며 마유코는 쓱 하고 집 안으로 들어와 버렸다. 하는 수 없이 가오리는 슬리퍼를 내주고 두 사람을 거실로 안내했다. 기다리던 에리카가 깜짝 놀라 마유코를 본다.

"아, 에리카, 안녕. 여기 레나. 언니, 안녕. 잠깐 있다가 갈게. 식사해. 우와, 역시 마담네는 밥 먹는 것도 진짜 멋있다. 무슨 레스토랑 같애. 와인도 있고. 에리카, 대단하다. 이렇게 어린데도 나이프도 포크도 쓸 수 있는 거야?"

레나를 안은 채 아무런 거리낌 없이 식탁을 들여다보며 마유코가 말했다.

"에리카, 먹고 있으라고 했잖아. 엄마는 아직 좀 할 게 있으니까 먼저 먹어."

가능한 한 짜증이 섞이지 않은 목소리로 말하고 가오리는 부엌에서 손을 씻고 주전자에 물을 끓여 포트에 홍차 잎을 넣었다. 이런 비상식적인 시간에 오다니 도대체 무슨 용건일까. '아무것도 필요 없다, 기다리겠다'라고는 해도 '네, 그래요' 하고 우리끼리 밥을 먹을 수는 없다. 생선은 이제 한 토막밖에 없으니까 우선 수프를 데우고 한 사람분의 파스타를 삶는다. 내일 아침용으로 사두었던 빵을 접시에 담았다. 에리카는 부엌에 있는 엄마와 갑자기 찾아온 손님을 교대로 쳐다보며 차분하지 못한 식사를 하고 있었다. 배가 고프다 보니 더 짜증이 났다.

"이런 시간에 갑자기 방문하다니 어떤 급한 용건인데? 전화로는 말할 수 없는 거야?"

가능한 한 불쾌함이 전달되도록 말해 보았다.

"그게요, 우와, 에리카 정말 나이프와 포크를 잘 쓰는구나. 완전히 몸에 배었구나. 역시 어릴 때부터 이런 거 익숙하게 하는 게 좋은 거 같애. 맛있어, 에리카?"

"네, 맛있어요."

"음, 그렇구나. 착하다, 에리카. 요리 잘하시는 엄마가 있어서 좋겠다."

"이거 혹시 괜찮으면 따뜻하게 데웠으니까 드세요. 지금 파스타도 다 삶아진 거 같으니까."

가오리는 수프와 빵과 홍차 잔을 일부러 식탁이 아닌 거실테이블로 가져다주었다.

"어머, 그래도 돼요? 왠지 미안한데. 근데 엄청 맛있겠다."

배고프지 않다고 했던 마유코였지만 가오리가 준비해 주자 손을 씻지도 않고 잘 먹겠다는 인사말도 없이 갑자기 먹기 시작했다.

"뭐야, 이 빵, 진짜 맛있어. 치즈가 많이 들었네! 어디 거? 근처에서 파는 건 아니겠다."

입에 음식을 넣은 채로 큰 소리로 떠들었다.

다 삶아진 파스타에 소스를 얹어 그것도 거실테이블로 가져갔다.

"우와, 너무 좋아. 저기, 마담은 요리를 잘하는구나."

가오리는 떠들어 대는 마유코를 무시하고 겨우 식탁에 앉아 식사를 시작했다. 수프는 식었고 생선에는 기름이 끼어 있었다. 가오리는 와인으로 밀어 넘기듯 음식을 먹었다.

"엄마, 와인, 에리카가 따라줄까?"라며 작은 소리로 묻는다.

"응, 부탁해."

가오리는 딸을 향해 빙그레 웃었다. 에리카는 이제야 안심이 된 듯한 표정으로 와인 병을 손에 들고 와서 양손으로 지탱해 가며 야무지게 와인을 따랐다.

"어머, 에리카! 소믈리에 같애!"

소파에서 마유코가 호들갑스럽게 소리쳤다.

"에리카, 병은 여기에 둬도 괜찮아. 그리고 식사 끝났으면 방에 가서 숙제해야지? 엄마가 좀 이따 보러 가줄게."

에리카는 가볍게 끄덕이고는 "그럼 나는 방으로 갈게요"라고 마유코에게 인사를 하고 그대로 나갔다. 마유코는 소파에서 식사하면서 에리카는 기분 나쁠 정도로 예의가 바르다는 둥, 이 파스타 팔아도 될 정도로 맛있다는 둥 가오리가 대답하든 말든 혼자서 떠들어 댔고 가오리는 두 손 두 발 다 들었다는 생각에 갑자기 우스워져서 와인 잔을 든 채 웃기 시작했다. 정말, 이 여자는, 뭐라고 할까, 대단하다, 대단해.

가오리가 왜 웃는지 모르면서도 "에헤헤"라고 마유코도 같이 웃었다. "혹시 밥 먹을 때 텔레비전 켜면 안 돼?"라면서 회색 텔레비전 화면을 쳐다봤다.

"텔레비전은 시끄럽잖아. 금지는 아니지만 식사할 때는 잘 안 켜요."

"흠, 우리도 그래 볼까."

"그런데 용건이 뭐였죠?"

수프도 파스타도 반 정도 남기고 와인만 마시며 가오리는 물었다. 빵을 입에 막 넣은 참이었던 마유코는 '잠깐만'이라는 손짓을 하고는 호들갑스럽게 빵을 삼키고 나서, "저기" 하며 눈을 살짝 치켜뜨며 가오리를 보았다. 마유코에게 안긴 레나가 작은 소리로 옹알거린다.

"너도 보고하고 싶은 거죵?"

마유코는 레나에게 말하고, "우리 애, 모델이 될 거야"라며 다시 가오리를 보며 말했다.

"응?"

"오늘, 스카우트됐다고. 신주쿠를 걷고 있을 때. 처음에는 나를 스카우트하는 건가 생각했는데, 그게 아니라 실례되는 말이지만 자녀분을 아기모델로 만들지 않겠느냐고 하는 거야. 정말 귀엽다고, 이렇게 귀여운 아기는 많지 않다며 너무 칭찬하면서 사무실이 근처라고 해서 따라가서 이야기 듣고 온 거야."

"따라가서라니 … ."

"나도 처음에는 이상한 사람 아닌가 싶었는데, 이렇게 아기를 데리고 있는 여자한테 나쁜 짓은 못하겠지 싶어서 가본 거죠. 가보니까 꽤 건실해 보이는 곳이더라고. 소속 연예인도 보여 주었는데 꽤 알려진 얼굴도 있었어. 기저귀 CF라든가, 그리고 샴푸 CF에 나왔던 애도 있고, 꽤 있더라고. 그래서 등록만 하면 오디션 연락 같은 것도 해준대. 좀더 크면 드라마 같은 데도 나갈 수 있대."

마유코는 열을 올리며 이야기했지만 가오리는 그게 어떤 종류의 회사인지 알 수도 없어서 그저 맞장구만 쳐주고 있었다.

"아, 맛있었어. 잘 먹었습니다. 근데, 우리 경제적으로 좀 힘들어서, 뭐랄까, 이 동네사람들 다들 부자 같잖아. 어울리는 것도 힘들 거 같고, 치카링 얘기 들으면 유치원이 돈이 꽤 드는구나 싶어서 이래저래 고민하고 있었던 터라, 뭐라고 할까, 아, 그래! 뭐, 이런 느낌? 우리 애가 일하면 되겠구나. 갑자기 그런 생각이 떠올라서 조금은 마음이 편해졌다고나 할까."

"하긴 레나가 귀엽잖아."

"응, 나 너무 좋아서. 아, 이 애가 돈을 번다는 게 좋다는 게 아니라 모르는 사람한테 그런 말을 들은 적이 없어서 너무 좋아서, 누군가한테 말을 하고 싶어서. 근데 유스케, 우리 남편인데 요즘 집에 들어오는 게 늦고 그래서 '마담한테 말해야지!'라는 생각이 드니까 가만히 있을 수가 없어서, 그래서 무턱대고 올라온 거야."

가오리는 거실테이블에서 좀 떨어진 자리에 앉은 마유코를 바라보았다. 쉴 새 없이 뭔가를 옹알거리는 레나에게 얼굴을 가까이 대고 빰을 비비는 마유코를 보고 있자니, '이 사람, 굉장히 고독하구나'라는 생각이 문득 들었다. 다치바나 유리의 이야기를 했을 때 마유코는 자기에게 친구가 많이 있는데 모두 좋은 사람이라며 소개하겠다고 자랑스럽게 말은 했지만, 치카와도 다른 두 명의 주부와도 그다지 이야기가 잘 맞는 것 같지는 않았다. 한 번 집에 들어갔던 적이 있었는데 분명 '경제적으로 어렵다'는 것을 확실히 알 수 있는 집이었다. 말하자면 자신이 늘 혐오하던 삶이었다. 아까 마유코가 갑자기 방문한 것에 짜증이 났던 자신이 부끄럽게 생각되었다. 가오리는 가까이에 있던 와인 병을 들고 마유코에게도 따라 주려고 하다가 그녀가 모유수유 중이라는 것이 생각나 자신의 잔에만 조금 따랐다.

"잘됐네. 레나는 분명히 잘나가는 모델이 될 거야. 우리가 TV나 잡지에서 '어머, 레나다'라고 말할 날도 분명 머지않을 거야."

가오리가 말했다.

"그럴까. 정말 그렇게 생각해?"

조금 전까지 그렇게 좋아하던 마유코는 갑자기 불안한 듯한 얼굴로 가오리를 쳐다보았다. 그 얼굴이 엄마의 눈치를 살피는 에리카의 표정과 겹쳐 보였다.

"사무실은 제대로 된 곳이라며? 실제로 일하고 있는 아이도 많다고 했지? 레나라면 오디션도 쉽게 통과할 거야."

"마담이 그렇게 얘기해 주니까 정말 기뻐. 안심이 돼. 말하러 오길 잘했다."

마유코는 웃었다. 혼잣말을 옹알거리던 레나가 칭얼거리기 시작했다. 마유코는 서둘러 일어나 몸을 흔들어 달래 주었다. 오, 그래그래. 너는 일해야 하니까 그렇게 칭얼칭얼하면 안 돼쫑. 작은 목소리로 속삭였다.

"분명 남편분도 좋아하실 거야. 잘됐네, 시계타 씨. 일 정해지면 말해 줘."

가오리가 말했다. 솔직히 말하면 가오리 자신은 아이를 연예인으로 만들려고 계획하거나 스포츠계에서 활약하게 하려고 스파르타식으로 훈련하는 클럽에 참가시키는 엄마를 경멸했지만, 저렇게 기뻐하는 마유코를 보니 경멸하는 마음도 생기지 않았고 혐오감도 느껴지지 않았다. 레나가 잘나가는 모델이 되든지, 등록만으로 끝나든지, 그런 것도 관심 없었지만 순수한 마음으로 응원하고 싶은 기분이었다.

"그러고 보니 마담, 우리 애가 태어났을 때 옷을 많이 주었잖아?"

갑자기 마유코가 말을 꺼냈다. 어디서 꺼냈는지 레나는 공갈젖꼭지를 물고 있어서 울지는 않았다.

"네? 아아, 그러고 보니 그랬네요."

"그거 정말 도움이 됐어. 우리 부모님은 내가 친정에 가면 레나의 옷이라든지 가끔 사주시기는 하지만 싸게 파는 상점이나 슈퍼마켓에서 산 거였고, 그것조차도 내가 여기 온 다음에는 보내 주지도 않는다구요. 우리 집은 진짜 절약가족이라서 이 애 옷을 사는 것만도 힘든 상황이고 금방 옷은 작아지고. 게다가 치카링이나 고바짱은 말끔한 옷만 입히잖아, 좀 창피하더라고. 그래서 다른 엄마들과 만날 때는 마담한테 받은 옷을 입혀요. 그러면 모두 '와, 귀엽다'라고 해주니까 나도 좀 콧대가 높아지는 느낌? 그럴 때마다 마담한테 마음속으로 두 손을 모은다니까."

"두 손을 모으다니, 그런."

가오리는 웃다가 문득 드는 생각이 있었다. 어쩌면 이 사람 또
옷을 받으러 온 건 아닐까. 설마. 그저 모델에 관해서 이야기하고
싶었던 게 분명해. 가오리는 일어나 에리카와 자신이 먹던 식기
를 싱크대로 옮겼다. 그걸 보면 이제 내려가겠다고 마유코가 말
하지 않을까 하고 기대했지만 마유코는 얌전해진 레나를 안은 채
소파에 털썩 앉아 버렸다.

"그러고 보니, 마담은 일하고 있는 거지?"

"응, 왜요?"

"지난번에 백화점에서 만난 적이 있잖아요. 꽤 오래전에. 나는
한 번 만난 이후로 마담을 동경하게 됐으니까 마담이 무얼 사는지
살짝 봤어. 나도 레나에게 책 같은 거 사주고 싶은데 책을 읽은
적이 없어서 무슨 책을 사야 할지 모르니까. 근데 그때 한 번 더
마주친 거 기억해? 마담은 뭔가 좀 멋지고 일도 잘할 거 같은 세
련된 느낌의 남자하고 같이 있었는데 업무 중이라고 했잖아. 역
시 아이한테 옷이나 책이나 사고 싶은 대로 사주려면 나도 일을
해야 할까. 하지만 나는 특기 같은 것도 별로 없고 채용될 거 같
지도 않거든. 마트 계산원 일은 그다지 돈이 안 될 거 같고."

가오리는 부엌에서 식탁으로 돌아와 글라스에 와인을 따랐다.
손이 떨리고 있음을 느꼈다. 백화점에서 만난 날이 아주 선명하
게 떠올랐다. 다이스케와 함께 있었던 것이다. 그래서 업무 중이

라고 엉겁결에 말해 버렸다. 하지만 왜 그때 일을 꺼내는 걸까. 무슨 의미가 있는 걸까.

"일이라고 해도."

가오리는 목소리가 떨리지 않도록 글라스의 와인을 거의 한 번에 들이켜며 말했다.

"사원은 아니고. 가끔 아르바이트처럼 부탁받는 거뿐이야."

"아. 그거 좋겠다. 어떤 일인데?"

가오리는 말문이 막혔다. 마유코가 여기에 온 진짜 이유는 무엇일까?

"교정이라든가, 간단한 확인이라든가, 그런 간단한 일 … ."

치카와 마유코가 나에 대해서 이야기하는 일도 있을까. '어머, 그 사람 전업주부인데'라고 치카가 마유코에게 말하는 일도 있을까. '나한테는 아르바이트한다고 했어, 백화점에서 업무 상대와 같이 있는 걸 본 적도 있고'라고 마유코가 치카에게 말하는 일도 있을까.

"어, 교정이 뭐죠?"

"틀린 한자를 수정하거나 탈자를 점검하거나."

치카와 마유코는 어느 정도 사이가 좋은 걸까. 그리고 마음이 잘 맞을 것 같던 치카는 얼마나 입이 무거울까. 혹시 두 사람은 이미 나에 대해서 뭔가 이야기를 나눴을까. '나, 알고 있거든요'라고 마유코는 슬쩍 전하고 싶어서 온 것일까. 그럴 리는 없겠지만, 그래도.

"마유코 씨, 이제 필요 없는 책, 줄까요? 아직 레나는 어려서 글자가 없는 책이 좋겠네. 브루너의 그림책이라든가 많이 있으니까 가져갈래요?"

"그래도 돼? 받아도?"

마유코는 벌떡 일어섰다.

"잠깐만 기다려요. 금방 가지고 올게."

가오리는 종종걸음으로 거실을 나가 에리카 방문을 노크도 하지 않고 열었다. 에리카는 책상에서 한자 쓰기를 하고 있었다.

"에리카, 어릴 때 읽었던 그림책 좀 보여 줄래? 레나한테 줘도 되지?"

벽 쪽에 있는 책장으로 다가간 가오리는 몇 권을 뺐다. 그리고 옷장에서 이제 에리카가 입지 않는 옷도 찾아보았다.

"엄마, 개구리 그림책은 주지 말아 줄래요? 나 그 그림책은 정말 좋아하니까."

한자 쓰기를 하면서 에리카가 말했다. 알았어. 가오리는 대답하고 서랍을 하나하나 열어 보았다. 옷들을 꺼내며 '이건 지금도 입고 있고, 이건 이제 작고'라며 서둘러 분리했다.

"미안해. 좀 흩트려 놓았는데 엄마가 나중에 정리할게."

가오리는 옷과 책을 들고 에리카에게 미소를 보이며 아이 방을 나왔다. 건너편에 있는 가족용 옷방에도 들어가 안 쓰는 옷을 모아 둔 상자를 열어 내용물을 휘저어 대며 에리카의 어릴 적 옷을 찾았다. 몇 벌 정도 고른 후 꽤 오랫동안 입지 않은 자신의 옷도 골랐다. 옷방 구석에 모아 놓은 쇼핑백에 고른 옷들을 넣고 거실로 돌아왔다.

"책하고, 그리고 옷도 좀 넣었어요."

"와, 엄청나다!"

마유코는 환성을 지르며 레나를 가오리에게 떠안기듯 맡기고 쇼핑백을 받아 그 자리에서 내용물을 꺼내 펼쳤다.

"꺅! 엄청 귀여워, 이거 받아도 돼? 아직도 이렇게 있다니 거짓말 같애. 나는, 오디션 연락이 정말로 오면 레나에게 뭘 입힐지 생각하면서 마담한테 빌릴까 하고 진심으로 고민했거든. 또 이렇게 받다니 꿈 같애! 어머, 마담. 마담 옷도 들어있는 거 같은데?"

"응, 나는 이제 안 입는 옷이라 좀 지난 스타일이지만 품질도 좋은 거고 클리닝도 해놓은 거니까 혹시 괜찮으면 입어요. 취향이 다르면 미안하고."

"아니, 그럴 리가. 이거 펜디 거잖아? 이쪽은 랄프로렌이고…. 너무 좋아. 고마워요, 마담. 오디션 갈 때 레나한테 이 옷들 꼭 입혀서 갈게요."

마유코는 펼쳐 놓은 옷들을 재빨리 가방에 집어넣고 가오리에게서 레나를 받아 들고는, "정말 고마워요. 정말 기뻐요. 게다가 오늘 오디션 이야기 들어줘서 고맙고. 마담한테 얘기하길 정말 잘했어. 용기가 나요. 오디션 정해지면 또 보고할게요"라며 조금 전까지 꾸물거리던 것이 마치 거짓말이었던 것처럼 곧바로 현관으로 향했다.

"오디션 빨리 연락 오면 좋겠다. 레나라면 무조건 괜찮을 거예요."

마유코가 돌아간다는 것에 겨우 안심을 하면서 가오리는 따라나갔다.

"응. 등록비 내고 유지비 같은 것도 지불하고 나서야 연락이 오는 거라니까, 실제로는 바로 되지는 않을 거 같지만, 그래도 마담덕분에 용기가 났으니까 빨리 그 돈을 어떻게든 내고 일을 받을수 있도록 해야겠어요."

신발을 신으며 마유코가 한 말에 가오리는 신경이 쓰였다. 등록비니 유지비라니 그건 도대체 뭘 말하는 거지? 물어보고 싶었지만 물으면 안 된다고 가오리의 본능이 일깨워 주었다.

"그 회사, 정말 괜찮은 곳이지?"

미소를 띤 채 가오리는 그렇게만 물었다.

"등록된 아이들 파일을 봤는데 대단하더라고. 괜찮아, 괜찮아. 금방 이 애가 우리 집안 대들보가 될지도 몰라. 그럼 마담, 정말로 고마웠어요. 또 연락할게. 잘 먹었어요. 안녕히 주무세요."

주변에 울릴 정도의 목소리로 인사하고 거창하게 한쪽 손을 흔들며 마유코는 현관문을 닫았다. 집 안이 갑자기 고요해졌다.

가오리는 그 자리에 선 채로 아무렇게나 벗어 놓은 슬리퍼와 지금 막 닫힌 현관문을 교대로 쳐다보았다. "엘리베이터가 왔쩌요"라는 마유코의 목소리가 살짝 들리고, 이윽고 현관 바깥쪽도 고요해졌다. 흙탕물에 발을 담근 것 같은, 흙탕물이 스타킹을 통해 점점 물들어 가는 느낌이 들었다. 서서히 옷감 위로 퍼져 가는 구정물 같은 예감이 들었지만, 그래도 아닌 척, 가오리는 거실로 돌아갔다. 마유코가 사용한 식기를 싱크대로 옮기고 표면만 물로 헹궈서 식기세척기에 넣었다. 세제를 넣고 뚜껑을 닫았다. 식기세척기 창문으로 기세 좋게 뿜어 나오는 물줄기가 보인다. 가오리는 멍하니 그것을 바라보고 있었다.

지나친 걱정이야. 치카가 마유코에게 내 이야기를 했을 리가 없고 마유코는 말 그대로 스카우트된 이야기를 하고 싶어서 여기에 온 거야. 어쩌면 못 입는 옷을 받아 가고 싶은 마음도 있었을지 모르지. 그것뿐이다. 게다가 레나의 이야기도 나와 관계없고. 그 애가 어떤 회사에 들어가건 상관없다. 등록비와 유지비가 필요하다고 해서 뭔가 사기꾼 같은 회사라고 볼 수도 없는 거고 마유코도 애가 아니니까 좋고 나쁨 정도는 구별할 수 있겠지. 앞으로 자주 집으로 찾아오면 곤란하겠지만 다음부터 바쁠 때는 제대로 거절하면 되고. 그래. 나쁜 예감 같은 건 그냥 쓸데없는 걱정일 뿐이야. 가오리는 부엌에서 나와 에리카의 방으로 향했다.

"에리카, 오늘 미안해. 엄마가 낮에 푸딩 만든 거 깜박했네. 같이 먹을래?"

이번에는 노크를 하고 문 앞에서 말했다. '먹을래!'라는 소리가 들리고 힘차게 문이 열렸다.

*

　'저기, 집에 가는 길에 시간 내줄 수 있어?'라며 요코가 귓속말을 했을 때, 히토미는 아주 잠깐이기는 하지만 안 좋은 예감이 들었다. 치카가 자리를 떴을 때 그렇게 속삭인 것을 보면 '치카를 빼고'라는 의미겠지. 접수창구에 앉은 여성과 뭔가를 이야기하던 치카는 가슴에 봉투를 안고 돌아와서 "기다렸죠, 두 사람 팸플릿도 일단 받아 왔어"라며 히토미와 요코에게 봉투를 건넸다.

　"그럼, 오늘은 갈까."

　유타의 손을 잡고 걷기 시작한 치카의 말에, 생각 끝에 히토미가 말했다.

　"치카 씨, 다 같이 차라도 마시자고, 요코 씨가."

　요코가 얼른 시선을 보내는 것을 느꼈지만 둘이서만 쑥덕쑥덕 이야기하고 싶지는 않았다. 아니, 사실은 요코와 둘만 있고 싶지 않았다.

　하지만 치카는 "음, 차 마시고 가고 싶긴 한데 내가 4시 전에는 모모코를 데리러 간다고 엄마한테 말했거든. 그래서 미안하지만 나는 먼저 실례할게요. 요즘 엄마 심기가 좋지 않아. 늦게 가면 바로 뭐라고 하시거든"이라며 서둘러 말했다.

　"얘, 유타, 모두한테 바이바이 해야지. 월요일에 봐요."

　유타에게 손을 흔들게 하고는 바로 뒷모습을 보이며 나갔다. 뭔가 맘에 안 든 걸까. 문득 그런 생각이 들 정도로 쌀쌀맞아 보였다.

"다행이다. 내가 이야기하고 싶었던 것은 히토미 씨니까."

치카의 뒷모습을 보며 요코가 말했다. 요코와 둘이서 이야기하고 싶지 않은 마음은 있었지만 치카의 쌀쌀맞은 태도에 어쩐지 불안함을 느낀 히토미는 "어디로 갈까?"라며 요코에게 물었다.

"집 근처까지 가는 게 나을까?"

"이 근처도 좋아요. 가까운 카페에서. 집 근처에서는 아는 사람과 만날 수도 있고."

요코는 가즈토시의 손을 잡고 치카가 나간 방향과 반대 방향을 향해 걸어갔다. 히토미도 유모차를 밀며 고타로를 데리고 따라갔다. 큰길에서 꺾어 들어온 골목은 해가 들지 않아 어두컴컴했고, 셔터가 내려진 술집이 늘어서 있고, 그 중간에 끼인 듯한 곳에 영업 중인 카페가 한 곳 있었다. 어두컴컴한 유리창으로는 안이 들여다보이지 않았고 11월이 되었는데도 색 바랜 '빙수 개시'라는 종이가 그대로 붙어 있었다. 그다지 분위기가 좋은 가게라고는 할 수 없었지만 요코는 뒤도 돌아보지 않고 그 가게로 들어갔다.

여름에 다 같이 가자고 했던 유아교실의 체험 레슨은 11월이 되어서야 가게 되었다. 지난주 토요일은 세타가야구 주택가에 있는 개인이 경영하는 유아교실, 오늘은 오쓰카에 있는, 조금 더 규모가 큰 교실이었다. 두 곳 모두 치카가 수영교실과 유치원 엄마들에게 평판을 듣고 선택한 곳이었다.

가게 안도 골목길과 마찬가지로 어두컴컴하고 벽은 담뱃진으로 누렇게 찌들어 있었다. 벽 쪽에는 만화잡지가 잡다하게 쌓여 있고 카운터에서 젊은 남자가 만화를 읽으며 스파게티를 먹고 있을 뿐 다른 손님은 없었다. 요코는 창가의 4인석에 앉으며 가즈토시의 구두를 벗기고 의자에 앉혔다. 히토미는 그 건너편에 고타로를 나란히 앉히고 잠들어 버린 아카네는 그대로 유모차에 두었다.

"주문, 뭐로?"

카운터 안쪽에서 짙은 화장을 한 중년여성이 물었다.

"홍차하고 오렌지주스 주세요."

요코가 말했다.

"커피하고 오렌지주스 하나 더요."

히토미도 주문했다.

"나도 커피가 좋아."

고타로가 테이블에 몸을 내밀며 말하자 요코가 소리 내어 웃었다.

"무슨 이야긴데? 나 30분 정도밖에 시간이 없는데 그래도 괜찮아?"

요코와 거리를 두고 싶은 것은 아니었지만 요시에처럼 자신에게 의지할까 봐 무서웠다. 그래서 히토미는 가능한 한 사무적으로 들리게, 하지만 냉담하게 들리지는 않도록 신중하게 말했다.

"나도 그다지 오래 있을 수는 없으니까 괜찮아. 우리 주부들은 때 되면 식사 준비를 해야 하니까. 그래도 오늘 대단하던데, 고타로. 역시 가정교육을 잘 받은 아이답네."

치카가 있을 때는 거의 말을 하지 않던 요코는 갑자기 밝은 표정으로 그렇게 말했다. 그런 말을 들으니 히토미 역시 기분이 좋았다.

"응? 나 뭐가 대단해?"

최근 무슨 일이든 참견하고 싶어 하는 고타로가 말하자, "너는 좀 조용히 있어"라고 주의를 주면서도 표정이 밝아졌다.

"지난주 갔던 곳, 분위기는 좋았지만 대단한 척하는 것 같지 않아? 그리고 자기 애는 객관적으로 잘 볼 수 없지만, 고타로를 보니까 맞는 곳과 안 맞는 곳을 잘 알겠더라고. 오늘 같은 교실이 고타로에게는 맞는 것 같아."

"그런가."

주문한 음료가 나왔다. 앞치마를 두른 중년여성은 커피와 오렌지주스를 대충 놓더니 유모차를 들여다보고 "어머, 아가씨네"라며 아카네의 볼을 만지고는 카운터로 돌아갔다.

지난주 셋이서 갔던 유아교실은 필기테스트와 운동능력 향상 등 오로지 초등학교 입시를 목적으로 한 교실로, 체험 레슨에서도 아이들은 그런 것만 계속했다.

맨션 한 방에 모인 다섯 명의 아이는 모두 체험 레슨으로 왔고, 댄스와 공놀이는 할 수 있는 아이와 없는 아이로 확연히 나뉘었지만, 기억력과 판단력을 측정하는 필기시험은 다섯 명 모두 잘하지 못했다. 그중에서도 고타로는 가만히 의자에 앉아 있지도 못하고 일부러 연필을 떨어뜨려 히토미를 보거나 옆에 앉은 유타가

건들기라도 하면 바로 같이 장난치기 시작해서 그 모습을 보고 있
는 히토미는 미칠 지경이었다. 이 아이한테 입학시험 같은 건 절
대 무리라고 생각했다.

하지만 오늘 체험 레슨에서 선생님이 아이들에게 시킨 것은 그
런 테스트가 아니었다. 여섯 명의 아이에게 선생님이 한 사람씩
일상에 관한 질문을 하거나 여섯 명 전원에게 레고블록을 조립하
게도 하고, 가게놀이를 시키기도 했다. 부모라서 좋게 보는 게 아
니라 고타로는 '잘하는' 팀 아이였다. "어떤 심부름이 좋아?"라는
질문에 "정리하기", "신발"이라는 식으로 단어만 대답하는 아이가
많았지만 고타로는 씩씩하게 "밥 먹은 후에 그릇을 옮기고 씻어
놓은 걸 닦고, 동생한테 책 읽어 주는 게 좋아"라고 대답했고, 레
고블록놀이를 할 때는 짜증을 내는 유타를 달래며 유타가 잘할 수
있도록 블록을 만들었다. 상점놀이를 할 때는 놀이에 끼워주지
않는 아이 — 가즈토시였는데 — 하고 일부러 짝이 되어서 가게주
인이 되기도 했다. 끝나고 돌아갈 때는 선생님이 히토미를 따로
불러 칭찬할 정도였다.

유치원 이외의 세계를 전혀 모르는 고타로가 그렇게 반듯하게
잘했다는 것은 가정교육이 틀리지 않았다는 거라고 히토미는 생
각했지만 차마 요코 앞에서 대놓고 기뻐할 수 없었다. 그래서 요
코가 그렇게 말해 주어서 기뻤다. 조금 전만 해도 요코와 둘만 있
는 게 꺼려졌지만 같이 차를 마시러 오길 잘했다고 금세 타산적으
로 생각할 정도로.

"그에 비해서 우리 가즈토시는… 정말 이 애는 그런 게 안 맞는 게 아닐까 싶어."

홍차에 우유를 넣고 스푼으로 집요하게 저으며 요코는 한숨을 쉬었다.

"그럴 리가. 가즈토시, 지난주에 갔던 곳에서는 반듯하게 앉아서 이야기도 듣고 잘했잖아."

히토미가 말했다. 하지만 실제로 가즈토시는 유타나 고타로와 같이 날뛰는 일은 없지만 사람들 속에 섞이려 하지 않았다. 지난주에는 둘이 한 팀이 되어 추는 댄스를 못 해서 훌쩍훌쩍 울었고, 오늘 가게놀이를 할 때는 고타로가 같이하자고 하기 전까지 구석에 가만히 서있기만 했다. 이전에는 조금 더 애들답게 표정이 변했던 것 같은데, 뭐랄까, 멍하니 무표정할 때가 많아진 것 같다고 히토미는 생각했다. 히토미와 치카가 말을 걸어도 바로 대답하지 않고 때로는 눈도 마주치지 않았다. '가즈토시, 무슨 일 있었어?' 하고 요코에게 묻고 싶었지만 괜히 잘못 물어서 자극하고 싶지는 않았다. 누구라도 자신의 교육방침에 간섭받고 싶지는 않을 것이다.

"그래서 히토미 씨는 어떻게 할 거야, 거기로 정할 거야?"

히토미는 다소 짜증 나는 마음으로 요코를 보았다.

"설마. 아직 그런 거 생각 안 했어요. 남편한테 이야기도 해야 하고."

하지만 요코는 마치 히토미의 대답을 안 들은 사람처럼 계속했다.

"그래도 주의하는 게 좋을 거야. 아마도 치카 씨, 정말 좋은 곳은 우리한테 알려 주지 않을 테니까."

"응? 그게 무슨 소리야?"

"치카 씨, 유타를 사립학교에 보내기로 한 것 같아. 우리한테는 말하지 않았지만. 사립학교 입시는 경쟁률도 있고 우리도 같은 곳 시험 본다고 하면 곤란하잖아. 그래서 비밀로 하고 있는 거야. 치카 씨, 체험교실을 두 군데 소개해 주었지만 분명히 자기는 다른 곳에 유타를 보내려고 벌써 정했을 거야. 거기는 우리한테 소개해 주지 않을걸."

히토미는 요코가 무슨 말을 하는 건지 잘 이해할 수 없었다. 요코가 말을 이었다.

"유타에 대한 걸 다른 사람한테 듣고 좀 충격이었어. 우리가 친구라고 생각했으니까. 치카 씨한테 우리는 친구도 뭣도 아니었구나 싶었어. 하지만 그렇잖아, 치카 씨는 유타를 혼내지 않잖아? 점점 유타 다루기가 힘들어졌겠지. 전부터 활달한 애였지만 저건 좀 문제지. 오늘도 모르는 애한테 블록을 던지고. 저렇게 되면 일반 학교에서는 힘들겠지. 아마도 스파르타학교에 보내지 않을까."

요코가 치카의 양육방식까지 비판하기 시작하는 모습을 히토미는 놀라서 듣고 있었다. 확실히 유타는 다른 애들보다 장난꾸러기고 금방 주먹부터 나가는 아이지만 '문제'라고 할 정도는 아니라고 히토미는 생각했다. 자기 아이를 흉보는 것도 아닌데 불쾌한 생각이 부글부글 끓어올랐다. '남의 집 아이를 이러쿵저러

쿵하기 전에 가즈토시의 무표정이나 신경 쓰는 게 어때?' 라고 말하고 싶었다. 하지만 히토미는, "요코 씨, 그거 누구한테 들은 거야? 유타네 이야기"라고만 물었다.

"누구라고는 말할 수 없지만 확실한 정보야."

요코는 마치 거드름이라도 피우듯 홍차를 마셨다.

"지난주도 오늘도 다른 엄마들한테 평판이 좋은 곳이라고 했지만 그것도 좀 수상해. 어쩌면 그다지 좋지 않다는 평판을 받는 곳일지도 모르지."

"무슨, 그런. 별로 이상한 곳은 아니었잖아. 입학 수속하라고 강요하지도 않았고, 레슨도 괜찮았다고 생각하는데."

"나는 혹시 아이들이 다른 학교에 다니게 된다고 해도 계속 친구일 거라고 생각하고 있었기 때문에 너무 실망했어. 하지만 우리도 결정해야지. 나는 최근에 유타하고 가즈토시를 같은 학교에 보내고 싶지 않다고 생각하게 되었어. 그래서 공립학교는 피하는 게 좋겠다 싶어. 유타가 사립학교 떨어질지도 모르잖아? 그럼 당연히 공립학교에 가게 될 거니까 같은 학교가 되잖아. 근데 그건 싫거든. 그리고 우리 애는 저런 입시교실은 맞지 않는다는 것도 알게 되었고. 그래서 나는 1차 시험은 추첨으로 통과하는 대학부속 초등학교 시험을 보게 할까 생각해. 그게 이 애의 미래 행복이라든가, 물론 그런 이유가 아니라. 저기, 히토미 씨, 어떻게 생각해?"

"어떻게라니."

요코의 갑작스러운 수다에 히토미는 도대체 따라갈 수가 없어서 그저 멍하니 요코의 얼굴을 쳐다만 보고 있었다. 오늘 선생님이 고타로를 칭찬했을 때는 어쩌면 우리 애가 입시 시험을 보면 잘될 수도 있겠다고 잠깐 생각은 했다. 하지만 혼자 결정할 수 있는 일도 아니고 지금부터 입시 준비에 돌입할 생각도 없었다. 하지만 동시에 요코의 이야기를 듣다 보니 그런 자신이 너무 태평한 것처럼 생각되기 시작했다.

"추첨도 있구나. 몰랐어. 괜찮지 않을까? 입시교실에 보내는 건 돈도 들고 데리고 오가는 것도 힘들 거야."

"딱히 돈이 없다든가, 데리고 오고 가는 게 싫다고 한 건 아닌데."

히토미는 맞장구쳐 주듯 말했으나 요코가 딱 잘라 말하자 더는 아무 말도 못 하고 그저 요코를 쳐다보았다.

"가즈토시는 상냥하니까 남을 밀어제치는 타입도 아니지."

겨우 생각해 낸 말을 꺼냈다.

"맞아. 우리 애는 자기는 마지막이어도 좋다고 다른 사람한테 양보하는 타입이라 유타처럼 고집이 센 아이랑 같이 있으면 맨날 양보만 하는 거야. 누군가한테 이긴다거나 진다거나 그런 걸 어릴 때부터 주입하고 싶진 않아."

테이블 밑에 들어가 놀고 있는 고타로를 꾸짖어 의자에 앉히고 나서 히토미는 커피를 마셨다. 아카네는 아직 푹 잠들어 있다. 슬슬 깨우지 않으면 밤에 자지 않을 거 같지만 지금 깨우면 울 것 같으니 그냥 자게 둘까 생각하며 히토미는 홍차를 마시는 요코와 얌전히 주스를 마시고 있는 가즈토시를 번갈아 바라보았다.

"그러고 보니 요코 씨, 아기 어때요? 산부인과는 어디 다녀?"

화제를 바꾸고 싶어서 그렇게 말을 꺼냈지만 얼굴을 들어 이쪽을 향해 멍한 표정을 짓는 요코를 보고 괜한 걸 물었다고 순간적으로 생각했다.

"아, 미안, 혹시 … ."

"잘못됐어, 아기."

"어머, 정말? 어떡해, 언제? 나는 아무것도 모르고 … ."

"모르는 게 당연하지, 내가 말하지 않았으니까. 여름 끝 무렵에. 말하려고 생각은 했지만 어쩌다 말할 기회를 놓쳐서. 게다가 히토미 씨는 자기 일처럼 기뻐해 주었잖아."

입술을 옆으로 벌리며 요코는 웃어 보이려 했지만 그렇게 이야기하는 동안 눈가에 눈물이 맺히더니 오른쪽 눈에서 주르륵하고 눈물이 떨어졌다. 가즈토시에게 장난을 치던 고타로가 놀라 히토미를 쳐다보았다.

"게다가 히토미 씨가 치카 씨한테도 말했죠? 치카 씨도 정말 기뻐하면서 축하한다고 말해 줘서 더 말 못 했던 거야. 저기 이 일, 치카 씨한테는 말하지 말아 줘."

"말하지 말라니, 그래도 … ."

"언젠가 내가 말할 거니까 히토미 씨가 말하지 말아 줘."

"미안해요."

임신한 것을 치카에게 말한 것에 화가 난 듯한 말투여서 당황한 히토미가 사과했다.

"어쩌면 우리 집은 이대로 외동아들만 두게 될지도 몰라. 그렇게 되면 나는 내가 할 수 있는 모든 것을 이 아이한테 해줄 거야. 낳아 주지 못한 아이의 몫까지."

요코는 창밖으로 멍하니 눈을 돌리며 말했다.

"그래서, 결론적으로 어떻게 할 거야, 요코 씨? 가즈토시는 역시 사립학교에 보내기로 정한 거야?"

히토미가 얼떨결에 물은 것은 단순히 요코의 이야기가 잘 이해되지 않았기 때문이다. 이전에는 '브랜드백'을 들고 다니는 엄마들을 경멸한다고 했는데 최근 몇 개월 사이에 생각을 바꾼 것일까. 그렇다면 왜, 무엇이 계기가 되어서, 어떻게 바뀐 것일까. 그저 그걸 알고 싶었던 것뿐인데 창문을 보던 시선을 히토미에게로 옮긴 요코는 피식하고 웃으며 말했다.

"사립 같은 곳은 우리에겐 무리야. 아까 말한 곳은 국립이야. 그리고 히토미 씨, 걱정하지 마. 나는 치카 씨처럼 숨기거나 하지 않고 결정하면 솔직히 말할 거니까."

순간 희미한 불쾌감이 끓어올랐다.

"그게 아니라."

"히토미 씨한테는 뭐든 말할 거야. 그러니까 안심해."

히토미가 말을 이으려 했으나 요코는 말을 차단하듯 반복해 말하고는 가방에서 지갑을 꺼냈다.

"더 이야기하고 싶지만 느긋하게 얘기할 시간도 없네."

그런 게 아니라, 어느 초등학교에 보낼 거냐고 이야기하라는 게 아니라, 내가 알고 싶은 것은 왜 생각이 바뀌었느냐는 것뿐이다. 분위기에 휩쓸리지 않고 자신은 자신의 교육방침을 관철할 거라고 전에는 그렇게 강력하게 말했던 사람이, 추첨은 편하다는 이유만으로 국립학교를 목표로 한다는 건지, 그걸 묻는 것이다. 그렇게 생각했지만, 물으면 요코는 또 이상하게 오해해서 대답할 것 같아 히토미는 아무 말도 하지 않고 다시 테이블 밑으로 들어가 있는 고타로에게 "이제 갈 거야"라는 말만 했다.

역시 이 사람과는 조금 거리를 두는 편이 좋을지도 몰라. 집으로 가는 전철 안에서 고타로와 아카네를 바라보며 히토미는 생각했다. 유모차 안에 있는 아카네에게 고타로는 연신 '까꿍, 까꿍' 하며 놀아 주었고 그럴 때마다 아카네는 질려 하지 않고 해맑은 웃음소리를 내고 있다. 어쩐지 이상한 예감이 든다. 이 이상 친하게 지내지 않는 편이 좋을 것 같은 느낌이 들었다. 어디까지나 느낌이긴 하지만.

요코는 히토미의 곁에 서서 저녁 반찬에 관해 이야기하기 시작했다. 그러고 보니 오늘 고기는 전부 20% 할인한다는 광고를 봤어, 히토미 씨, 슈퍼에 들렀다 갈래? 우리는 어제도 고기 반찬이라서. 그렇게 대답하며 히토미는 데자뷔를 보는 듯한 느낌이 들었다. 언제였던가, 이런 대화를 전철 안에서 요코와 나누었다. 그렇게 오래된 일이 아닌 것 같은데, 벌써 몇 년이나 전의 일처럼, 초등학교 때 기억처럼 느껴졌다.

물론 약간의 지식은 있었다. 유치원의 다른 엄마들에게 들은 것도 있고, 도내 초등학교 특집을 다룬 잡지를 산 적도 있다. 문교지구(文敎地區, 교육시설이 많이 모여 있는 지역 — 옮긴이)라고 부르는 이 부근에서 많은 엄마에게 인기가 있는 사립학교가 어디인지도 알고, 공립학교에 대해서는 더 자세히, 예를 들어 어디에 어느 정도 규모의 초등학교가 있으며 1학년 학생 수는 몇이고 학교가 내거는 이념은 무엇인지, 중학교 진학률이 어느 정도인지, 그런 것이라면 머릿속에 들어 있다. 하지만 새로 사 온 몇 권의 잡지와 책을 읽어 보면 자신은 아무것도 모르고 있었다는 것을 알게 된다. 아카네와 고타로에게 만화비디오를 보여 주며 히토미는 저녁식사 뒷정리도 하지 않고 잡지와 책 페이지를 계속해서 넘겼다. 이 부근에 사는 엄마들이 아이를 보내고 싶어 하는 인기 학교의 입학금은 34만 엔, 연간 수업료가 1백만 엔 가까이 들며, 별도로 유지비와 잡비가 연간 30만, 여기에 기부금이 50만 엔이라고 적혀 있다. 시험을 보는 것만으로도 3만 엔이 든다. 이에 비해 국립초등학교는 입시전형료는 3천 엔 전후, 입학금이 첫해는 25만 엔 정도, 다음 해부터는 혹시 낸다고 해도 5년간 합계가 10만 엔에서 20만 엔 정도다. 게다가 한마디로 시험이라고 해도 편차치를 보거나 IQ 테스트가 문제로 나오는 곳도 있고 면접을 중시하는 곳도 있고 요코가 말한 것처럼 필기시험이 없고 집단행동을 보기만 하는 곳도 있다. 또한 통학시간의 제한을 둔 학교가 대부분이어서 40분 이내, 한 시간 이내에 통학할 수 있는 지역, 혹은 지정 지역만 입학이 가능한 곳도 있다.

《자녀를 위한 입시》, 《초등학교 입시 필승법》, 《쑥쑥 어린이 입시 특집》, 《부모를 위한 명문학교 입시》. 닥치는 대로 사 온 이 책들에 쓰인 내용은 하나하나가 놀라움이었고 그렇게 놀랄 때마다 히토미는 어렴풋한 죄책감을 느꼈다. 나는 아이를 생각하고 있는 것 같았지만 아무것도 생각하지 않았던 건 아닐까. 이렇게 아무것도 모르고 태평한 엄마라니, 적어도 우리 유치원에는 나밖에 없는 것 아닐까. 여름 전에는 치카, 요코와 함께 좋은 학교에 보내는 것이 곧 아이의 행복은 아니라든지, 우리는 제대로 된 의견을 가지고 있으니 다른 사람에게 휘말리지 않을 것이라며 의기투합했지만 뭘 그렇게 득의양양했던 것일까. 아무것도 알아보지도 않고 알려고도 하지 않고 어떤 의견을 가지고 있었다는 것일까. 입시에 열중하던 일부 엄마를 보며 그녀들처럼은 되고 싶지 않다고 생각했을 뿐이었다. 아이에 관해서는 사실 생각하지 않았던 것은 아닐까. 입시 준비를 하지 않겠다고 결정했다고 해도 사립학교, 공립학교, 국립학교의 좋은 점도 나쁜 점도 모두 조사해 보고 나서 결정해야 하는 것이다.

현관을 열쇠로 여는 소리가 들리고 나서야 비로소 히토미는 손에 든 책에서 얼굴을 들었다. 서둘러 부엌으로 가서 먹은 그대로 치우지 않았던 접시와 그릇을 정리했다.

"다녀왔어."

맥 빠진 목소리로 말하며 에이기치가 부엌으로 들어왔다.

"아빠, 다녀오셨어요."

TV 앞에 앉아 있던 고타로가 튀어 오르듯 달려간다.

"어서 와요. 저녁 준비 얼른 할게요."

히토미가 말하며 에이기치가 먹을 연어를 그릴에 넣고 불을 켜고, 조림 반찬을 담은 접시를 전자레인지에 넣었다. 에이기치는 바로 거실로 가서 평소보다 높은 톤으로 "아카네, 다녀왔쩌요"라고 말하며 아카네를 안아 올렸다.

"뭐야, 이거. 무슨 일이야, 이게 다?"

발밑에 흐트러진 책들을 보며 에이기치가 거실에서 소리쳤다.

"아, 받은 거예요, 치카 씨한테."

히토미는 순간적으로 거짓말을 했다.

"전부 입시 관련 책이잖아. 다카하라 씨네 입시 준비하는 거야?"

"그러게, 하는가 봐."

된장국 냄비를 가스레인지에 올리고 그릴 안을 들여다보며 히토미가 대답했다.

"흠."

흥미 없는 듯한 목소리가 들려왔다. 아빠, 저기, 오늘, 우리 커피 마셨어요. 그래서, 오늘은···. 아카네의 웃음소리와 함께 줄곧 아빠에게 말을 거는 고타로의 톤 높은 목소리가 겹쳐 들렸다. 오늘은요, 가즈토시하고 유타하고요, 학교에 가서 레고로

요, 나 잘했다고 칭찬 들었어요. 고타로는 열심히 이야기하고 있었다. '아, 어쩌지?' 하고 히토미는 생각했지만 모르는 척하고 그릴 속 생선을 뒤집었다. 학교라니? 응, 그러니까 공부하는 곳이요, 그래서 요전에는 나, 진짜 재미없었는데 오늘은 아주 잘했다고 했어요. 응? 고타로의 말은 언제나 너무 급해, 천천히 이야기해야지, 천천히. 두 사람의 대화에 귀를 기울이며 히토미는 레인지에서 접시를 꺼내고 된장국을 그릇에 담았다.

"아빠, 손 닦고 와요. 얘, 고타로도 아빠한테 엉겨 붙지 말고. 아빠 배고프셔."

에이기치는 히토미 말대로 화장실에 갔다가 돌아와 식탁에 앉았다. 히토미는 병맥주를 컵에 따라 에이기치 앞에 놓았다. 에이기치는 단번에 마셔 버리고 후 하고 고양이가 으르렁거리는 듯한 소리를 내며 식사를 시작했다.

"고타로가 하는 말이 뭐야? 초등학교 견학이라도 간 거야?"

조림에 젓가락을 가져가며 에이기치가 물었다. 냉장고에서 샐러드를 꺼내 테이블에 놓고, 그릴에서 생선을 꺼내 그것도 놓고, 절임 반찬을 접시에 담고, 쉬지 않고 움직이면서 히토미는 가능한 한 아무렇지도 않게 말했다.

"으응, 그냥 같이 가자고 해서, 유아교실이라고 하나? 왜 입시 준비하는 아이들이 이것저것 배우는 곳에 체험하러 갔어. 나는 딱히 고타로는 공립학교도 상관없다고 생각하는데, 치카 씨도 요코 씨도 모두 입시를 생각한다니까. 그래서 여보, 고타로는 유치원 말고 아무것도 안 시켰고, 그런 입시교실 같은 데도 간 적이 없었잖아. 다른 애들한테 방해나 되는 건 아닐까 했는데 우리 애가 너무 잘하더라고. 선생님 질문에는 누구보다도 씩씩하게 대답하고 집단행동에서는 다른 애들 도와주기도 하고 선생님께 칭찬받았어요. 그 교실에 다니고 있는 애들도 못 하는 걸 고타로가 제대로 하더라고. 대단하죠?"

절임 반찬을 내놓고 나니 더 할 게 없었다. 하지만 에이기치의 맞은편에 앉아 이야기하는 것이 망설여졌던 히토미는 냉장고를 열어 달걀을 꺼내 프라이팬을 달구기 시작했다. 달걀을 젓가락으로 계속해서 휘저었다.

"그래서 치카 씨한테 책을 받아서 읽어 보고, 어쩌면 딱히 처음부터 공립이라고 정하지 않아도 되지 않을까 생각이 들더라고. 사립이나 국립도 같이 생각해 봐도 되지 않을까 하고. 치카 씨랑 다른 사람들도 아깝다고. 고타로라면 어쩌면 학원이나 입시교실 같은 데 다니지 않아도 합격하지 않겠냐고. 나는 딱히 다른 사람이랑 비교해서 이러네, 저러네, 이야기하는 건 아니지만, 내가 어떻게 가정교육을 시키는지, 고타로가 어떤지, 객관적으로 본 적 없었는데, 그래도 역시 칭찬받으니까 기분 좋더라고."

"아, 그래도 입시는 안 해도 되잖아. 히토미도 전에 그렇게 말했잖아."

"응, 그래도."

히토미는 프라이팬에 달걀을 부었다. 치익 하고 요란한 소리가 퍼졌다.

"그래도 처음부터 정해 놓을 필요는 없다고 생각해. 책에서 읽어 보니까 국립학교 같은 곳은 학비도 싸고 게다가 입시는 추첨으로 끝나는 곳도 있고, 공평하다고나 할까."

"그래도 떨어졌을 때를 생각해야지. 이렇게 어릴 때부터 합격했네, 못했네, 불쌍하다는 생각 안 들어? 게다가 엄청 힘든 거 아냐? 입시 준비하게 되면. 나 들은 적 있어. 애뿐만 아니라 부부가 같이 모의면접도 하고 그러는 거지? 대답을 잘하고 못하고뿐만 아니라, 복장부터 머리스타일까지 말도 안 되게 지적받는다던데."

"그런 특수한 시험이 필요한 곳만 있는 건 아닌 거 같고, 게다가 그런 모의면접을 시키는 학원에 다니거나 하지는 않아요."

계란말이를 만들려고 했으나 제대로 안돼서 히토미는 젓가락으로 휘저어 모양을 흩트렸다. 군데군데 태운 달걀요리를 접시에 옮기며 간을 하지 않았다는 것이 생각났다.

"진심이야?"

케첩을 뿌린 달걀요리를 테이블에 놓자 에이기치가 똑바로 바라보며 말했다.

"진심이라니 뭐가?"

"진심으로 입시 준비하고 싶냐고."

"생각해 봐도 좋을 거 같애. 적어도 전부를 시야에 두고 제대로 결정해야 한다고 생각해."

"하지만 히토미도 알잖아. 그렇게 고생해서 학교에 넣어도 안 맞는 경우도 있는 거니까. 입시 준비를 한다는 건 아이한테 스트레스를 줄 거고 아이도 그걸 민감하게 받아들일 테니, 막상 학교에 들어가서 안 맞는데, 안 맞는다고 말도 못 해서 결국 힘든 일을 겪는 아이를 많이 봤잖아."

"안 맞을 거라고 처음부터 그렇게 생각하는 게 이상한 거죠. 고타로한테도 실례야. 게다가 당신 같은 사람이 아버지니까 괜찮을 거라고 생각하는데."

테이블 옆에 서서 뭔가 할 일을 찾던 히토미는 그렇게 말하며 설거지할 게 남아 있다는 게 생각나 안도했다. 테이블에 등을 돌리고 조금 전 옮겨 놓은 그릇들을 설거지하기 시작했다.

"역시 환경이라는 게 중요한 거 같애. 치카 씨의 이야기도 그렇고 관련 책들을 읽어 보면 역시 대학부속 국립학교는 공부할 수 있는 환경이 잘 정비되어 있더라고. 개성도 키울 수 있다고나 할까. 우주를 공부하고 싶으면 공부할 수 있는 곳이라고 생각해. 그게 공립학교에서는 한계가 있잖아? 친정집 옆에 있던 공립초등학교는 졸업할 때가 되면 모든 애가 공부 의욕 같은 게 다 사라지는 거야. 시골이라 그런 것도 있겠지만 모두 졸업 후에는 근처 공립중학교에 가서 폭주족에 들어가는 아이도 있고, 고등학교에 진학하지 않는 애도 있어. 대학에 진학하는 경우는 거의 없지. 모두가 그러니까 그렇게 되는 걸 거야, 아마도."

"하지만 당신은 안 맞았잖아, 사립학교에."

히토미는 수도꼭지를 돌려 물을 잠그고 크게 심호흡한 후 목소리가 떨리지 않게 진정시키며 말했다.

"하지만 공립학교에 갔더라면 더 비참했을 거라고 생각해. 나는 부모님과도 잘 안 맞았고 여러 일이 있었지만 그래도 그 학교에 보내 주어서 다행이라고, 그렇게 생각해. 아까 사립학교 학비를 보고 놀랐어. 생각해 본 적도 없었지만 그렇게 비싼 학비를 우리 부모님은 내주셨던 거구나 하고."

거실에서 아카네가 우는 소리가 들려왔다. 히토미가 아카네 쪽을 쳐다보자 "됐어, 내가 보고 올게"라며 에이기치가 식탁에서 일어나 거실로 향했다. 어깨너머로 돌아보니 에이기치는 아카네를 높이 올려 비행기를 태우고 있다. 나도, 나도. 고타로는 양손을 벌리고 에이기치의 다리에 엉겨 붙어 있다.

에이기치와 처음 만났을 때, 히토미보다 여섯 살 연상인 에이기치는 이미 마더어스의 주요 멤버였다. 집회에서 설교도 하고 있었고 전국 각지의 집회를 순회하기도 했다. 일 년 만에 일을 그만두고 나가노에 간 히토미는 이미 마더어스에 필요한 인재로서 일하는 에이기치가 너무나도 대단한 사람으로 보였다. 과거생과 현재생이라는 집단 내 언어를 구사하는 다른 많은 주요 멤버들의 설교와 달리 아직 젊은 에이기치가 하는 설교는 더 친근하고 현실적이었고 마더어스의 이념을 어딘가 멀리 떨어진 곳에서 바라보는 듯한 객관성이 있었다. 어린이가 선생님을 동경하는 듯한, 소녀가 영화스타를 동경하는 듯한, 아마추어 스포츠선수가 올림픽 출전선수를 동경하는 듯한 마음이었다. 그래서 에이기치와 교제를 시작했을 때 히토미는 그 사실이 잘 믿기지 않았다. 제자가 스승을 대하듯 에이기치를 대했다. 모르는 것이 있을 때는 가르침을 청하고, 그 가르침을 충실하게 지키는 것처럼. 마더스와 관계를 끊고 결혼하고 아이가 둘 태어난 지금도 그 관계성이 아직 남아 있다고 히토미는 생각했다. 지금 히토미는 남편이 성인도 아니고 스승도 아니라는 것을 알고 있다. 하지만 여전히 남편에게 자기 의견을 말할 때는 속이 이상해질 정도로 두근거린다. 남편에게 그건 잘못된 것이라는 소리를 듣는 것을 두려워하고 있었다. 설득당하는 것을, '아, 역시 나는 잘못 생각했던 거구나' 하고 조건반사적으로 생각하게 되는 것을 두려워했다.

에이기치의 눈에 자신은 마더스로 도망쳐 들어갔던 때 그대로의 모습으로 비치고 있다고 히토미는 생각하기도 했다. 거식증에 걸렸던 고등학생 그대로라고, 도쿄에서 강박관념에 눌려 있던 이십 대 그대로라고, 아내가 되었다고, 엄마가 되었다고, 강해졌다고, 정신적으로 자립했다고, 성장했다고 에이기치는 실감하지 못하는 것이다. 그래서 에이기치가 자신에게 무언가를 따지는 듯한 말투로 이야기하는 것이라고, 자신도 역시 그런 기분이 되어 버린다고 생각했다. 즉, 자신은 아직 무력하고 무지하며 유약하고 불안정하고 잘못된 주장만 하는 어린아이 같은 기분.

"저기, 그래도 조금 더 생각할 시간을 줄래요? 국립은 안 된다든지, 사립은 무리라든지 아직 결정하지 말아 줘요."

히토미는 설거지를 하며 거실에 있는 남편을 향해 목소리를 높였다.

"아직 시간도 있으니까 천천히 상의하면서 정하자. 고타로한테, 우리한테 어떤 게 가장 좋을지."

거실에서 에이기치의 깊고 안정감 있는 목소리가 들려 왔다. 아. 다행이다. 접시를 닦으며 히토미는 중얼거렸다. 아, 다행이다, 전면적으로 반대하는 건 아닌 것 같아. 덮어놓고 부정하는 것 같지 않아. 아. 다행이다. 그런 생각과는 반대로, 히토미는 왠지 손에 든 그릇을 바닥에 힘껏 던져 버리고 싶은 격렬한 충동을 참고 있었다.

*

여성잡지 한 페이지에서 웃고 있는 여성을 치카는 응시하고 있다. 잘 아는 얼굴인데 마치 모르는 여자처럼 웃고 있다. 엎어진 컵에서 물이 쏟아지듯 불안감이 퍼지기 시작했다. 잡지를 덮어 버리면 그만이라는 것을 알지만 그렇게 할 수 없었다.

신예 디자이너로 소개된 것은 여동생 마리였다.

두 살 아래의 여동생, 마리는 지금 독일에 산다. 마리는 모든 의미에서 치카와는 극과 극의 인간이었다. 보수를 싫어하고 안정을 싫어하고 치카가 보기에는 엉터리에 지리멸렬한 인생을 걸고 있다고밖에 생각할 수 없었다. 어릴 때는 사이좋은 자매였다. 중학교에 들어가고부터 마리는 점점 치카와 거리를 두기 시작했다.

그와 동시에 부모가 사준 옷을 입지 않았고 통금시간을 지키지 않았다. 치카와 같이 대학까지 일관교육을 하는 여학교에 다녔으나 결국 본인 마음대로 도립고등학교 시험을 봐서 부모를 격노하게 했다. 고등학교를 나온 후에는 독립해 혼자 살았고 대학 졸업 후에는 거의 해외에서 산다. 특별히 하고 싶은 것이 있는 것도 아니고 그저 도피형일 뿐이라고 치카도 부모님도 생각했다.

민족학 현지조사를 한다면서 라오스에 정착했나 싶었지만 금세 질렸다며 프랑스 제과학교에 다니겠다고 했고, 그러다 2년 후 마리의 취미는 미술로 옮겨 갔고 다시 부모에게 돈을 졸라 미술학교에 들어갔다. 그 후 어떤 경위에서인지 알 수 없지만 현재 마리는 독일에 살며 액세서리 디자인 공방에서 일한다. 가끔 귀국하긴 하지만 집에는 며칠 머무를 뿐 서둘러 돌아가 버렸다. 얼마 전 귀국했을 때도 마리가 집에 머물렀던 건 나흘 정도였다.

현관 키를 돌리는 소리가 들리고 남편 켄이 들어왔다. 치카는 구원이라도 받은 듯한 기분으로 겨우 여성잡지를 덮고 헌 신문을 모아 둔 상자 안쪽 깊숙이 잡지를 집어넣고는 거실에서 복도로 나왔다. 아이 방으로 직행했는지 문이 열려 있다. 켄은 늦게 들어오면 우선 유타와 모모코의 자는 얼굴을 보러 간다. 열린 문으로 어두컴컴한 방 안을 들여다보고 있으니 켄이 나왔다.

"어서 와요."

"미안, 밥 먹고 왔어."

켄이 말하며 건너편에 있는 침실로 향했다. 몇 분이 채 지나지 않아 편한 운동복 차림으로 나와서는 "맥주 마실까"라며 치카에게 말했다.

치카가 부엌으로 가자 "안줏거리 뭐 있으면 같이 주지"라며 주뼛주뼛 덧붙였다.

치카는 우선 맥주와 컵을 켄 앞에 놓고 해동시킨 밥에 소금에 절인 다시마와 매실장아찌를 올리고 호지차와 함께 테이블로 날랐다. 냉장고에서 절임 반찬을 넣어 둔 밀폐용기를 꺼내 작은 접시에 담았다.

"그거 어떻게 됐어? 유타의 입시교실."

차를 밥에 부어 후루룩 마시며 켄이 물었다.

"응, 숙모님은 글로리아회라는 곳이 좋다고 하셔. 합격률이 엄청 높다네. 비용은 비싼 거 같지만."

"비용이 비싸도 좋은 곳으로 해야지. 모모코도 보내지 그래? 한 살은 아직 무린가?"

"글로리아회는 제일 어린애가 두 살부터래. 두 살이 되면 보내면 될 거 같애."

"모모코는 유치원부터 대학부속 유치원에 보내도 좋을 거 같은데. 여자애니까."

"그러게."

"그러고 보니 마리가 벌써 돌아갔던가?"

"뭐야, 마리가 왔던 건 꽤 됐잖아요."

치카는 절임 반찬을 나르며 켄 건너편에 앉았다.

'이상적인 남편이란 이런 사람을 말하겠지'라며 켄을 보며 치카는 생각했다. 이 사람은 이상적인 남편이 될 거라고 생각했기 때문에 결혼한 것이다. 친구 결혼식 뒤풀이에서 켄을 알게 되었고 일 년 반 정도 교제한 후에 결혼했다. 26세 때였다. 치카보다 두 살 연상인 켄은 교제 당시, 다니던 설계사무소에서 막 독립했다. 켄이 만든 회사는 건축이 아니라 조경과 옥외장식 전문의 설계사무소였다. 독립 후, 경영이 불안정하면 결혼은 하지 않는 게 좋겠다고 치카는 생각하고 있었다.

　종합직(여러 업무를 종합적으로 경험하면서, 관리직까지 오를 수 있는 직종 — 옮긴이)이 아니라 일반직(종합직을 보조하는 직종 — 옮긴이) 사원으로 상사에 근무하던 치카는 일반직으로 입사한 다른 동기 여직원들과 마찬가지로 결혼하면 바로 퇴직하는 것을 전제로 일하고 있었다. 따라서 경제적으로 불안정한 사람과 결혼할 생각은 털끝만큼도 없었다. 그런데 켄의 사무소는 어려움 없이 성장해 버블경제가 붕괴된 후에도 큰 타격을 받지 않았다. 켄이 청혼했을 때, 그는 치카가 아는 동 세대의 다른 남성들보다 꽤 많은 수입을 올리고 있었다. 물론 결혼하기로 결정한 이유가 수입뿐만은 아니었다. 그것도 중요한 요소기는 했지만 무엇보다 치카는 켄이 좋았다. 훤칠하게 키가 큰 켄의 외모도, 이십 대에 독립을 결정한 행동력도, 치카에 대한 마음 씀씀이도, 친절함도 좋았다. 그리고 아마 그때의 치카가 무엇보다 좋게 생각했던 것은 켄의 상승지향적 사고였다. 켄은 자신이 태어나고 자란 동북지역의 작은 마을을 멸시했다. 그와 반대의 것, 거기에는 없던 모든 것을 사랑했다. 예를 들면 외제차이고, 고급 레스토랑의 단골이 되는 것이고, 도심에서 사는 것이고, 비행기의 비즈니스석이고, 생활감이 드러나지 않는 세련된 방이었다. 켄과는 다른 의미에서 그러한 것들을 사랑하던 치카는 켄이 예를 들어 갑자기 시골 생활을 하고 싶다든가 자신의 부모를 모시고 살겠다든가 하지는 않을 거라고 생각했다. 이 사람과 함께라면 어느 한쪽이 무리하지 않아도 자신이 바라는 생활을 아주 자연스럽게 할 수 있을 거라 생각했다.

실제로 켄은 이상적인 남편이라고 치카는 생각한다. 이 사람과의 결혼이 정답이었다고 24시간 생각하는 것은 아니지만 문득문득 그렇게 생각했다. 양육에 협력적이고, 자식 사랑이 끔찍했고, 치카의 생일에도 결혼기념일에도 선물을 빠트리지 않았고, 명절에 동북지역에 있는 시댁에 귀성하는 것을 강요하지도 않았다. 유타와 모모코에게 사립학교 시험을 보게 하겠다고 하면 반대는 커녕 오히려 적극적으로 지원할 것이다. 너무 바빠서 평일 귀가가 늦고, 주말을 접대와 업무로 망치기도 하지만 자신들이 아무런 불편 없이 생활할 수 있는 것은 그 덕분이라고 치카는 생각하고 있었다.

"아, 맛있네. 고마워. 목욕하고 나올게."

켄은 자리에서 일어나 거실을 나갔다. 치카는 식탁으로 다가가 테이블에 놓인 그릇들을 내려다보았다. 밥풀 하나 남아 있지 않고 밥그릇 안쪽까지 반들반들 새하얗다. 젓가락 끝에 한 톨, 밥이 붙어 있다. 아무런 예고도 없이 공허함이 밀려왔다. 치카는 그런 생각이 들지 않은 척 서둘러 그릇을 정리해서 부엌으로 향했다. 쓰레기통 옆에 놓여 있는 헌 신문 상자에 눈이 갔다. 잡지를 펼치지 않아도 마리의 웃는 얼굴이 떠올랐다.

마리가 거리를 둔 것은 언니를 좋게 생각하지 않았기 때문임을 치카는 어른이 되어 알게 되었다. 생각해 보면 십 대 때부터 마리는 치카를 반면교사로 삼았다. 일관교육을 하는 여학교에 치카가 진학하면 마리는 부모가 반대할 게 뻔한 남녀공학을 일부러 선택했다. 치카가 장래가 유망한 청년을 연인으로 선택하면 마리는 정체를 알 수 없는 뮤지션이나 아티스트 같은 남자와만 동거에 가까운 생활을 했다. 치카는 아직도 잊을 수가 없다. 켄과의 결혼식에 참석하기 위해 귀국한 마리는 대기실에서 부모님에게 말했다.

"이것으로 나한테는 아무런 기대도 하지 않겠지? 결혼이니 출산이니 하는 평범한 것은 치카 언니가 전부 해줄 테니까. 나는 남자한테 기대서 사는 건 절대 사절이야."

이 애는 절대 아무것도 못 할 거라고, 그때, 결코 홧김에 한 생각이 아니라 지극히 냉정하게 치카는 생각했다. 여기 갔다가 저기 갔다가, 뭔가 시작했다가는 질리고, 아무것도 못 하고, 그 무엇도 되지 못하고, 평범이라는 것에서 계속 도망칠 궁리만 하다가, 결국 또 다른 평범함에 매몰되어 갈 것이다. 평범한 것 중 어떤 것 하나도 해내지 못할 것이다, 이 애는.

부모님은 '그 애는 이미 포기했다, 너만이 우리의 희망이다'라고 입을 모아 말하면서도 마리가 부탁하면 척척 송금도 하고 귀국하면 언제나 식사 모임을 열었다. 치카의 결혼 후, 그리고 출산 후에도 마리는 몇 번인가 귀국했고 그때마다 치카와 켄과 아이들은 초대되었다. 여전히 마리는 무책임했고 갈피를 잡을 수 없어 무엇 하나 할 수 있는 게 없어 보였다. 그런데 왜 그런지 마리와 만나고 나면 치카는 공허함이 몰려오는 것 같았다. 정신없이 마리가 해외로 돌아가면 이상적이었던 생활이 갑자기 퇴색됐다. 이상적이었던 남편의 남은 음식이라든가, 셔츠에 밴 땀자국이라든가, 때로는 음식을 씹는 소리까지 까닭 없이 거슬렸다. 마리는 치카에게 더는 아무 말도 하지 않았고 유타와 모모코도 귀여워한다. 하지만 마리의 존재 그 자체가 치카의 지금의 삶을 부정하는 것처럼 느껴졌다.

그리고 점점 치카는 어떤 불안감을 느끼게 되었다. 혹시 마리가 뭔가가 되면 어쩌지? 혹시 마리가 어떤 분야에서 성공하면 어쩌지? 혹시 마리가 내가 무슨 수를 써도 할 수 없을 것 같은 방법으로 혼자 살아갈 수 있게 되면 어쩌지?

그런 생각을 하는 것을 치카는 부끄럽게 생각하기도 한다. 단순한 질투다. '아무것도 가진 게 없는 마리에게 왜 내가 질투해야 하지?'라는 생각도 한다. 그래도 불안감은 모르는 척할 수 없을 정도로 부풀어만 갔다.

그리고 2개월 전, 그 불안감이 현실이 되고 있음을 치카는 알게 되었다. 친정에서 모여 식사하는 자리에서 마리는 자랑스럽게 일본 여성지를 꺼내 "봐요, 이거 나야"라며 페이지를 펼쳐 보였다. 치카도 가끔 구입하는 그 잡지의 '해외에서 성공한 여성들'이라는 특집에서 독일의 신예 보석 디자이너로 마리가 소개된 것이다. 도쿄의 실렉트숍(select shop)에서 이미 마리의 작품이 팔리고 있다는 것, 백화점에 기간 한정으로 매장을 낸다는 이야기가 나오고 있다는 것 등, 마리는 희희낙락 떠들어 댔다.

　대단하네, 어머, 정말 마리네. 부모님과 식사자리에 초대된 몇몇 친척이 입을 모아 칭찬했다. 대단해, 마리는, 참. 옆에 앉은 어머니에게 잡지를 건네받아 '정말, 대단하다, 마리'라고 말하려고 했지만 목소리가 나오지 않았다. 심장이 너무 두근거려 눈앞이 깜박깜박했다. '아, 이제 모든 것이 끝났다'라고 그때 치카는 생각했다.

　치카는 제대로 보지도 않고 친정에 두고 온 잡지를 마리가 독일에 돌아간 후 편의점에서 샀다. 특별호 '해외에서 성공한 여성들'에 등장하는 여성은 여덟 명. 로스앤젤레스에서 활약하는 네일리스트와 이탈리아에서 아동복지 일을 하는 여성, 남편 부임지인 한국에서 스파를 개업한 주부 등 네 명 정도는 페이지 한 면을 통해 소개하고 있었지만, 마리는 페이지의 아랫부분 반 정도였다. 치카는 기사를 반복해서 읽으며 심장이 빨리 뛸 정도로, 이제 끝났다고 비장하게 중얼거릴 정도로 마리가 세계적으로 성공한 것은 아님을 알게 되었다. 독일에 마리의 작품만을 진열한 가게가 있는 것도 아니고, 그녀의 사무실과 공방은 다른 디자이너와 공유하는 듯했다. 상품화된 작품이 일본에서 소개되기는 했지만 실렉트숍에서 시험적으로 진열해 보기로 한 정도였다. 마리에 대한 모든 기사 중에서 치카는 그러한 '안심재료'를 찾아냈다. 그래도 역시 그 애가 성공을 이루는 것은 시간문제일 거라고 생각했다. 요즘 들어 어머니가 사용하는 "너도 좀 제대로 해봐"라는 대사를 생각해 보았다. 포기했던 마리는 이제 부모님께 인정받고 있는 것이다. 고작 잡지에 한 번 실렸을 뿐인데.

치카는 다시 바짝바짝 초조해짐을 느꼈다. 유타와 모모코를 맡기면 그렇게나 좋아하던 엄마는 마리가 최근 귀국한 이후부터 약간이기는 하지만 귀찮아하는 듯한 표정을 보인다고 치카는 생각했다. 그 애가 독일에서 성공해서 유명해지고 부모님이 그 애만 자랑하게 되고 지금까지 치켜세웠던 장녀를 평범한 주부라고 등급을 매기고, 신경도 쓰지 않게 된다면. 부모님한테까지 '평범한' 것밖에 못 하는 딸이라고 취급받는다면.

치카는 그런 생각을 하면서 작동하고 있는 식기세척기를 가만히 지켜보았다. 시끄러운 소리를 내며 물이 위아래로 움직이고 있다.

"먼저 잘 건데, 괜찮아?"

거실에서 켄이 얼굴을 내밀었다.

치카는 고개를 들어 "응, 잘 자" 하고 미소를 지었다. 거실을 나가는 켄의 등을 바라보며, '결정했어'라고 치카는 마음속으로 속삭였다.

시계를 보았다. 열한 시가 넘었다. 전화하기에는 아무리 그래도 너무 늦었겠지. 내일 낮에 걸어 보자.

욕조의 재가열 스위치를 누르고 식탁을 닦고 소파와 바닥에 흩뜨려진 그림책과 신문을 정리하고, "결정했어"라고 치카는 다시 한 번 입 밖으로 소리 내어 말한다.

유타, 아주 좋은 학교에 보내자. 일반 공립학교 같은 곳은 그만두자. 일반 공립학교에서 다른 많은 아이와 함께 다니게 하다니 그거야말로 '평범한' 것이지. 대단하네, 유타, 잘했다. 아버지와 어머니, 친척이 그렇게 말할 수밖에 없는 그런 학교에 보내자. 교복을 입고 학교 마크가 들어간 책가방을 멘 유타와 모모코의 모습이 벌써 보이기라도 하듯 떠올랐다. 신이 나서 카메라 셔터를 누르는 어머니, 비디오를 찍는 아버지, 보란 듯이 꾸민 자신과 켄의 웃는 얼굴까지도.

내일은 가오리 씨에게 전화해서 이것저것 상담해 보자. 분명히 가오리 씨의 비밀교제 상대의 딸도 꽤 좋은 학교에 다니고 있다지 않았나? 그런 이야기도. 아이 진학. 유타의 미래. 모모코의 미래. 나도 마리도 손에 넣지 못했던 것을 그 아이들은 아마도 갖겠지. 일단 시작되면 보통은 좀처럼 사라지지 않는 공허함이 욕조에 몸을 담글 때쯤에는 완전히 사라졌다. 모든 것이 잘 풀릴 것 같았다. 잘 안될 이유가 없다고 생각했다.

*

가오리에게 소개받은 다이스케를 보며 그다지 좋은 남자라고 생각되지는 않았다. 가오리 같은 멋진 여성이 왜 이런 남자와 관계를 끊지 못하는지 이상하기도 했다. 박식하고 매너는 좋지만 세속적이고 어딘지 모르게 가벼워 보이는 중년의 남성. 이것이 다이스케에 대한 치카의 인상이었다.

게다가 다이스케와 함께 있는 가오리는 어딘지 볼품없었다. 예쁘고 총명하고 자기 생각을 거리낌 없이 말할 수 있는 사람이 명청한 여자처럼 충실하게 다이스케의 시중을 들었고, 웃을 때는 항상 다이스케의 허벅지에 오른손을 올렸다.

유타의 진학을 결정한 다음 날, 치카는 가오리에게 전화를 걸어 초등학교 진학 상담을 하고 싶다며, 혹시 가능하다면 다이스케와도 만나게 해주었으면 좋겠다고 했다. 진학에 관해 상담하고 싶다는 것은 진심이었지만 가오리의 상대를 보고 싶다는 마음도 없지는 않았다. 다이스케와 만나는 것은 거절해도 그만이라고 생각했지만 가오리는 의외로 쉽게 상대방 스케줄을 물어보겠다고 했다.

그리하여 방금 치카는 니시아자부에 있는 중화요릿집에서 두 사람과 식사하고 돌아온 참이었다. 하지만 다이스케와 오늘 가오리의 인상과는 별개로, 세 사람이 함께한 식사는 치카를 기분 좋게 만들어 주었다. 자신이 뭔가 특별한, 선택된 존재가 된 것 같은 기분이었다.

그날, 가오리가 갑자기 자신의 비밀을 털어놓았을 때, 그녀는 다이스케의 딸들에 관해서도 이야기했다. 딸이 둘 있는데 둘 다 '굉장히 좋은' 사립초등학교에 다니고 있다. 초등학교 때부터 도예나 승마 같은 다양하면서도 본격적인 클럽 활동에 참가할 수 있으며 서머스쿨이나 스키캠프도 하고 전통 행사도 제대로 실시하는, 편차치가 높은 학교로 대학부속이지만 대부분의 학생은 그 대학이 아니라 유명 대학에 진학한다고 가오리가 이야기했다. 사실은 에리카도 그곳에 보내고 싶었다고 했다.

다이스케는 유익한 이야기는 많이 알려 주지 않았다. 학원이나 미리 배워 두어야 할 것들에 관해서는 거의 무지한 듯했고, '맘 편하게 해주는 것이 최고'라는 것과 딸아이들이 진학한 학교가 얼마나 '성공적'이었는지를 되풀이할 뿐이었다.

하지만 다이스케와 가오리가 가진 자부심과 안도감이 식사하는 내내 기분 좋게 만들어 준 건 아닐까 하고 치카는 생각했다. 다이스케는 아이들의 양육을 대부분 아내에게 맡기고 있었지만, 두 딸에게 특별히 무언가를 시키지 않았는데도 자랑할 만한 학교에 합격했다는 자부심이 있었고 또한 두 딸이 학교에 잘 적응하고 있음에 안심하고 있었다. 가오리 역시 에리카가 제 1지망에 떨어졌다고 했지만 제 2지망 사립학교에 입학시켰다. 그들에게 있어서 그런 자신감과 안도가 그대로 여유로움으로 비치는 것은 아닐까.

그런 기분은 요코나 히토미, 혹은 다른 유치원 엄마들과 있을 때는 느껴본 적이 없는 종류였다. 그리고 이를 치카는 기분 좋은 느낌으로 받아들였다. 이제 곧 자신도 이들과 비슷한 우아함과 화려함을 몸에 걸치고 다시 이렇게 셋이서 식사할 거라고 생각했다.

니시아자부의 중화요릿집을 나와 택시를 타는 가오리와 다이스케에게 인사하고 치카는 주차장으로 향했다. 가이엔니시도오리를 달리다가 빨간 신호에 차를 멈추고 횡단보도를 건너는 사람들을 멍하니 쳐다보았다.

명품백, 그러고 보니, 요코 씨였는지 히토미 씨였는지, 언젠가 했던 말이 생각났다. 아니, 다치바나 유리가 했나. 자녀를 유명 학교에 보내는 부모는 명품백을 들고 다니는 것과 같은 기분일 거라고. 하지만 그게 뭐가 나쁘다는 거지? 살 수 있는 여유가 돼서 샀다면 들고 다니는 게 당연하지 않을까. 남에게 보이고 싶어서가 아니라 그것을 갖고 싶었던 거라면 당연히 그렇게 할 것이다.

도로 건너편에 슈퍼마켓이 보였고 치카는 슬쩍 시계를 확인했다. 아직 시간 여유가 있다. 꼭 사야 하는 것은 없었지만 깜빡이를 켜고 슈퍼마켓 주차장에 차를 세웠다. 장바구니를 들고 매장 안을 서성거렸다. 이탈리아에서 수입한 파스타 소스와 여러 종류의 파스타, 프랑스제 피클 통조림과 잼을 보고 있으니 마음이 편해졌다. 집 근처 슈퍼는 슈퍼라고 부르고 싶지 않을 정도로 작아서 수입품 같은 건 전혀 없었다. 큰길가에 있는 개인상점은 하나같이 오래된 곳이라 시원찮았다. 집 근처에서 장을 보면 그것만으로도 치카는 기운이 빠졌다. 아주 비참한 생활을 하는 듯한 기분이 드는 것이다. 그래서 장을 볼 때는 될 수 있으면 외국계 슈퍼마켓으로 가려고 했지만 매일같이 그럴 수는 없었다. 이만큼 상품이 풍부한 슈퍼에 들르는 것은 오랜만이었다. 필요도 없는 통조림과 드레싱에 손이 갔다.

계산대에 줄을 서 있을 때 가방 안에서 휴대폰이 울렸다. 대기 줄에서 빠져나와 전화를 받았다. 친정어머니였다. 아직 안 오는 것이냐, 유타는 어떻게 할 거냐 물었다.

"죄송한데 유아교실에 데려다줄래요? 택시비는 꼭 드릴게. 늦어서 죄송해요. 뭐 필요한 게 있으면 사 갈게요."

"뭐? 모모코도 있는데? 유아교실 오늘 쉬게 하면 안 돼?"

"나 지금 유아교실 바로 근처에 있어요. 앞에서 기다릴 테니까 부탁인데 데리고만 와주세요."

"어쩔 수 없네. 정말 앞에서 기다리는 거지?"

"갈게요, 지금 바로. 정말 바로 옆이니까. 살 건?"

"아무것도 필요 없어."

어머니는 그렇게 말하고 전화를 끊어 버렸다.

아, 화나게 했나 봐. 한숨을 쉬며 치카는 휴대폰을 가방에 넣고 다시 계산대 앞에 섰다.

불필요한 것만 잔뜩 담은 슈퍼마켓봉투를 뒷좌석에 놓고 치카는 차를 몰았다. 친정 쪽이 아니라 히로오에 있는 유아교실을 향해서. 숙모님이 말한 글로리아회에 유타는 지난달부터 다니기 시작했다.

글로리아회는 주택가 한편에 있었다. 산뜻한 단독주택이 그대로 교실로 사용되고 있었다. 근처 유료주차장에 차를 세우고 치카는 문 앞에서 유타와 어머니가 오기를 기다렸다. 수업을 마친 아이들이 엄마들과 함께 나오고 있었다. 치카를 본 엄마들이 인사를 하고 지나갔다. 드디어 택시가 멈춰서고 유타와 모모코를 데리고 어머니가 내렸다. 어머니에게 모모코를 받아 안으며 치카는 호들갑스러울 정도로 감정을 실어 말했다.

"정말 고마워요."

"너도 좀 똑바로 해 봐. 다른 사람한테 기대지만 말고, 자기 일은 자기가 해야지. 그럼 간다."

어머니는 쌀쌀맞게 말하고는 방금 내린 택시에 다시 올라타고 창문을 통해 유타와 모모코에게 손을 흔들었다. 눈 깜짝할 사이에 택시는 출발했다. '너도'라니 뭐야. '도'라니. 너'도' 마리처럼이라는 말? 언제부터 동생이 똑 부러진 사람으로 격상된 거지. 멀어져 가는 택시를 바라보며 치카는 속으로 불만스레 중얼거렸다.

"엄마, 저기요, 할머니가요."

"그래그래, 오늘도 열심히 하자, 유타."

치카는 현관의 인터폰을 누르고 이름을 댔다. 잠겨 있던 문이 열리고 치카는 안으로 들어갔다.

글로리아회는 초등학교 입시를 전문으로 하는 소수정예 유아교실이다. 한 반에는 유타를 포함해 네 명의 어린이가 있었다. 2시부터 45분, 15분 쉬고 3시부터 30분. 화요일은 주로 필기시험을 보고 공작을 하고 토요일에는 운동과 집단행동, 기본 생활을 배운다. 엄마는 원칙적으로는 교실 밖에서 기다려야 하지만 때때로 엄마가 참가하는 수업도 있었다. 모모코를 안고 있는 치카는 현관 바로 옆방으로 들어가 접수창구에서 도장을 찍고 유타를 교실로 들여보낸다. 소파에는 이미 몇몇 엄마가 앉아 있었다. 각각에게 인사하고 모모코를 안은 채, 치카는 소파에 앉아 그림책을 꺼내 작은 목소리로 읽기 시작했다. 수업 시작 음악 소리가 울리고 엄마들은 수다를 멈추었다. 그림책을 읽기를 멈추자 모모코가 칭얼대기 시작했고 치카는 하는 수 없이 현관을 나와 정원에서 모모코를 달랬다.

글로리아회는 설립한 지 30년쯤 된 유서 깊은 기관으로 초등학교 입시를 전문으로 하는 곳이니만큼 합격률도 높다고 한다. 유타의 진학에 관해 사립학교 입시를 치르기로 결정한 치카는 곧바로 수강 신청을 했다. 요코에게도 히토미에게도 말하지 않았다.

요코도 히토미도 다치바나 유리와 만난 후 생각하는 바가 있었는지 여름방학 동안 전화해서는 다 함께 유아 입시교실 체험을 하러 가자고 했다. 그때까지는 아직 진학을 확실히 결정하지 않았던 치카는 유아 입시교실에 아이를 보내는 친한 엄마들에게 물어 두 곳을 골라 견학하러 갔다.

그렇게 나쁜 곳은 아니라는 것이 치카의 감상이었다. 더욱 스파르타식으로 가르친다고도 생각했다. 단순히 초등학교 입학 준비를 위해 다녀도 좋지 않을까 하는 생각도 들었다. 다만 유타와 가즈토시, 고타로가 셋이 같은 곳에 다니는 것만큼은 싫다고 분명하게 생각했다.

두 번째 교실에서 선생님이 고타로를 칭찬했을 때, 치카는 자기도 모르게 화가 났다. 유타가 잘하고 고타로가 잘하지 못한 것을, 무의식적으로 하나하나 열거해 보았다. 계속 고개를 숙이고 있던 가즈토시보다는 유타가 낫다고까지 생각했다. 그런 생각을 하는 자신의 모습에 치카는 기분이 상했다. 낙담하기도 했다. 자기 아이와 아이의 친한 친구를 비교하면서 상대의 뒤처진 면을 찾으려 하다니 최악이다. 하지만 분명히 같은 교실에 보내면 자연스레 그렇게 될 것 같다는 생각이 들었다. 저 아이가 잘하고 유타가 못하면 유타를 혼낼 테고 유타가 잘하고 저 아이가 못하면 안심하면서, 입시가 끝날 때까지 그렇게 팽팽하게 비교하고 다른 애들과 같이하다 보니 우리 애가 못하게 되는 건 아닐까 싶어 책임 전가도 하겠지. 그리고 어느 틈엔가 고민도 하지 않겠지.

그래서 만약 두 사람이 같은 입시교실에 아이들을 보내자고 하면 거절할 생각이었다. 두 사람이라면 그 이유를 이해해 줄 것이라고 치카는 생각했다.

글로리아회에 보내기로 결정했을 때 두 사람에게 말해야 할지 말지 치카는 망설였다. 결국 말하지 않았다. 왜 사립에 보내기로 했는지 마음의 변화를 설명하기도 어렵고 이해하지도 못할 거라고 생각했다. 동생한테 질 수는 없었다고. 그리고 이유를 설명하지 않으면 두 사람도 다른 엄마들처럼 '남몰래 앞지르기'했다고 할 것 같다는 생각도 들었다. 수업료 탓도 있다. 글로리아회는 다른 유아교실보다 입회금도 수업료도 유지비도 놀랄 정도로 비쌌다. 요코와 히토미의 경제 상황 같은 건 알지도 못하지만 왠지 본인이 자랑하는 것처럼 보이는 것도 싫었다.

말하지 않기로 한 것에, 물론 죄책감은 들었다. 그거야말로 '남몰래 앞지르기'하고 있는 것 같았다. 죄책감 때문만은 아니지만 글로리아회에 다니면서 요코와 히토미와 같이 보내는 물리적인 시간이 줄었다. 할 수 없이 거리를 두게 되었다. 그녀들도 그렇게 생각하겠지. 그래서 요전에 요코는 어떤 용건인지 끈질기게 물었던 거겠지. 어쩌면 둘이서 나에 대해 이러쿵저러쿵 이야기하고 있을지도 모른다는 생각도 들었다.

하지만 오늘, 가오리와 다이스케를 만나고 온 치카는 늘 품고 있던 그 죄책감이 깨끗하게 불식되는 듯한 느낌이 들었다. 엄마끼리의 교제보다 아이의 미래를 우선시하는 것은 당연하다고 새삼 생각했다. 히토미와 요코를 친구라고 생각하지만 그렇다고 해서 아이의 진학에 관해 하나하나 다 보고할 의무도 없다. 죄책감이 사라진 이유를 치카는 그렇게 자신에게 납득시키고 있었지만 사실은 그렇지 않다는 것도 알고 있다. 오늘의 만남이 그렇게 기분 좋았던 것과 죄책감의 소멸은 관계가 있었다. 내 본래의 장소는 여기라는 생각이 들었던 것이다. 그들과의 시간은 수입품으로 가득 찬 슈퍼마켓과 닮았다. 그리고 요코와 히토미, 유치원 엄마들과의 교제는 지금 사는 동네의 상점가와 닮은 것 같다고, 이제 그런 생각이 들었던 것이다. 그녀들이 싫은 것도 아니고, 지겹다고 생각하는 것도 아니지만, '남몰래 앞지르기'니 '함께'니 '모두 같이'니 하는 것은 왠지 나와 맞지 않을지 모른다고, 치카는 가오리와 함께 식사하면서 느꼈던 것이다.

말소리가 들려 얼굴을 들었다. 엄마들이 아이들을 데리고 현관문을 열고 나오고 있었다. 수업이 끝난 듯하다. 모두 '안녕' 하며 치카에게 인사를 했다. 모모코를 안은 치카는 건물 안으로 들어갔다. 로비에서 접수창구의 여성과 이야기하던 유타가 돌아보며 "엄마, 왜 이렇게 늦어"라며 건방진 소리를 한다.

"왜 이렇게 늦어, 이런 말 하면 안 되는 거야. '끝났습니다' 하고 보고해야지."

접수창구의 여성이 유타를 타일렀다.

"끝났습니다."

유타는 장난치듯 일부러 깊숙이 머리를 숙였고 여성과 치카는 얼굴을 마주 보며 웃었다.

*

베란다 쪽 유리문에는 썰매를 탄 산타클로스 스티커를 붙이고, 별이 떠 있는 것처럼 스노 스프레이(*snow spray*)를 뿌리고, 지난주 배달된 소파에는 빨간색과 초록색 체크무늬의 커버를 씌우고, 이런저런 장식을 한 트리는 벽 쪽에 세우고, 형광색으로 '메리 크리스마스'라고 쓰인 장식을 거실 벽에 붙이고, 현관에는 리스를 걸었다. 마유코는 파티용품매장에서 산 산타클로스 미니드레스를 입고 레나에게는 오늘을 위해 사두었던 빨간 벨벳원피스를 입혔다. 목과 손목에 인조털이 붙어 있는 원피스였다. 500엔 한도의 크리스마스 선물을 준비하라고 모두에게 이야기해 두었다. 음식은 각자 가져오기로 했고 마유코는 어린이용 샴페인과 페트병에 든 녹차, 그리고 주스밖에 준비하지 않았다.

크리스마스 파티를 기획한 것은 마유코였다. 요즘 들어 마유코는 왠지 소외감을 느끼고 있었다. 마담과 치카뿐만 아니라, 히토미와 요코도 바빠 보였다. 이전처럼 특별한 용건이 없어도 모여서 공원에 가거나 사진관에 가는 일도 전혀 없었다. '아이들 나이가 다르니 할 수 없나 보다'라고 생각하며 마유코는 레나를 데리고 근처 공원이나 아동관에 가보기도 했다. 레나와 비슷한 또래의 아이를 가진 엄마들은 이미 거의 그룹이 되어 있어서 말을 걸면 끼워 주기는 하지만 어쩐지 잘 안 맞는 것 같았다. 게다가 역시 치카나 요코, 히토미와 있을 때처럼은 즐겁지 않았다.

한 번, 엘리베이터에서 치카와 만난 적이 있었다. "어, 마담네 집에 갔었어요?"라고 마유코가 물으니 "진학 때문에 상담할 게 좀 있어서"라며 치카가 웃었다. 진학 상담이라면 자신을 부르지 않는 것도 당연하다고 생각하면서도, 그래도 역시, 이렇게 가까이에 있는데 한마디 말도 없었다니 유쾌한 기분은 아니었다. 치카도 마담도 요코도 히토미도 자신만 빼고 뭔가 쑥덕쑥덕하고 있다. 애 같은 망상이라고 생각하면서도 마유코는 그런 생각이 드는 걸 어쩔 수 없었다.

크리스마스 파티를 기획해서 이전처럼 모이자. 모두 나만 따돌리는 건 아니라는 걸 확인하자. 마유코는 그렇게 생각했다.

그리고 마유코는 오늘을 위해 크리스마스 장식을 사는 김에 테이블도 소파도 슬리퍼도 식기도 새로 장만했다. 마담의 집처럼 갖추는 것은 무리겠지만 그래도 조금은 '멋있는 집'이라고 보이고 싶었다. 이번 구입대금을 마유코는 대부업체의 ATM에서 빌렸다. 처음 해볼 때처럼 긴장하지도 주저하지도 않았다.

인터폰이 울렸다. 달리기라도 하듯 나가 보니 요코였다.

현관 앞에 서있는 요코는 촌스러운 코트에 청바지 모습이었고 함께 온 가즈토시도 터틀넥에 코르덴바지를 입고 있어, 근처 마트에 가는 듯한 차림이었다.

"어머, 마유코 씨, 안 추워요?"

마유코가 준비한 슬리퍼를 신으며 요코는 미간에 주름을 찌푸리고 말했다.

"오늘 파티잖아. 그래서 파티 같은 분위기를 내려고."

"이거 가져왔어요. 입에 맞을지 모르겠지만."

마유코의 이야기를 무시하며 거실로 들어가자마자 요코는 보자기에 싼 밀폐용기를 꺼냈다.

"와, 고마워. 요땅 요리 잘하잖아."

마유코는 환성을 질렀지만 요코가 가져온 것이 유부초밥과 연어 간장조림, 브로콜리샐러드라는 것을 알고는 실망했다. 마유코는 자신은 아무것도 만들지 않은 주제에 더 파티와 어울리는 것을 가져오면 좋았을 텐데 하고 생각했다. 이어서 인터폰이 울리고 '안녕하세요'라는 히토미의 목소리가 들렸다.

"어머, 마유코 씨 옷이 멋지네. 레나도 엄마랑 똑같이 산타할아버지구나, 귀여워."

히토미에게 "귀여워"라는 말을 듣고 마유코는 조금은 기분이 좋아졌다. 하지만 그런 히토미도 고타로도 아카네도 늘 입던 옷차림이었다.

"이거 받으세요. 요코 씨 뭐 가지고 왔어요? … 다행이다, 겹치지 않았네."

히토미는 밀폐용기를 마유코에게 건네고, 요코의 요리를 확인하며 말했다. 미트볼과 무샐러드, 감자튀김에 새우만두. 테이블에 밀폐용기 그릇째로 늘어놓고 보니 조금은 색 조합이 화려해 보여서 마유코는 안심했다. 하지만 치킨이 없다. 크리스마스라면 치킨인데.

"미안, 나 아무것도 안 만들었는데. 치킨이라도 만들면 좋았을 텐데."

마유코가 말했다.

"괜찮아. 마유코 씨는 장소를 제공해 주었으니까. 준비도 이렇게 멋있게 하고. 힘들었죠?"

히토미가 말했다.

"치킨, 망설였는데. 근데 누군가는 꼭 가져올 거라고 생각해서 준비 안 했거든."

요코가 말했다.

"치카링, 케이크 사 올까?"

"어머, 케이크 사는 거 완전히 깜박했어."

히토미가 웃었다.

"치카 씨는 안 올지도 모르지."

요코가 선뜻 말했다.

"어, 왜? 치카링 못 온다고 했어?"

"아니, 치카 씨, 요즘 바쁜 거 같아서 그런 생각이 들었을 뿐이야. 어머, 잠깐. 마유코 씨, 밀폐용기째로 놓지 말고 접시에 담아 놓는 게 낫지 않아? 접시 없어?"

뭐지, 이 사람. 마유코는 언짢았다. '접시 없어?'라니. 바보로 여기는 건가?

"있지용. 지금 가져올게."

식기선반에서 접시를 꺼내 부엌으로 돌아오니 요코는 아이들과 크리스마스트리를 보고 있었다.

"저기, 요망 저렇게 못된 사람이었나?"

테이블에 올려놓은 요리들을 접시에 옮기는 히토미에게 마유코가 속삭였다.

"뭐라는 거야."

히토미는 팔꿈치로 마유코를 가볍게 찌르며 작은 목소리로 웃었다.

요리가 준비되고 아이들은 각자 트리와 스노 스프레이를 조심조심 만지며 놀고 있었고 히토미와 요코는 무료한 듯 소파에 앉아 있거나 아이들이 부르면 상대해 주러 가기도 했다.

"이제 시작할까?"

요코가 마유코에게 말했다.

"근데 치카링이 … ."

"안 올 거야, 치카 씨는."

요코는 아예 단정적으로 말했다.

정말로 안 오는 것은 아닐까 하고 마유코는 불안해졌다. 치카가 안 온다고 생각하니 왠지 갑자기 바보같이 느껴졌다. 트리도, 리스도, 산타클로스 드레스를 입은 자신도.

"그럼 먹을까. 기다리는 것도 그렇고. 모두 와서 먹고 싶은 거 가져가도 돼."

마유코는 아이들에게 말했다. 고타로가 뛰어왔고, 아카네는 아장아장 따라온다. 가즈토시는 가만히 선 채로 테이블을 멍하니 쳐다보았고 레나가 아카네를 따라가려다 쿵 하고 엉덩방아를 찧자 모두 소리 내어 웃었다. 새로 산 식탁의자에 앉아 어린이용 샴페인을 따른 잔을 들어 올리며 마유코가 선창했다.

"메리 크리스마스!"

"저기, 가즈토시도 와, 안 먹어?"

아이들이 시끌벅적 식사를 시작했지만 가즈토시는 트리 옆에 가만히 서있었다. 마유코가 부르자 몸이 굳어져 있었다.

"가즈토시, 어서 와."

요코가 부르자 가즈토시는 겨우 테이블 쪽으로 다가왔다. 왠지 이 애 분위기가 이전과 많이 다른데. 마유코는 그런 생각이 들었지만 입 밖으로 말하지는 않았다.

식사를 마친 아이들에게 마유코가 빌려 온 만화를 보여주려 할 때, 인터폰이 울리고 드디어 치카가 왔다. 모모코만 데리고 커다란 종이봉투를 들고 있었다.

"다행이야, 치카링. 못 오나 생각했어."

"미안, 미안. 늦는다고 연락하면 좋았을 걸, 자, 이거 받아요."

마유코는 치카에게 받은 종이봉투를 들고 부엌으로 갔다. 봉투 안에는 백화점에서 산 듯한 음식이 들어 있었다. 로스트비프와 야채샐러드, 여러 종류의 빵과 치즈, 야채가 들어 있는 오믈렛과 샴페인, 케이크도 있었다. 아, 다행이다. 이제 겨우 크리스마스다워졌다. 역시 치카는 센스가 좋아. 기분이 좋아진 마유코가 음식을 접시에 옮기며 생각했다.

"오늘 유타는?"

"아, 친정집에. 어쩐지 열도 나고 다른 아이들한테 옮기면 안 될 것 같아서. 어머, 멋있다, 크리스마스 장식."

"봐, 봐. 치카 씨, 레나도 산타야."

"어머, 귀여워. 레나 좀 안아 봐도 돼?"

거실에서 들려오는 시끌벅적한 소리를 들으며 마유코는 접시를 테이블로 가지고 갔다. 샴페인 코르크를 누가 뽑을지를 두고 한바탕 실랑이하다가 결국 치카가 코르크를 뽑았다. '뽕!' 하는 소리에 다시 환성을 질렀다. 아이들도 흥분하여 만화는 쳐다보지도 않고 강아지처럼 재롱을 피우며 웃었다.

"아, 다행이야."

오랜만에 마신 알코올 탓에 살짝 취한 마유코는 아주 편한 자세로 바닥에 앉으며 말했다.

"모두 요즘 바쁜 것도 같고 어쩐지 예민해져 있다고나 할까, 전처럼 놀아 주지도 않고 이제 이렇게 모이는 건 무리라고 생각했어, 나."

테이블에 앉은 세 사람은 순간적으로 서로의 얼굴을 쳐다보았다. '어?' 하고 마유코는 생각했다. 어, 나 뭔가 이상한 거 말했나. 안 한 거 같은데.

"그러네, 이제부터 더 바빠지는 경우도 생기는 거 아닐까?"

요코가 말했다. 뭔가 기묘한 말투라고 마유코는 생각했다. 누군가에게 비꼬아 말하는 듯한. 하지만 누구에게 무엇에 대해 비꼬는 것인지, 마유코는 알 수 없었다. 그래서 물었다.

"역시 힘들어? 입시라든가 그런 거 때문에?"

이번에는 세 사람이 얼굴을 쳐다보지 않고 서로 다른 방향을 향한 채 눈도 맞추지 않는다. 요코는 샴페인 라벨을 보고 있었고, 히토미는 접시에 담은 치즈를 포크로 잘게 자르고 있었고 치카는 로스트비프를 자신의 접시에 덜고 있었다.

"입시라든가 그런 게 아니라 5세반이 되면 이벤트도 늘고."

히토미가 생각난 듯 말했다.

"늘어? 그랬나?"

요코가 말했다. 역시 뭔가 분위기가 험하네. 마유코는 요코를 가만히 쳐다보았다.

"그랬나라니, 요코 씨."

곤란한 듯 히토미가 웃었다. 순간, 마유코가 이해할 수 없는 종류의 침묵이 테이블에 흘렀다.

"그러고 보니까 말했나? 우리 레나, 모델로 스카우트됐어요."

마유코는 화제를 바꾸었다. 마유코 쪽으로 얼굴을 돌린 세 사람은 확실히 안도한 듯 보였다.

"그래서 회사에 가서 얼마 전에 오디션 받았어. 잘 안됐지만. 그래도 아까운 데까지 올라갔었대."

"와, 그래요? 대단하네, 스카우트라니."

히토미가 눈을 크게 뜨며 말했다.

"레나는 귀여우니까 곧 붙을 거예요. 계속 소개해 주는 거죠?"

치카가 말했다.

"내 희망을 말하자면 모델도 좋지만 아역 같은 거 맡으면 좋겠어. 자니스(일본의 유명 기획사 — 옮긴이) 같은 데하고 같이 출연하면 좋겠어."

"그러면 우리도 녹화할 때 불러 줘. 다 같이 보러 갈게!"

치카가 여고생처럼 들떠서 말했다.

"그래도 스카우트 같은 거 불안하지 않았어? 남편도 허락하셨구나, 그 회사에 들어가는 거."

히토미가 말했다.

"우리는 마담네나 치카링네처럼 남편이 척척 벌어다 주는 집이 아니니까 레나에게 좋은 것도 못 해줄 거라고 생각했는데 스카우트됐을 때, 아, 그런가, 레나가 벌면 되겠다고 생각했죠."

"무슨, 그런."

요코가 웃었다. 물론 농담 반 다들 웃을 거라 생각하고 한 말이었지만 요코의 웃음소리는 왠지 마유코의 기분을 상하게 했다.

"여자애는 돈이 든다고, 요땅. 남자애는 그저 운동복이나 바지면 되지만 요즘 여자애들은 이렇게 어릴 때부터 예쁘게 꾸미잖아. 유명 브랜드에서도 다들 아동복 출시도 하고."

한참을 놀다가 얌전히 만화를 보기 시작한 아이들 틈에서 레나가 아장아장 걸어와서는 누워 있던 마유코에게 덮치듯 넘어졌다. 마유코는 레나를 세게 끌어안으며 좌우로 흔들어 댔다. 레나는 맑은 목소리로 웃었다.

"마담이 옷 많이 주었어. 그 집 대단해요. 버버리에 아니에스 베, 랄프. 아까워하지도 않고 주었는데 샀을 때 가격을 생각하면 아찔하더라고. 그렇지, 레나?"

"가오리 씨가? 그러고 보니 따님이 벌써 초등학생이지. 계속 보관하고 있었구나, 대단하네."

"외동딸이다 보니 두고 싶었던 거 아닐까? 우리도 유타가 어릴 때 입었던 옷 이런저런 추억이 있어서 보관하고 싶었지만 둘 곳이 없어서. 히토미 씨네는 어때요?"

"우리는 우선은 안 버리고 가지고 있어. 남자애 거지만 아카네가 집에서 입는 옷으로 입힐까 해서. 그래도 너무 해진 것은 버려요. 우리는 브랜드 거는 하나도 없고."

"바자회에 내놓아도 모두 안 사더라고."

"그래도 치카 씨는 멋쟁이라 유타가 입던 옷 받고 싶은 사람이 많이 있을 거 같은데?"

"그렇지도 않아요. 그러네, 나도 모모코한테 오빠 옷 입혀 볼까. 그래도 여자애는 나중에 커서 얘기하지 않아요? 자기만 맨날 물려 입어서 그게 싫었다는 둥 어쨌다는 둥."

"아, 맞아, 맞아. 아카네도 그럴 거 같은데, 언니라면 또 모르겠지만 '오빠 옷 물려 입히다니 너무해!'라고."

치카와 히토미가 이야기를 시작하자 요코는 남은 요리를 한 접시에 모으고 빈 접시를 모아 싱크대로 옮겼다.

"나도 하나 더 낳을까? 하지만 지금의 경제 사정으로는 무리인가."

마유코는 레나를 옆에 내려놓고 일어나 접시에 담긴 미트볼을 집어 먹었다.

"경제 사정 같은 건, 아이 낳으면 어떻게든 될 거야. 게다가 레나도 형제가 있는 게 낫지 않을까?"

"그러게. 나도 언니랑 사이 나빴지만 레나 낳았을 때 언니가 많

이 도와주더라고. 레나, 여동생과 남동생 중에서 너는 어느 쪽이
좋아용?"

싱크대에 접시를 옮겨 놓은 요코가 마유코의 곁을 지나 거실로
갔다. "자, 모두들, 책 읽어 줄까?"라며 요코가 아이들에게 말했
다. 모모코는 텔레비전 화면에서 눈을 떼지 않았고 가즈토시는
그 자리에서 일어났고 고타로는 멀뚱멀뚱 히토미를 쳐다보았다.

"마유코 씨, 그림책 같은 거 뭐 없어?"

"있지만 됐어요, 요땅. 비디오 세 편 더 있으니까. 요땅도 이
쪽으로 와서 마셔요. 오랜만이고 다들 바빠서 잘 모이지도 못했
잖아."

"이렇게 애들한테 텔레비전 마냥 보게 하는 거 좋지 않아. 정신
적인 균형을 잃게 된다는 이야기 들은 적 없어? 그림책이 없으면
도화지라도 괜찮아."

마유코는 또 기분이 상했다. 아무 말 없이 침실에서 그림책을
가져와 요코에게 주었다. 마담에게 받은 책이다. 텔레비전 전원
을 끈 요코는 바닥에 앉아 "자, 이야기가 시작됩니다"라며 한 옥
타브 정도 높은 목소리를 냈다. 마유코는 테이블로 돌아와 눈썹
을 추켜세우며 치카와 히토미를 교대로 쳐다보았다. 치카는 잔에
묻은 립스틱을 검지로 집요하게 닦아 냈고, 히토미는 테이블에
떨어진 빵 부스러기를 줍고 있다. 뭔가 있었구나, 이 사람들. 내
가 모르는 곳에서 뭔가 있었어.

"저기, 다들 무슨 일 있었어?"

마유코는 고민하지 않고 생각난 말을 입 밖으로 꺼냈다.

"뭔가 이상해. 전과 다른걸. 응? 유치원에서 무슨 일 있었던 거야? 반이 바뀌고 파벌이 바뀌었다든가?"

"아무것도 없어, 없어"라며 웃은 것은 히토미였다.

"게다가 파벌 같은 거 없어, 유치원에."

"파벌이라니 정말 마유코는 재밌는 말을 한다니까."

치카도 웃었다.

마유코는 요코를 슬쩍 보았다. 요코는 무릎을 꿇고 앉아 아이들에게 책을 읽어 주고 있었다. 열심히 듣고 있는 것은 아카네와 가즈토시였고, 고타로는 쌓아 놓은 선물을 만지고 있었고 레나와 모모코는 떨어져 있는 손가락 인형으로 놀고 있었다.

"이제 슬슬 케이크 먹을까? 내가 자를까? 마유코 씨, 부엌 좀 써도 돼요?"

치카가 밝은 목소리로 말하며 부엌으로 향했다.

"케이크!"

고타로가 식탁으로 달려왔다.

"너는 정말 식탐이 많다니까."

히토미가 고타로를 가볍게 건드렸고 치카도 히토미도 웃었다. 조금 늦게 고타로도 웃었다. 아카네와 레나도 일어나 식탁으로 모였다.

테이블과 소파, 각자의 장소에서 나눠 준 케이크를 먹었다. 그래도 어색한 분위기는 그대로 남아 있는 듯하다고 마유코는 느꼈

다. 도대체 무슨 일이 있었는지 알고 싶지만 여기서 누구도 그 이
야기를 하지 않을 거라고 마유코는 생각했다. 무엇을 물어도 얼
버무리겠지.

"가즈토시, 흘리지 마! 소파에 크림이 묻으면 안 되잖아."

요코의 신경질적인 목소리가 울렸다.

"괜찮아, 크림 정도 묻어도. 나중에 닦으면 되니까."

"그래요, 요코 씨. 가즈토시에게 너무 엄한 거 아니야?"

치카가 말했다. 치카의 무릎에 앉은 모모코는 치카가 먹던 케
이크를 손가락으로 콕콕 찌르더니 그걸 핥고 있었다. 치카의 말
투가 마유코에게는 그다지 심한 말이라고 생각되지 않았으나 요
코는 치카를 보지도 않고 날카로운 소리로 말했다.

"예의 바르게 행동하라고 말하는 게 어디가 나쁜데?"

"나쁘다고는 안 했는데. 모모코, 맛있쪄? 이 딸기도 먹어도
돼."

치카도 요코를 보지도 않고 무릎에 앉은 모모코 쪽으로 얼굴을
돌렸다.

"하긴 가즈토시, 뭔가 이전과는 달라졌어."

마유코가 말했다. 세 사람에게 무슨 일이 있었는지는 모르지만
오늘 이 기묘하게 나쁜 분위기는 요코가 만든 것처럼 생각되었
다. 누군가가 바로잡으려고 해도 요코가 다 망쳐놓기라도 한 듯.
뭔가 요코에게 한마디 하고 싶어서 그런 말을 했다.

"달라졌다니, 뭐가?"

요코는 더 가시 돋친 목소리로 말했다. 마유코가 대답하지 않고 레나에게 케이크를 먹이고 있자, 더 달려들었다.

"저기, 마유코 씨. 달라졌다니 뭐가 달라졌다는 거야?"

"음, 뭔가 힘이 없다고나 할까, 전혀 웃지도 않고 무서워하고 있는 것처럼 보여."

"잠깐, 마유코 씨" 하고 히토미가 나무라듯 말했다.

"얌전하게 있는 것뿐이잖아. 오늘은 초대받은 거라 예의 바르게 행동하라고 내가 말했어. 이 애는 그걸 이해하고 있을 뿐이야. 우리는 치카 씨네랑은 달라. 치카 씨처럼 혼내지도 않고 뭐든지 하고 싶은 대로 내버려 두지는 않아."

"잠깐, 요코 씨. 그거 무슨 말이야?"

치카가 얼굴을 들었다. 웃고는 있지만 불쾌하다는 것은 마유코도 알 수 있었다.

"사람마다 양육방침이 있는 거니까 참견하지 말았으면 좋겠어."

"참견이라니."

치카가 말을 하려다 말고 말을 삼키며 "크리스마스 파티니까 재밌게 놀아요"라며 마치 대사를 읊는 것처럼 말했다.

마유코는 오늘 아이들을 낮잠 재워서라도 이 세 사람과 이야기를 하고 싶었다. 만약 이전처럼 친밀한 분위기라면 남편에게는 말하지 못하는 것도 말할 수 있다고 생각했다.

마유코가 대부업체 ATM에서 돈을 처음 빌린 것은 레나가 신주쿠에서 스카우트되었던 9월이었다. 스카우트되자 마유코는 그 회사에 레나를 모델로 등록했다. 영유아 담당 매니저라는 중년여성이 등록비와 레나의 개인 홍보비 등으로 20만 엔이 든다고 했다. 하지만 일이 하나라도 들어오면 그런 건 금방 아무것도 아닌 게 된다고, 아무것도 아닌 게 아니라 몇 배가 되어서 돌아온다고 했다. 20만 엔은 마유코에게 거액이었다. 만일을 위해 20만 엔의 내역을 보여 달라고 했다. 등록비가 일률적으로 3만 엔, 홍보용 사진 촬영에 3만 엔, 그걸 회사규격에 맞춰 책자로 만드는 데 4만 엔, 탤런트 명부라는 홍보용 카탈로그에 레나의 사진을 넣어 다시 만드는 데 8만 엔, 영업 활동에 필요한 경비로 2만 엔이라는 것이었다. 영업이 필요한 것은 처음만 그렇고 아무리 작은 일이어도 한 번 하면 나중에는 자동으로 일이 들어온다고 내역을 보여주며 매니저가 설명했다. 악덕 상술인 것 같지는 않다고 생각한 마유코는 망설인 끝에 대부업체에서 그 20만 엔을 빌렸던 것이다. 어이없을 정도로 간단했다. 수속을 마친 후 회사에 가서 레나의 사진을 찍었다. 매니저가 콤팩트카메라로 찍는 것을 보고 이게 3만 엔이나 필요한가 생각했지만 가공하거나 편집하는 데 들 거라 생각하며 의문을 입 밖으로 말하지는 않았다.

최근 3개월 동안 오디션에 불려 나간 것은 한 번뿐이었다. 1차 시험에서 떨어졌다.

그리고 그 이후 두 번 마유코는 대부업체에서 돈을 빌렸다. 한 번은 바겐세일 광고를 보고 옷을 사러 가고 싶었다. 5만 엔만 빌려 레나를 데리고 백화점에 가서 레나와 자신의 옷을 샀다. 그리도 두 번째가 오늘 파티 준비를 위해서였다.

처음 돈을 빌렸을 때부터 마유코는 두근거리는 불안감에 빠졌다. 지금은 2만 엔, 3만 엔으로 분할해서 어떻게든 갚고 있고, 아마 빈번하게 이용하지 않는다면 남편 모르게 다 갚을 수 있을 거라고 마유코는 생각했다. 하지만 그 두근거리는 불안감은 사라지지 않았다.

오늘 마유코는 치카나 히토미, 요코에게 이 일을 털어놓을 생각이었다. 분명히 모두 그런 거 하지 말라고 할 거라는 상상도 했다. 매달 납입 가능한 금액이라고 해도 그런 곳에서 빌리는 것은 좋지 않다고 상담해 줄 것 같은 생각이 들었다. 그녀들의 이야기를 들으면 마유코도 불안의 정체를 이해하고 이제 두 번 다시 빌리지 않겠다고 결심할 수 있을 거라고 생각했다.

하지만 말하지 못했다. 그런 분위기가 아니었다. 그리고 세 사람 다 무슨 일이 있었는지 말해 주려고도 하지 않았다.

"자, 그럼 선물교환 시작할까? 크리스마스 노래를 다 같이 부르면서."

치카가 일어섰다.

재미없어. 그렇게 생각하면서 트리 밑에 놓아둔 선물을 마유코가 들었다. 모두 원을 그리고 앉아 루돌프 노래를 부르며 선물을 돌리기 시작했다. 재미없어. 뭐야, 이게. 뭐람, 이게.

*

노래를 부르며 선물을 돌리다가 가즈토시 손에서 멈춘 것은 모모코의 선물이었다. 모두 부모가 준비했지만 아이들은 한 사람에 하나씩 500엔 이하라는 약속하에 선물을 준비했다. 가즈토시가 가져온 것은 아카네에게 돌아갔다.

집으로 돌아와 코트도 벗지 않고, 가즈토시의 코트도 벗기지 않고 요코는 선물 포장을 풀었다. 내용물은 나무상자에 들어있는 크레용이었다. 나무상자에는 개를 안고 있는 남자아이의 그림과 'KINDER FEST'라는 글자가 불로 새긴 듯 갈색 선으로 그려져 있었다. 외국제품 같았지만 그 로마자가 어디 말인지 요코는 알 수 없었다. 모른다는 것에 요코는 짜증이 났다. 500엔으로 살 수 있을 리가 없다. 아는 사람끼리 하는 이런 크리스마스 모임에서 잘난 척하다니.

"가즈토시, 코트 벗고 올까? 혼자 할 수 있어?"

말을 걸자 가즈토시는 한 번 끄덕이고 옆방으로 달려갔다. 요코는 포장지도 리본도 함께 뭉쳐서 크레용 나무상자와 함께 쓰레기통에 던져 버렸다.

누굴 바보로 알고. 바보로 알고. 바보로 알고.

포장지도 나무상자도 보이지 않도록 깊숙이 쑤셔 넣으면서 요코는 마음속으로 되뇌었다.

사실 이런 곳에 와있을 여유는 없다는 듯 늦게 온 것도 화가 났고, 가즈토시도 고타로도 올 것을 알고 있는데 마치 같이 놀게 할 수 없다는 듯이 유타를 데리고 오지 않은 것도 화가 났다. 게다가 태연스레 나의 양육방식을 비판한 것이다. 치카가 아이를 방임하는 탓에 엄마가 없는 곳에서 유타가 얼마나 제멋대로 난폭하게 구는지, 나는 한마디도 한 적이 없는데. 마유코가 아무것도 모르는 것은 어쩔 수 없다고 해도 교육방침 차이에 대해 이렇다 저렇다 운운하지 않는 것은 최소한의 룰이 아닌가. 히토미도 그렇다. 배 속에 있던 우리 아이의 일을 알면서 옷이 어떻다는 둥 물려 입는다는 둥 아무렇지도 않게 이야기하다니. 치카도 사실은 알고 있을 것이다. 그때부터 몇 개월이 지났는데도 전혀 배가 불러 오지 않았으니까. 오늘도 샴페인을 마시고 있는데 아무 말도 하지 않았다. 알고 있는 거라면 조금 더 신경을 써도 되지 않을까. 저렇게 잘난 척 아이가 둘이라는 것을 강조하지 않아도 되지 않을까. 마유코는 바보니까 할 수 없지만 그래도 그렇게까지 교육방침이 엉망이라니 어이가 없다. 아이를 모델로 만든다니 꼴불견 같은 소리를 하질 않나, 마룻바닥에 드러누워 연신 비디오만 보여 주다니. 울지 않게 하려고 초콜릿이나 과자도 달라는 대로 주고. 게다가 집으로 돌아갈 때 회비로 3천 엔을 달라고 하는 데도 놀랐다. '무슨 회비? 아니, 요리는 각자 만들어 왔고 치카 씨는 이렇게 많이 사 오셨잖아요'라고 아무도 말하지 않아서 내가 말했더니 마유코는 경멸하는 듯한 눈으로 보고 치카는 "집을 쓰게 해주었으니 3천 엔 정도 낼게요"라니, 마치 나만 치사한 소리를 하는 것처럼 만들었다. 요코는 짜증스럽게 손을 씻고 냉장고를 들여다보았다. 배가 고프지는 않았지만 앞으로 두 시간만 있으면 귀가하는 남편을 위해 식사를 준비해야 했다.

"엄마, 그 크레용은?"

돌아보니 부엌 구석에 가즈토시가 서있었다.

"노는 건 나중에 하고 공부 좀 해야지? 그림책이라도 읽으면 어떠니?"

저녁 메뉴를 정하지 못한 채 냉장고 문을 닫고 컵에 물을 따르며 요코가 말했다. 가즈토시는 아무 말 없이 그 자리에 서서 물을 마시는 엄마를 가만히 보다가 갑자기 거실로 달려 나갔다. 오랜만에 술을 마신 탓에 볼이 화끈거렸다. 요코는 젖은 손으로 한쪽씩 뺨을 누르며 한숨을 쉬고 다시 냉장고를 열었다.

신이치가 집에 온 것은 8시 전이었다. 두부된장국과 무말랭이, 중국요리 풍의 야채볶음과 계란말이, 당근샐러드. 냉장고 안에 남은 재료로 만든 요리를 하나하나 내놓으며 요코는 오늘 있었던 일을 이야기했다. 가능한 한 밝게 각색해서. 레나는 모델이 될 거래. 맞아, 크리스마스 노래. 선물 교환도 하고. 유타는 안 왔지만, 왜 그 치카 씨네 아들. 치카 씨는 말은 안 하지만 아들을 유아교실도 보내고 이것저것 배우게 하느라 바빠, 입시 준비해야 하니까. 고타로는 오빠다워졌더라고. 역시 동생이 생기면 바뀌나봐. 재밌었어요, 다 같이 모이는 것도 오랜만이었고. 마유코는 집을 아주 예쁘게 꾸며 놓았더라고. 우리도 슬슬 트리를 꺼내야 할 텐데.

"좋았겠네."

술을 마시지 않는 신이치는 굶어모으듯 밥을 먹으며 말했다.

"좋았겠네, 근처에 친구가 많아서. 그렇지, 가즈토시?"

신이치는 건너편에 앉아 젓가락으로 요리를 만지작거리고 있
는 가즈토시를 쳐다보았다.

"응, 저기, 내 선물은 아카네한테 갔어."

"선물 뭐 준비했어?"

"응, 응, 손수건."

"가즈토시는 뭐 받았어?"

"크레용."

"와, 좋았겠네."

좋았겠네. 자신과 가즈토시에게 던져진 말을 요코는 되새겨 보
았다. 어쩐지 그 말에 울화가 치밀었다. 뭔가 말대꾸를 하고 싶었
다. '좋았겠네' 같은, 깊이 생각하지도 않고 말한 것을 신이치가
후회하게 할 만한 어떤 말을 해주고 싶었다. 하지만 참았다. 당신
의 그런 이야기는 이제 듣고 싶지 않다는 말을, 요코는 두 번 다
시 듣고 싶지 않았다.

"그게, 이상하더라고. 마유코는 돈이 궁한 건지. 회비 3천 엔
을 달라는 거야. 음식도 각자 준비해 갔는데. 치카 씨는 비싸 보
이는 케이크에 이런저런 요리를 백화점에서 많이 사 왔는데. 돈
내는 게 아까운 게 아니라 사고방식이 이상하다는 생각이 들어

서. 장소비용이래. 젊은 사람이 희한한 생각을 하네."

"그래서 냈어?"

"나는 그건 좀 이상하다고 말했지. 나하고 히토미 씨는 집에서
요리를 만들어 간 것뿐이지만 치카 씨는 너무 많이 내는 거지. 그
런데 내는 게 좋겠다고 치카 씨가 말해서 히토미 씨도 나도 냈어.
치카 씨가 그런 면이 좀 있어. 쩨쩨하다는 소리 듣고 싶지 않아서
그런 말을 하는 거겠지만 그렇게 하면 마유코는 모르잖아. 자기
가 하는 말이 이상하다는 것도 모른 채 똑같은 행동을 반복하는
거 아니겠어요? 그런 건 생각하지 않는 거지, 치카 씨는. 오늘도
유타는 아마도 입시교실이나 뭐 배우러 갔을 거야. 그런 거 말해
줘도 될 텐데, 말도 안 하고 적당히 넘어가려고 하니까 뭔가 어긋
나게 되는 거야. 오늘도 마유코가 파벌 싸움이니 무슨 일 있었냐
고 묻는 거야. 치카 씨는 유타를 데리고 오지도 않았고, 뭔가 숨
기는 것 같고, 이런저런 일을 확실하게 이야기하지 않으니까 분
위기가 이상하다고 마유코도 생각한 거겠지. 그런데도 치카 씨는
깔깔거리고 웃질 않나."

말이 멈추지 않았다. 이야기하면서 요코는 불안해졌다. 신이
치가 듣고 싶어 하지 않는 이야기를 하는 건 아닐까. 오늘 모임이
즐거웠던 것처럼 이야기하고 있는 거겠지. 불안해지면서도 이야
기를 멈출 수가 없었다.

"분명 전과 달라진 게 있긴 하지. 오늘도 마유코는 자기가 이야
기하고 싶으니까 애들한테 계속 만화영화만 틀어 주더라고. 우리

유치원에서는 그런 거 좋지 않다고 가르치는데, 그래서 히토미 씨도 치카 씨도 그건 좋지 않다고 말하고 못 보게 해야 하는데, 레나를 위해서라도. 옛날 같으면 말했을 거야. 하지만 누구 하나 아무 말도 안 하는 거예요. 그냥 두더라고. 그래서 내가 말했지. 내가 책 읽어 주겠다고. 그렇게 확실하게 말하지 않으면 모르잖아?"

가즈토시는 식사를 마치고 머뭇머뭇 스웨터 소매를 만지작거리고 있다. 신이치는 이제는 맞장구도 치지 않고 그저 먹고만 있다. 이제 그만해야지, 그 이야기는 그만해야지 하고 생각하면서도 어떻게 이야기를 끝맺어야 할지 몰랐다.

"히토미 씨도 그래. 아무 말도 안 하더라고. 자기는 상관없다는 듯이. 무난한 말이나 하면서 앉아 있는 거예요. 내 애가 잘못된 것도 히토미 씨는 잘 알고 있을 텐데 둘째아이 이야기만 하더라고. 물려받는 옷을 어떻게 한다든가, 여자애가 둘이었다면 편했을 거라든가. 그거 어쩌면 일부러 한 말일지도 몰라. 나는 학원이나 입시교실에는 보내지 않을 거다, 집에서 할 수 있는 걸 하겠다고 히토미 씨에게 말했는데 히토미 씨는 자기는 서둘러 고타로를 입시교실에 보내는 걸 보니, 뭔가 기분이 상한 걸지도 몰라. 나 혼자 내 속도에 맞춰서 하고 있으니까 질투하는 걸지도 몰라."

"아, 맛있다. 잘 먹었습니다."

짝 소리가 날 정도로 두 손을 모으며 신이치가 자리에서 일어났다.

"잘 먹었습니다."

가즈토시도 아빠의 흉내를 내며 두 손을 모아 손뼉을 쳤다.

"와, 잘하네. 목욕할까?"

신이치는 가즈토시를 안아 올리며 목욕탕으로 향했다. 웃음소리가 들렸다. 목욕탕 문이 닫히는 소리가 나고 집 안은 고요해졌다. 먹다 남은 접시가 놓인 식탁 앞에 요코는 혼자 남겨졌다. 말이 너무 많았구나 싶었다. 신이치가 불쾌하게 여기는 이야기를 또 장황하게 떠들고 말았다고 생각했다. 그렇지만 어쩌라고. 나는 내 생각을 누구에게 말하면 되는데? 나는 틀리지 않았다고 누구에게 동의를 구하면 되는데? 요코는 기름이 눌어붙은 접시를 내려다보았다. 형광등 빛이 반사되어 하얗게 반짝반짝 빛났다.

신이치와 가즈토시가 잠들고 나서 요코는 컴컴한 부엌에서 연초에 받은 연하장을 뒤적였다. 신이치 앞으로 온 것과 가즈토시 앞으로 온 것을 빼고 본인 앞으로 온 것만을 골라 꺼냈다. 겨우 다섯 장. 고등학교 때 동급생이었던 유코는 출산 후 매년 가족사진을 넣은 연하장을 보내 왔다. 내용은 인쇄된 것뿐, 개인적인 메시지는 한 줄도 쓰이지 않았다. 대학 시절 기숙사에서 같이 생활했던 사유리. 졸업 후 만난 적은 없지만 연하장만은 빼먹지 않고 주고받고 있다. 한 장은 세탁소에서, 한 장은 대학 시절 교수님한테서였다. 직장 다닐 때 동료였던 가나에는 '안녕하세요? 올해는 꼭 만나요'라며 직접 쓴 메시지가 적혀 있었다. 아마도 작년에도, 그 전년에도 같은 내용이었을 것이다.

나는 친구가 없구나. 다섯 장의 연하장을 연이어 뒤집어 보며 요코는 생각했다. 무슨 말이든 할 수 있을 것 같은 친구가 없다. 어째서 유코나 사유리와 계속 연락하지 않았을까. 연하장만 주고 받을 게 아니라 전화하고 식사도 하면서 근황을 묻기도 해야 했는데 왜 안 했을까. 이렇게 공백이 길어진 지금에 와서 친한 척 전화를 걸 수도 없다. 유코는 초등학교와 유치원에 다니는 아이가 둘 있고, 사유리는 2년 전에 여자아이를 낳았다. 두 사람 다 지방에 살기 때문에 만날 수는 없지만 양육에 대해서, 주변 엄마들과의 관계에 대해서, 남편에 관한 사소한 불만에 대해서 분명히 공감을 갖고 이야기 나눌 수 있었을 텐데.

'치카나 마유코, 히토미는 어떨까' 하고 요코는 생각했다. 치카는 친구가 많은 것 같았다. 유치원 엄마들과도 친하고 도쿄 태생이라 학교 다닐 때 친구들과도 만날 기회가 많을 것이다. 마유코도 성격이 저렇다 보니 전화로 오래 수다 떨 만한 친구가 고향에 많지 않을까. 그러면 히토미는? 히토미는 어떨까. 히토미는 고등학교 때 학교에 가지 못했다고 했다. 학생 시절 친구는 아마도 별로 없을 것이다. 다른 친구들도 많을 것 같지는 않았다. 유아교실에서도 아마 누군가와 친하게 지내지는 못할 것이다. 그렇다면 그녀는 누군가와 이야기하고 싶을 때 어떻게 할까? 그녀의 남편은 그녀의 이야기를 잘 들어줄까? 친한 친구처럼 들어줄까?

새로 산 연하장에 사유리가 사는 도야마의 주소를 도중까지 쓰다가 요코는 손을 멈추고 벽에 걸린 시계를 보더니 펜을 놓고 전화기를 들었다. 이제 막 11시가 넘었다. 아마 히토미도 가사를 마치고 아카네와 고타로를 재우고 잠시 쉬는 참이겠지.

어느새 외워버린 히토미네 집 전화번호를 누르고 수화기를 귀에 댄다. 수화기에서 들려온 것은 통화 중임을 알리는 뚜뚜 소리였다. 히토미네 전화는 통화 중 착신을 알려 주는 캐치폰이 아니다. 전화를 끊고 테이블에 전화기를 내려놓고 연하장을 마저 썼지만 주소 쓰기를 마친 후 요코는 다시 전화기를 들었다. 리다이얼 버튼을 눌러 보았지만 아직 통화 중이다.

'안녕하세요. 아이가 한창 예쁠 때지요. 도쿄에 오실 때는 알려 주세요. 아이들에 대해서, 가족에 대해서 이런저런 이야기를 나누고 싶네요.'

토끼가 그려진 뒷면에 메시지를 쓰고 요코는 사유리에게 보낼 연하장을 쓰기 시작했다. 내일은 가즈토시에게도 연하장을 쓰게 해야지. 십이지신도 알려 줘야지. 요즘 요코는 초등학교 입시를 위한 문제집과 생활태도 관련 책을 사서 자기가 문제를 만들어 가즈토시에게 풀게 했다. 수업료 같은 경제적 이유도 있고 신이치가 입시 그 자체에 대해 찬성할 리가 없다고 생각했다. 하지만 요코는 가즈토시를 유아교실이나 학원에 보내지 않는 것은 결코 그런 이유 때문이 아니라고 자기 자신에게 주입하고 있었다. 얌전하고 조용한 성격에 낯을 가리고 자기보다 남을 우선하는 가즈토시를 새로운 세계에 무리해서 데리고 다니는 것보다 자택에서 학습하는 편이 성과가 있을 것이다, 그래서 이렇게 하는 거라고 자신에게 되뇌었다. 내년 가을, 가즈토시에게는 국립대부속 초등학교 시험을 보게 할 것이다. 1차 추첨을 통과하면 그때 신이치를 설득해서 2차 면접에 데리고 가면 된다고 생각하고 있었다. 신이치도 수업료가 싼 국립학교, 경쟁률이 높은 추첨에 가즈토시가 합격했다고 하면 기꺼이 협력해 줄 것이다. 밑져야 본전이니까, 안 되면 집 근처 초등학교에 진학하면 그뿐이다. 그렇다고는 하나 요코는 왠지 자신이 있었다. 가즈토시가 추첨에서 당첨될 자신이, 확실한 예감 같은 것이 있었다.

시계를 보았다. 조금 전 전화를 걸었을 때부터 30분이 지났다. 요코는 연하장을 정리하고 리다이얼 버튼을 눌렀다. 하지만 아직 통화 중이었다.

누구와 통화를 하고 있는 걸까. 이런 늦은 밤에, 그것도 이렇게 길게, 히토미는 도대체 누구와 이야기하고 있는 걸까. 어머니? 멀리 사는 친구? 아니면 치카? 설마 치카와 오늘 있었던 일을 이야기하고 있는 것일까? 요코 씨는 말하지 말라고 했지만 사실은 그 사람 아이가 잘못되었어요, 그래서 오늘 이야기는 안 하는 게 좋았을 뻔했어요, 그런 이야기를 하고 있는 걸까. 지나친 생각이다. 그럼 무슨 이야기를 하고 있을까. 고타로와 유타에 대해서? 히토미도 고타로를 입시교실에 보내고 있으니 둘이서 무슨 정보 교환이라도 하고 있는 것일까.

전화기를 테이블에 놓고 요코는 가볍게 웃었다. 정신이 어떻게 되었나 보다 하고. 내가 이런 생각만 하다니, 어떻게 되었나 봐. 하지만 그렇게 자각하면서도 오른손은 방금 내려놓은 전화기를 집어 들고 그만해야지 하면서도 리다이얼 버튼을 누르고 있다. 통화 중. 전화를 끊고 다시 누른다. 아직 통화 중. 전화를 끊고 또 누른다. 아직 통화 중.

이제 그만하자. 그만해야 한다. 정신이 어떻게 되었나 봐. 바보 같은 짓도 정도껏 해야지. 그런데 왜 나는 계속해서 전화를 걸고 있는 것일까.

언제까지고 통화 중인 수화기를 내동댕이치듯 테이블에 내려놓고 요코는 현관으로 향했다. 고요하기만 한 어둠 속, 운동화에 발을 넣으니 깜짝 놀랄 정도로 차가웠다. 차가운 신발을 신은 발을 요코는 가만히 내려다보았다.

무엇을 하러 가려는 것인가. 히토미의 맨션 앞을 지나간다고 해도 히토미가 누구와 통화를 하고 있는지 알 리가 없다. 아니, 그게 아니라 히토미의 집에 무슨 일이 있는 걸지도 모르니까 확인하러 가려는 것뿐이다. 이렇게 오랫동안 통화 중이라는 것은 이상하다. 불이 났다든지 전화를 걸고 있던 히토미가 쓰러졌다든지 뭔가 비상사태가 발생한 것은 아닐까 걱정이 되어서 보러 가는 것이다. 아니다, 사실은 그게 아니다. 그렇게 변명을 준비하는 것은 좋지 않아. 나는 그저, 나는 그저 … 나는 무엇을 하고 싶은 걸까?

요코는 쪼그리고 앉았다. 운동화 속에서 차가워진 발끝을 끌어안듯 쪼그리고 앉은 채 일어설 수가 없었다.

요코는 생각났다. 여자기숙사에 살고 있을 때, 길고 좁은 구덩이에 푹 빠졌을 때의 감각이. 모르는 척, 남들을 얕보는 것으로 외면해 왔던 그 구덩이의 어두움과 적막함과 차가운 습기가. 자신은 움직일 수조차 없는 구덩이 속에 빠져 있는데 머리 위에서 술렁이는 빛과 같은 웃음소리가 스쳐 지나간다. 자신 이외의 모든 사람은 푹 패여 있는 그 구덩이 위를 재빠르게 뛰어넘어 가는 것이다. 이런 곳은 정말 싫다고 요코는 생각했다. 경박하고 들떠 있는 바보 같은 여자들, 그 바보 같은 여자들이 형성한 바보 같은 동네라고 생각했다. 결혼했을 때, 출산했을 때, 치카와 만났을 때, 가즈토시가 유치원 심사를 통과했을 때, 겨우 그곳에서 빠져나왔다고, 몇 번이고 몇 번이고 생각했는데.

하지만 이번에야말로 나는 빠져나가야만 한다. 요코는 운동화를 보고 있던 시선을 들었다. 이번에야말로, 정말로 나는 그곳에서 빠져나가야 한다. 저릴 정도로 차가운 현관 손잡이를 돌려 밖으로 나갔다. 소리가 나지 않도록 열쇠를 돌렸다. 입김이 놀랄 정도로 하얗다.

제6장

1999년 2월

먼저 손을 댄 것은 고타로가 아니었다. 내 아이라서 그렇게 보인 게 아니라 누가 봐도 먼저 손을 댄 것은 아리사라는 여자아이였다. 해바라기반 다섯 명의 아이는 낚시놀이를 하고 있었다. 겉보기에는 온순하고 얌전해 보이는 아리사는 선생님이 다른 아이를 보는 사이에 고타로가 잡은 물고기를 가져가려 했고 고타로가 저항하자 손등을 힘껏 꼬집었다. 통증에 놀란 고타로가 아리사를 밀쳐 버리는 모양새가 되었고 히토미에게는 그다지 세게 밀친 것처럼 보이지는 않았지만 아리사는 호들갑스럽게 넘어지며 그 자세 그대로 큰 소리로 울어 댔다. 게다가 달려온 선생님에게 "고타로가 아리사가 잡은 고기를 뺏어 가려 했어요"라고 말했다. "고타로, 이건 물고기를 많이 잡은 사람이 이기는 게 아니라 그냥 놀이야"라며 선생님에게 주의를 들은 고타로는 얼굴이 새빨개져서 히토미를 보았다.

'선생님, 아니에요, 먼저 손을 댄 건 아리사예요'라는 말이 입밖으로 나올 것 같아 히토미는 입을 벙긋거렸다. 교실 뒤에 있는 엄마들은 어떤 일이 있어도 참견이 금지되어 있었다. 히토미는 고타로를 향해 몇 번쯤 고개를 끄덕여 주고는 세 사람 건너뛴 자리에 앉은 아리사의 엄마를 힐끗 보았다. 아직 이십 대 중반쯤으로 보이는 아리사의 엄마는 험상궂은 표정으로 고타로를 노려보고 있었다.

지난주에도 비슷한 일이 있었다. 필기시험을 치르던 도중, 아리사는 고타로의 지우개를 빼앗았고 다시 뺏으려 했던 고타로가 그때도 선생님에게 주의를 받았던 것이다.

선생님에게 주의를 들어도 고타로는 울지 않았다. 빨개진 얼굴로 히토미를 쳐다보았지만 "아리사한테 미안하다고 해야지"라고 선생님이 재촉하자 "미안해"라고 작은 목소리로 말하고 장난감 낚시를 다시 물속으로 던지며 낚시놀이를 계속했다. '나중에 많이 칭찬해 주어야지'라고 히토미는 생각했다.

망설이고 망설인 끝에 히토미가 고타로를 유아교실에 보내기로 한 것은 3개월 전, 11월이었다. 고타로를 칭찬해 준 오쓰카의 교실에 보내기로 했다. 일주일에 두 번, 한 달에 2만 5천 엔이다. 시험을 봐야 하는 초등학교에 고타로를 꼭 입학시키겠다고 마음 먹은 것은 아니었다. 최종적으로는 고타로의 희망을 우선적으로 고려하려고 생각하고 있었다. 하지만 유리가 말했던 것처럼 과연 고타로에게 '냉정한 판단'이 가능할까 의문이 들었다. 이것저것 알아보다 보니 수업료도 저렴하고 환경도 잘 정비된 국립초등학교에 보내고 싶다는 생각이 들었다는 것도 부정할 수는 없었다. 어찌 되었든 1년 동안 할 수 있는 것은 모두 해 보자. 그것이 작년 가을에 히토미가 내린 결론이었다. 분명하게 표현하지는 않았지만, 히토미에겐 또 하나의 이유가 있었다. 치카와 요코로부터, 즉 유치원 엄마들의 세계와 거리를 두고 싶었던 것이다.

최근 히토미는 요코에 대해 어렴풋한 공포를 느끼게 되었다. 유치원에 아이를 데려다주고 데려올 때 만나는 요코에게서 뭔가 살기가 느껴졌기 때문이다. 히토미를 발견하면 다가와서는 다른 엄마들이나, 심지어 치카하고조차도 이야기를 나누지 못하게 하려는 것처럼 느껴졌다. 전화하는 빈도도 잦아졌고 어쩌다 집에 없을 때는 어디에 갔었느냐며 끈질길 정도로 캐물었다. 요코에게 들은 이야기가 있어서인지도 모르지만, 치카도 어딘지 서먹서먹하게 느껴졌다. 치카와 친하게 지내고 싶었던 히토미는 그런 생각을 불식하려는 듯 말을 걸었지만, 때때로 그러는 것이 민폐를 끼치는 것은 아닐지 불안해지기도 한다. 모든 것이 지나친 생각일지도 모른다고 히토미는 생각했다. 하지만 지나친 생각일지도 모른다고 생각하는 것도 포함하여, 그 모든 것에 히토미는 질려 있었다. 고타로도 자신도 유치원 이외의 세계를 가지고 있고, 그렇게 거리를 두는 것으로 요코와도 치카와도 이전과 같은 순조로운 관계로 돌아가는 듯한 느낌도 들었고, 자신 또한 이상한 억측이나 쓸데없는 걱정을 하지 않을 수 있다고 막연하게 생각했다.

요코에게도 치카에게도 고타로가 오쓰카의 교실에 다니고 있다고 말했다. 요코에게 몰래 한다느니, 숨기고 있다느니 하는 말을 듣고 싶지 않았고, 말하는 것이 당연하다고 생각했다. 친하다는 것을 드러내려는 의도도 있었다.

치카에게는 그 유아교실을 소개해 준 것에 대해 사례도 하면서 그곳에 다닌다는 것을 알렸다. "거기, 분명히 좋을 거예요, 고타로한테도 맞는 것 같고"라며 4세반의 스가와라 씨하고 치토 씨의 아이도 다니고 있다고 치카가 말했다. 고타로에게 입시 준비를 시키기로 했는지 어떤지는 묻지 않았다. 또 유타가 어디에 다니고 있는지도 말하지 않았다. 한편, 요코는 조금 당황한 얼굴로 히토미의 이야기를 들었다. 몇 초간의 침묵이 흐른 후, "그게 좋을지도"라며 아무렇지 않은 듯 말했다. 그리고 다음 날 밤에 일부러 전화해서는 한참을 떠들었다. 나는 가즈토시를 그런 곳에는 보내지 않기로 했어. 우리 애는 다른 애들한테 끌려다니는 타입이라서 아이를 위해 좋지 않다고 생각했어. 하지만 나는 국립학교에 보내기로 결정했으니까 집에서 할 수 있는 건 하려고. 나는 일하는 것도 아니고 시간이라면 얼마든지 있으니까 필기시험이나 책을 읽어 주는 건 할 수 있고 그러는 편이 엄마와 아이 사이에 유대감도 생겨서 좋다고 생각해. 하지만 고타로한테는 좋잖아? 그 유아교실이. 히토미 씨는 아카네도 있으니까 고타로한테만 붙어 있을 수도 없을 테니까. 심야라고 할 수 있을 시간대에 전화한 것에도, 전화의 내용에도 히토미는 가벼운 불쾌감을 느꼈지만, "응, 그렇지, 고마워"라며 웃음 띤 목소리로 대답하며 전화를 끊었다.

밝은 음악 소리가 들리고 레슨이 끝났다. 아이들은 바른 자세로 줄을 서 인사하고 쏜살같이 엄마가 있는 곳으로 달려왔다.

"아리사, 괜찮아? 아프지 않아?"

아리사의 엄마는 호들갑스럽게 뺨을 비벼 대며 말하고는 히토미를 향해 곧장 걸어왔다.

"댁의 아이, 제대로 교육하고 계신 거예요? 좀 심하잖아요. 여기는 공부하고 싶은 아이들의 교실이라 유치원과는 다르다고요."

"하지만 조금 전에는 아리사가 먼저 … ."

"남자아이와 여자아이는 힘이 다르잖아요. 남자아이는 가볍게 민 것뿐이겠지만 대형사고가 되기도 하니까 그런 거에 대해서 제대로 가르치는 게 어떠세요? 시험 준비 이전의 문제라고 생각하는데요."

고약하다고 느껴질 정도로 진한 향수를 뿌리고 윤기 나는 머리에 컬을 넣어 어깨에 늘어뜨리고 명품으로 보이는 옷으로 차려입은 젊은 엄마를 히토미는 기가 찬 듯 보았다. 무슨 말을 해도 말이 통하지 않을 거라고 생각했다. 미나가와 아리사와 그 엄마의 평판은 이 유아교실에 들어오고 한 달쯤 되었을 때 들려왔다. 딸은 말도 안 되는 거짓말쟁이에 엄마는 손쓸 방도가 없을 정도의 딸바보이며 문제가 꼬이면 아빠가 나타나서는 폭력배 같은 말투로 협박하고 부모와 자식이 하나같이 질이 나쁘다고, 같은 반 아이엄마에게 들었다.

"만약 또 우리 아이가 난폭한 일을 당하면 내가 정식으로 유아
교실 측에 어떤 조치를 부탁할 테니까"라는 말을 내뱉고는 아리
사와 손을 잡고 교실을 나갔다. 다른 엄마들이 동정의 눈으로 히
토미를 보며 교실을 나갔다. "신경 쓰지 않는 게 좋아요"라며 슬
쩍 말을 건네주는 엄마도 있었다. 도구 뒷정리를 하고 있는 선생
님에게 히토미는 다가가 조심스레 입을 열었다.

"저, 조금 전에는 죄송했습니다. 하지만 선생님, 우리 애 편을
드는 것은 아니지만 우리 애가 이유도 없이 아리사를 밀친 건 아
니에요. 게다가 얼마 전에도 비슷한 일이 있어서 ….."

"마음은 이해합니다."

새까맣게 아이라인을 그린, 나이를 짐작할 수 없는 선생님은
정리하던 손을 멈추지도, 히토미를 보지도 않고 말했다.

"하지만요, 누가 먼저였네, 누가 나쁘네 라고 말해 봤자 어쩔
수 없는 일이라고 생각하지 않으세요? 아직 모두 아이니까 이치
가 통하는 세계가 아니에요. 중요한 것은 무슨 일이 있어도 동요
하지 않는 강한 마음을 키워주는 거죠. 벌써 넉 달째이고 이제 생
각을 바꿔 보시는 게 어머니에게도 고타로에게도 좋을 거예요."

선생님은 서둘러 그 말만 하고는 도구상자를 안고 교실을 나가
버렸다. 교실로 쓰는 맨션의 방 한 칸에 남겨진 히토미는 고타로
를 내려다보았다. 고타로는 벽에 붙어 있는 그림을 째려보듯 쳐
다보고 있다. 귀가 빨갛다. 히토미는 웅크리고 앉아 고타로를 끌

어안았다.

"엄마 다 알고 있어, 고타로. 아주 잘했어. 오늘은 정말 훌륭했어."

귓가에 말하자 고타로는 몸을 살짝 떨기 시작했다. 눈물을 참고 있는 것이라고 히토미는 이해하고 더욱 세게 끌어안았다.

지하철역을 내려와 히토미는 고타로의 손을 잡고 마유코의 맨션을 향해 걸었다. 아직 다섯 시가 되지도 않았는데 바깥은 꽤 어두웠다. 엄마가 교실에 들어갈 수 없는 토요일에는 아카네를 데리고 가지만, 교실 뒤에 엄마가 앉는 화요일 수업이 있는 날에는 마유코가 아카네를 봐주기로 하였다. 처음에는 아카네를 데리고 갔었지만 울거나 칭얼대면 어떤 엄마는 시끄럽다는 듯한 시선을 보냈다. 베이비시터나 일시보육을 하는 곳에 맡길 수밖에 없겠다고 생각하고 있을 때, 그런 거라면 내가 맡아 주겠다고 마유코가 먼저 말을 꺼냈던 것이다. "3천 엔에 어때?"라고 마유코가 대놓고 말해서 놀랐지만 물론 그렇게 돈을 받아 주는 편이 마음도 편했고, 두 시간에 5천 엔 정도의 입회금과 보험료까지 추가되는 베이비시터보다는 훨씬 싸다는 것도 다행이었다.

맨션 입구에서 인터폰을 누르고 공동현관의 자동문을 들어섰을 때 히토미는 치카와 딱 마주쳤다.

"앗, 유타 아줌마. 안녕하세요."

조금 전까지 울음을 참고 있던 고타로가 금세 밝은 목소리로 인사했다.

"어머, 깜짝이야. 마유코네 집?"이라고 말하는 치카의 모습을 보고, 히토미는 자신도 놀랄 정도로 안도하고 있다는 것을 느꼈다.

"정말, 우연이네. 나는 가오리 씨네 집에 잠깐 들렀는데. 히토미 씨는 마유코 씨네?"

"응, 아카네를 맡기고 있거든."

"아, 그러고 보니 그런 얘기 했었지. 한 번에 3천 엔이랬나? 마유코다워. 그럼 오늘은 유아교실 가는 날?"

"맞아요. 근데 힘들어. 자꾸 건드리는 애가 있는데 애 엄마가 무서워서 나도 우리 애도 맨날 당하고 있어. 다행히도 우리 유치원에는 그런 애가 없으니까 이럴 때 어떻게 대처해야 할지 모르겠어요. 나도 그렇고 애도 그렇고."

단숨에 말을 했다. 조금 전 느꼈던 안도감이 전신으로 퍼져 나갔다.

"어머, 그렇구나. 근데 그런 거 흔히 있는 일이지, 마음 쓰지 않는 게 좋아. 그런 바보 같은 부모는 어디든 있으니까."

"선생님한테도 혼났어. 누가 건드려도 동요하지 않는 마음을 키워야 한대."

"어머, 그런 소리를 들었어? 왠지 미안하네, 내가 소개한 곳인데."

"무슨, 그런⋯. 치카 씨 탓이 전혀 아니잖아. 그래도 어디든 다 그런 식일까? 유아교실에 오는 엄마들은 뭔가 까탈스러워. 유치원 같은 곳하고는 비교도 할 수 없을 정도의 분위기가 있다고 할까⋯."

이야기하는 동안 히토미는 치카에게 매달려서 울고 싶은 기분이 들었다. '아, 나, 전부터 이야기하고 싶었어'라고 히토미는 새삼스레 생각했다.

그 누구도 아닌 치카와 이야기를 하고 싶었다. 치카가 손목시계를 확인하는 것을 보기는 했지만 히토미는 이야기를 이어갔다.

"물론 인사도 하고 이야기도 하지만 별 의미 없는 이야기를 할 뿐이지 친숙해지는 그런 분위기는 전혀 없어. 저기, 유타는 어딘가 다니고 있죠? 거기는 어떤 분위기? 역시 거기도 그런 식으로 딱딱하려나?"

"미안, 히토미 씨, 내가 시간이 없어서."

"어머, 미안해요. 그러게. 이런 곳에서 나야말로 미안. 혹시 괜찮으면 언제 얘기할 수 있을까? 오늘 만나서 너무 다행이야. 뭔가 구원받은 기분이랄까."

"너무 과장하는 거 아냐? 언제든 전화해. 집에 없을 때도 많지만."

"다음에 차라도 마셔요. 유치원 끝나기 기다리는 시간에라도."

"그러게, 요코 씨 없을 때라도. 그럼 나 갈게."

숄을 목에 걸치고 치카는 고타로에게 손을 흔들고 돌아섰다.

"응? 무슨 뜻이지? 요코 씨가 없을 때라니."

자동문을 향해 걸어가는 치카를 쫓아가며 히토미가 물었다.

"아무것도 아니야. 아무것도 아니지만, 그 사람, 좀 신경 쓰이는 말을 하잖아, 최근에. 아이를 입시교실에 다니게 하는 엄마들 한테 적대감 갖고 있는 것도 같고. 그럼 갈게."

서둘러 말하고 치카는 자동문을 허둥대며 나가 버렸다.

"엄마, 저기. 화장실 가고 싶어졌어."

고타로가 히토미의 코트 끝을 잡아당겼다.

"아, 미안, 기다렸지. 마유코 아줌마네서 화장실 가자."

히토미는 고타로의 작은 손을 잡고 종종걸음으로 엘리베이터를 향했다.

그렇구나, 치카도 요코에 대해서 좋게 생각하지 않는구나. 요코가 변했다고 생각하는 건 내가 지나치게 생각하는 게 아니었어. 치카가 서먹서먹하게 느껴졌던 것은 요코가 있었기 때문이다. 그녀가 없으면, 나하고만 있는 거라면 치카는 조금 전처럼 속을 털어놓고 이야기해 주는구나. 이전처럼. 이전과 하나도 다름 없이.

"뭐야, 너무 늦잖아."

"아, 미, 미안해. 저기, 화장실 좀 써도 될까?"

채 말이 끝나기도 전에 고타로는 신발을 벗어 던지고 화장실로 달려갔다.

"뭐야, 참고 있었던 거야?"

마유코는 아주 언짢은 기색으로 말하고 거실로 향했다.

"요 앞에서 치카 씨를 만나서 잠깐 이야기하다가 늦어졌어. 정말 미안."

히토미는 마유코의 뒤를 따라 들어간 거실에서 할 말을 잃었다. 바닥에는 과자봉지가 널려 있고 배달 피자의 빈 박스까지 떨어져 있었다. 레나는 그 한가운데서 대자로 누워 자고 있었고, 한 구석에 있던 아카네는 히토미를 보자마자 달려와서는 갑자기 울기 시작했다. 뺨에 몇 가닥 눈물 자국이 남아 있는 것이 보였다.

"기다리다 지친 거지, 아카네. 계속 울고 또 울고 두 손 두 발 다 들었다니까."

"미안해, 정말."

울음을 그치게 하려고 계속 과자를 먹인 건가? 어이가 없었다.

"이거 다 이 애들이 먹은 거야?"

"거의 다 아카네가 먹은 거야. 그래서 히토미 씨, 시간도 연장됐고 간식비도 생각보다 많이 들었으니까 오늘은 5천 엔으로 해야 되지 않겠어?"

히토미는 입을 떡 벌리고 마유코를 보았다. 엄마, 화장실 갔다 왔어. 고타로가 화장실에서 달려 나왔다. 히토미는 조용히 가방에서 지갑을 꺼내 5천 엔 지폐를 꺼내 건넸다.

"매번 감사합니다. 다음 주에도 잘 부탁해. 다음에는 늦지 말고."

마유코는 농담하듯 말하고는 마룻바닥에서 자고 있는 레나를 안아 올려 뺨을 날름날름 핥았다.

조금 전 치카와 이야기했을 때의 안도감 같은 것은 완전히 사라져 버리고 껄끄러운 불쾌감을 지닌 채 히토미는 엘리베이터를 타고 아래층으로 내려갔다. 품 안에서 아카네는 아직도 흐느껴 울고 있다. 과자에서 나는 기름진 냄새가 머리카락에서도 숨결에서도 풍겼다. 매주 한 번, 마유코에게 아카네를 맡기고 지금까지 문제가 전혀 없었던 것은 아니었다. 가능하면 재우지 말라고 말했지만 레나와 함께 깊게 잠들어 있던 적도 있었고, 레나와 싸웠는지 허벅지에 꼬집힌 상처가 남은 적도 있었다. 언제나 지저분하고 청소를 하기는 하는 건지 의심스러운 마유코네 집 소파 밑에 들어가 있거나 테이블 밑에서 뒹굴고 있는 아카네를 보는 것도 기분 좋지는 않았다. 그래도 마유코는 기저귀도 갈아 주고 아이를 배고프게 방치하는 일은 없었다. 레나와 아카네도 사이가 좋아서 가끔 싸우기도 하는 것 같았지만 보통은 둘이서 꺅꺅거리며 웃었다.

하지만 이대로 마유코에게 아카네를 맡겨도 될까?

바깥은 완전히 어두워졌다. 맨션 입구를 나와 주택이 늘어서 있는 좁은 골목길을 걸었다. 엄마, 이제 가는 거야? 곁에서 걷고 있던 고타로가 물었다. 그래, 가는 거야. 가는 거야, 아카네. 꽤 나 무거워진 아카네는 밤의 어두움이 무서운지 히토미의 목덜미에 얼굴을 파묻었다. 저녁은 뭐 먹을까. 생선이 남았던가. 아카네와 고타로에게 말을 걸며 히토미는 집으로 돌아가려는 것이 아니라 아이들과 셋이서 알지도 못하는 다른 나라를 헤매고 있는 듯한 느낌에 강렬하게 사로잡혔다.

평소와 달리 8시가 조금 지나 귀가한 마모루는 식탁에 차려진 두 사람분의 식사를 보고 이제야 겨우 알아챈 듯 "어, 에리카는?" 하고 물었다.

"자고 있어요. 머리가 아프대."

짜증 난 투로 말하지 않도록 조심하면서 가오리는 와인 코르크를 땄다. 에리카가 머리가 아프네, 배가 아프네 하면서 좀처럼 방에서 나오지 않게 된 것은 벌써 2주일이나 전부터였다. 귀가가 늦어 얼굴 보는 일조차 별로 없으니 어쩔 수 없는 일이지만 가오리는 이제 와서 뭐라는 거지 싶은 짜증이 날 수밖에 없었다. 최근 2주일 동안 에리카가 학교에 간 것은 이틀뿐이었다. 그 외에는 계속 쉬고 있었다. 지난주 일요일, 에리카가 잠든 후 열도 없는데 몸이 안 좋다며 며칠 학교에 안 가고 있다고 가오리는 마모루에게 이야기했다. 그때는 걱정하며 어디 병원이 좋다느니 어디는 가지 않는 게 좋겠다느니 한참을 떠들던 마모루였지만, 다음날 심야가 되어 들어왔을 때는 까맣게 잊어버리고 에리카가 오늘은 학교에 갔었냐며 묻지도 않았다. 그래서 가오리도 말할 기회를 놓쳤다.

월요일도 화요일도 나른하다며 학교에 안 간다고 해서 병원에 가자고 가오리가 말했지만 "그 정도는 아니야"라며 에리카는 거절하고 수요일에는 등교했다. 그러나 오늘 또 학교에 가지 않았다. 교복으로 갈아입고 도시락을 들고 현관 앞으로 가다가 갑자기 쭈그리고 앉아서는 "속이 안 좋아, 머리가 아파"라고 말하는 것이다. 얼굴이 종이처럼 하얗고 꾀병이 아니라는 것은 알 수 있었기 때문에 결국 학교를 쉬게 했다. 점심때쯤 되어 외출할 준비를 하고 병원에 가자고 말하자 "이제 나아서 괜찮아"라며 에리카는 우겼다. 확실히 안색도 돌아온 듯하고 열도 없었다. 하지만 밤이 되자 다시 "머리가 아프다"며 7시가 지나자 침대 속으로 파고들어 갔다.

뭔가 좋지 않은 사태가 일어나고 있다고, 가오리도 느낄 수밖에 없었다. 이대로 다음 주에도, 그다음 주에도, 그다음 주에도, 봄방학이 될 때까지 에리카는 학교에 못 가는 것은 아닐까. 그런 생각이 들면 가오리는 등골이 오싹해지는 듯한 공포를 느꼈다.

부부가 마주 앉아 식사를 시작했다. 마모루는 자작으로 맥주를 마셨고 가오리는 화이트와인을 마셨다. 접시와 포크가 부딪히는 날카로운 소리만이 울려 퍼졌다.

"봄방학에 어디 여행이라도 갈까?"

그저 침묵을 메우기 위한 것처럼 마모루가 입을 열었다.

"그러네, 당신은 며칠 정도 쉴 수 있어요?"

"사흘이나 나흘 정도라면 괜찮을 거 같아."

"그럼 국내로 가야겠네. 나는 온천에 가고 싶은데. 에리카는 온천은 별로 안 좋아하지만."

"애들한테는 온천에 가 봐야 그저 목욕탕일 뿐이니까. 나도 어릴 때 왜 어른들은 몇 번이나 목욕하는지 이해하지 못했으니까."

"후쿠시마의 왜 거기는 어때? 에리카가 태어나기 전에 당신하고 갔었잖아요. 별채가 있어서 방마다 노천탕이 있던. "

"후쿠시마 거기도 좋지만, 정말 온천밖에 없는 곳이잖아. 에리카는 지루해할 텐데. "

"그럼 규슈. 에리카가 하우스텐보스에 가고 싶다고 전에 말했었거든. "

"아, 거기도 좋네. 규슈는 볼 곳도 많고. "

에리카, 어쩌면 학교에 못 가는 아이가 될지도 몰라. 뭔가 말도 안 되는 일이 벌어지고 있는 걸지도 몰라. 그렇게 말하고 싶은 걸 참고 가오리는 별 상관도 없는 말을 했다. 유후인(유명 온천지 ─ 옮긴이) 같은 데 좋지 않아요? 왜, 옛날에 예약했다가 전날 에리카가 열이 나서 취소했던 적이 있었잖아.

말할 수 없었다. 마모루에게는 말할 수 없었다. "그것 봐"라고 말할 게 뻔하다. 아니, 그렇게 말은 하지 않는다고 하더라도 그런 얼굴을 할 게 뻔하다. 가오리는 그렇게 생각했다. 그래서 반대했던 거야. 다섯 살, 여섯 살 아이한테 억지로 그렇게 몰아대더니 그 역효과가 난 거야. 지친 거야, 에리카는. 그래서 내가 말했잖아. 더 느긋하게 자라게 해주라고 했잖아. 그런 표정으로 나를 보며 해결책은 말하지도 않고 네 탓이니까 네가 알아서 하라는 듯한 태도를 보일 게 틀림없다고, 가오리는 생각했다.

"나도 와인을 마셔 볼까. "

"그럼 잔 꺼낼게. "

내일은 무슨 일이 있어도 병원에 가야지. 구석구석 검사를 받아야지. 에리카가 울어도 아우성쳐도 끌고라도 데리고 가야지.
자신에게 말하듯 생각하면서 가오리는 와인 잔을 꺼내러 부엌으
로 향했다.

*

'어떻게 된 거라고?'라며 일어나 소리칠 뻔한 것을 가오리는 가
까스로 참았다. 다이스케의 사무실이나 호텔 방이었다면 그렇게
했겠지만 이곳은 점심시간이 지난 무렵의 카페였다. 거의 모든
자리가 중년여성들 모임으로 채워져 있었다. 모두 어딘가 맛집으
로 소문난 곳에서 점심을 먹고 온 듯 하나같이 흡족한 얼굴로 이
야기를 나누고 있었다.

"치카 씨한테 연락이 온 거야? 만나고 싶다고?"

가오리는 가능한 한 조용히 말하고 홍차 잔의 손잡이를 잡았
다. 손이 떨리고 있다는 것을 느끼고 들어 올리려던 찻잔을 접시
에 내려놓았다.

"만나고 싶다기보다는, 뭐 이것저것 묻고 싶다고."

"이것저것, 얼마 전에 들었잖아."

"응, 근데 일단 장남의 제 1지망학교를 우리랑 같은 곳으로 정
했대. 그래서 구체적으로 듣고 싶다고."

"구체적인 이야기는, 그러니까 전에 이미 했잖아. 그래서 내가
자리도 마련했던 거잖아."

어느새 목소리가 커졌다. 오른쪽 자리에 있던, 유난히도 입술이 빨간 중년여성이 흥미로운 듯 이쪽을 보고 있는 게 가오리의 시야 한쪽에 들어왔다.

"응. 뭐라고 할까, 더 장기적으로 상담하고 싶다는 식으로 말해서."

다이스케는 말끝을 흐리며 커피를 한 모금 마시고 가오리에게는 일부러 아무렇지도 않다는 듯한 태도로 담배에 불을 붙였다. 다이스케가 천정을 향해 담배 연기를 뿜자, 오른쪽 자리의 뚱뚱한 여성이 갑자기 메뉴판을 손에 들고 부채질을 하기 시작했다.

"아, 죄송합니다."

다이스케는 일부러 머리를 숙였다.

"괜찮아, 여기 흡연석이니까."

가오리는 엉뚱한 화풀이라도 하듯 말했다.

"그래서 만난 거라고? 치카 씨하고. 나한테 연락도 하지 않고."

다이스케를 똑바로 쳐다보았다.

"아, 그러니까 둘이서 만난 게 아니야, 네 말대로라면 몰래 밀회라도 한 것 같지만 그런 게 아니라니까."

"잠깐만요."

오른쪽 여성이 여전히 오른손으로 메뉴판을 팔랑거리며 점원을 향해 왼손을 들었다.

"자리, 바꿔 줄래요?"

물론 빈자리는 없었다. 곤란한 듯한 표정으로 점원이 꼼짝 못

하고 서있다.

"괜찮아요, 저희 나갈 거니까요."

다이스케는 오른쪽 여성에게 살갑게 말하고는 담배를 부드럽게 끄고 일어섰다. 이야기가 중단된 것에 참을 수 없을 정도로 화가 난 가오리는 그 여자를 실컷 째려보고는 일부러 큰 소리를 내며 자리에서 일어났다. 그것이 화풀이라는 것을 본인도 느끼고 있었다.

바깥은 날은 좋았지만 2월의 공기답게 얼얼할 정도로 차가웠다. 어딘가 갈 곳을 정했는지 망설임 없기 걷기 시작하는 다이스케의 몇 발자국 뒤를 가오리도 따라 걸었다.

다이스케의 딸들이 다니는 초등학교를 아들의 제 1지망학교로 정했다. 한술 더 떠 입시에 대한 이야기를 듣고 싶다며 시간을 내달라고, 치카에게 연락이 왔다. 마치 지금 생각이라도 난 듯한 말투로 다이스케가 말한 것은 바로 10분 전 카페에 들어간 직후였다. 그것도 1월 중순쯤에 만난 것 같았다. 게다가 다이스케와 다이스케의 부인과 딸 둘, 치카, 치카의 남편, 이렇게 여섯 명이 아카사카의 레스토랑에서 식사했다는 것이 아닌가. 최근 3주 동안 치카와는 몇 번이나 만났는데 그런 이야기는 한마디도 없었다. 다이스케와 몇 번이나 전화로 이야기했지만 그런 말은 없었다. "둘이서 밀회한 게 아니다"라고 다이스케는 자신만만한 듯 말하지만 기분이 상하는 것은 당연하지 않은가. 게다가 부인과 딸까지. 뭐지, 가족이 다 함께 교제라도 하듯 식사 모임이라니. 생각하면 생각할수록 화가 나서 손에 들고 있던 핸드백을 아스팔트에 내던지고 싶은 충동이 몇 번이나 치밀었다. 치카도 그렇다. 왜 한마디도 안 했을까. 게다가 진심으로 제 1지망이라는 걸까? 그렇다고 해도 실례되는 이야기 아닌가? 우리 에리카가 떨어졌다는 이야기도 했을 텐데 아무런 망설임도 배려도 없이 '제 1지망으로 정했다'고 선언하다니. 아니면 그런 사려와 배려에서 나에게 아무 말도 안 한 것일까. 그렇다면 너무 비상식적이다. 이쪽은 선의로 집에 초대했는데, 선의로 다이스케를 소개한 건데 ….

"차는 이제 안 마셔도 될 거 같고. 어떻게 할까, 어디 들렀다 갈까? 오늘 시간 얼마나 있어?"

조금 전 이야기는 이미 끝났다고 말하기라도 하듯, 태평하게 다이스케가 물었다.

"무슨 소린지 전혀 모르겠는데. 실례 아냐?"

가오리가 멈춰 서서 소리를 질렀다. 다른 사람들 눈을 신경 쓸 여유조차 없을 정도로 분노는 정점에 달해 있었다.

"어? 무슨, 호텔에 가자고 말한 거 아니야. 이상하게 의심하지 마."

다이스케는 비위를 맞추려는 듯 다가와 부드러운 목소리로 말했다.

"그런 거 아니야!"

가오리는 가방 손잡이를 잡고 휘둘러 다이스케에게 던지며 더 크게 소리를 질렀다.

"뭐지, '우리 와이프하고'라니. 그것도 딸들까지 데리고. 어째서 다 같이 식사 따위를 하는 거야. 이상한 거 아냐? 왜 나한테 한마디도 안 한 거야?"

"그러니까 그 자리에 당신을 부르면 그거야말로 이상하잖아. 이쪽은 다카하라 씨를 소개해 준 에다 씨라고 소개하는 것도 이상하지 않아?"

"누구를 바보로 아는 거야, 당신들 모두! 나를 바보 취급하다니!"

가오리는 그 자리에 주저앉았다. 주저앉으며 본인이 얼마나 못난 짓을 하고 있는 것인지, 제정신이 드는 듯했다. 어이, 잠깐만…. 당황한 목소리로 다이스케는 가오리를 일으켜 세웠다. 다이스케의 팔을 뿌리치며 가오리는 걷기 시작했다. 몇몇 사람이 자신을 보고 있다는 것을 알고 있다. 가오리는 속도를 내서 걸었다. 태양열을 받은 아스팔트도 고층빌딩도 너무나 새하얀 것이 현실감을 잃어버린 듯 보였다.

"에리카, 어쩌면 등교 거부하는 아이가 될지도 몰라."

가오리는 쫓아와 옆에서 나란히 걷는 다이스케에게 그런 말을 했다. 말할 생각도 없었는데, 말하고 나니 훨씬 기분이 가벼워졌다. 분노는 좀처럼 가라앉지 않았지만 그것과는 별도로 순간적인 해방감을 가오리는 느꼈다.

"에이, 설마. 그럼 오늘은 어때? 집에 혼자 있는 거야?"

"오늘은 학교에 갔어. 하지만 어제는 안 갔어. 그 전날도 안 갔

어. 그 전날도 안 갔어. 병원에서는 특별한 이상은 없대. 심리상담을 권하더라."

"어, 그래? 그래도 너무 신경 쓰지 않아도 돼. 요즘에는 툭 하면 심리상담 타령이니까. 너무 오버해서 생각할 거 없다니까. 우리 회사도 지금 전속 카운슬러라는 사람이 일주일에 두 번 와. 피곤하다든지 잠을 잘 자지 못한다든지, 그 정도로 카운슬러를 찾아가는데 죽겠더라고. 스트레스 같은 건 있는 게 당연한데 말이지. 우리 회사의 마쓰타니 씨는 경도우울증이라고 진단받아서 지금 쉬고 있어."

가오리가 소리도 치고 주저앉기도 하고 화를 내는 것은 자기 탓이 아니라 에리카가 원인이었고, 단순히 정신적으로 불안정했던 거라 생각한 다이스케는 안도한 듯 말이 많아졌다.

"왕따를 당하고 있는 건 아니야. 숨기고 있는 건 아닐까 싶어 몰래 소지품을 뒤져봤는데 교과서에 낙서가 되어 있는 것도 아니고, 없어진 물건도 물론 없어. 친구한테서 전화도 와. 그래서 원인을 모르겠어. 어쩌면 원인은 나일지도 몰라. 하지만 그 애한테 이거 해라, 저거 해라 하고 엄하게 한 건 벌써 삼사 년 전 일이야. 어째서 이제 와서 그런 증상이 나타나는 거냐고."

시내 중심가를 걸으며 가오리는 거의 혼잣말을 하듯 중얼거렸다. 그렇게 중얼거리는 한, 다이스케와 치카의 식사를 생각하지 않아도 됐고, 요즘 압박이라도 하듯 짓눌리던 기분이 조금은 편해졌다.

"네 탓일 리가 없어. 대체로 모든 애가 입시 준비를 하니까. 더 가혹한 경험을 하는 아이도 있을 테고 말이야. 네가 말하는 대로 그렇게 몇 년이나 전에 있었던 일, 아이들은 금세 잊어버려. 이제 곧 봄방학이니까 안심해. 의외로 봄방학이 끝나면 아무 일도 없었다는 듯이 학교에 갈 거야."

가오리는 멈춰 서서 다이스케의 말을 마음속으로 몇 번이고 되뇌었다. 요즘 들어 마음속에 두껍게 깔려 있던 납빛 구름의 틈새로 가느다란 빛줄기가 비치는 듯한 기분이었다.

"애들은 우리가 생각하는 것보다 훨씬 변덕쟁이이고, 잘 잊어버려. 그러니까 이런 말은 좀 그렇지만, 이 시기라서 다행이야. 곧 봄방학이니까. 기분 전환으로 여행이라도 가서 놀게 해 주면 간단하게 바뀔 거야."

"그러네."

가오리는 중얼거렸다.

"분명 그럴 거야."

다이스케가 말한 대로 될 거야. 이런 말을 해주는 다이스케를 자신이 필요로 했고 지금도 필요하다고 가오리는 막연히 생각했다. 그러니까 자신들은, 아니 자신은 이 관계를 끝낼 수 없는 거라고. 순간 눈앞의 경관이 정상이 아닐 정도로 하얗게 빛을 발했고, 다리의 힘이 풀리면서 가오리는 다시 그 자리에 주저앉았다. 이번에는 자신이 못난 짓을 하고 있다고 느끼지 않았다. 어째서. 어째서일까. 어째서 남편인 마모루한테는 말하지 못하는 걸까.

에리카에 대해서 어째서 말하지 못하는 걸까. 자신을 구원해 주는 듯한 말을 해주는 것은 어째서 다이스케일까. 주저앉은 채로 햇빛을 받아 하얗게 빛나는 아스팔트를 바라보며 입속에서 맴도는 중얼거림을 몇 번이고 몇 번이고 반복할 뿐이었다.

"어이, 잠깐만, 괜찮아? 몸이 안 좋아?"

멀리서 다이스케의 목소리가 들린다. 마치 숲속에서 길을 잃은 아이를 찾는 것 같은 목소리라고 가오리는 생각했다.

"저 앞에 벤치가 있으니까 거기서 쉬자. 걸을 수 있겠어?"

목소리는 멀지만 힘차게 자신을 만지는 팔을 가오리는 느꼈다. 그 팔에 안기듯 일어나 가오리는 걸었다. 차가운 돌 벤치에 앉았다. 안색이 안 좋다, 역시 어디 가서 쉬는 게 좋지 않겠냐는 다이스케의 목소리가, 마치 어두운 숲의 꽤 먼 곳에서 손전등의 희미한 빛이 비치듯 들려왔다.

치카의 아이가 다이스케의 딸과 같은 초등학교에 들어간다면 두 가족은 계속해서 친하게 지내게 될까. 또다시 가오리는 그 생각이 떠올랐다. 내가 없는 곳에서 내가 모르는 다이스케의 부인과 내가 만난 적이 없는 두 딸과, 치카의 가족은 친밀하게 식사하고 휴일에는 놀러 나가고 서로의 집에 초대할까. 치카는 사사건건 다이스케에게 상담을 할까. 아이의 성적이 오르지 않는다, 물건을 잘 잃어버린다고 선생님한테 이야기를 들었다, 차분하지 않다고 한다, 학교에 가고 싶어 하지 않는다, 다이스케에게 일일이 말할까. 다이스케의 부인에게 암묵적인 허락을 받고. 아니 애초에 치카의 아이가 등교를 거부하는 사태는 벌어지지도 않겠지. 이상적인 학교일 테니까. 개성을 키워주고 자주성을 중요하게 여기는 훌륭한 학교일 테니까. 다이스케의 솔직하고 귀여운 딸이 친구가 되어줄 게 분명하니까. 다이스케와 다이스케의 부인이 유익한 조언을 할 게 분명하니까.

그렇게 두지는 않겠어. 그렇게 놔둘까 봐? 막을 거야. 에리카가 들어가지 못한 학교에 왜 치카의 아이가 들어가야 하는가. 내가 손에 넣지 못한 것을 왜 그 여자가 손에 넣어야 하는가. 가오리는 몸을 웅크리려 머리를 감싸 안았다. 바보 같아, 그런 걸 생각하다니 바보 같아. 가오리는 머리를 감싼 채 귀를 기울이지만 조금 전까지 들렸던 손전등의 빛과 같이 멀리서 들려오던 목소리조차 이제는 들리지 않는다.

*

어딘가에서 본 적이 있는 아이다. 그렇게 생각하며 마유코는 걸음을 멈췄다. 진열대 앞에 서서 그 아이는 뭔가를 찾고 있는 듯 진열된 과자들을 쳐다보고 있다. 아, 뭐야, 마담네 에리카잖아. 생각이 난 순간 "야호!" 하고 말을 걸었다. 놀랐다기보다 공포로 일그러진 듯한 에리카의 얼굴을 보고 괜히 말을 걸었구나 싶었다. 그러고 보니 오늘은 평일이고 아직 점심시간 전이다. 에리카는 교복인 듯한 코트를 입고 있고 책가방을 메고 있다. 땡땡이치는 거구나, 하고 마유코는 금세 알아챘다. 게다가 땡땡이 초보자. 아무리 가장 가까운 편의점은 아니라고 하지만 맨션에서 걸어올 수 있는 거리고, 그것도 교복을 입고 있다. 익숙하지 않은 게 틀림없다.

"아, 이거 먹어본 적 있어? 엄청 맛있어. 칼로리는 엄청 높지만. 언니가 사 줄까? 같이 살찌지, 뭐."

마유코는 경계심을 풀기 위해 가볍게 말을 건네며 에리카에게 다가가 과자포장을 집어 들었다. 슬쩍 보니 에리카는 아무 말도 하지 않는다. 가느다란 머리카락 사이에서 엿보이는 귀가 빨갛다.

"아, 이거 신제품! 딸기 맛이래! 처음 보는데. 이거 살까 말까, 그래도 이것도 사고 싶고 …. 돼지가 되면 뭐 어때. 아줌만데, 에리카가 보기에는."

마유코는 에리카를 힐끔힐끔 보면서 말했다. 마유코의 계산대로 에리카는 살짝 웃었다.

"저기, 지금부터 언니네 집에 가서 우리 레나하고 아카네하고 에리카하고 같이 먹고 싶은 만큼 과자 먹을까? 과자 파티. 기다려봐, 바구니 가져올게."

마유코는 재빨리 계산대 옆에서 바구니를 가지고 와서는 닥치는 대로 초콜릿과 감자칩을 그 안에 던져 넣었다.

"에리카도 먹고 싶은 거 넣어도 돼."

망설이며 바구니와 마유코를 교대로 보던 에리카는 조심조심 손을 뻗어 마유코가 맛있다고 한 튀김과자를 집어 눈치를 보며 바구니에 넣었다.

계산대에 바구니를 놓고 마유코는 담배를 한 갑 샀다. 가장 가까운 편의점에서는 담배를 팔지 않아서 멀리 떨어진 곳까지 온 것이다. 마유코가 계산하는 동안에도, 과자와 음료수가 가득 든 비닐봉지를 들고 가게를 나설 때도, 에리카는 말이 없었다. 말없이 그러나 모든 의지를 포기한 듯 얌전히 따라왔다.

"아카네 알지? 고바짱네 여자아이, 에리카 만난 적 있지? 가끔 내가 맡아 줘. 보통은 둘만 집에 남겨 두고 사러 나오지는 않지만 금방이니까 괜찮겠지 싶어서. 에리카 가끔 우리 레나하고 아카네하고 놀아 주라."

마유코는 에리카가 긴장하지 않도록 스스럼없는 말투로 계속해서 말을 이어갔다. 왜 이 아이를 자기 집에 데리고 가려는지 알 수 없었다. 데리고 가서 어떻게 할 것인지도 알 수 없었다. 그저 마유코는 이상하게 흥분되었다. 왜 에리카는 책가방을 멘 채로 이런 시간에 저런 곳에 있는 것일까. 학교를 빼먹은 것은 왜일까. 처음일까, 두 번째일까. 마담은 알고 있을까. 단순히 그런 것을 알고 싶어서 참을 수 없었다.

하늘은 흐렸고 뼛속까지 얼어붙을 정도로 춥다. 큰길가에는 사람들의 모습도 별로 없고 차만 몇 대 마유코와 에리카를 지나쳐 갔다. 마유코는 추워서 뛰어가고 싶을 정도였지만 에리카가 고개를 숙인 채 천천히 걸어서 할 수 없이 박자를 맞춰 걸었다.

"에리카, 학교가 꽤 멀지? 머리도 좋고 좋은 집안 딸들만 가는 학교지? 나 같은 건 그냥 공립학교 다녔어. 말하는 원숭이 같은 애들만 모인 학교였어. 남자애들은 하나만 아는 바보처럼 치마 들치기만 해대고. 여자애들도 성격 나쁜 애들만 모였지. 나는 강하니까 왕따를 당하거나 그러지는 않았지만 가끔은 너무 바보 같다는 생각이 들어서 학교에 가는 척하고 놀러 가기도 했었어."

"어디에?"

작은 목소리로 에리카가 물었다.

"버스 타고 가면 있는 번화가라든가, 오락실이라든가, 아니면 할머니네라든가."

마유코는 거짓말을 했다. 치마 들치기가 유행했던 것도, 못된 아이가 많았던 것도 사실이지만 마유코는 학교를 빠진 적은 없었다. 치마를 들치는 남자애와 싸우는 것도 재미있었고, 솔선해서 얌전한 아이들을 따돌리기도 했다. 학교가 너무 재미있었다.

"'오늘 학교는 어떻게 된 거야?'라고 어른이 물으면 '개교기념일이라 쉬는 날이에요'라고 말하면 되는 거야. 아. 그래도 에리카는 교복을 입었으니까 그건 무리네."

"머리."

고개를 숙인 채 에리카가 조용히 말했다.

"머리 아파서."

"아, 응, 그런 거 있지, 머리 아플 때는 학교 가면 안 돼. 더 아프게 되니까."

에리카가 또 웃었다. 이번에는 아까보다 꽤 편해진 듯한 웃음을 보여서 마유코는 안심했다.

"엄마한테는 말하지 않았어."

맨션 입구에서 에리카는 기어들어 가는 목소리로 말했다.

"그건 그래야지. 나도 엄마한테 말 안 할게. 걱정하잖아. 머리 아프다고 하면. 병원 가라고 바로 말할 테고. 병원 가면 아픈 주사 맞아야 하고…. 우리 집에서 조금 쉬고 가면 되지. 과자 먹고 텔레비전 보고 그리고 나아지면 집에 가면 되잖아. 바로 위고. 아, 그래도 엄마 오늘 집에 있어? 엘리베이터에서 만나려나?"

"괜찮아, 엄마 오늘은 집에 없으니까. 저녁까지 쭈욱."

엄마한테 말하지 않겠다는 말을 듣고 안심되었는지 에리카는 마유코를 쳐다보며 웃으면서 재빨리 입구로 들어섰다.

울음소리가 문 밖에서도 들렸다. 마유코는 열쇠를 열고 집 안으로 뛰어 들어갔다. 레나와 아카네는 거실에서 대자로 누워 울고 있었다. 마유코는 곧장 레나에게 달려가 안아 올렸다.

"왜 그래, 왜 그래. 엄마가 없어서 외로웠쪄? 이제 왔어요, 엄마 왔어요."

레나는 마유코의 어깨에 얼굴을 비비며 한동안 울었지만 크게 흔들며 달래 주자 점차 울음소리가 잦아들었다. 하지만 아카네는 아직 대자로 누워 울고 있다.

"에리카, 적당한 데 앉아서 과자 먹어도 돼. 주스는 냉장고에 있으니까 맘대로 꺼내 마셔."

거실 입구에서 깜짝 놀란 듯 우두커니 서있는 에리카에게 말하며 마유코는 레나를 계속 달랬다. 에리카는 책가방을 발밑에 두고 코트를 벗어 어른이 하듯 뒤집어서 정성스레 접어 들고는 슬슬 소파로 가서 앉았다. 어딘가 신기한 집 안을 둘러보고 아직도 큰 소리로 울고 있는 아카네를 내려다보았다.

"아, 걱정하지 않아도 돼. 얘는 너무 어리광쟁이야. 어리광부리려고 울고 있는 거니까 내버려 둬도 괜찮아. 에리카, 우리 레나 안아 볼래? 귀엽지? 모델이라니까, 레나는."

울음을 멈춘 레나를 내밀자 무서워 벌벌 떨면서 레나를 받아 무릎에 앉혔다. 레나가 웃자 에리카는 수줍은 듯한 얼굴로 마유코를 쳐다보았다.

"얘, 아카네. 울지 말고 이거 먹을래?"

마유코는 편의점 비닐봉지에서 초콜릿을 꺼내 포장을 뜯어 울고 있는 아카네 옆에 두었다. 계속 울어 대는 아카네는 신경도 쓰지 않고 마유코는 담배를 꺼내 환풍기 밑에 가서 불을 붙였다.

담배는 임신한 후부터는 줄곧 끊었다. 다시 피우기 시작한 것은 최근이었다. 유스케가 담배 냄새를 싫어해서 가능한 한 많이 사두지는 않고 너무 피우고 싶을 때만 사러 갔었지만 결국 어제도 사러 나갔고 그저께도 사러 나갔다. 연이어 두 대를 피우고 거실로 돌아왔다. 바닥에 양반다리를 하고 앉아 과자봉지를 뜯어서 먹기 시작했다.

"아, 역시 맛있어. 에리카도 먹을래?"

봉지째 에리카에게 건네주었지만 에리카는 곤란한 듯한 표정

으로 받지 않았다. 레나를 안고 있어 받지 못하는 거라 생각하고
마유코는 레나를 안고 과자를 강요라도 하듯 건넸다. 코트를 옆
에 두고 다소곳이 앉은 에리카는, 하지만 과자에는 손을 대려고
하지 않았다. 아카네는 아직도 큰 소리로 울고 있었다. 마유코는
바닥에 앉아 무릎에 레나를 앉히고 초콜릿봉지를 뜯었다. 입에
넣기도 전에 먼저 레나가 손을 뻗어 먹어 버렸다.

"안 먹어? 혹시 그런 거 먹으면 안 된다고 엄마가 그러셨어?"

아카네의 울음소리에 지지 않을 정도로 큰 소리로 마유코가 물
었다.

"저, 접시는?"

에리카는 과자봉지를 든 채 곤란한 듯 물었고, 순간, 마유코는
바닥에 드러누운 채 좀처럼 울음을 그치지 않는 아카네의 팔을 잡
아당기며 소리쳤다.

"적당히 좀 해, 시끄러워!"

쥐 죽은 듯 조용해졌다. 아카네는 놀라 울음을 그쳤고, 에리카
는 눈을 크게 뜨고 아카네와 마유코를 보았고, 레나는 초콜릿투
성이의 입을 벌리고 마유코를 올려다보았고, 마유코의 오른손에,
젖은 걸레처럼 축 처진 아카네의 팔 감촉만이 남았다. 그러나 조
용해진 건 아주 잠깐, 다음 순간 다시 아카네는 불이 붙은 듯 울
기 시작했다. 마유코는 급히 포장지를 잡아 뜯어 초콜릿을 자신
의 입에 넣었다. 입안에 펼쳐지는 달콤한 감각을 느끼며 마유코
는 기분 나쁜 것을 쳐다보듯 아카네를 보았다. 그렇게 세게 잡아

당긴 것은 아니었는데 뭔가 불안한 감촉이었다. 팔이 부러졌다든 가. 설마. '그래 봐야 비틀린 정도겠지'라고 마유코는 생각했다. 호들갑스레 울고 있는 것뿐이다. 히토미와 고타로에게 응석만 부렸기 때문에 조그만 일에도 호들갑스레 우는 거다, 이 애는.

"저, 괜찮을까요."

에리카가 조심스레 물었다.

"응? 뭐가?"

"애기, 저렇게 우는데. 괜찮을까요. 얼굴이 새빨갛고, 아까 이상한 소리가 나서."

마유코는 그 말을 듣고, 조금 전 접시는 없냐고 에리카가 물었던 한순간, 자신도 알 수 없을 정도로 빠르게, 자신도 이해할 수 없을 정도의 비등점에서 짜증이 폭발한 것이었다고 겨우 이해가 되었다. 머리를 예쁘게 빗질하고, 코트를 뒤집어 접어서 곁에 내려놓고, 보풀도 없고 색이 바래지도 않은 감색 긴 양말을 신고, 풀을 먹인 하얀 블라우스를 입고, 구김 하나 없는 플리츠스커트와 재킷을 입은 작은 소녀에게, 방금 편의점에서 구출해 준 마담의 딸에게, 지적받은 느낌이 들었던 것이다. 과자를 봉지째 직접 먹는 일도, 과자의 빈 봉투도 빈 페트병도 뭉쳐 놓은 기저귀도, 신문도 잡지도 광고지도, 며칠 전에 베란다에서 들여온 세탁물도 지금 벗은 점퍼도 싱크대에 쌓아 놓은 지저분한 식기도, 거의 버릇이 되다시피 한 대부업체의 ATM 이용도, 아카네가 뒤집어져 울고 있는 것도, 최근에는 늘 점심을 과자로 때우고 있다는 것도,

최근 2개월 동안 3킬로그램 살찐 것도, 모든 것을 간파당하고 경멸당하고 비난당한 기분이 들었던 것이다.

"괜찮지 않겠어?"

마유코는 밝게 말하고 레나를 바닥에 내려놓고 아카네를 안아 올렸다. 조금 전 잡아당긴 아카네의 오른팔은 축 처져 있다. 나쁜 예감이 들었다. 아카네는 몸을 젖히고 운다. 목소리도 갈라지기 시작했다.

"그것보다 에리카, 머리 아프면 누워 있어도 돼. 그렇게 예의 바르게 앉아 있지 않아도."

일어나 아카네를 달래며 마유코가 말했다. 에리카가 어째서 학교에 가지 않았는지 묻고 싶었지만 아카네의 울음소리가 시끄러워서 그럴 정신이 없었다. 레나는 기어서 바닥에 있던 과자봉지를 주워 뜯지도 않은 채 입에 쑤셔 넣고 있다.

전화가 울렸다. 분명 히토미일 거라고 마유코는 생각했다. 없는 척하고 싶지만 아카네를 맡고 있으니 어디에 갔었냐고 나중에 추궁당하겠지. 마유코는 울고 있는 아카네를 에리카에게 떠넘기듯 건네고, 수화기를 들었다.

"마유코 씨, 금방 갈 건데, 아카네 어때? 얌전히 있어?"

역시 히토미였다.

"응, 괜찮아."

"미안, 부탁한 반찬들 사서 금방 갈게. 어? 아카네 울고 있어?"

"응, 조금. 이제 막 일어났거든, 그래서."

"금방 갈게요."

통화가 끝난 수화기를 내려놓고 마유코는 그 자리에서 손톱을 물었다. 혹시 정말로 아카네가 어디 다치기라도 한 거라면. 그러면 혼자 소파에서 떨어진 거라고 설명하면 될까. 에리카가 무슨 말을 할 거 같지는 않고. 마유코는 환풍기 밑에서 다시 담배에 불을 붙였다.

울다 지쳤는지 아카네는 소파에서 잠들어 있다. 레나는 에리카의 무릎에 기어오르는 듯한 자세로 에리카가 들고 있는 봉지에 손을 넣어 과자를 먹고 있다.

"어머. 이제 겨우 아카네가 잠들었네. 저기 에리카네 엄마, 오늘은 몇 시까지 집에 안 계셔? 에리카네 놀러 가 볼까."

담배를 비벼 끄고 마유코는 그런 말을 했다. 마담이 없을 때 에리카의 집에 가는 것은 생각해 본 적도 없었지만, 그렇게 말해 보니 아주 좋은 생각이라는 느낌이 들었다. "네?" 하고 에리카는 놀란 얼굴로 마유코를 보았다.

"아주 잠깐만이야. 모험 같아서 재밌잖아. 에리카 방, 보여 줘. 이제 곧 아카네 엄마가 올 거니까 얼른 갔다가 얼른 오는 거야, 응?"

에리카는 가만히 마유코를 쳐다보다가 벽에 걸린 시계를 힐끗 보더니 일어났다. 코트도 책가방도 놔둔 채, 현관으로 향했다. 마유코는 잠든 아카네도 과자를 먹고 있는 레나도 그대로 두고, 에리카의 뒤를 따라갔다. '말을 안 들으면 오늘 일을 엄마에게 이를 거야' 같은 무언의 협박을 한 것 같은 찜찜함 때문에, 마유코는 엘리베이터를 타고 올라가는 동안 계속 이야기했다.

"에리카네 집, 정말 멋있잖아. 근데 에리카의 엄마는 바쁜지 잘 안 불러 주는 거야. 나는 에리카의 집이 동경의 대상이야. 그렇게 예쁜 집에 살고 싶다고 늘 생각하거든. 게다가 에리카 방은 아직 본 적도 없고. 에리카도 우리 집에 놀러 왔으니까, 괜찮지? 에리카의 방에 놀러 가도. 우리는 이제 친구잖아."

에리카는 아무 말 없이 엘리베이터에서 내리자 재킷 주머니에서 열쇠를 꺼내 문을 열었다.

"엄마, 아직 안 오시겠지?"

열린 문에서 흘러나오는 남의 집 냄새를 맡으며 마유코가 물었다.

"응, 어제 전화했으니까 오늘은 틀림없이 네 시 지나서 오실 거예요. 에리카도 준이하고 그림 그리기로 한 날이고."

에리카가 집 안으로 들어가고 이어서 마유코도 들어갔다. 마유코가 보고 싶었던 것은 거실과 부엌, 부부침실이었지만 에리카는 곧장 자기 방으로 걸어가 문을 활짝 열고 "들어오세요"라며 어른스럽게 말하며 마유코를 보고 웃었다.

에리카의 방도 마치 모델하우스의 어린이 방 같았다. 침대에 걸쳐 놓은 퀼트 커버에는 주름 하나 없었고 책상은 어린이용치고는 꽤나 크고 튼튼해 보였다. 옆에 화장대와 서랍장이 있다. 서랍장 위에는 사진틀과 털실로 짠 인형이 마치 디스플레이처럼 놓여 있었다. 누구의 작품인지 마유코는 알 수 없었지만 벽에는 커다란 강아지 그림이 걸려 있다. 하얀 문 맞은편은 드레스룸이겠지. 어릴 때, 이런 방에 살고 싶다고 마유코가 원했던 그대로의 방이었다.

왜 내가 이런 맨션에 이사 오고 싶다고 생각했지? 방을 둘러보며 마유코는 갑자기 의문이 생겼다. 시어머니에게 돈을 받지도 않았는데, 왜 그렇게 기를 쓰고 이사하자고 주장했을까. '이런 곳은 싫어, 도심에 살고 싶어, 넓고 깨끗한 맨션에 살고 싶어'라고, 애가 탈 정도로 원했던 마음은 바로 기억이 났지만 마치 다른 사람의 기억처럼 느껴졌다.

"깨끗하게 쓰는구나."

마유코는 말했다. 아이 같은 목소리가 자신의 귀에 들렸다.

에리카는 책상 앞에 앉아 "여기에도 또 하나의 방이 있어"라며 서랍을 만지면서 어딘가 자랑하는 듯한 표정을 보였다.

"뭔데, 또 하나의 방이란 게."

그다지 흥미는 없었지만 마유코가 물었다.

"에리카의 비밀의 장소야. 잠가 놓아서 엄마도 몰라요."

"흠."

그것보다도 마유코는 부엌과 부부침실을 보고 싶어서 참을 수가 없었다. 냉장고에는 무엇이 들어 있을까. 부부침실에 있는 벽장에는 어느 만큼의 옷이 수납되어 있을까. 뭐라고 하고 이 방을 나갈까. 생각하고 있는데 에리카가 말했다.

"보여 줄까? 오늘 일 엄마한테 말하지 않으면 에리카의 비밀을
보여 줄게."

"응, 보여 줘."

마유코가 말하자 에리카는 연필꽂이 안에 손가락을 집어넣어
작은 열쇠를 꺼내 열쇠구멍에 꽂아 돌리며 가만가만 서랍을 열었
다. 별 관심도 없이 눈길을 돌렸던 마유코는 작게 소리칠 뻔했으
나 당황하여 소리를 삼켰다. 쏙 하고 등골이 오싹해졌다. 서랍 안
에는 비닐 소재로 만들어진 인형이 여섯 개 눕혀져 있었다. 드레
스를 입은 것, 유카타(목욕 후 또는 여름철 평상복으로도 입는 무명
홑옷 — 옮긴이)를 입은 것, 청바지와 티셔츠를 입은 것 등 다양한
모습을 한 인형에는 모두 머리가 없었다. 머리는 서랍 안쪽에 마
치 지우개나 그런 것들처럼 모아 놓았다. 할 말을 잃은 채 서랍을
들여다보고 있던 마유코의 귀에 킥킥하고 웃는 에리카의 목소리
가 들렸다.

"애들의 가짜 집도 있어."

에리카가 일어나 벽장문을 열고 꽤 큰 인형의 집을 들고 나왔지
만 마유코는 서랍에서 좀처럼 눈을 뗄 수가 없었다.

"하지만 진짜 집은 서랍 안이야. 낮에 가짜 집에서 놀고 나서
밤에는 진짜 집으로 돌아가."

"왜 목이 없는 거야?"

마유코는 물었다. 목소리가 상기된 것을 본인도 알 수 있었다.

"필요 없다고 애네들이 말했어."

마유코는 서랍에서 시선을 떼어 내듯 옮기며 말했다.

"나 뭔가 마시고 싶은데. 냉장고에서 뭐 마셔도 돼?"

"알았어요."

에리카는 목이 없는 인형의 위치를 바꾸며 대답했다. 마유코는
아이 방을 도망치듯 뛰쳐나와 어두운 복도를 지나 거실로 향했
다. 하늘에 구름이 많은 탓에 불을 켜지 않은 집 안도 어두웠다.
부엌으로 들어가 냉장고를 열었다. TV 광고에 등장하는 냉장고
처럼 정돈되어 있었다. 라벨이 예쁜 병과 캔, 깔끔하게 쌓아 놓은
밀폐용기, 본 적도 없는 메이커의 드레싱과 간장. 마유코는 생수
병을 꺼내 입을 직접 대고 마셨다. 동경하고 있던 마담의 집이고,
보고 싶어서 미칠 것 같았던 냉장고 내부였지만, 모든 것이 어쩐
지 기분 나쁘게 느껴졌다. 병에 붙어 있는 세련된 라벨도, 먼지
하나 떨어져 있지 않은 거실 바닥도, 고요함도.

생수병을 제자리에 놓고 마유코는 큰 소리로 외쳤다.

"이제 갈까, 에리카. 레나랑 아카네도 걱정되고."

에리카와 함께 4층에 내려오니 문 앞에 히토미와 고타로가 서
있었다. 히토미는 양팔에 종이봉투를 안고 있고, 고타로는 피아
노 레슨에 가지고 다닐 듯한 천으로 된 가방을 들고 있다.

"아, 마유코 씨, 어디 갔었어. 벨을 눌러도 조용해서 무슨 일일
까 생각했잖아."

서랍 안을 본 순간부터 마유코가 품었던 불쾌감이 한층 짙어
졌다.

"마담네 간 것뿐인데."

히토미와 고타로를 밀치듯 문을 열었다. "안녕하세요" 하고 뒤에서 에리카가 예의 바르게 인사를 했다. 뭐지, 얘. 그렇게 흉측한 인형을 가지고 있는 주제에 무슨 착한 아이인 척하는 거지.

"어머? 레나와 아카네는? 혹시 애들을 두고 위에 갔었던 거야?"

히토미가 말하며 마유코의 뒤를 따라 집 안으로 들어갔다. 히토미의 목소리는 잔소리하는 엄마의 목소리처럼 들렸다.

"빽빽거리지 좀 마. 정말 2, 3분 정도 잠깐 자리 비웠을 뿐이니까."

널브러질 대로 널브러져 있는 거실에서 레나는 과자투성이가 되어 자고 있고, 아카네는 소파에서 아직 자고 있다. 민달팽이가 기어간 것 같은 눈물 자국이 양 뺨에 남아 있다.

"소리치는 건 아니야, 그건 아니지만⋯."

"뭐, 그럴 수도 있지. 급한 일이 생겼던 거고 애네들 자고 있어서 잠깐 나갔던 거야. 애를 맡아 주는 건데 불평 좀 하지 마."

히토미는 뭔가 말하려고 입을 움직였지만 아무 말도 하지 않고 종이봉투를 가만히 내밀었다.

"이거 부탁했던 반찬. 채소조림도 같이 넣었어."

"그럼 오늘은 오전부터니까 4천 엔."

딴 곳을 쳐다보며 마유코가 말하자, 히토미는 똑바로 바라보며 지갑에서 지폐를 꺼내 테이블에 놓았다. 히토미가 안아 올리자, 아카네는 눈을 뜨고 폭발이라도 하듯 큰 소리로 울기 시작했다.

마유코는 슬쩍 아카네를 보았다. 왼손은 히토미의 목에 두르고 있지만 아까 세게 잡아당겼던 오른손은 역시 축 처져 있다. 아카네의 울음소리가 점점 커져 집 안이 흔들릴 정도의 대형 소음처럼 들리기 시작했다. 왜 그래, 괜찮아, 집에 갈 거야. 아카네를 달래는 히토미의 목소리만이 아주 멀리 들려온다. 교복 차림의 에리카는 거실 구석에 서서 표정이 없는 눈으로 마유코를 보고 있다. 머릿속까지 울리는 아카네의 울음소리에 마유코는 귀를 막고 주저앉고 싶어졌다. 꾹 참고 서 있었다. 문득 정신을 차리고 보니 집 안은 조용해져 있었고 아카네도 고타로도 히토미도 없고 자신과 자고 있는 레나와 잠자코 서있는 에리카만이 남아 있었다.

왜 내가 이런 곳에 이사하고 싶다고 생각했을까. 왜 내가 그 좁은 아파트에 만족하지 못했을까. 왜 내가 도심에 살고 싶다는 생각 같은 걸 했을까. 왜 내가 — 내가 도대체 무엇을 가지고 싶었던 걸까. 뭐가 갖고 싶은 걸까. 조용한 의문이, 소리도 없이 내리는 눈처럼 마유코의 가슴에 퍼져 갔다.

*

싱크대 형광등만 켜놓은 어두운 부엌에서 히토미는 선 채로 스틱빵을 먹고 있다. 입에 넣고 씹고 삼키고는 있지만 무슨 맛인지도 모르고, 배가 고픈지 배가 부른지도 모른다. 그저 손을 멈출 수가 없었다. 아이들의 아침식사용으로 사두었던 스틱빵봉지를 끌어안듯 들고서 하나를 다 먹으면 아무 생각 없이 손이 봉지에서 새 빵을 꺼낸다.

살의라는 것을 히토미는 처음으로 품었다. 물론 진짜로 죽이고 싶다고 생각한 것은 아니다. 다만 이 정도까지의 분노를 다른 사람에게 품은 것은 처음이었고 자신도 주체 못 할 정도의 이런 분노를 살의라고 부르는 걸 거라고 생각했다.

오늘은 여러 가지 일이 있었다. 너무 많았다.

해바라기 프로젝트의 사하라 스즈코에게 전화가 온 것은 3일 전이었다. 이번 주말에 구민회관에 엔카 가수를 초대하는 대규모 이벤트를 기획하고 있는데 언제든 좋으니까 와서 도와줄 수 있느냐고 했다. 물론 승낙했다. 손이 부족할 때 자신을 떠올려 준 것이 기뻤다. 고타로를 유치원에 보내고 일단 집에 돌아와 아카네를 마유코네에 맡기러 갔다. 요즘에는 아무런 문제가 없었다. 과자도 낮잠도 여전했지만 3천 엔을 5천 엔으로 올리지도 않았다. 아카네는 레나와 사이좋게 지내는 듯했고 스스로 레나의 집에 가고 싶다고 의사 표시를 할 정도였다. 마유코도 익숙해졌을 것이라고 생각했다. 마유코의 생활태도와 양육에 불만을 가졌던 자신을 히토미는 부끄럽게 생각했다.

해바라기 프로젝트에서는 멤버들이 여전히 따뜻하게 히토미를 맞아 주었다. 히토미는 스즈코와 다른 멤버들이 지시하는 대로 노인요양시설에서 보내온 참가자 명단을 만들고 홀에 장식할 꽃을 주문하고 소형버스 회사에 확인 전화를 하고 참가자에게 나누어 줄 전단지를 복사했다. 그렇게 일하는 것은 오랜만이었고 컴퓨터로 문자를 입력하는 것이나 복사하는 것에서도 터질 듯한 즐거움을 느꼈다. 이전처럼 떠들썩하게 이야기를 나누면서 작업하고 있을 때 누군가가 방 안으로 들어왔다. 사람들 출입이 많은 곳이라 히토미는 신경 쓰지 않았고 그쪽을 보지도 않았는데 스즈코의 말에 돌아보고는 눈이 휘둥그레졌다.

"히토미 씨, 새로운 사람 소개할게요."

스즈코의 옆에 서 있는 것은 요코였다.

"어머, 히토미 씨."

요코는 놀란 듯 말했다. 히토미에게는 일부러 연기하는 것처럼 보였다.

"어머, 아는 사이?"

"네, 아들의 유치원이 같아요. 히토미 씨도 자원봉사한다고 했는데 여기라고는 생각 못 했어. 굉장한 우연이네, 기뻐."

스즈코가 문자 요코는 외운 대사를 읽듯 말했다.

여기라고는 생각하지 못했을 리가 없다. '그러고 보니 히토미 씨 자원봉사하고 있죠? 어디서?'라고 요코가 물었던 것이 열흘 정도 전이었고, 대학 내에 있는 자원봉사 센터고, 해바라기 프로젝트라고 명칭까지 히토미가 분명히 대답했다. 지금은 아카네가 있어 좀처럼 가지는 못하지만 아카네가 유치원에 들어가면 다시 시작할 거라고도.

"아는 사이라니 잘됐네."

스즈코는 전혀 다른 뜻 없이 말하며 요코와 히토미에게 물건 사
오는 것을 부탁했다. 간식을 사 오는 것이었다.

"올 거면 올 거라고 말하면 좋았을 텐데."

슈퍼마켓을 향해 걸으며 히토미가 말했다.

"그랬으면 내가 제대로 소개할 수 있었을 텐데."

"히토미 씨 자원봉사 활동하는 거 입시 때문인 거지? 유리하다
며."

입꼬리를 히죽거리며 요코가 그렇게 말했다.

"아니야, 나는 고타로가 태어나기 전부터 거기에 참가하고 있
었어."

히토미는 스스로도 놀랄 정도의 기세로 왜 그곳에 참가했는지,
지금까지 어떤 활동을 해왔는지, 고타로가 태어났을 때 프로젝트
멤버들이 얼마나 기뻐해 주었는지를 설명했다. 멈춰지지 않았다.
하지만 요코는 말을 끊었다.

"나는 확실히 말하지만 입시 때문이야. 이것저것 알아봤는데
거기가 제일 편할 거 같아서 선택한 거야. 물론 보람이 있으면 입
시가 끝난 뒤에도 계속할 생각이지만. 우리는 가즈토시뿐이라 지
금 당장이라도 시작할 수 있고. 이제부터는 여기서도 잘 부탁해
요, 히토미 씨."

얼굴이 달아오르는 것이 느껴졌다. 너무 열이 오른 히토미는
간식거리를 사는 동안에도, 돌아와서도 요코를 일체 무시했다.
애들 같은 행동이라는 것은 알고 있지만 웃으며 이야기할 수가 없

었다.

　도시락을 배달했을 때 어르신이 기뻐하는 얼굴과 허드렛일을 잘 마쳤을 때의 감사의 말, 남몰래 눈시울을 적셨던 작은 감동이 하나하나 떠올랐다. 그런 일에 입시에 유리하니까 참가하겠다니, 그런 말도 안 되는 일이 있을 수 있을까. 요코는 스스로 부끄럽다고 생각하지 않는 걸까. 게다가 이런 나도 자신과 같은 이유로 자원봉사를 하고 있다고, 그런 저속한 인간이라고 단정 짓기까지 하고!

　유치원에 아이를 데리러 갈 시간이 다가와 히토미와 요코는 자원봉사 센터에서 나왔다. 오늘은 유아교실에 가는 날이라 히토미는 자전거가 아니라 전철로 왔다. 그래서 유치원까지 요코와 함께 가게 되었다. 히토미가 성의 없이 건성으로 대답만 하는데도 요코는 전혀 개의치 않고 평소대로 이야기를 계속했다. 유아교실의 치열함을 다룬 TV 프로그램을 보았다, 선생님이 엄마들을 모아 놓고 호되게 꾸짖고 있었다, 울고 있는 엄마도 있었다, 아이들이 1년 동안 풀었던 필기시험지를 쌓아 올리면 아이들의 키보다도 높았다, 그런 것들을 재미있다는 듯 말했다. 그 이야기도 히토미를 짜증 나게 만들었다. 역시 우리 애는 안 다니길 잘했다는 결론에 이르렀을 때는, 무심결에 "그거 나 들으라고 하는 소리야?"라고 언성을 높일 뻔했다. 하지만 그렇게 이야기한들 요코는 신경도 쓰지 않을 것이다. '응? 어째서?'라며 멀뚱거리는 표정으로 묻겠지. 앞으로 1년이다, 앞으로 1년하고 조금이다. 유치원에 도착할 때까지 히토미는 염원이라도 하듯 그렇게 생각하며 요코를 계속 무시했다. 앞으로 1년하고 조금, 고타로가 유치원을 졸업하면 이 사람과 이렇게 이야기하는 일도 없을 것이다. 어차피 그녀는 아들이 초등학생이 되면 자원봉사 같은 건 바로 그만둘 테고.

고타로를 데리고 아카네를 데리러 마유코의 맨션으로 향했다. 오전부터 맡겼던 터라 오후에는 아카네를 데리고 유아교실에 가려고 했다. 하지만 마유코는 "얌전하게 있으니 오후에도 맡겨"라고 했다. 아카네도 레나와 놀고 싶어 해서 두고 가기로 했다. 현관 앞까지 히토미를 배웅하러 온 마유코는 "마트에 갈 수 없으니까 올 때 우리 반찬도 사다 주지 않을래?"라며 여전히 맹랑한 소리를 했지만 그건 당연하다고 히토미는 생각했다. 지금까지도 몇 번 뭘 사다 달라고 부탁받은 적이 있었고 마유코는 물건값을 절대 지불하지 않았지만 어린 애를 둘이나 보고 있으면 쉽게 저녁 찬거리를 사러 나가지도 못하니 어쩔 수 없는 일이다.

유아교실이 끝나고 이케부쿠로의 백화점에서 반찬을 사고 서둘러 마유코의 맨션으로 돌아왔다. 하지만 아무리 인터폰을 눌러도 나오지 않았다. 마침 맨션 주민이 나올 때 허둥지둥 공동현관을 통과해 마유코네 집 현관 인터폰을 눌렀으나 대답이 없다. 언제였던가. 마유코가 레나를 집 안에 혼자 두고 6층에 가려고 했던 일이 생각나 히토미는 불안감에 마음이 두근거렸다. 어쩌면 지금까지도 마유코는 아이들을 두고 이런 식으로 외출했던 것은 아닐까. 대답이 없다는 것을 알면서도 히토미는 문에 찰싹 달라붙어서 집요하게 인터폰을 눌렀다.

"아카네는?" 하고 고타로가 물었다.

"괜찮을 거야, 아마도 안에서 코하고 자고 있을 거야."

대답하면서 히토미는 왠지 기분 나쁜 한기를 느꼈다.

5분도 지나지 않아 마유코는 돌아왔다. 미안한 기색도 전혀 없이 6층에 갔었다고 했다. 교복을 입은 여자아이가 같이 있었다. 6층, 언젠가 만났던 에다 가오리의 딸인지 아닌지 히토미는 잘 기억이 나지 않았지만, '어차피 이 아이도 맡아서 용돈을 버는 거 겠지' 하고 나쁜 쪽으로 생각했다.

어이가 없을 정도로 널브러진 방에서 레나도 아카네도 자고 있다. 뜯어 놓은 과자봉지가 쏟아져 바닥에 흩어져 있었다. 레나는 입언저리뿐만 아니라 머리카락에도 손가락에도 과자 부스러기가 붙어 있었다. 통통한 허벅지에도 부스러기가 붙어 있었다. 마치 부랑자 아이 같다고, 혐오감을 느끼며 아카네를 안아 올리자 눈을 뜬 아카네가 큰 소리로 울기 시작했다.

히토미는 집으로 돌아오는 길에 울음소리가 심상치 않다는 생각이 들었다. 왼팔은 자기 목을 꽉 껴안았지만 오른팔은 축 처져 있었다는 것도. 뭔가 안 좋은 예감이 들어 그대로 근처 병원에 간 것은 현명한 판단이었다. 병원은 오후 진료를 마칠 시간이었지만 다행히 진료를 받을 수 있었다. 아카네는 오른쪽 어깨관절이 빠져 있었다. 원인이 뭐냐고 의사가 물었을 때 히토미는 말문이 막혔다. "아는 집에 맡겼었는데요…"라고 우물거렸다. 외상성탈구

라는 진단을 받았고 가능한 한 빨리 치료하지 않으면 신경이 손상
되거나 후유증이 남는 경우도 있다는 말을 듣고, 히토미는 자신
의 판단에 안도하면서도 머릿속이 하얗게 되었다. 작은 아카네는
팔을 고정하기 위해 삼각형 앞치마 같은 것을 입어야 했다. 그것
으로 몸통과 팔을 고정하는 것이다. 완치될 때까지는 3주 정도 걸
리고 그 후에는 가벼운 재활운동도 필요하다고 했다.

"아이를 맡긴 곳은 어린이집?"

진료기록지를 쓰면서 의사가 물었다.

"아뇨, 저, 아는 사람 집에서 … 잠깐 급한 일이 생겨서 … ."

이 선생님이 학대를 의심하는 건 아닐까, 그렇게 생각한 히토
미는 횡설수설 대답했다. 의사는 흘끗 히토미를 쳐다본 후, 다시
진료기록지를 보면서 "어떻게 할까요, 진단서를 발급할까요?"라
고 물었다.

히토미는 뜨끔했다. 학대를 의심하는 것이 아니라, 다치게 한
상대가 있는 거라면 고소할 수도 있다고 히토미에게 말해 주는 것
이다.

"아뇨, 괜찮습니다."

하지만 히토미는 그렇게 대답했다.

돌아오는 길에 아카네는 너무 울어서 목에서 휴, 휴 하고 목쉰
소리를 내고 있다. 고타로는 기묘한 의료기구를 몸에 두른 아카네
를 불쌍하게 생각했는지 조용히 입을 다물고 히토미를 따라왔다.

맡아 주는 거니까 불평 같은 건 하지 마. 조금 전 쏘아붙였던

마유코의 말이, 머릿속에서 빙빙 돌았다. 억울함과 한심함과 분노로 눈물이 흘렀다. 아카네는 아직 어려 무슨 일이 있었는지 설명할 수 없다. 누구에게 무슨 일을 당했을까. 레나와 놀다가 소파에서 떨어졌을까. 아니면 마유코가 무슨 짓을 한 걸까. 얼마나 아픈지조차 말할 수 없다. 왜 그런 무책임한 여자에게 아카네를 맡겼을까. 지금까지 무슨 일이 있었는지 모르는 거다. 울어도 소용없다. 코트 소맷부리로 눈물을 닦고 입술을 깨물며 참았다. 콧물만이 줄줄 나왔다.

마유코에게 전화를 걸어 추궁하려 했지만 결국 히토미는 그러지 않았다. 어차피 무슨 말을 해도 마유코는 딱 잡아뗄 거라고 생각했다. 더 화가 날 뿐이다. 자신이 더 한심해질 뿐이다. 이제 맡기지 않으면 그만이다. 마유코와는 이제 관계를 끊으면 그만이다. 고타로와 같은 나이의 아이가 있는 것도 아니고, 만나고 싶지 않은데 얼굴을 마주 대할 필요 따위 없으니까. 잘못해서 레나와 같은 유치원에 아카네를 보내는 것도 하지 말자. 레나가 도저히 들어갈 수 없는 곳을 고르자. 분명히 치카가 상담을 해줄 거다. 과자투성이가 되어 자는 거지 같은 아이와 아카네가 친하게 지내게 할 수 없다. 레나가 없어도 모모코가 있다. 아카네한테 제대로 된 친구를 만들어 줘야지. 모모코 같은.

그런 생각을 하면서 히토미는 저녁식사 준비를 했다. 이런 일이 있어도, 이렇게 기분이 가라앉지 않아도 저녁 준비를 해야 한다는 것이, 또 그걸 하고 있는 자신이 이상하게 느껴졌다.

아이들에게 저녁밥을 먹이며 히토미는 또 다른 문제가 생각났다. 아카네의 부상에 대해 에이기치에게는 뭐라고 말하지.

유아교실에 다니는 것에 에이기치는 반대였다. 그렇게까지 할 필요는 없다, 느긋하게 기르자고 상의해 오지 않았느냐는 말만 반복했다. 그걸 겨우 설득해서 "고타로가 싫어하면 바로 그만두겠다"고 약속하고 허락받았던 것이다. 또 고타로가 레슨을 받는 동안 아카네를 마유코에게 맡기고 있다는 것도 말하지 않았다. 정의감이 강하고 바른 소리를 하고 싶어 하는 에이기치는 자격을 갖춘 보모도 아닌 마유코에게 아이를 맡기는 것을 반대할 거라 생각했다. 무슨 일이 생기면 어떻게 할 거냐, 우리 애뿐만 아니라 그 부인도 큰 부담이 될 거다. 그렇게 말하는 목소리가 들리는 것 같았다. 그렇지만 어린이집이나 베이비시터도 에이기치는 싫어할 것이다. 경제적으로 여유가 없는 탓도 있고, 그렇게까지 해서 고타로를 유아교실에 보낼 필요가 있느냐고, 또 이야기는 처음으로 돌아갈 것이 뻔했다. 그래서 에이기치는 히토미가 아카네를 데리고 유아교실에 다니고 있다고 믿고 있다. 혹은 고타로가 레슨을 받는 동안 아카네는 어떻게 하는지 생각한 적도 없을지 모른다.

여하튼, 에이기치에게는 뭐라고 말할까. 마유코네서 이렇게 되었다고, 히토미는 누군가에게 털어놓고 함께 분노해 주기를 너무나도 바랐지만, 에이기치에게는 말할 수 없을 것 같았다. 의자에서 떨어졌다, 전철역 계단에서 넘어졌다 ···. 어느 쪽이든 네가 같이 있으면서도 그렇게 되었느냐며 나를 야단치겠지. 히토미는 어두운 기분이 되었다.

여덟 시가 지나 귀가한 에이기치에게 결국 "전철역에서 뒤에서 떠밀려 계단에서 넘어졌다"고 거짓말을 했다. 에이기치는 화내지 않았다. '네가 같이 있으면서'라는, 예상했던 말도 하지 않았다. 그저 뚫어지게 히토미를 쳐다보았다. 히토미의 눈을 통해 무언가를 찾는 듯한 눈초리로.

식사 후, 평소대로 에이기치는 고타로를 목욕시켰다. 아카네는 오늘은 목욕시키지 않기로 하고 히토미는 아카네의 고정밴드를 조심스레 풀어 옷을 벗기고 욕실 밖에서 몸을 닦아주기로 했다. 꼭 짠 수건으로 아카네의 몸을 닦고 있을 때, "아카네, 정말로 역에서 넘어진 거니?" 하고 고타로에게 묻는 에이기치의 목소리가 들렸다.

"어떻게 넘어졌어? 집에서 넘어진 거 아니야? 엄마가 그때 같이 있었어?"

속삭이는 듯한 목소리로 집요하게 묻고 있었다.

머릿속이, 징 하고 마비되는 듯했다. 조금 전 자신을 보던 에이기치의 눈이 생각났다. 그렇구나, 남편은 내가 학대한 것은 아닐까 생각하고 있구나. 에이기치에게는 그렇게 의심할 근거도 있다. 왜냐하면 에이기치의 속마음에 나는 아직 무력하고 무지하고 유약하고 불안정하고 틀린 것만 주장하는 어린아이일 뿐이니까. 히토미는 아카네에게 잠옷을 입히면서 고타로의 대답에 귀를 기울였다. 나 몰라. 내가 없을 때 아카네 넘어진 거야. 고타로의 대답을 듣고 안심하는 자신이 히토미는 너무나 부끄러웠다.

목욕탕에서 나온 고타로와 아카네를 침실로 데리고 가서 같이 누웠다. 아카네는 오늘 하루 너무나 피곤했는지 등을 몇 번 토닥여 주니 금방 잠이 들었다.

"엄마."

이불을 뒤집어쓴 고타로가 걱정스러운 목소리로 말했다.

"엄마, 아카네, 괜찮아?"

"괜찮아."

웃음을 지어 보이려 하자 눈물이 흐를 것 같았다.

"내일 놀 수 있어?"

"아직은 좀 무리일지 몰라. 아카네, 팔을 움직이지 못하거든. 그러니까 고타로가 책 읽어주고 그래."

"응, 내가 아카네한테 책 읽어 줄 거야. 실뜨기도 보여 줄 거야."

뭔가 평소와 다른 분위기를 알아차린 듯 고타로는, 대사를 읽는 듯한 말투로 또박또박 말했다.

부엌으로 돌아오니 평소 같으면 벌써 자고 있을 에이기치가 아직 깨어 있었다. 흐릿한 형광등 불빛 아래서 혼자 테이블에 앉아 석간신문을 넘기고 있다. 넘기고는 있지만 읽는 건 아닐 거라고 생각하면서 히토미는 에이기치가 먹은 그릇을 설거지하기 시작했다.

"고타로는 잘하고 있나?"

뒤에서 에이기치가 물었다.

"응, 점점 재밌어졌나 봐. 그동안 힘들어했던 필기시험도 조금씩 좋아하게 된 것 같고. 볼래? 필기시험지."

"유치원도 문제없고?"

히토미의 질문에는 대답하지 않고 에이기치는 묻는다.

"없어요, 아무것도. 너무 재밌나 봐. 아들바보라서 하는 말이 아니라 고타로 인기도 많아."

"무슨 일 있으면 뭐든 말하라고."

신문을 넘기는 마른 소리와 비슷한, 부드러운 목소리로 에이기치는 말했다.

"결혼할 때, 그런 이야기 했던 것 기억해? 무슨 일이든 이야기할 수 있는 부부가 되자고, 기탄없이 뭐든 말할 수 있는 가족을 만들자고 같이 이야기했던 것."

"그러네."

"이야기한다는 건, 사소하지만 가장 중요하다고 생각해, 나는."

"그러네."

"무슨 일이든 속속들이 드러내면 된다는 게 아니라, 걱정 안 끼치려고 말하고 싶은 것도 말하지 않고 속에 담아 두는 건 누구한테도 좋지 않다고 생각해."

"알고 있어!"

히토미는 자기도 모르게 언성을 높이고는 아차 싶었다. 당황하여 수도꼭지를 잠그고 뒤돌아 에이기치를 보며 웃었다.

"그렇게 떠보는 것처럼 몇 번이나 말하지 않아도 돼요. 나, 일단은 고민 같은 것도 없고 스트레스도 없어요. 혹시 아카네 일, 내가 어떻게 한 건 아닌가 생각하는 것 같은데 그럴 리가 없잖아. 게다가 나, 내 몸을 함부로 다루는 일은 있을지 몰라도 아이들은 죽어도 지킬 거야. 무슨 일이 있었냐고 몰래 고타로한테 묻지 않아도 내가 그런 인간이 아니라는 것은 알아줄 거라고 생각했어."

코끝이 찡하고 아팠지만 여기서 울면 안 된다고 히토미는 생각했다. 여기서 울면 에이기치는 연약함과 불안정함을 또다시 나에게 갖다 붙이겠지. 히토미는 만면에 웃음을 지으면서 말하고 에이기치에게 등을 돌렸다.

"당신이 뭔가 했을 거라고 생각하거나 그런 거 아니야. 나도 바빠서 당신 이야기 제대로 들을 기회도 없었고, 그래서 반성을 담아서 말한 거야."

히토미의 기분을 살피듯 부드러운 말투로 에이기치는 말했다. 히토미는 대답하지 않았다. 잘 자요. 뒤에서 에이기치가 말하자 히토미는 뒤를 돌아보지 않으며 "아카네 일, 내가 곁에 있으면서도 그렇게 돼서 미안해요"라고 말했다.

"할 수 없지. 온종일 바쁘겠지만, 나도 할 수 있는 일은 할 테니까."

에이기치는 그렇게 말하고 침실로 향했다. 문이 닫히는 소리가 들리자 맹렬하게 공복감을 느꼈다. 뭐든 좋으니 배 속에 채워 넣고 싶었다. 설거지를 마치고 히토미는 기계적으로 냉장고를 열어 요구르트를 먹고 저녁에 먹고 남은 마카로니샐러드와 톳조림을 먹었다. 그걸로 공복감은 더 커졌고 전에 사두었던 햄을 뜯어 조리도 하지 않고 선 채로 한 봉지를 다 먹어 버렸다. 그거로도 모자라 낫토를 뜯어 파도 겨자도 넣지 않고 간장만 넣어서 젓가락으로 후루룩 마시고 고타로용으로 사둔 과즙주스를 단숨에 마셨다.

이야기한다는 건 사소하지만 중요하다. 결혼 전에 자신들이 그런 이야기를 나누었던 것이 분명히 생각났다. 그때 마음속으로 감사하게 생각했다. 이렇게 훌륭한 사람이 남편이 되어 준다는 것에. 그런 남편이 무엇이든 같이 이야기하자고 자신을 대등하게 대해 준다는 것에. 지금도 그렇게 생각한다. 에이기치는 훌륭한 인간이다. 부족함이 없는 남편이다. 다만 깨닫지 못할 뿐이다. 상대가 자신을 부정하지 않는다고 느낄 때만, 사람은 무엇이든 말할 수 있음을, 남편은 깨닫지 못할 뿐이다. 그렇게 말을 주고받아도 마음속에서는 고타로의 입시를 반대하는 건 아닐까. 나와의 대화로 그 반대가 대찬성으로 뒤집힐 리 없지 않은가. 마유코네 집에 맡기고 있다고 말할 수 없는 것은, 이제부터 어떻게 할지 상담할 수 없는 것은, 당신이 완고한 도덕론으로 나를 부정하기 때문이 아닌가.

낫토 두 팩을 먹어도 공복감은 채워지지 않았고 히토미는 야채실에 있는 오이를 베어 먹었다. 뭔가를 입에 넣으면 넣을수록 자신도 당황스러울 정도의 증오가 부풀어 올랐다. 입시에 유리하다고 말하던 요코의 얼굴이 떠올랐고, '애를 맡아 주는 거니까'라고 말하던 마유코의 얼굴이 떠올랐고, 과자를 뺨과 허벅지에 붙이고 자고 있던 레나의 얼굴이 떠올랐고, 가만히 자신을 응시하던 에이기치의 얼굴이 떠올랐고, 그 얼굴들이 좀처럼 사라지지 않고 히토미의 마음속에서 빙빙 돌았다. 오이를 먹고 나서 스틱빵봉지에 손을 뻗어 싱크대 앞에 선 채로 걸신들린 듯 먹고, 빵봉지가 빈 것을 보고서야 히토미는 겨우 제정신을 차렸다. 싱크대에는 스틱빵과 햄의 빈 봉지, 요구르트 빈 용기, 지저분한 접시, 낫토 용기가 어수선하게 떨어져 있었다. 히토미는 무엇보다 먼저 먹어 치운 총량을 헤아려 보았다. 괜찮아, 양은 그렇게 많지 않아. 오늘은 낙심해서, 저녁을 그다지 먹지 않았기 때문에 배가 고팠을 뿐이야. 이전과는 달라. 예전과는 달라. 자기 자신에게 반복해 들려주면서 히토미는 빈 그릇들을 치웠다. 그 잔해를 에이기치에게 보일 수는 없다. 과식이라고 할 정도의 양이 아니라고 설명한들 무슨 생각을 할지 알 수 없다. 미숙한 모습을 보일 수는 없다. 에이기치에게 이 이상 미숙한 모습을 보일 수는 없는 것이다.

*

맞은편에 앉은 다치바나 유리는 양해도 구하지 않고 담배케이스에서 담배를 꺼내 불을 붙였다. 패밀리 레스토랑의 흡연석은 창이 없는 안쪽이고, 창가 측의 밝은 자리가 금연석이다. 유치원에 아이를 보내고 난 오전 중 금연석은 아이엄마 같은 여성으로 거의 만석이지만 흡연석은 텅 비어 있었다. 사람이 없는 편이 이야기하기 쉬울 거라고 요코는 생각했지만, 매장 안의 명암이 잘 차려입은 엄마들과 자신을 결정적으로 분리하는 것 같은 기분이 들기도 했다.

"그래서?"

금연석에 있는 여성 중에 아는 얼굴은 없는지 둘러보는 요코에게 유리는 이야기를 재촉했다. 그 말투가 너무 무례한 듯하여 요코는 불쾌한 기분이 들었다. 뭐지, 이 사람. '만나서 이야기할까요, 시간도 맞출 수 있어요'라고 말한 것은 자기였으면서.

"'그래서'라니, 그러니까, 히나마쓰리 모임에 나를 부르는 건 좀 심하다고 생각해서, 그건 뭐지 싶어서 …."

"하지만 히나마쓰리에 구노 씨가 직접 초대받은 게 아니라, 따라간 거잖아요?"

요코는 다치바나 유리가 짜증을 내고 있음을 느꼈다. 어쩌면 나는 이야기를 잘 못하는 걸지도 모른다고 요코가 처음 느꼈던 것은 도쿄에 올라온 대학생 때였다. 친해진 여자친구들이 자신의 이야기에 짜증을 내고 있다는 것을 점점 느꼈다. 어딘지 모르게 건성으로, 짜증스러운 목소리로 유리처럼 이야기를 정리하려는 것이다.

"아니, 따라갔다기보다도, 나한테만 히나마쓰리에 대해 알려주지 않는다는 건 이상하지 않아요? 지금까지는 다 함께 모였고, 크리스마스에는 모두한테 알렸는데."

"그건 당신한테는 여자아이가 없으니까 다카하라 씨도 고바야시 씨도 신경 써서 안 부른 거잖아요?"

"그건 그렇지만 그래도, 그러면 히나마쓰리가 아니라 다른 모임으로 하든지 … ."

"요는."

유리는 코로 담배연기를 뿜고 소파에 깊숙이 기대앉으며 말했다.

"구노 씨의 이야기를 정리하면, 구노 씨는 고의적으로 소외당하고 있다는 거네요?"

"그렇게까지 말한 건 아니지만 … ."

"그래도 그렇게 들리는데요. 두 사람 다 여동생 이야기에 몰두하는 척을 하면서 둘째아이가 없는 당신을 소외시키려고 한다고, 그렇게 들려요."

"책은 어떻게 되고 있어요?"

요코는 화제를 바꿨다. 분명 자신의 이야기를 정리하면 그렇게 될지도 모르지만, 아무것도 모르는 유리가 그렇게 단정 짓는 것은 싫었다. 게다가 중학생도 아니고 소외라니, 유치하다. 아니, 하지만 정말로, 그녀들은 자신을 멀리하고 있고 의식적으로 거리를 두려고 하는 걸까 … .

"그 후로 몇 번이나 수정해서 곧 완성될 거예요."

유리는 지나가는 여종업원에게 손을 들어 커피 리필을 부탁하고 담배를 재떨이에 비벼 껐다.

"반년이나 일 년 정도의 취재로 쉽게 쓸 수 있는 종류의 책이 아니니까. 더 시간을 들여서 차분히 쓰고 싶은 거죠."

"그럼 취재를 지금도 계속하고 있는 거예요?"

"응, 계속하고 있죠."

여종업원이 유리의 컵에 커피를 따랐다. "리필해 드릴까요?"라며 기계적으로 요코에게도 물었다. 더 마시고 싶지는 않았지만 "부탁드려요"라며 요코는 컵을 내밀었다.

"그래서 그런 이야기도 자주 들어요. 아이들 입시정보 수집도 필요하죠? 그래서 어머님들은 한때 확 단결한다. 하지만 단결하면서도 항상 상대를 관찰하고 밀어내려고 한다. 입시와 관계없는 어머니는 그 안에 우선 들어가지도 못한다는 게 내 감상이에요. 그러니까 당신이 소외되는 것은 딱히 당신이 싫다거나 그런 게 아니라고 생각해요. 입시에 한해서 말한다면 당신은 전혀 상관이 없으니까, 교제할 이점이 없다는 거 아닐까요?"

"네, 말씀하시는 건 알겠어요."

싫어하는 것은 아니다, 이점이 없으니까 거리를 두는 것뿐…. 그런 것인지 아닌지 요코는 알 수 없었지만 입시 때문에 이상해지고 있는 엄마를 많이 보고 있을 유리에게 그런 말을 들으니 이상한 안도감이 들었다. 히토미와 함께, 그런 단순한 문제가 아니며 우리들은 그렇게 되지는 않을 것이라고 씩씩거리며 유리에게 열변을 토했던 일이, 현실감 있는 꿈처럼 느껴졌다.

"그래서 어떻게 될까요."

요코가 물었다.

"어떻게 된다니?"

"입시가 끝나면 단결했던 엄마들이라든가, 이점이 없어서 거리를 두었던 엄마들이라든가."

"물론 입시가 끝나면 상관없는 사이가 되죠. 취직시험 볼 때, 생각 안 나요? 자주 만나던 동지들과 같이 마시기도 하고 연락도 하고 스스럼없이 정보도 돌리고 그러면서 상대의 동향을 탐색하고, 결과가 나오면 바로 남이 되는. 그런 느낌과 비슷한 것 아닐까."

이 말은, 가즈토시와 애들이 초등학생이 될 무렵에는 치카와 히토미도 같이 안 다니게 된다는 걸까. 우리들은 인사만 나누는 사이가 되는 걸까. 그런 생각이 들자 요코는 안심이 되었다. 하지만 유리는 덧붙였다.

"그리고 다음에는 중학교 입시. 전원이 무조건 중학교에 진학할 수 있는 일관학교라면 문제가 없겠지만 성적순이라든가 혹은 중학교 입시를 준비하면 또 똑같은 일이 벌어지겠죠."

요코는 또다시 울적해졌다. 몇 가지의 가정이 어지럽게 떠올랐다.

가즈토시가 국립대부속 초등학교에 합격하지 못하고, 고타로도 유타도 입시에 실패하고 또 같은 초등학교에 다닌다면, 그녀들의 고의적인 따돌림은 다시 계속될까. 가즈토시가 합격하지 못했는데 고타로와 유타가 합격해 버린다면, 두 사람은 더욱 친해지고 자신은 혼자 동네에서 마주치는 그녀들을 멀리서 바라보게 될까. 가즈토시가 합격하고, 고타로와 유타가 다른 초등학교에 입학한다면 역시 그녀들과는 상관없는 사이가 될까. 가즈토시와 고타로가 같은 초등학교에 합격하고 유타만 다른 초등학교에 가면, 히토미와는 더 친해질 수 있을까. 혹은 ….

연이어 떠오르는 가정은, 가즈토시는 괜찮을 거라는 근거 없는 자신감과는 상관없이 요코를 불안하게 만들었다. 그리고 생각하면 생각할수록 요코는 어떻게 하고 싶은 것인지 알 수가 없었다. 히토미와 치카와 이전과 같이 친해지고 싶은 것인지, 히토미와 치카를 떼어 놓고 싶은 것인지. 히토미하고만, 아니면 치카하고 만 친하게 지내고 싶은 것인지. 아니면 두 사람 모두와 상관없는 전혀 다른 곳으로 혼자 가버리고 싶은 것인지.

"그래서, 구체적으로 구노 씨는 어떤 식으로 따돌림을 받는 거죠? 크리스마스 파티에서 무시당했다, 아이를 유산한 것을 알고 있으면서 둘째아이 이야기만 하고, 입시교실에 대해 물어도 대답해 주지 않았다, 다카하라 씨가 자기 아이를 가즈토시와 놀게 하지 않았다, 그리고 또 어떤 걸?"

유리는 옆에 두었던 가방에서 노트와 함께 유난히 반짝이는 펜 케이스에서 볼펜을 꺼내며 고쳐 앉는다. '따돌림'이었던 것일까. 마음속으로 중얼거리며, 말을 시작했다.

"그러니까 히나마쓰리 … ."

"히나마쓰리 이야기는 이미 들었어요. 구노 씨가 아이 일로 낙담하고 있는 것을 알면서 둘째아이들의 히나마쓰리에 무리하게 초대했다는 거죠?"

"무리하게 초대한 게 아니라···."

"다른 일은? 다른 일로는 어떤 따돌림을 당했어요?"

"다른 건···."

따돌림인가. 그녀들이 자신을 따돌리는 것일까.

"고타로와 유타는 함께 놀게 하면서 우리 가즈토시는 끼워 주지 않는다든가··· 우리 가즈토시가 히토미 씨에게 말을 걸려고 했는데 무시당했다든가··· 또 바비큐 파티 할 때 내가 준비한 게 부족하다고 비난하거나··· 내 차림이 뭔가 이상하다고 한다든가··· 엄마로서 협조성이 없다든가··· 아빠들끼리 한잔하러 간 것 같은데 우리만 안 불렀고···."

이야기하면서도 요코는 이제 알 수가 없었다. 유치원 행사 때 준비 부족을 비난한 것은 히토미도 치카도 아니라 행사의 리더를 맡았던 다른 엄마였고, 그것도 잘못한 것은, 주먹밥 담당이었는데 깜박 잊고 채소를 가지고 간 자신임을 요코는 알고 있다. 아빠들의 술자리는 피크닉 후에 원하는 사람만 하기로 했는데 술을 못 마시는 신이치가 갈 리가 없다고 생각해서 말하지 않았던 것도 자신이었다. 복장과 협조성에 관한 것은 누가 그렇게 말한 것이 아니라 모두가 그런 눈으로 자신을 보고 있다고 생각한 것뿐이다. 그것도 지금 가즈토시가 다니는 유치원에서였는지 아니면 더 옛날에, 학생 때 기억인지 요코는 이제 알 수 없었다. 요코는 그저 멍하니 쓱쓱 움직이는 유리의 손과 유리가 적고 있는 가는 글자를 쳐다보고 있다. 점점 그 문자가 흐려지고 자신이 울고 있다는 것을 요코는 깨닫는다. 서둘러 냅킨으로 두 눈을 비빈다.

"그러니까 입시 준비를 하지 않는다고 밝힌 후부터 다른 어머님들의 태도가 싹 바뀌어서 당신을 소외시키게 되었다고 하는 것이지요? 열외라고 통보를 받은 거네요. 그래서 구노 씨는 그런 일을 당하고 괜찮아요? 뭔가 스트레스를 느낀다거나 정서 불안정이 되었다거나, 잠을 못 잔다거나 혹은 어딘가 심리치료를 받는다든가, 그런 건 있나요?"

"의사한테 갈 정도는 아니지만⋯ 물론 여러 일을 생각하면 밤에는 잠도 못 자고 엄마들과 만나야 하는 행사 같은 게 있을 때는 지난해에 비해 너무 힘들어요."

울려는 의도는 없었지만 입을 열면 동시에 눈물도 흘렀다. 유리는 얼굴을 들어 요코를 본다. 유리를 슬쩍 보니 그 눈에는 조금 전의 짜증은 사라지고 가만히 지켜보는 듯한 온화함이 어려 있었다. 점점 더 눈물이 쏟아졌다. 그리고 요코는 깨닫는다. 누군가의 앞에서 우는 게 이렇게 감미로운 일인가 하고. 그 감미로움에 잠긴 채, 이쪽을 응시하며 펜을 바삐 움직이던 유리가 '정서 불안정'이라고 적는 것을 보았다. 정말 정서 불안정인 걸까 하는 생각도 들었지만 부정은 하지 않았다. 유리가 얼마든지 과장해서 써도 좋다고 요코는 생각했다. 엄마들이 얼마나 잔혹하고 심보가 고약한 인간들인지, 써주기만 하면 된다. 나처럼 궁지에 몰린 엄마가 있다고 써주면 좋겠다. 모두 그 글을 읽고 자신을 부끄러워하면 좋겠다. 자기혐오에 빠졌으면 좋겠다.

"내가 이제 슬슬 가야 하는데, 또 무슨 일이 있으면 부담 갖지 말고 연락해요. 좋은 클리닉도 소개할 수 있으니까. 이거, 내가 낼게요."

노트를 덮고 서둘러 짐을 챙겨 계산서를 들고 유리는 주저 없이 일어났다. 저, 하고 요코가 말을 걸었을 때 유리는 이미 카운터를 향해 걸어가고 있었다. 요코는 서둘러 종이냅킨으로 눈물을 닦고 가방에서 티슈를 꺼내 코를 풀었다. 사실 이야기하고 싶었던 것은 히나마쓰리에 대한 것뿐이었다.

사흘 전 금요일의 일이다. 최근에 유치원이 끝나면 허둥지둥 바로 가버리는 히토미를 붙잡고 함께 가자고 하니 일이 있다고 했다. 무슨 일이냐고 집요하게 묻자 히나마쓰리 파티를 치카네 집에서 하기로 했다고 어렵게 말을 꺼냈다. "나도 갈게"라고 한 것은 요코였다. "하지만…"이라고 말하려는 히토미에게 "여자아이가 없으면 가면 안 되는 건가?" 하고 비꼬아서 말한 것도 본인이었다. 무리하게 초대한 것이 아니고 무리하게 밀고 들어간 것이다.

치카의 맨션은 전에 방문했던 에다 가오리의 맨션과 많이 닮았다. 널찍하고 가구도 생활용품도 모든 것이 고급스러워 보였다. 거실 옆에 있는 다다미방에 칠단 장식의 히나인형이 전시되어 있었다. 마유코는 없었고 히토미와 치카와 아이들뿐이었다. 히토미와 치카의 행동으로 보아 예정에 없던 자신이 방해가 되고 있음을 요코도 알 수 있었다. 뭔가 이야기가 있었구나. 아들의 입시에 대한 것인지, 아니면 딸의 유치원에 대한 것인지. 눈치는 챘지만 요코는 돌아가지 않았다. 어색한 채로 치카가 내온 홍차를 마시고, 과자를 먹었다. 모모코는 아카네와, 유타는 고타로와 각각 놀고 있었고 가즈토시는 오도카니 요코의 옆에 앉아 있었다. 아카네가 오른팔에 고정띠를 하고 있어서 어떻게 된 거냐고 물어도 히토미는 얼버무릴 뿐 대답하지 않았다. '나한테는 알려줄 수 없다는 거네' 하고 요코는 속으로 생각했다. 그래도 분위기를 띄우려고 치카가 몇몇 화제를 꺼냈지만 다 어중간하게 끝나버렸다. 이야기를 하던 와중에 요코는 확신했다. 이번 가을, 초등학교 입시에 이어 치카와 히토미는 내년에 모모코와 아카네도 유치원 입시를 준비하려고 한다는 것을.

그날 밤, 요코는 남편에게 잠자리를 갖자고 재촉했다. 기초체온을 한동안 재지 않았기 때문에 배란일인지 아닌지 이젠 알 수도 없었지만 그래도 초조함에 가만히 있을 수 없었다. '아이를 만들어요, 이번에야말로 무사히 낳을 테니까'라며 졸랐다. 하지만 신이치는 거절했다. 그런 식으로 말한다고 해도, 갑자기 '그래?' 하면서 할 수 있는 게 아니라며 잘라 말하고 등을 돌렸다.

요코는 이불에서 빠져나와 어두운 부엌에서 울었다. 무엇이 자신에게 상처를 주는지 알지 못한 채 울었다. 아니, 모든 것이 자신에게 상처를 주는 것처럼 생각되었다. 치카도 히토미도 모모코도 아카네도 유타도 고타로도 유치원의 엄마들도 선생들도 신이치도. '안 돼, 안 돼'라고 생각하면서도 습관처럼 전화기에 손을 뻗었다. 전화벨 소리를 몇 번 듣고서도 히토미는 받지 않았다. 결국 요코는 밤거리에 나가 히토미의 집을 올려다보고, 불이 꺼져 있는 것을 확인하고, 맨션을 한 바퀴 돌고 나서 집으로 돌아왔다. 그러는 자신이 스스로도 무서웠다. 누군가에게 말하지 않으면 정말로 머리가 이상해질 거라고 생각했다. 치카도 히토미도 자신과 이야기하는 것을 피하고 있다고밖에 생각할 수 없었기 때문에 할 수 없이 다치바나 유리에게 전화했던 것이다.

하지만 그렇게 다치바나 유리와 이야기해도 기분이 후련해지지는 않았다. 자신이 정말로 말하고 싶은 것을 유리는 들어 주지 않았다. 히나마쓰리에 자신도 초대받고 싶었다. 아이 일 따위로 배려받고 싶지 않았다. 그러면 나도 모모코와 아카네를 축하해 줄 수 있었을 것이다. 칠단 장식은 정말 멋있었다. 멋있다고 말했어야 했다. 나도 여자아이가 있으면 좋겠다고 웃으며 이야기했어야 했다. 유치원 입시 잘 되면 좋겠다고 말했어야 했다. 초등학교도 각자의 위치에서 열심히 하자고 말했어야 했다. 그런데 할 수 없었다. 왜 할 수 없는지는 모르겠지만 할 수 없었다. 뚱하니 입을 다물고 그 자리에 앉아서 분위기를 망쳤을 뿐이었다. 저기, 나, 어떻게 된 거지. 나, 어떻게 되는 거지. 알려 줘. 유리에게 말하고 싶은 것은 그런 거였다고, 혼자 남겨진 흡연석에서 요코는 생각했다.

유리와 이야기하기 전보다 더 고통스럽고 안 좋은 기분이 되었다. 금연석에서는 어디 유치원인지, 고급 레스토랑에라도 가듯 한껏 멋을 낸 엄마들이 각자의 테이블에서 떠들썩하게 수다를 떨

고 있었다. 그녀들을 쳐다보지 않으려 애쓰며 요코는 패밀리 레
스토랑을 나왔다. 순간적으로 진한 꽃향기가 스친 듯한 기분이
들었지만 그녀들의 향수 냄새겠지, 하고 요코는 생각했다.

*

이런 것을 보여주려고 우리를 부른 건가? 마유코의 비좁은 맨
션에서 치카는 생각했고, 그런 생각을 하고 있는 자신에게 놀랐
다. 유치원에서 그다지 사이가 좋지도 않은 엄마들에게 '혼자만
앞지르기한다'는 식으로 생각지도 못한 말을 듣고, 요코는 의미
도 없이 쏘아대고, 히토미는 갑자기 과잉이라 할 정도로 기대는
것 같고, 다른 엄마들에게 넌지시 유타가 행동이 거칠다고 지적
받으면서 점점 숨이 막힌다고 생각하던 때, 마유코의 천진함, 태
평함, 꾸밈없는 성격이 치카에게는 언제나 구름 한 점 없는 파란
하늘과도 같았다. 하지만 지금 어수선하고 널브러져서 어딘지 불
쾌한 맨션 방 한편에 차려 놓은, 아주 촌스러운 히나마쓰리를 위
한 삼단 장식을 보며 어쩐지 짜증이 나는 듯했다.

"모모코, 튀밥 먹을래? 치카링도 괜찮으면 먹어요."

봉지에 든 히나아라레(히나마쓰리 때 먹는 튀밥 같은 과자—옮긴
이)를 그릇에 옮겨 담지도 않고 마유코가 내밀었다. 모모코는 치
카를 쳐다보며 받아도 되는지 망설이고 있다. 그 틈에 레나가 봉
지를 빼앗아 침이 묻은 손을 넣어 튀밥을 먹는다. 입에 들어가지

않은 튀밥이 주르르 떨어졌다.

"근데, 우리 레나 며칠 전에 광고 오디션 봤지 뭐야."

소파에 등을 기대앉아 양다리를 거실테이블에 올리며 마유코
가 말했다.

"어머, 잘 됐잖아."

치카는 건성으로 대답했다.

"엄마, 저기, 고타로는 안 와?"

옆방에서 그림책을 보고 있던 유타가 물었다.

"오늘은 안 와요. 부르지 않은걸. 요즘 고바짱 무셔."

"무셔."

유타가 마유코의 말을 흉내 내며 킥킥 웃는다. 최근 유타는 쓰
면 혼날 만한 말을 금방 알아채고 그런 말만 금세 외워서는 계속
반복하곤 했다. 아마도 집에 가서도 몇 번이나 말하겠지. 나쁜 말
이라고 말해 주어야겠다고 생각했다.

"결과는 아직이지만 확실히 레나가 뽑힐 것 같은 예감이 들어.
다른 애들 봤는데 레나가 제일 귀여웠거든, 딸바보라 그러는 게
아니라."

"그래, 레나가 귀엽지."

바닥에 떨어져 있던 작은 플라스틱 인형을 모모코가 줍자, 치
카는 급히 인형을 빼앗았다. 이런 먼지투성이 바닥에 떨어져 있
는 것을 만져 대고, 그 끈적끈적한 손을 입에 가지고 가면 어떤
세균이 들어갈지 모르잖아.

"모모코도 귀여워. 저기, 모모코도 들어올래? 회사, 소개해 줄게. 아마 금방 일이 들어올 거야."

마유코의 말에 치카는 왠지 화가 났다.

"모모코, 내년에 유치원 입시가 있어서 그런 거 할 시간 없어." 말하고 나서, 아차 싶었다. "게다가 모모코는 평범해서 레나처럼 잘될 리가 없지"라고 서둘러 덧붙였다.

"어? 입시라니? 유타가 아니라 모모코도 입시 준비하는 거야?"

"응, 두 명 연속으로 하면 얼결에 끝나 버릴 거 같아서."

역시 그 말을 물고 늘어지는구나. 하지만 상관없다. 마유코가 따라서 입시를 준비하겠다고 나설 것 같지는 않았다. 그렇다 해도, 나는 왜 조용히 있지를 못하는 걸까. 치카는 생각했다. 다이스케 가족과 같이 식사한 것은 올해 초였다. 들으면 들을수록 다이스케의 딸들이 다니는 학교에 아이를 입학시키고 싶어졌다. 운좋게 그 부속 초등학교는 유치원부터 있었다. 초등학교에 유타를, 유치원에 모모코를 보내기로 치카는 생각했다. 다이스케의 딸들도 유치원은 입시에 실패한 듯했고, 꽤 경쟁률이 높은 것 같지만 시도해 볼 가치는 있다. 치카의 상상과 달리 쇼트커트 스타일에 소탈한 다이스케의 부인도 "오빠가 붙으면 모모코도 붙을 가능성이 높지 않을까"라고 말했다. 남편은 유타보다 오히려 모모코의 입시를 찬성했다. 다이스케의 예의 바른 딸들에게 감동한 듯 "꼭 붙게 해야지"라고 돌아오는 길에 힘주어 말할 정도였다.

그 일을 무심코 히토미에게 말하고 말았다. 숨길 정도의 일도 아니지만 일부러 학교 이름까지 말할 필요도 없었다. 그로부터 며칠 후 "우리 아카네도 거기 시험 보게 할까 해"라고 히토미한테 고백을 받고 치카는 후회했던 것이다. 히토미가 올해 들어 유독 자기에게 기대는 것 같다는 생각이 들었다. 기댄다기보다 의존한 다고 표현하는 쪽이 가까울지도 모르겠다. 고타로에게는 국립대 부속 초등학교 시험을 보게 하는 것 같아 유타와는 겹치지 않는 데, 유아교실에서 이런 일이 있었다, 이런 말을 들었다며 하나하 나 보고했고 그것만이라면 괜찮겠지만, 모모코한테 뭔가 가르치 려고 한다고 말하면 '우리 아카네도 같이 보낼까'라며 진지한 얼 굴로 말하는 것이다. 같이해서 곤란할 건 아무것도 없지만 왠지 내키지 않는 기분도 들었다. 뭔가 시작하겠다고 하면 히토미는 전부 나한테 맡길 게 분명하다. 입시교실 조사, 좋고 나쁨의 판 단, 신청 절차까지 자기는 아무것도 하지 않고 나한테 전부 맡길 게 뻔하다. 모모코의 유치원도 그렇다. 다이스케의 딸들이 다니 는 학교를 찾아낸 것은 나, 교육방침과 학비 등을 조사한 것도 나, 내 돈으로 그 사람들을 식사에 초대해서 이야기를 들은 것도 나, 다이스케의 부인이 성의껏 자료를 보내 주었지만 그 답례를 한 것도 나, 아마도 앞으로 다이스케와 그 부인에게 조언을 부탁 하고 그때마다 답례하는 것도 나겠지. 히토미는 그저 다가와서 아무 수고도 하지 않고 그 정보를 듣고 나와 같은 걸 하려고 할 뿐 이다. 그렇다면 일절 나는 이렇게 할 생각이라고 말해 주지 않았 다면 좋았을 텐데, 정보도 알려 줄 의무가 없는데, 나는 모든 걸

비밀로 할 정도로 속이 좁은 사람이 아니라고 치카는 생각한다. 애초에 히토미는 라이벌도 아니고 아주 평범한 친구일 뿐이니까. 하지만 만일 그렇게 해서 나한테 얻은 정보로 아카네만 합격하고 모모코가 떨어지는 일이 생기면, 히토미를 피하게 될지도 모른다, 그 정도로 자신의 마음이 넓지 않다는 것도 치카는 알고 있다. 이번에 만나면 지망학교를 바꿨다고 말해야지. 실제로는 시험 볼 생각이 없는 학교 이름을 알려 주는 게 좋지 않을까 하는 생각조차 했다.

마유코에게 아카네를 맡겼다가 다쳤다고 히토미가 울면서 전화를 한 것은 2주일 정도 전이었다. '어떻게 하면 좋을까?'라고 물을 때는 솔직히 진절머리가 났다. 어떻게 하면 좋을지 나쁠지가 아니다, 나라면 마유코와 직접 대결해서 소송도 불사하겠다고 치카는 자기 생각을 다 말했지만 "아니, 증거도 없고 모르는 일이라고 하면 그뿐이고. 어떻게 하지?"라며 되물었다. 반복되는 "어떻게 하지?"라는 말속 "어떻게 좀 해 줘"라는 의존의 의미를 치카는 감지했다. '마유코를 함께 비난하고, 함께 사실을 규명하고, 마유코를 함께 피하고 소외시키자, 응? 그렇게 하자, 치카 씨'라고 말하는 것 같은, 끈적거리는 불쾌감을 느꼈다.

"저기, 저기, 우리 레나도 거기 시험 볼까?"

소파에 드러눕듯 앉아 있던 마유코는 몸을 내밀며 눈을 반짝였다.

"어?"

"아니, 그러는 편이 안심이잖아. 모모코도 있으면 레나도 안심이고 나도 치카링이 있으면 안심이고."

"그래도 가고 싶다고 해서 갈 수 있는 곳이 아니야. 우리 애도 떨어질지 모르고."

"해 보지 않으면 모르는 거잖아. 그 유치원 어디야? 뭐라는 곳이야?"

"게다가 입학금도 매월 수업료도 다른 데랑 비교해서 꽤 비싸고."

"거기는 예능 활동해도 되나? 입학시험은 어떤 걸 보는데?"

"저기, 아카네가 여기에 놀러 왔을 때 다쳤다고 들었는데 무슨 일이 있었던 거야?"

자신의 악의를 느끼며 화제를 바꿨다. 몸을 내밀고 있던 마유코는 티가 날 정도로 표정이 바뀌며 쓰러지듯 소파에 누웠다.

"어머, 너무 싫다. 고바짱, 그런 얘기 퍼트리고 다니는 거야? 내가 뭘 어떻게 한 게 아니야. 어떻게 할 리가 없잖아. 고바짱도 그런 게, 자기가 잘난 줄 안다니까. 자기가 사정이 있어서 애를 맡겨 놓고 애가 다친 걸 내 책임이라고 하는 거야."

"맡겠다고 한 건 마유코 아니야?"

"아니, 곤란한 것 같으니까. 그래도 뻔뻔한 거 같애. 애를 맡겨 놓고 자기는 하고 싶은 거 하고 다니는걸. 맡아도 좋다고 내가 말은 했지만 계속 지켜볼 수는 없는 거고, 애가 맘대로 넘어진 게 내 탓은 아니잖아."

"그래도 돈 받잖아."

결국 히토미의 희망대로 마유코를 비난하는 투로 말하는 자신을 깨닫고 치카는 그런 자신이 지긋지긋했다.

"무슨, 그런! 치카링 너무하잖아! 그 사람이 맘대로 돈을 놓고 간 거야. 그것도 베이비시터보다 훨씬 싸다고 했고."

바닥에 떨어져 있는 튀밥을 입에 넣던 레나가 칭얼거렸지만 마유코는 무시하고 근처에 있던 담배에 불을 붙였다. 불결하고 게다가 담배 연기가 자욱한 이곳에 있다는 것을 참을 수 없게 된 치카는 일어나 모모코와 놀고 있는 유타를 부른다.

"그것보다 치카링, 마담하고 싸웠어?"

치카가 돌아가려는 것을 저지하려는 듯 마유코는 화제를 바꿨다.

"어?"

"그러니까, 마담하고 싸웠냐고."

"왜?"

"아니, 딱히."

마유코는 어딘가 득의양양한 얼굴로 얼버무렸다.

"왜? 가오리 씨가 뭐라고 했어?"

"뭐라고 할까."

거들먹거리듯 말하며 바닥에 떨어져 있는 초콜릿박스를 손에 들고 마유코는 한 조각을 입에 넣는다. 레나가 손을 뻗어 "치, 치" 하며 높고 날카로운 소리를 질렀다.

"치카링은 비상식적이라나, 그런 말을 하니까. 오늘도 오라고 초대했는데 오지도 않고. 아, 그건 상관없나? 최근 에리카가 우리 집에 자주 오거든. 하지만 우리 집에 오는 거 마담한테는 말 안 했으니까, 에리카가 가지 말라고 했을지도 모르지. 들킬까 봐, 학교 안 가고 여기서 노는 거."

마유코는 치카에게 의미를 알 수 없는 걸 나불나불 떠들어 댔다.

"비상식적이라니 뭐가? 무슨 말을 하는 거야?"

다이스케 가족과 만난 걸 말하는 걸까. 하지만 가오리와 셋이서 만났을 때, 언제든 연락하라며 다이스케가 핸드폰 번호와 회사 연락처를 알려주는 것을 가오리는 가만히 보고 있었으니까 연락했다고 해서 기분이 상했을 리 없다. 게다가 입시 이야기를 물어보기 위해 시간을 내달라고 할 건데 괜찮겠냐고 가오리에게 허락을 받을 문제는 아니다. 아니면 뭔가 오해하는 걸까. 나와 다이스케 사이에 뭔가 있었던 게 아닌가 하고 오해하는 걸까. '설마' 하고 치카는 바로 지워버렸지만, '하지만' 하고 다시 생각해 본다. 하지만 마치 여고생처럼 몰두하고 있는 가오리의 태도를 보면 있지도 않았던 일을 망상해서 질투하는 것도 있을 수 있는 일이다. 하지만 가오리 씨가 그런 어린애 같은 사람이었나?

"엄마, 갈 거야, 안 갈 거야?"

기다리다 지친 듯 유타가 묻는다.

"갈 거야. 이제 가볼게요. 오늘 고마웠어."

정신을 차리고 치카는 모모코를 안아 올렸다.

"그럼 딱히 싸운 건 아니구나. 그럼 다행이고. 기껏 친해졌는데 다 같이 만날 수 없게 되면 안 되잖아."

"싸움 같은 거 안 했어. 이상한 쪽으로 억측하지 마."

그렇게 잘라 말하고 치카는 현관으로 향한다.

"저기, 치카링. 모모코 꽤 크네."

현관까지 배웅하러 나온 마유코는 살짝 눈을 치켜뜨며 치카를 보며 그런 말을 꺼낸다.

"그런가?"

치카는 신발을 신고 쭈그리고 앉아 모모코에게 신발을 신기며 "유타는 혼자 신을 수 있지? 오빠니까?"라며 꾸물꾸물 신발을 만지작거리고 있는 유타를 재촉한다.

"응, 레나보다 크지. 저기 그러니까 혹시 모모코가 이제 못 입는 옷 있으면 줄래?"

애가 도대체 무슨 말을 하는 거지. 쭈그리고 앉은 채 치카는 마유코를 올려다본다.

"아니, 아깝잖아, 그러니까 못 입게 된 건 레나한테 줘요. 마담은 조금도 아까워하지 않고 자주 주는데."

치카는 그 말에는 대답하지 않고 유타를 재촉해 신발을 신기고 잘 있으라는 말도 하지 않고 현관을 나섰다. 엘리베이터를 탄다.

"엄마, 편의점 가도 돼?"

유타가 묻자 '빵맨, 빵맨' 하고 품 안에 안긴 모모코가 작은 소리로 말하며 웃는다.

"알았어, 알았어. 호빵맨 과자 말하는 거지?"

"아니야, 내가 갖고 싶은 건 카드야."

"'내가'가 아니라 '제가'라고 해야지."

평소와 다름없는 대화를 나누면서 치카는 엘리베이터에서 내려 공동현관문을 나선다. 빌딩 사이로 오렌지색 태양이 보인다. 문득 치카는 이해가 안 됐다. 왜 자신이 이런 곳에 있는지. 왜 저런 마유코나 히토미처럼 누군가를 이용하려고만 생각하는 사람을 친구라고 생각했는지. 왜 가오리처럼 흔해 빠진, 바람이나 피우는 여자를 동경했는지. 왜 이런 옹색하고 갑갑한 동네에 사는지. 왜 마리처럼 시원하고 넓은 곳으로 나가지 않는지. 그런 걸 생각한들 이미 늦었다. 여기가 내가 선택한 곳이고, 이것이 내가 선택한 삶이다. 여기서 벗어나지 못할 게 뻔하다. 품에 안은 모모코가 마치 돌덩어리처럼 무겁게 느껴져 치카는 멈춰 서서 모모코를 내려놓는다. 오른손을 유타와, 왼손을 모모코와 잡고 해가 지기 시작한 동네를 걷기 시작한다. 모모코를 내려놓았지만 아직 온몸이 무겁다. 돌덩어리를 등에 짊어진 것처럼.

가오리한테 전화가 온 것은 밤 10시가 지났을 때였다. 아이들은 이미 자고 있었고 켄은 욕실에 있었다. 내일 아침 준비를 하던 치카는 부엌에서 전화 수화기를 들었다. "어머, 가오리 씨"라며 밝은 목소리로 대답하자마자 날카로운 목소리가 들려왔다.

"이상한 쪽으로 억측 같은 거 한 거 아니야."

무슨 말을 하는지 몰라 치카는 말문이 막혔다.

"당신, 비상식적인 사람이네. 다야마 씨를 소개한 건 나야. 다야마 씨와 개인적으로 만날 거면 나한테도 일단 연락하는 게 도리잖아요. 그걸 내가 이상한 쪽으로 억측한 거라니, 어떻게 그런 말을 하지?"

아, 하고 치카는 겨우 이해가 갔다. 이상한 억측하지 말라고 오늘 오후 마유코에게 한 말이다. 싸움이니 뭐니 재미있어 해서 억측하지 말라고 마유코에게 한 말이었는데 마유코는 그걸 그대로 가오리에게 전했겠지. '치카링이 마담한테 이상한 쪽으로 억측하지 말라고 했어'라고.

"그런 거 아니 …."

부정하려고 했지만 가오리는 들으려고 하지 않고 일방적으로 떠들어 댄다.

"내가 질투라도 한다고 생각하는 거야? 우습게 보지 마. 아이 학교 문제로 주변 상황이 안 보이는 건 알겠지만, 상식적으로 생각하면 아는 거 아냐? 저쪽 가족과 식사를 하다니 당신 그렇게 뻔뻔한 사람이라고 생각해 보지도 않았어. 나는 그 말을 하는 거야. 다야마 씨에게 묻고 싶은 게 있으면 나한테 물으면 되고 만날 거면 나한테 연락하면 되잖아. 그걸 저쪽 가족까지 끌어들이고, 게다가 다야마 씨를 친절한 마음으로 소개한 나한테 이상한 쪽으로 억측하지 말라고 하다니 뭐지?"

저기, 가오리 씨. 어째서 그런 바보 같은 소리를 하는 거야? 여고생도 아니고 나와 다야마 씨 사이에 뭔가 있다고 생각하는 거야?

당신은 더 현명하고 멋있는 사람이잖아요. 원하는 것은 이미 다 가지고 있잖아. 이 이상 뭐가 필요한 거지? 치카는 가슴속으로 말하면서 귀에 들려오는, 변명하는 듯한 자신의 목소리를 듣는다.

"가오리 씨, 그거 오해예요. 나, 이상하게 억측하지 말라고 하지 않았어. 마유코가 이것저것 묻길래 …."

하지만 가오리는 이해하기는커녕 더 격앙된 소리로 말했다.

"당신 아이가 절대 붙을 리 없어. 그런 난폭한 애가 붙을 리가 없잖아."

히스테릭한 목소리로 그런 말까지 꺼낸다.

"잠깐만, 가오리 씨."

아무리 치카라도 화가 났다. 뭐라는 거지, 이 사람? 어째서 다이스케가 얽히기만 하면 바보가 되는 거지? 어디든 널려 있는 평범한 중년남자잖아.

"말해 두지만 식사하자고 초대해 주신 것은 다야마 씨야. 가오리 씨 가족도 함께하자고 물을 수 없잖아. 아니, 공인된 관계였다면 초대했어야 했나? 그리고 우리 애를 걱정해 줘서 고마워. 그렇다면 나도 충고할게. 에리카, 학교 안 가고 마유코네 눌어붙어 있는 것 같은데 못 가게 하는 게 좋을 거야. 에리카네 학교가 얼마나 방임하고 있는지는 모르겠지만 마유코네는 비위생적이고 담배 냄새도 나고, 걔가 애들한테 무슨 짓을 하는지 모르는 거니까. 그리고 …."

전화는 갑자기 끊겼다. 뚜뚜 소리가 나는 수화기를 귀에 댄 채,

소파 위에 켄이 벗어 던진 양말을 치카는 가만히 쳐다본다. 둥근, 작은 생물 같은 양말.

수화기를 제자리에 내려놓자 바로 다시 전화벨이 울렸다. 가오리일까? 아직 못다 한 말이 있는 걸까. 아니면 사과라도 하려는 걸까. 잠시 망설인 후 치카는 수화기를 든다.

"치카 씨?"

하지만 들려온 것은 소곤거리는 듯한 히토미의 목소리였다. 온몸에서 힘이 빠져나가는 것을 치카는 느낀다.

"저기, 마유코 씨하고 만났어? 뭐래? 치카 씨, 뭐 좀 물어봤어?"

치카는 수화기를 귀에서 뗀다. 계속 떠드는 히토미의 목소리가 어디선가 들려오는 라디오 소리처럼 들린다. 튜닝을 하는 듯한 거슬리는 소리. 그중에서 희미하게 목소리가 들려온다. 결혼이니 출산 같은 평범한 것은 치카 언니가 전부 해줄 테니까. 마리의 득의양양한 목소리가 멀어졌다 가까워졌다 하면서 귀에 들려온다. 치카는 그대로 수화기를 귀에서 뗴면서 힘껏 내동댕이쳤다.

*

그녀는 밤거리를 걷고 있다. 길가 상점들은 거의 셔터를 내렸고, 편의점과 패밀리 레스토랑 불빛이 어두운 동네에 한 줄로 늘어서 있다. 어디론가 가는 것인지 집으로 돌아가는 것인지 이런 어두운 거리를 아직 걷는 사람들이 있다. 그들이 있기 때문에 그녀 또한 자신이 용건이 있어 거리를 걷고 있는 거라고 생각할 수 있다. 거리를 걷는 사람들과 마찬가지로 확고한 발걸음으로 그녀는 걷는다. 하지만 그중 몇몇이 편의점과 지하철역으로 빨려 들어가 사라지면 순간적으로 그녀는 깨닫는다. 목적지도 없이 이렇게 걷고 있다는 것을. 그렇다고 해서 집으로 돌아갈 마음도 없다.

이 길 막다른 곳에 커다란 절이 있다. 절 문을 가리고 있는 나무들 때문에 길 끝이 갑자기 끊어진 것처럼 어둡다. '저기까지 가면 다시 되돌아와야지'라고 그녀는 생각한다.

나, 무얼 하기 위해 집을 나왔던 거지. 우유가 없어서였나. 내일 먹을 빵이 없어서였나. 아니면 그저 바깥 공기를 마시러 나온 거였나.

그녀는 이런 시간에 바깥을 걷는 마땅한 이유를 찾는다. 일상적인, 아주 흔한 일이라고 자신에게 말해 주기 위해. 하지만 그럴듯한 이유는 떠오른 순간 마른 모래처럼 흩어져 버린다.

드디어 그녀는 막다른 길까지 와버린다. 횡단보도를 건너면 절 입구다. 차가 몇 대 지나간다. 신호가 파란색으로 바뀐다. 그녀는 건너지 않고 그 자리에 멈춰선 채, 전방에 펼쳐지는 짙은 어둠을 바라본다. 파란 신호가 점멸하고 빨간색으로 바뀌고 다시 차들이 움직이기 시작한다. 그녀는 어두운 숲에서 시선을 돌려 왔던 길로 되돌아간다. '돌아가자'라고 생각한다. 집으로 돌아가자. 욕조의 물을 다시 데우고 아이의 이불을 바로잡아 주고 목욕을 하고 알람을 맞춰 놓고 자자.

그러나 그녀는 방금 걸어온 큰길을 되돌아가는 듯한 기분이 들지 않는다. 방금 뒤돌아선, 잎이 무성한 나무들 사이로 들어가고 있는 듯한 착각을 맛본다. 어째서일까. 되돌아가고 있는데 앞으로 나가는 기분이 든다. 이대로 걸어가도 집에 도착할 것 같지가 않다.

나는 어디를 향하고 있는 걸까. 아니, 어딘가를 목표로 나온 것이 아니라 언제나 있었던 그곳에서 내쫓겨 이곳을 걷고 있는 걸까.

언제나 있었던 그곳. 속옷과 타월이 들어 있는 세탁바구니와 기름이 묻은 주전자와 쌓아 놓은 신문지. 어수선하긴 하지만 틀림없이 내가 있을 곳이라고 그녀는 생각한다. 아이의 달콤한 냄새, 부엌에서 나는 간장과 설탕이 섞인 듯한 냄새. 하지만 그곳에 있었던 것은 벌써 먼 옛날 일처럼 생각된다.

'이 아이, 왠지 표정이 없어'라고 한 것은 누구였지? 알고 있다. 그런 거, 누가 말해 주기 전부터 알고 있었다. 인정하고 싶지 않았을 뿐이다. 다른 아이가 할 수 있는 것을 못 하는 이 아이에게 화가 났다. 내가 나쁘다, 전부. 내가 그 아이에게서 표정을 빼앗았다. '이대로 바뀌지 않으면 어쩌지'라는 생각이 들면 그녀는 오싹해진다. 초조해지면 초조해질수록 필요 이상으로 야단을 치게 된다.

궤도수정을 해야 한다고 그녀는 꽤 이전부터 생각하고 있었다. 칭찬하고 또 칭찬하고 안아주고 얼마나 사랑하고 있는지를 알려주고 싶었다. 하지만 잘되지 않는다. 잘 안 되는 것은 그 사람들이 있기 때문이 아닐까 하고 그녀는 생각하게 되었다. 그 사람들이 나를 보고 있는 것이다. 얼마나 못 하는지, 얼마나 잘못된 일을 하는지, 얼마나 곤란한 사태에 이르는지를, 가만히 지켜보고 있기 때문이 아닐까.

그래, 보고 있는 거다, 그 사람들은. 웃음거리로 삼기 위해서가 아니다, 자신들이 나보다 얼마나 좋은 곳에 있는지 확인하기 위해서. 자기 양육방식이 나보다 얼마나 바르고, 자기 아이가 우리 아이보다 얼마나 뛰어난지, 납득하기 위해서 보고 있다. 그래서 나는 기를 쓰고 그 아이를 제대로 만들려고 하는 것이다.

그렇다면 그 사람들과 멀어지면 되는 것임을 그녀는 알고 있다. 다른 사람은 다른 사람, 나는 나니까. 그런데 그렇게 할 수가 없다. 왜 할 수 없는지 그녀는 알 수가 없다. 마치 무력한 작은 아이처럼, 자기도 모르게 그 사람들을 찾고 있다. 그 사람들인지, 그 사람인지, 그녀는 이미 판단을 할 수 없다. 왜 나를 두고 가는 거지. 왜 나에게 상처를 주려고 하는 거지. 필사적으로 생각하면서, 멀어지는 게 아니라 쫓아가게 된다. 이렇게 해야 한다고 머리로 생각하는 것과 몸이 제멋대로 움직이는 것과의 너무나 큰 괴리감 때문에 그녀는 갈기갈기 찢기는 듯하다.

내가 지금까지 있었던 곳에서 내쫓긴 것처럼 느끼는 것은 그 사람 탓이 아닐까 하고 그녀는 생각한다. 그렇게 생각하게 된 이유를 그녀는 이제는 찾지 않는다. 그 사람이 이런 어두운 곳에 나를 데리고 온 것이 아닐까. 그렇게 생각하면 모르는 것투성이 속에서, 한 가지, 답을 찾은 듯한 기분이 된다. 그래서 그녀는 그 생각을 계속한다. 내가 이런 시간에 헤매고 있는 것은, 내가 돌아가지 못하는 것은 그녀 탓이 아닐까.

점점 거리를 걷는 사람들도 보이지 않는다. 마치 나무들로 가려진 듯 어두운 길을, 키 큰 잡초들을 헤쳐 나가듯 그녀는 마냥 걷는다. 이제는 이미 아주 멀게 느껴지는, 따뜻하고 어수선한, 자신이 있던 곳을 향해 계속 걷는다.

깊은 밤 부엌에서 그녀는 불에 올려놓은 주전자를 보고 있다. 주전자 표면에 묻은 물방울은 순식간에 증발하여 사라진다. 불을 켜지 않은 어두움 속에서 주황색의 가스불이 주전자 바닥 밑에서 흔들린다. 그녀는 그 모습을 바라보며 손톱을 깨문다.

무엇이 어떻게 되어 버린 것인지, 그녀는 전혀 알 수가 없다. 늘 바른 것을 선택해 왔다. 바른 사람과 바르게 결혼했다. 분명 행복하다고 느끼고 있었다. 일을 그만둔 것도 자신의 의지였다. 당연하다, 나는 엄마가 되고 싶었다. 내가 가질 수 있는 것을 나는 제대로 파악하고 있었고, 그 이상의 것을 바라거나 하지 않았다.

그녀는 가스불에서 시선을 옮겨 눈동자만을 움직여 어둑어둑한 거실을 본다. 고요해진 집 안에 가스불 소리와 시계의 초침 소리만이 울리고 있다. 집 안은 깔끔하게 정돈되어 있다. 아이 장난감도 어지럽혀져 있지 않고 벗어 던져 놓은 옷가지도 없다. '내가 만든 곳이다'라고 그녀는 생각한다. 견고한 나날 속에서 내가 만들어 낸 곳.

최근까지, 아니 바로 어제까지 일상은 그녀에게 견고했다. 그녀는 그것을 알고 있었다. 시험 점수가 나빠서 부모님께 혼이 났을 때도, 어제까지 친했던 친구들이 갑자기 말을 걸어 주지 않았을 때도, 늘 함께 있고 싶다고 바랐던 연인에게 이별을 통보받았을 때도, 세상이 끝날 정도로 슬프다, 고통스럽다, 힘들다, 그렇게 생각해도 세상은 끝날 기미가 보이지 않았고 일상은 견고하게 다가왔다.

무슨 일이 생기면 일상에 몸을 맡기면 된다고, 그래서 그녀는 말이 아니라 몸으로, 감각으로 알고 있었다. 학생 시절보다도, 일하고 있을 때보다도 아내가 되고 엄마가 된 지금, 일상에 몸을 맡기는 건 간단했다. 알람 소리에 일어나 커피메이커를 준비한다. 빵을 굽는다. 달걀프라이를 한다. 가족을 깨운다. 남편을 배웅하고 응석 피우는 아이에게 아침을 먹인다. 세탁기를 돌린다. 청소기를 돌린다. 가족이 돌아오기 전에 집 안을 정리한다. 점심 준비를 하고 저녁 메뉴를 생각한다. 해야 할 일은 찾지 않아도 알아서 다가왔고 하나하나 처리하다 보면 하루가 끝난다. 완강할 정도로 반복되는 일상에 의문을 갖지만 않는다면 일상이 나를 내치려고 하는 일도 없을 것을, 그녀는 이미 알고 있다.

암흑 속, 고요해진 청결한 거실은 그 완강한 일상 속에서 만들어진 것이다. 지금 그것은 눈앞에 있지만 그 광경은 그녀의 눈에 어제와 같아 보이지는 않는다. 어딘지 일그러지고 균열이 생긴 듯 느껴진다.

물이 끓고 주전자가 수증기를 뿜어내는 소란스러운 소리가 난다. 그녀는 긴장된 몸으로 주전자 쪽으로 천천히 시선을 옮기고 가스를 잠근다. 쉬익 하고 주전자 주둥이에서 세차게 수증기가 뿜어 나온다. 무엇 때문에 많은 양의 물을 끓였는지 그녀는 생각나지 않아 멍하니 계속해서 수증기를 뿜어내는 주전자를 내려다본다.

잘못된 길을 선택했던 기억은 없다. 아이가 태어났을 때 충만하다는 말의 의미를 이제는 알 수 있을 것 같은 기분이 들었다. 이 아이에게는 내가 지금까지 받아 왔던 모든 좋은 것을, 받지 못했던 모든 좋은 것을 남김없이 주고자 했다. 그리고 실제로 그렇게 했다. 그렇게 하고 있다.

그런데 지금, 그녀는 아이와 함께, 어둡고 축축한 불쾌한 장소에 갇힌 듯한 기분이 든다. 무엇을 잘못한 것일까. 어디서 잘못된 것일까. 아니, 내가 잘못한 것이 아니라고 문득 생각이 든다. '내가 잘못한 것이 아니다, 잘못한 누군가가 내가 있는 곳에 끼어든 것이다'라고. 그런 생각은 그녀의 괴로운 마음을 희한할 정도로 단숨에 가볍게 만든다. 그렇다면 해결책은 있지 않을까. 내가 있는 곳에 잘못해서 들어온 누군가를 나가게 하면 되는 것이다. 그녀는 어떻게 쓸지 용도를 잊어버린 주전자의 뜨거운 물을 싱크대에 버린다. 수증기가 세차게 올라가고 싱크대가 큰 소리를 내며 푹 꺼져 버린다.

달걀프라이를 하려고 프라이팬을 불에 올린 채 냉장고에 붙여 놓은 달력을 응시한다. 뭉게뭉게 연기가 오르는 것을 보고, 남편이 당황한 목소리로 소리친다. 남편을 배웅하고 세탁기를 돌리고 청소기를 돌리고 아이를 깨우는 것을 잊어버린다. 아이가 일어나기 싫어서 칭얼거리는 건 늘 있는 일인데, 짜증을 내며 그만 엉덩이를 때리고 만다. 빨갛게 자국이 남을 정도로 세게. 저녁 메뉴를 생각하려는데 왠지 떠오르는 것은 부엌칼의 칼날이다. 선명한 영상을 보는 듯, 막 갈아 놓은 번쩍이는 칼날이 떠올라 지워지지 않고 몇십 분이나 머릿속 영상을 넋을 잃고 보고 있다. 밤, 머리를 감는데 이유도 없이 눈물이 흐른다. 외치듯 큰 소리로 울고 싶은 충동과 싸운다.

내가 무너진 것인가, 일상이 무너진 것인가. 그녀는 생각한다. 그리고 지금까지의 삶을, 자신이 얼마나 사랑하고 있었는지 비로소 알게 된다. 평범한 삶이라고 생각했다. 누구나 할 수 있는, 누구나 하고 있는, 지루한 반복이라고 생각했다. 옷은 빨아도 빨아도 다시 더러워지고 집 안은 치워도 치워도 다시 지저분해진다. 신경이 곤두선 적도, 내버려 두고 싶어진 적도 있다. 하지만 지금 잃어버리고 보니, 얼마나 사랑스러운 반복이었던가. 그녀는 거기까지 생각하고 오싹함을 느낀다. 그런 매일을 잃어버리고 만 것일까. 영원히? 설마, 그럴 리가 없다.

저녁 준비를 시작한 그녀는 도마 위의 채소를 응시한다. 썰기는 했으나 그것을 어떻게 하려고 했는지 생각나지 않는다. 볶을 건지, 조릴 건지, 삶을 건지. 생각하는 동안 일절 아무것도 하고 싶지 않다. 몸이 나른해지고 팔을 올리는 것도 귀찮다. 아이의 우는 소리가 멀리서 들려온다. 곁에 가서 안아 주어야 한다고 생각하지만 다리를 움직일 수가 없다. 불쾌하게 축축한 것이 끈적끈적하게 다리에 닿아서 반사적으로 뿌리치자 그 자리에 엉덩방아를 찧고 불이라도 붙은 듯 우는 아이의 모습이 눈에 들어온다. 아이는 바로 옆에 있는데 우는 소리는 여전히 멀리서 들려온다. 어떻게 된 거지, 어떻게 돼 버린 거지, 나. 눈물이 흐른다. 아이를 안아 올리고 사과해야 하는데 그녀는 그 자리에 주저앉아 흐느껴 운다. 마치 길을 잃은 아이 같다고 그녀는 생각한다. 해가 지고 온도가 내려가기 시작한 숲에서 돌아가는 길을 찾지 못하고 혼자 헤매고 있는 것 같다고.

집에 온 남편은 도마 위에서 말라 버린 채소, 물만 담아 놓은 냄비, 울고 있는 아이, 산처럼 쌓인 세탁물, 정신이 나간 듯 앉아 있는 아내를 보고 당황한다. 당황하고 있다는 것을 그녀는 느낀다. 정신 차려야지, '어서 오세요'라고 말해야 하는데, 피곤해서 그렇다고 웃어야 하는데, 그렇게 생각하지만 일어설 수가 없다. '어떻게 된 거야'라고 남편이 어딘지 경계하는 듯한 소리로 묻자, 갑자기, 자연발화라도 하듯 맹렬한 분노가 그녀 안에서 솟구친다.

어떻게 된 거냐니 도대체 뭐지? 당신이 묻고 있는 것은 나에 대한 게 아니지? 저녁은 어떻게 할 건지, 세탁물은 어떻게 할 건지, 이 울고 있는 아이는 어떻게 할 거냐고 묻고 있을 뿐이잖아.

남편 앞에서 울어 버릴까 그녀는 생각한다. 도마를 엎어 버릴

까도. 하지만 그녀는 남편을 향해 웃는다. 여기서 울면, 여기서 도마를 엎어 버리면 우리 가족의 일상은 결국 무너진다. 영원히 잃어버린다. 두 번 다시 원래대로 돌아오지 않는다. 그렇게 생각하고 웃는다. '몸이 좀 안 좋아'라고 말하는 자신의 목소리를, 다른 사람 목소리인 듯 그녀는 듣는다.

고요해진 집 안에서 그녀는 혼자, 식탁에 앉아 있다. 도대체 언제부터 이렇게 되어 버린 것인지, 테이블 한 곳을 응시하며 그녀는 생각해 내려고 한다. 어제 일, 그저께 일, 그 전날의 일을, 순서대로 다시 생각해 본다.

무언가가 어긋나기 시작한 그 발단을, 그 어두운 숲속의 입구를, 무성한 잡초를 헤치듯 찾는다. 좀처럼 찾을 수가 없다. 그녀는 초조해진다. 1년 전, 2년 전, 거슬러 올라가며 계속해서 찾는다.

그리고 그녀는 갑자기 얼굴을 든다. 어떤 장면에서 기억이 딱 멈췄던 것이다. 그 사람에게, 말을 걸었을 때.

그런가. 그녀는 웃고 싶어진다. 뭐야, 그거였어? 말 같은 거 걸지 않았으면 좋았는데. 아이에 관해 이야기할 수 있는 친구 따위, 원하면 안 되는 거였다.

없어져 버리면 좋은데. 그녀의 마음속에 덩그러니 이 말이 떠오른다. 이것을 계기로 솟구치듯 연이어 말들이 넘쳐난다. 그렇다, 없어지면 좋은데. 어딘가에 가버리면 좋겠다. 아주 힘든 일을 겪으면 좋겠다. 곤란해지면 좋겠다. 울어 버리면 좋겠다. 무너진 균열 속으로 빠지는 것은 내가 아니라 당신이어야 해. 영원히 잃어버리면 좋겠다. 잃어버리고 망연자실하면 좋겠다. 어둡고 축축한, 아무도 없는 숲속에 갇혀 버리면 좋겠다.

그녀는 자신 안에서 넘쳐나는 말에 놀란 듯 깜박깜박 눈을 깜박인다. 머리 위 형광등이 새하얗게 심야의 집 안을 비추고 있다.

*

바깥으로 나가니 매미 소리가 빗소리처럼 쏟아지고 있다. 강렬한 햇빛에 그녀는 얼굴을 찌푸린다. 땀이 솟아나 셔츠 겨드랑이가 순식간에 축축하게 젖는다. 아직 이른 오후인데 축제의 음악 소리가 들려온다. 그 활기찬 음악이 마치 자신을 놀리기라도 하는 듯 느껴져 그녀는 화가 난다. 도대체 어디서 누가 연주하고 있는 거지. 큰길을 건너다 그 소리가 연주가 아니라 전봇대에 달아놓은 스피커에서 흘러나오는 것임을 안다. 그래도 불쾌감은 가라앉지 않는다.

오늘과 내일 열리는 축제에 꼭 참가해야 하는 것은 아니었다. 지역주민회가 주최하고 지역 내에 있는 유치원과 초등학교가 협력했고, 축제에 참가하는 점포들과 봉오도리(모두가 함께 큰 원을 돌며 추는 춤 — 옮긴이)를 위한 무도회장 만들기, 미코시(신위를 모시는 가마 — 옮긴이) 준비 등 뜻있는 사람들이 돕고 있었다. 그녀의 아이는 축제에 참가하고 싶어 했지만 그녀는 참가할 생각이 없었다. 어차피 어딘가에서 그 사람과 얼굴을 마주치게 된다. 얼굴을 마주치는 것이 싫다기보다 무서웠다. 그저 무서웠다.

축제에 가고 싶다고 아이가 졸라 대도 그녀가 꼼짝도 하지 않자, 토요일이라 일을 쉬는 남편이 점심때가 지나 데리고 나갔다. 오후에 미코시 행렬이 출발하는 것 같으니 그걸 보러 갔을 거라고 그녀는 생각했다.

가족들이 나간 후, 그녀는 점심 설거지를 한다. 어디서랄 것 없이 축제 음악 소리가 멀리서 들려온다. 물소리에 섞이듯 들리는 먼 축제 음악 소리를 듣고 있자니 웃음소리가 겹쳐진다. 햇빛에 튕겨 나오는 듯한 웃음소리다. 그녀는 귀를 기울여 수도꼭지를 잠근다. 웃음소리는 사라지고 축제 음악 소리만이 태평스레 울려온다. 세제 거품이 손등에서 미끄러져 떨어진다. 수도꼭지를 돌려 물을 튼다. 그러자 또 웃음소리가 들린다. 몇 명의 여자가 웃는 소리. 그녀는 수도꼭지를 잠그고 웃음소리가 들리지 않는 것을 확인하고는 가늘게 물을 틀어 그릇을 씻는다. 살며시 다가오듯 웃음소리가 들려온다. 싱크대에 그릇을 내던져 산산이 깨고 싶은 충동을 겨우 억누른다. 이마에서 관자놀이로, 관자놀이에서 턱으로, 끈끈한 땀이 연이어 흘러내려 와 싱크대로 떨어진다. 마치 눈물처럼.

오늘 하루, 집을 나갈 생각은 없었다. 가고 싶지 않아. 가고 싶지 않아. 가고 싶지 않아. 그 여자들과, 그 여자와 만나고 싶지 않아. 그렇게 생각은 하지만, 가만히 앉아 있을 수가 없다. 그녀는 일어나 옷을 갈아입기 시작한다. 그리고 어디로 갈 예정도 없이 햇살이 강한 바깥으로 나간다.

세상이 온통 희부옇게 보인다. 전봇대에 매달아 놓은 등도, 띄엄띄엄 들어서 있는 상점들도, 도로 양쪽에 솟아 있는 맨션들도, 지나쳐 가는 차들도, 모든 것이 하얗고 입체감이 없어 현실감이 없다. 그녀는 꿈을 꾸고 있는 듯한 발걸음으로 구름 위와 같은 보도를 걷기 시작한다.

큰길 끝에 넓은 부지를 보유한 절이 있고 그 절 주차장에서 동네 유지들에 의한 축제가 열리게 되어 있다. 인근 초등학교와 유치원 엄마들이 그룹을 만들어 볶음우동과 빙수, 솜사탕, 쿠키 등을 판다. 모두가 함께 춤을 추는 봉오도리 행사는 오후 4시부터 초등학교 운동장에서 열린다. 그 준비도 어린아이가 있는 보호자가 그룹으로 참가한다.

축제에도 봉오도리에도 그녀는 흥미가 없다. 만나고 싶지 않은 그 여자를, 자기도 모르게 찾아다니고 있다. 만나고 싶지 않은 여자를 찾아다닌다는 것에 그녀는 모순을 느끼지 않는다. 만나지 않기 위해 그 여자가 어디에 있는지 알아 둘 필요가 있다. 절이 가까워짐에 따라 음악 소리가 더 커진 것처럼 느껴진다. 그리고 다시 웃음소리가 희미하게 들려온다.

어디지. 어디에 있지. 어디서 나를 비웃고 있지.

절 입구가 보인다. 보통은 절 전체가 나무로 뒤덮여 그늘 속에 고요히 잠든 듯 조용하지만 오늘은 축제의 흥겨움이 절을 덮어 버리기라도 하듯 퍼져 간다. 넘쳐날 정도로 잎이 무성한 거목 저편에서 음악 소리와 환성, 아이들이 떠드는 소리가 들려온다. 그녀는 곁눈질 한번 하지 않고 주차장을 향한다. 어디에 있지. 어디에. 마치 엄마와 떨어진 아이처럼, 그녀는 그 사람의 모습을 찾는다.

절 주차장에 들어선 후 모든 것이 환청이었음을 알게 된다. 환성도, 아이들의 떠드는 소리도. 큰길 스피커에서 흘러나오는 음악 소리도 여기까지는 들리지 않는다. 그저 넓기만 한 주차장에 축제를 위해 출점한 노점상들도 아직 열지 않았다. 몇몇 사람이 여기저기서 노점을 열 준비를 할 뿐 한산하다. 업소용 거대한 철판을 여자 몇 명이 조립하고 있다. 비슷한 차림을 한 남자들이 대형천막을 설치하고 있다. 누구도 환성 따위 지르지 않았고 그저 묵묵히 일하고 있다. 그녀는 주차장 입구에 멈춰 서서 눈동자만을 움직여 아는 얼굴이 없는지 차례차례 그들에게 시선을 던진다. 묵묵히 일하고 있는 그들은 때때로 얼굴을 들어 짧은 대화를 나누며 웃고 있다. 그들의 아이들이 몇몇 그룹으로 나뉘어 커다란 나무 그늘에 웅크리고 앉아 놀고 있다. 소리라는 소리는 모두 나무에 흡수된 듯 고요하다. 그녀의 귀에는 자신의 거친 숨소리 밖에 들리지 않는다.

여기에는 없다. 그렇다면 봉오도리 장소인 초등학교에 있을까. 거기에 있는 게 틀림없다. 그 사람은 정말 즐거운 듯이 다른 사람들과 함께 준비하고 있겠지.

그런 모습은 보고 싶지 않다. 보고 싶지 않지만 봐야 한다. 그녀와 만나지 않기 위해서는 그녀의 모습을 확인해 두어야 한다.

그녀는 휙 발길을 돌려 주차장을 나가려다 발걸음을 멈춘다.

입구 옆, 유난히 키가 큰 삼나무 그늘에 감싸여 있기라도 하듯 아는 아이가 웅크리고 앉아 있다. 그녀는 숨을 삼킨다. 천천히 시선을 돌려 근처에 있어야 할 그 아이의 부모를 찾는다. 없을 리가 없는데 보이지 않는다. 혼자 여기에 온 것일까. 설마. 멈춰 서서 쳐다보고 있자 그 아이는 얼굴을 들었다. 햇빛을 등지고 선 그녀를, 눈을 가늘게 뜨고 본다. 그녀가 누구인지 확인한 거겠지. 소프트아이스크림이 열기에 녹듯이 아이는 웃음을 띤다. 일어나 아이다운 발걸음으로 다가온다.

어떻게 된 거야, 혼자? 그렇게 묻는 자신의 목소리도 나무에 흡수되어 버린 듯 들리지 않는다. 그녀를 올려다보던 아이는 웃는 얼굴로 무언가 대답을 하지만 그 말도 들리지 않는다.

뜨뜻미지근하고 축축한 손이 다리를 만진다. 내려다보니 그 사람의 아이가 그녀의 다리를 만지면서 올려다보며 웃고 있다. 뭔가 말하고 있다. 응? 뭐라고? 그녀는 웅크리고 앉아 아이의 입에 귀를 가까이 가져가 보지만 역시 목소리가 들리지 않는다.

"아줌마랑 같이 축제 보러 갈까?"

자신의 목소리가 날벌레가 날아다니는 소리처럼 들린다. 아이는 끄덕인다. 땀 때문에 머리카락이 머리에 달라붙어 있다. 그녀는 웃고 있는 아이의 손을 잡는다. 작은, 축축한 손바닥이다. 작은 아이의 손을 잡고 그녀는 주차장을 나가려고 뒤를 돌아본다. 조금 전까지 있었던 부모들이 모두 사라졌다. 천막도 철판도, 조립되는 도중에 방치되어 있다. 태양이 쨍쨍 정수리에 내리쬔다.

축제는 어디에서 하고 있는지. 나는 왜 여기에 온 것인지.

그녀는 작은 아이의 손을 잡은 채 절 바깥으로 나가지 않고 주차장으로 다시 들어선다. 모두 어디로 가버린 것일까. 축제는 어디서 하고 있는 것일까. 나는 어디로 가면 되는 것일까. 나의 그 아이는 어디에 있는 것일까. 어째서 이렇게 조용한 것일까.

그녀는 작은 아이의 손을 이끌고 주차장을 걷는다. 그녀의 손에 자기 손을 맡긴 아이는 울지도 않고 쓸데없는 질문을 반복하지도 않고 얌전히 그녀를 따라온다.

한참을 걸었지만 주차장 끄트머리에는 아직도 다다르지 않았다. 조금 전까지 노점 준비를 하던 젊은 아빠와 엄마의 모습도 여전히 보이지 않는다. 쨍쨍 내리쬐는 햇빛만이 강렬했고 언제나 시끄러울 정도로 들리던 매미 소리도 들리지 않는다. 점점 그녀는 자신이 어디를 걷고 있는지 알 수 없어진다. 하얗게 희미해지는 나무들, 아스팔트, 양지, 양지에 드리우는 레이스 편물 같은 그림자. 축제는 어디서 하고 있는 거야. 모두 어디에 있는 거야. 어째서 나를 두고 가는 거야. 꼭 잡은 손안에 있는 것이 누구인지도 점점 알 수 없어진다. 나는 누구와 걷고 있는 거지. 누구와 어디를 향하고 있는 거지. 애당초 어딘가를 향하고 있던 것인지, 아니면 헤매고 있을 뿐인가?

눈앞에 사각 콘크리트 건물이 나타난다. 나무들 그림자에 푹 싸인 허술한 건물은 공중화장실이다. 그녀에게는 네모진 검은색

직사각형이 이곳에서 나갈 수 있는 출구처럼 보인다. 그 건너편에는 똑바른 세상이 펼쳐져 있는 것처럼. 하지만 왜 그런지 다리가 움직이지 않는다. 저곳으로 가야 하는데 가면 안 된다고 머릿속에서 누군가 명령하고 있다.

이 아이를 소변보게 해야 하는데. 그녀는 돌연 그런 생각이 들었다. 네모진 검은색 입구로 향할 구실이 생긴 것에 그녀는 안도하며 발을 내디딘다.

내부는 인기척이 없어진 주차장보다도 더 조용하다. 햇빛에 익숙해졌던 눈에 어둠이 물밀 듯 밀려온다. 점점 어둠이 옅어지고 번지듯 윤곽이 보인다. 수도꼭지, 말라붙은 듯한 세면대, 거울이 떨어져 나간 벽, 한 칸 한 칸의 문, 은색 손잡이. 그녀는 이끌리듯 그 문손잡이를 잡아 돌린다. 작은 아이의 등을 가만히 밀자 아이는 얌전히 그 칸 안으로 들어간다. 그녀도 따라 들어가 손 뒤로 문을 닫고 문을 잠근다. 덜커덕하고 문이 잠기는 소리가 파문이 퍼지듯 가만히 울린다.

비좁은 화장실 한 칸은 찌는 듯 덥다. 벽 쪽에 서서 그녀를 올려다보는 아이는 실루엣으로 변해 있어 얼굴을 알아볼 수가 없다. 웃고 있는지 울 것 같은지, 원래 그 아이가 정말로 자신이 아는 그 여자의 아이인지조차도 그녀는 알 수 없게 되었다.

축제는 어디지. 모두 어디에 있는 거지. 우리 애는 어디에 간 거지. 나는 어디에 있는 거지, 이 애는 왜 여기에 있는 거지. 다리미 전원을 끄고 나왔나. 여기는 어디지. 어째서 이렇게 무더운 거지. 갈피를 잡을 수 없는 생각들이 탄산수 거품처럼 그녀 안에서 솟구쳐 올라와서는 사라진다. 생각이 도무지 정리되지 않는 것에 그녀는 초조함을 느낀다. 손가락 끝에서 등으로, 등에서 정수리로, 온몸의 살갗이 조바심으로 소름이 돋는다.

끝내야 한다. 그녀는 절규하듯 생각한다. 그래, 끝내야 해. 끝내야만 했던 거야.

그녀는 눈앞에 있는 작은 검은 그림자에 양손을 뻗는다. 부드러운 머리카락을 만지고, 탄력 있는 뺨을 만지고, 꺾여 버릴 듯한 가느다란 목을 만진다.

끝내야 해. 내가 시작한 것이니 끝내야 한다.

그녀는 손가락에 힘을 준다. 줄줄이 벌레들이 기어가듯 살갗에 연이어 소름이 돋는다. 단단한 금속성의 물질로 세게 조이듯 머리가 아프다. 배 속 깊은 곳에서 솟구쳐 올라오는 절규가 가까스로 목구멍에 걸려 있다. 이 아이가 사라진다. 그러면 끝난다. 이 아이만 없다면 그 아이는 누구와도 비교되지 않는다. 이 아이만 없다면 우리가 이제 만날 일도 없어진다. 이 아이만 없다면. 그 아이만 없다면. 나만 없다면. 또다시 그녀의 사고는 갈피를 못 잡고 끝없이 흩어졌다. 끝난다. 끝난다. 끝난다. 끝난다. 이제 곧 끝난다. 다른 모든 생각을 머리에서 몰아내듯, 그녀는 그 한마디만을 반복한다.

왜 여기는 이렇게도 어두운 것일까. 그렇게 생각하다가 그녀는 자신이 눈을 꼭 감고 있었다는 것을 깨닫는다. 눈을 뜨려고 하지만 동시에 눈을 뜨는 것이 무섭기도 하다. 그녀는 눈꺼풀을 치켜 뜨려고 힘을 준다. 칠흑 같던 어둠 속에 스윽 회색의 옅은 빛이 든다. 새벽녘 같은 어스레함이 천천히 펼쳐진다. 그리고 그 안에서 그녀는 본다.

똑바로 이쪽을 올려다보며 입가에 미소를 머금고 있는 작은 아이의 얼굴을.

아무것도 의심하지 않고 아무것도 무서워하지 않고 아무것도 추궁하지 않는 때 묻지 않은 눈, 초롱초롱한 눈동자, 포동포동한 뺨, 작은 입술, 천진난만한 미소. 이 아이, 이럴 때 웃고 있다. 웃음을 짓고 있다, 나에게.

그녀는 그 자리에 주저앉아 어슴푸레한 어둠 속에 서있는 작은 몸을 힘껏 껴안는다. 작은 머리는 그녀의 손바닥에 쏙 들어온다. 가느다란 머리카락이 손가락에 휘감긴다. 부드러운 뺨은 놀랄 정도로 뜨겁다. 땀과 햇살이 섞인 익숙한 냄새가 난다.

그녀의 강한 힘에 놀랐는지 세차게 울어대는 소리가 그녀의 귀에 들려온다.

그래, 아이는 이런 소리로 우는 거라고 그녀는 마비된 듯한 머리로 생각한다. 이런 정직한, 맑은, 도움을 받을 것임에 의심을 품지 않는 소리로 우는 거다. 몇 번이고 이 소리가 나를 불렀다. 밤중이든 새벽녘이든 이 소리가 들릴 때마다 나는 눈을 떴다. 나를 필요로 한다는 것을 알기 때문에. 이런 나를, 필사적으로 찾는 사람이 있다고 생각했기 때문에. 이 아이는 내가 지켜 주어야 한다고 생각했기 때문에.

그리고 그녀는 깨닫는다. 귀에 들리는, 정직한 울음소리는 품 안에 있는 아이의 소리가 아니라, 자신이 내고 있는 것임을.

울부짖는 듯한 울음소리 저편에, 매미 소리가 들려온다. 누군 가를 부르는 소리가 들려온다. 함께 웃는 아이들의 소리가 들려 온다. 나무들이 바람에 흔들려 잎새를 비벼 대는 소리가 들려온 다. 넘쳐 나듯 소리가 되돌아온다. 그녀는 열이 나는 듯한 아이의 몸을 힘껏 끌어안은 채, 스커트 끝자락이 변기 속 물에 젖는 것도 개의치 않고 목청껏 울어 댄다. 그러고 있으면 숲속 깊은 곳에서 헤매고 있는 자신들을 누군가가 발견해 줄 거라고 믿으며.

제7장

2000년 3월

패스트푸드점 창문을 통해 그저 넓기만 한 먼지투성이의 국도가 보인다. 건너편 사선 방향으로는 라멘 가게가 있고 조금 더 가면 신발양판점이 있다. 이 광경을 고등학생 시절에는 혐오했다는 것을 마유코는 기억한다. 그렇게도 혐오했던 광경에 지금은 안도감을 느끼고 있다는 것이 이상하게 여겨졌다.

"근데, 거기서 나오야가 고백하잖아? 나는 그때 한순간에 확 깬 거지."

"와, 그래? 근데 거기서 고백하지 않았으면 교스케한테 뺏기는 거잖아."

초봄의 구름 낀 하늘 아래, 펄럭이는 라멘 가게의 깃발을 바라보며 마유코는 들려오는 대화를 무심결에 듣고 있다. 건너편에 앉은 그녀들이 하는 이야기가 TV 드라마 이야기인지 잡지에 실린

연재만화 이야기인지 마유코는 알지 못한다.

"잠깐, 아이리! 그렇게 세게 밀치면 안 되지."

마유코 옆에 앉아 있던 리에코가 소리를 질렀다. 레나가 바닥에 넘어져 울고 있다. 마유코가 일어나 레나를 안고 자리에 돌아온다.

"미안. 우리 애가 오빠랑 놀다 보니 좀 거칠어서."

"괜찮아, 괜찮아. 레나, 너도 그만 울어. 주스 마실래?"

반 정도 남은 셰이크 컵을 주니 레나는 바로 울음을 멈추고 빨대를 물고 힘차게 들이마시기 시작한다.

"마실 수 있어? 빨아올리는 게 꽤 힘들 텐데."

"많이 녹아서 괜찮아."

건너편에 앉은 나쓰미가 묻자 마유코가 대답한다.

금연석 구석에서 다시 놀기 시작한 아이들에게서 눈을 떼고 엄마들은 다시 이야기를 시작한다.

그러고 보니 회전초밥집 생긴 거 알아? 어머, 어디, 어디? 엄청 싸고 맛있어. 근데 보통 한 시간 정도는 기다려야 해. 왕짜증 나는데. 그럴 만한 가치가 있대!

옆에 앉은 리에코, 건너편에 앉은 나쓰미와 히사에는 마유코의 중학교 동창생이다. 나쓰미와는 고등학교도 같았다. 히사에는 중학 시절, 이야기해 본 기억도 없지만 고향으로 돌아온 이후 거의 매일 만나고 있다.

"마유코, 어디서 낳는다고 했지? 나이토의원?"

생각난 듯 묻는 리에코에게는 유치원에 다니는 다섯 살 아들과 세 살 딸이 있다.

"진짜? 좀 멀지만 하시즈메클리닉으로 하는 건? 식사가 맛있대. 식기도 사기그릇 쓴다는 거 같애"라고 말하는 히사에는 지금 임신 21주 차이고 첫 출산이다.

"히사에는 거기로 할 거야? 식사 말고 의사선생님을 보고 선택하는 게 좋아. 애, 마짱, 식당에서 장난치면 안 되지!"

뒤돌아보며 화를 내는 나쓰미는 이 중에서 가장 결혼을 일찍 해서 초등학교 1학년과 유치원에 다니는 자매와 두 살 남자아이의 엄마이다.

"레나는 나이토의원이었는데, 거기는 애 낳자마자 바로 걷게 하잖아. 엄청 무서운 중년간호사가 있거든, 마귀할멈 같은."

마유코는 30주 차에 접어든 배를 쓰다듬으면서 말하며 웃었다. 울음을 그친 레나는 마유코의 무릎에서 내려와 아이들이 있는 곳으로 가만가만 되돌아간다.

경품으로 받은 장난감을 들고 노는 아이들이 흥분했는지 꺅꺅 소리를 질렀고, 리에코가 다시 돌아보며 혼을 낸다. 구석에 앉아 있던 젊은 여자가 째려보듯 이쪽을 보고 있다는 것을 마유코는 눈치챘다.

자신들의 수다에 빠져서 아이들을 돌보지 않는 그런 엄마는 절대 되지 않겠다고 생각하고 있겠지. 마유코는 그런 생각을 하며, 언제였던가, 자신도 그런 식으로 젊은 엄마들을 쳐다보고 있었던 것이 기억났다. 그게 언제였지. 여름이었던 것 같다. 어느 동네였지. 생각나지 않는다. 다만 한 가지 분명히 기억나는 것은, 끝도 없이 이야기를 나누는, 머리를 노랗게 염색한 엄마들을 보며 부럽다고 생각했던 일이다.

"노스트라다무스 있잖아."

쟁반 위에 흩어진 프렌치프라이 부스러기를 하나씩 주워 입에 넣으며 갑자기 히사에가 말을 꺼낸다.

"노스트라다무스라니, 그…?"

"중학교 때 유행했잖아."

"그게 왜?"

"1999년에 핵전쟁으로 지구에 종말이 올 거라는 거였잖아."

"응? 공포의 대마왕 아냐?"

"그건 비유였던 거고."

"근데 종말이 오지 않았지."

"뭐야, 그게. 무슨 말인데?"

"나는 그 이야기 들었을 때, 내 나이를 계산해 봤어. 겨우 30세가 막 될 때라서 '아, 그렇게 젊을 때 죽는구나'라고 생각했어. '아무것도 못 하는구나'라고. 만약 뭔가 일을 한다고 해도 어중간하고, 결혼해도 아이도 못 키울 거고."

"어머, 설마."

나쓰미가 테이블에 몸을 내민다.

"설마 그래서 아이 낳는 거 늦춘 거야? 작년에 아무 일도 없었으니까 이제 낳아도 된다고 생각한 거야?"

"꼭 그것만은 아니지만, 그런 이유도 있었어."

묘하게 애절한 목소리로 히사에가 말하자 나쓰미와 리에코는 자지러지듯 웃는다. 마유코도 분위기에 맞추듯 웃으며 쟁반에 있는 얇은 광고지에 기름이 번져 있는 것을 바라본다. 진짜로? 믿을 수 없어! 있을 수 없어! 두 사람은 서로 마주 보며 웃는다. 아이들이 자기 엄마들한테 달려온다.

"엄마, 왜 웃어?"

아이리가 리에코의 무릎에 기대며 묻자 나쓰미가 가게 안의 시계를 확인하며 일어선다.

"아, 나 이제 가야 해."

"나 자스코슈퍼에 들르려고. 누구 갈 사람 있으면 태워 줄게."

"그럼 나 탈래, 마유코는?"

"나는 살 거 없으니까 그냥 갈래."

"그럼 또 봐. 또 연락할게."

쟁반을 정리하고 각자의 아이들을 데리고 밖으로 나갔다. 공기가 차다. 주차장으로 가는 리에코와 히사에에게 손을 흔들고 서둘러 가는 나쓰미에게 바이바이라고 말하고 마유코는 레나의 손을 잡고 국도를 따라 걷기 시작했다. TV 동요 프로그램인 "모두의 노래"에서 나오는 노래를 부르자 레나도 작은 목소리로 따라 부른다. 마유코는 점점 큰 소리로 불렀다. 스쳐 지나가는 여학생들이 이상하다는 표정으로 쳐다보지만 신경 쓰지 않았다.

싫어하는 동네. 이 시골에서 엄마가 된 동급생들과 패스트푸드 점에서 쓸데없는 수다를 떨며 시간을 죽이다니 질색이라고 생각 했다. 고등학생 때와 똑같이 한숨 쉬거나 웃거나 하다니. 하지만 지금 마유코는 왜 자신이 그렇게 생각했는지를 딱히 설명할 수 없 다. 이렇게 간단한걸. 이렇게 간단하고 즐거운걸.

저녁을 마치고 '뒷정리도 하지 않는다'고 엄마에게 잔소리를 들 으며 TV 앞에서 뒹굴고 있을 때, 휴대폰이 울렸다. 유스케에게 온 전화였다. 몸은 좀 어때? 레나는 잘 지내? 어제와 같은 것을 묻는다. 응, 응, 좋아, 레나도 잘 지내. 누운 채 대답하고 있을 때 레나가 쫄래쫄래 달려온다. 아빠? 아빠? 눈을 동그랗게 뜨며 물어 와 마유코는 휴대폰을 건넨다. 통화하게 해주지 않으면 징 징대는 주제에 휴대폰에 긴장했는지 레나는 희한하게도 전화기를 귀에 댄 채 입을 꾹 다물고 있다. 유스케의 목소리가 전화기를 통 해 들린다. 여보세요, 레나. 아빠야. 밥 먹었니? 뭐 하고 놀았어?

마유코는 드러누운 채 곤란한 듯 꼼짝 않고 서있는 레나를 보며 유스케가 있는 집을 떠올린다. 현관을 들어서면 바로 부엌이 있 고 그 안쪽에 카펫이 깔린 거실, 그 옆에 다다미방. 반년 전까지 살았던 맨션보다 훨씬 좁아진 맨션의 한 칸. 창에는 아직 커튼도 달려 있지 않다. 식탁 세트는 사이즈가 너무 커서 재활용 가게에 팔았다. 2천 엔이었다.

대부업체에 사채를 빌려 쓰고 있는 것을 유스케가 안 것은 작년 여름이었다. 부채는 1백만 엔이 넘었다. 유스케는 화내지 않았다. 기가 막혔을지도 모르지만 그것을 얼굴에 드러내지는 않았다. 그저 한마디, 말했을 뿐이다. 이사 가자. 여기를 팔자.

산 지 얼마 되지도 않은 맨션을 팔 생각을 하니 세상이 끝날 것 같은 어마어마한 초조함이 밀려왔지만 마유코는 거부할 수 없었다. 부동산업자와 상담을 하고 두 달 후 매입자가 나타났다. 구입할 때보다 낮은 가격이라 마유코는 주저했지만 '운이 좋다, 이렇게 빨리 매입자가 나타나는 일은 흔치 않다'고 부동산업자가 몇 번이나 이야기해서 결국 팔기로 했다. 대출금의 잔액과 수수료를 내고 나니 얼마 남지도 않았다. 마유코의 부채와 이사비용은 유스케가 이유를 숨긴 채 어머니에게 울며 매달려 받아냈다. 유스케는 매월 급여에서 어머니에게 갚고 있을 것이다.

지금까지 살았던 맨션보다 낡고 좁은 집으로 이사해도 세상은 끝나지 않았다. 도심까지 나가는 데 40분 걸리는 그 집이 아무래도 마음에 들지 않았던 마유코는 커튼을 고를 마음도 생기지 않았다. 유스케와도 왠지 불편해졌고 대화도 많이 줄어들었다. 임신한 것을 알게 된 것은 그때였다. 애를 지울까, 하고 눈치를 보듯 유스케에게 묻자 '낳자'라며 오히려 더 강하게 이야기해서 마유코는 마음이 놓였다. 하지만 가족 네 명이 그 낡고 좁은 집에 살 것을 생각하니 짜증이 났다. 출산까지 반년 가까이 남았지만 도망이라도 치듯 친정으로 온 것은 그 집에 있고 싶지 않았기 때문이고, 유스케와의 거북한 침묵을 견디기 힘들었기 때문이었다. 하지만 친정에 와서 아빠, 엄마에게 잔소리를 들으며 집안일을 돕기도 하고 연락을 준 동창들과 만나 이야기를 하고 있자니, 원래 처음부터 그 낡고 좁은 집에 살고 있었던 것 같은 생각이 들었다.

마유코는 낮에 들었던 히사에의 이야기를 떠올렸다. 1999년 여름에 세상은 끝나지 않았다. 하지만 나의 세상은 끝난 것일지도 모른다고 마유코는 생각한다. 끝나서 잘된 것인지 잘못된 것인지 거기까지는 아직 판단이 서지 않는다.

레나가 휴대폰을 마유코에게 돌려준다. 마유코는 누운 채 전화기를 귀에 댄다. 전화는 이미 끊겨 있다. 레나 목욕시키라니까! 부엌에서 날카로운 엄마의 목소리가 울려온다. 네에, 알았다고요. 마유코는 대답하고 리모컨을 눌러 채널을 바꾼다.

히토미에게도 치카에게도 요코에게도 마담에게도, 이사한다는 말을 전하지 않았다. 다행히 이사할 때까지 얼굴을 마주치는 일도 없었다. 가끔, 웃음소리가 들려올 때가 있다. 설거지를 하고 있거나 레나를 재우고 있거나 먼지투성이의 국도를 걷고 있을 때, 떠들썩한 웃음소리가 들려온 듯한 기분이 들어 마유코는 몇 번이나 뒤돌아보았다. 물론 거기에는 치카도 마담도 없고 그저 적막한 공간만이 있을 뿐이다. 그 공간에서 마유코는 수년 전 자신들의 모습을 찾아보았다. 공원에서, 사진관에서, 자신의 맨션 거실에서, 다 함께 웃고 있던 때의 모습을.

"목욕 안 할 거야? 먼저 들어간다."

아빠가 짜증스러운 목소리로 말해서 마유코는 마지못해 일어난다.

"레나, 할아버지랑 목욕할래?"

자기한테는 가시가 돋친 소리를 내는 아빠도 레나에게는 딱 달라붙는 사탕 같은 달콤한 목소리로 말을 건다.

"됐어, 됐어, 내가 들어갈 거야."

마유코는 배를 감싸듯 레나를 안아 올려 목욕탕으로 향한다. 욕실 앞에 쭈그리고 앉아 레나의 스웨터를 벗기고 바지를 벗기고, 그리고 발가벗은 어린 딸을 느닷없이 끌어안았다. 엄마, 아파. 품 안에서 레나는 킥킥 웃다가 결국은 정말로 싫다며 몸을 비틀지만 마유코는 레나를 끌어안은 팔에 더욱 힘을 주었다.

*

마유코가 가족과 식사하고 있을 때, 치카는 백화점을 걷고 있었다. 앞서 걷는 켄의 오른손은 유타의 손을 잡고 있다. 치카의 오른손은 모모코를 잡고 있다.

"잠깐만 기다려, 여기 들를래."

치카는 켄에게 말하며 아동복 코너로 들어간다.

"엄마, 저기 보고 와도 돼?"

장난감매장이 있는 방향을 보면서 말하는 유타에게 "안 되지, 오늘은 유타의 옷도 살 거니까"라고 대답하며 옷걸이에 걸린 어린이용 정장을 꺼내 유타의 가슴에 대본다.

"엄마, 모모코 것은?"

"모모코 것도 꼭 살 거니까 얌전하게 기다려. 저기 여보, 이거 어때?"

아동복매장에 서있는 켄은 작은 사람들의 나라에 침입한 걸리버처럼 보였다.

"응, 괜찮지 않을까."

걸리버는 흥미가 없는 듯 말한다.

"그럼 이건?"

"그것도 좋은 거 같은데."

기대는 하지 않았지만 치카는 남몰래 한숨을 쉬었다. 새로운 기능이 있는 비디오카메라는 열심히 고르면서도 입학식에 아들이 입을 정장 같은 것에는 켄은 사실 흥미가 없었다.

"입학식인가요?"

연배가 있어 보이는 점원이 다가왔다.

"네, 그래요. 이것도 좋은 거 같은데."

"올해는 이 디자인이 인기예요. 괜찮으시면 몇 벌 입혀 보세요."

"그럼, 유타야 잠깐 입어 볼까?"

모모코를 켄에게 맡기고 치카는 유타를 피팅룸으로 데리고 갔다. 옷 갈아입는 것을 도와주면서, '그 학교에 붙었다면 교복을 입었을 텐데'라며 괴로운 심정이 들고 말았다.

작년 가을, 치카는 유타에게 학교 두 곳의 입학시험을 보게 했다. 다이스케의 아이들이 다니는 초등학교와, 대학까지 일관교육이 가능한 사립초등학교였다. 1차 전형이 추첨이라는 국립대부속 초등학교를 시험 삼아 보게 할까 마지막까지 망설였지만 그만두었다. 히토미와 요코가 같이 아이들을 시험 보게 하기 때문이었다. 요코는 치카를 보면 듣기 거북한 말만 했고, 히토미는 무슨 일이든 치카에게 의지하기 때문이었다. 학비가 싸다는 것만으로 학교를 고르는 당신들과 나는 다르다고 말해 주고 싶은 마음도 없었다면 거짓일 것이다. 왜, 또, 언제 그런 마음이 들었는지 치카는 도저히 알 수가 없었지만.

글로리아회에서도 합격할 것이 틀림없다고 보증했던 입시였지만 유타는 두 학교 모두 떨어졌다. 모의시험에서는 면접도 필기시험도 그룹놀이도 어려움 없이 해냈던 유타가, 다이스케의 아이들이 다니는 초등학교 시험에서는 한마디도 입을 열지 않았던 것이다. 그룹놀이에서는 고집스레 아이들 사이에 끼려고 하지 않았고 교실 구석에서 가만히 하늘을 노려보고 있었다. 휴식 시간, 치카는 그만 유타에게 손을 대고 말았다. 머릿속이 새하얘져서 거의 패닉 상태인 채로, "엄마를 곤란하게 하는 게 재밌어?"라며 소리치고 있었다. 켄이 말리지 않았다면 무슨 짓을 했을지 모른다. 거의 아무 생각도 없이 했던 행동이지만 유타를 처음으로 때렸을 때의 감촉은 지금도 열기를 띤 채 달라붙은 듯 치카의 손에 남아 있다.

사립학교 시험은 정확히 말하자면 거의 포기한 것과 마찬가지였다. 오전에 있었던 필기시험 도중, 유타는 책상에 앉은 채로 구토를 했다. 그대로 보건실로 데리고 갔고 그룹놀이 시간에도 면접 시간에도 창백한 얼굴로 정신없이 잠들어 있었다. 치카는 한 번 더 시험을 볼 수 있게 해줄 것을 학교 측에 탄원했고 글로리아 회에서도 함께 힘써 주었지만 재시험이 실시되지는 않았다. 글로리아회에서 아직 시험 볼 기회가 있는 사립학교를 소개해 주었고, 치카는 그 사립학교의 이름을 들은 적도 없고 통학하는 데 한 시간이나 걸렸지만, 그래도 시험을 보게 하려고 했다. 이를 멈추게 한 것은 켄이었다. 첫 번째 학교에서의 침묵과 두 번째 학교에서의 몸 상태는 유타 나름의 필사적인 저항이 아니었겠느냐고 켄은 말했다. 최근 몇 년 동안 유타는 사실은 지쳐 있던 것이 아니었을까. 학습해야 할 것에, 유아교실에, 입시가 다가오면서 산더미 같은 숙제에 진절머리가 났던 것은 아닐까. 싫었지만 이렇게 호소하는 것밖에는 유타가 할 수 있는 게 없었던 것은 아닐까. 그 말을 듣고 치카는 울었다. 면접 때의 유타, 그룹놀이에서의 유타, 필기시험에서의 유타를 떠올리면 그 아이가 그 작은 온몸으로 화를 내고 있었던 것처럼 느껴졌다.

"좀 더워."

감색의 스리피스 정장을 갖춰 입은 유타가 볼멘소리를 했다.

"금방 벗을 거니까 참아. 아빠한테 봐 달라고 할 거니까."

피팅룸 문을 열자 그 앞에 있는 것은 점원뿐이었고 켄과 모모코의 모습은 보이지 않았다.

"저기, 아빠…."

"따님이 저쪽을 보고 싶다고 해서 금방 돌아오신다며. 어머, 잘 어울리네요, 멋있어요."

점원은 몸을 굽혀 유타에게 말을 건다. 쑥스러웠는지 유타는 퉁명스레 돌아서고 만다.

"그런가, 왠지 좀 과한 듯한 느낌이 드는 것 같은데 ….．"

"그럼 이쪽은 어떠세요? 색도 회색이고 이쪽은 조끼가 없으니까."

"그러네, 그럼 그걸 입어 볼게요."

새 정장을 받아 들고 치카는 점점 싫증이 나기 시작한 유타에게 옷을 갈아입힌다.

"이거 끝나면 모모코 옷 사기 전에 위에 가서 시원한 주스 마실까? 유타 그거 먹어도 돼, 아이스크림하고 멜론이 많이 들어 있는 파르페 말이야."

아이를 달래며 회색 정장을 입히고 피팅룸 밖으로 나갔다. 켄은 여전히 없었다.

"이쪽이 심플해서 괜찮은 것 같긴 한데."

"그러네요, 이쪽도 잘 어울리네요. 이쪽은 어디 외출할 때 입을 수도 있고요."

"그래도 조금 전에 입어 본 정장이 인기라구요?"

"그렇습니다. 올해는 왜 그런지 이쪽이 잘 나가는 편이에요."

'그럼 저걸로 할까'라고 말하려다가 치카는 말을 삼킨다.

다른 사람의 눈은 신경 쓰지 않기로 마음먹었기 때문이다.

"역시 이쪽의 회색으로 할게요. 어울리는 구두도 보여 주실래요?"

"알겠습니다. 가지고 올 동안 잠시 기다려 주세요."

"아직도 입고 있어야 해? 이거 이제 벗고 싶어."

"이제 조금만 더. 그리고 나서 파르페 먹을 거니까 참아."

유타에게 이야기하고 있을 때 모모코를 어깨에 목말 태운 켄이 돌아왔다. 모모코의 손에는 쇼핑백이 들려 있다. 또 애가 조르는 대로 사준 거냐며 치카가 비난하기도 전에 켄은 큰 소리로 말했다.

"와, 유타! 멋있다, 너."

유타는 쑥스러운 듯 웃는다.

"엄청 남자다운데. 입학식 날부터 인기가 폭발해서 곤란해지겠어."

"아빠, 소리가 너무 커."

"아니, 진짜로 멋있다니까, 유타. 그렇지, 여보? 매일 이거 입고 등교해도 좋을 정도야. 오빠 멋있지, 모모코?"

유타의 입시 무렵부터 히토미와도 요코와도 별로 이야기를 하지 않았다. 입시에 대해서 이래저래 묻는 것도 싫었고 그쪽 동향을 신경 쓰는 것도 싫었다. 이야기를 나누다 보면 그런 것에 대해 이야기가 나오게 될 수밖에 없다. 치카는 다른 엄마들하고만 몰려다녔다. 입시를 치를 거라고 공언하고 지망학교도 확실하게 결정한 엄마들과. 그녀들과 함께 있어도 어딘가 숨이 막혔고 예전에 히토미들과 어울릴 때 같은 마음 편한 즐거움은 없었지만, 반년 정도 지나면 아이들도 다른 학교로 진학할 거고 더 이상 어울리지 않아도 된다는 안도감이 있었다.

그래서 고타로가 어디를 지원했는지, 가즈토시가 시험을 쳤는지 안 쳤는지, 치카는 상세한 것을 알지 못했다. 물론 소문은 들려왔다. 국립대부속 초등학교 한 곳만을 목표로 하는 것 같다든지, 학비를 생각해서 국립만 시험 보게 하는 것 같다든지.

　　그래서 고타로가 사립초등학교에 붙었다는 것도 소문으로 들었다. 그 이야기를 들었을 때, 치카는 전신이 떨렸다. 친하게 지내던 엄마들의 딸이나 아들이 제 1지망에 합격했다는 확실한 정보를 들었을 때보다도 꽤 큰 충격을 받았다. 그런 말도 안 되는, 그럴 리가 없다. 그렇게 생각하는 자신을 부끄러워하면서도 그런 생각이 들고 말았다.

　　그 소문을 듣고 나서는 아무것도 손에 잡히지 않았다. 정신을 차리고 보면 교복을 입고 길을 걷는 고타로와 잘난 척 곁에 서있는 히토미를 떠올리고 있었다. 컵을 넘어뜨리거나 화장실을 더럽혔다거나 그런 사소한 것으로도 필요 이상으로 유타와 모모코를 혼냈다. 이런 모습에 가장 놀란 것은 치카 본인이었다. 지금까지 마리에 관해 이런저런 생각을 했던 적은 있었다. 하지만 기억하는 한, 다른 사람을 부러워하거나 하물며 질투한 적은 없었다. 머리로는 '잘됐네, 히토미 씨'라고 생각했다. 하지만 긴장이 풀어지면 히토미와 고타로를 떠올리며 초조해졌다. '시험 결과, 어떻게 됐어?'라고 히토미에게 직접 물을 수도 없었다. 자신이 어떤 반응을 보일지 무서웠던 것이다.

　　히토미들과의 일이 떠오를 때마다 치카는 필사적으로 손바닥에 남아 있는 감촉을 떠올리려고 했다. 유타를 처음 때렸을 때의 그 끔찍한 열기를. 그것은 부적과도 같았다. 서서히 그곳부터 썩어가는 듯한 손바닥의 열기는 냉정하게 말을 걸어왔다. 다른 집은 다른 집대로 좋은 거 아닌가. 유타는 유타대로, 이제부터 얼마든지 하고 싶은 대로 인생을 개척해 나갈 수 있는 것 아닌가. 그렇게.

다음 달, 유타는 구립초등학교에 입학했다. 초등학교는 몇 군데 있는 후보 중에서 신중히 선택했다. 유타가 두 학교에서 모두 불합격이라고 서면으로 통지받았을 때는, 각오는 하고 있었지만 그래도 세상이 끝나기라도 한 듯한 절망감을 맛보았다. 그래도 세상은 끝나지 않았다. 매일 켄은 일하러 나가고 아이들은 배가 고프다며 일어난다. 세탁물은 이틀이면 가득 차고 초등학교 입학 수속이 시작되었다. 절망이 사라진 것은 아니다. 고타로에 관한 것도 완전히 납득된 것은 아니다. 모모코는 어떻게 할 것인지도 아직 결정하지 못했다. 작년, 다이스케에게 진로에 관한 상담을 한 탓에 험악해진 가오리와의 관계도 아직 그대로다. 하지만 한 가지 치카가 깨달은 것이 있다. 세상이 끝날 것 같은 충격을 맛보더라도 세상은 끝나지 않는다는 것이다. 잔혹할 정도로 정확하게 매일매일은 돌아간다. 이제 곧 유타는 초등학생이 된다.

모모코의 평상복을 사고 식당가에 있는 카페에서 아이들에게는 파르페를 먹이고 나니 벌써 저녁 무렵이다.

"저녁, 밖에서 먹고 들어갈까. 들어가서 준비하는 것도 귀찮잖아."

계산을 마치고 카페에서 나온 켄이 말했다.

"그러네, 모모코가 들어갈 수 있는 곳이 있으려나."

"아직 이르니까 좀 멀리 나가서 차이나타운이라도 갈까. 차이나타운이라면 아이들이 못 들어가는 식당도 없잖아."

"와, 정말 멀리 가는 거네. 그래도 좋을 거 같애. 가자, 가자."

"가자, 가자."

유타와 모모코가 흉내를 내며 뛰어다닌다.

지하 주차장으로 향하던 도중, 치카는 갑자기 멈춰 선다. 앞서 가던 켄이 돌아보며 "왜?"라고 묻는다.

"잠깐 꽃집에 들르고 싶은데."

"그럼 차에서 기다릴게."

치카는 들고 있던 쇼핑백을 켄에게 건네고 백화점 1층에 있는 꽃집으로 향한다.

긴자의 패션빌딩 한편에 마리가 도쿄지점 오너를 맡은 액세서리 가게가 개점한다는 것을 들은 건 두 달 정도 전이었다. 벌써 오픈한 지 한 달은 지났을 것이다. 마리는 당분간 일본과 독일을 오가는 것 같았다.

다른 시기에 그 이야기를 들었다면 '잘됐네'라며 상냥하게 말했을지도 모른다. 하지만 유타의 불합격과 고타로의 소문을 듣고 기죽어 있던 때였기 때문에 치카는 "그래?" 하고 짧은 말과 함께 엄마의 전화를 끊었다. 그 전화통화 이후 마리의 귀국 식사 모임에도 가지 않았고 친정에도 얼굴을 내밀지 않았다. 긴자의 그 패션빌딩에 갈 생각도 결코 없었다.

하지만 전에 상상했던 정도의 충격은 아니었다. 아마도, 고타로나 유타의 일이 마리의 일 따위보다 자신에게 중요했을 거라고 치카는 생각한다. 그리고 모든 일이 원하는 대로 풀리지 않는 것 같은 나날 속에서 오히려 연거푸 일어나는 일에 감사라도 할 지경이었다. 만약 유타가 입시에 합격했다면 마리의 활약은 더 호되게 자신을 괴롭혔을 테니까.

치카는 꽃집에서 1만 엔 정도의 꽃바구니를 주문했다. 배송신청서에 엄마에게 들었던 패션빌딩 주소를 써넣었다. 이제 막 오픈한 것도 아닌데 꽃을 보내는 것은 타이밍이 안 좋아서 실은 조금 전까지도 망설였다. 하지만 조금 전 피팅룸에서 치카는 '보내는 거야, 마리를 축하해 주는 거야'라고 마음먹었던 것이다.

마리의 활약을 엄마처럼 자랑스럽게 여기는 날이 올지는 알 수 없는 일이고, 또 마리가 던진 말을 잊지도 못할 것이다. 마리를 잡지에서 볼 때마다 초조함을 느끼고 지금의 삶에 불만을 느끼는 것도 아마 변하지 않으리라고 생각한다. 그래도 축하하는 거야. 할 줄 아는 게 아무것도 없고 나에게 반발하는 것밖에 생각하지 않던 어린 여동생이, 홀로 다른 나라에 가서 겨우 자신이 하고 싶은 일을 발견하고 성공에 다가가고 있는 것을 나는 축하해 주어야 한다. 마리는 비교할 대상이 아니라 나와 다른 인생을 걸어가는 가까운 사람이니까. 그리고 세상은 끝나지 않고 매일매일은 돌아가니까.

배송신청서에는 주소를, 꽃집에서 받은 카드에는 짧게 메시지를 썼다. 계산을 마친 치카는 지하로 내려갔다. 휑한 주차장에서 익숙한 차를 발견하지 못하고 찾는 동안 큰 소리로 울고 싶은 기분이 들었다. 지금 운다면 필시 시원해지지 않을까 생각했다. 대자로 누워서 손발을 마음껏 버둥거리며 울고 있으면 누군가 여기에서 꺼내 주지 않을까 생각했다.

　"여보, 여기, 여기."

　켄의 목소리가 들린다. 치카는 미소를 보이며 차를 향해 종종걸음으로 달려간다. 여기서 꺼내 줄 사람은 다른 사람이 아니다, 남편도 아니고, 하물며 아이들도 아니고, 자기 자신밖에 없다고 생각하면서.

＊

　치카가 남편 차로 요코하마 방면을 향하고 있을 때, 가오리는 클리닉 진료실에서 자신과 나이가 다를 것 같지 않은 여의사와 마주 앉아 있었다. 커튼은 붉은 분홍색이고, 벽에 걸린 달력에는 미피 캐릭터가 있고, 의사 책상에는 검은 고양이 인형이 놓여 있다.

　"그렇다고는 해도 에리카의 경우는 아주 가벼운 정도입니다. 강박신경증이라고 단언하는 것도 저는 조심스럽다고 생각하고 있어요. 어머님도 그런 기억이 있으시지요? 열쇠를 잠갔는지 아닌지 불안해져서 몇 번이고 확인하거나, 밖에 나와서 가스를 끄고 나왔는지 불안해지거나⋯. 그런 것과 같은 거라고 생각해 주세요. 에리카한테 언덕길 이야기는 들으셨나요?"

검은 고양이의 유리로 된 눈알을 보고 있던 가오리는 의사에게 시선을 돌리며 고개를 흔든다.

"학교 가는 길에 언덕길이 있대요."

의사는 생각난 듯이 웃는다.

"그건 알고 있어요."

가오리는 말했다. 아무것도 모르는 엄마라고 보이고 싶지는 않았다. 실제로 아무것도 모르는 엄마라고 알려졌기 때문에 더욱이.

"네. 그 언덕길에 미끄럼 방지를 위한 동그라미가 몇 군데 있대요. 에리카는 그 동그라미를 밟은 날은 좋지 않은 일이 일어난다고 하더군요. 도시락을 엎거나, 수업 중에 졸다가 주의를 받는다거나, 수영하고 난 뒤에 토한다거나. 초등학생 때는 '그게 왜?' 싶은 아주 사사로운 일을 돌이킬 수 없는 실패라고 생각하기도 하잖아요. 어느 날부터 그런 일들과 비탈길의 동그라미가 관계가 있다고 생각하게 된 거예요. 그래서 동그라미를 피해서 걷게 되었고. 그러다 보니 살살 걸어가야 하니까 지각하게 되고 그런 모습을 본 친구들한테 놀림을 받고. 그래서 학교에 가고 싶지 않게 된 것 같아요."

"하지만 다른 길도 있어요. 그 언덕길을 지나지 않고도 가는 방법이."

"네, 하지만 다른 길로 가면 도망친 게 되어서 더 안 좋은 일이 일어나지 않을까 걱정하고 있어요."

가오리는 자신보다 에리카에 관해 훨씬 더 잘 안다고 말하고 싶어 하는 의사의 말에 발끈해서 한마디 하려고 입을 열었지만, 지금 자신이 있는 곳은 교실도 거실도 길거리도 아니라 진료실이라는 것을 새삼 깨닫고 입을 다물었다. 어느 쪽이 어떻다는 우열을 겨루기 위해 이곳에 있는 것이 아니다. 자신이 좋은 엄마라고 인정받기 위해 여기에 온 것이 아니다. 에리카를 도와주기 위해 여기에 앉아 있는 것이다.

"그래서 학교에 가지 않게 되었다고 에리카가 말했나요?"

"네."

한동안 진료실에 침묵이 흘렀다.

에리카는 지금 봄방학을 이용해서 마모루와 오키나와를 여행하고 있다. 삼박 사일의 일정으로, 원래 예정으로는 가오리도 함께 갈 생각이었다.

이제는 학교에 가게 되었다고 생각하고 있던 에리카가 4층에 사는 마유코네 집에 들락거리고 있다는 것을 작년에 치카에게 들었다. 꼬드긴 것은 마유코가 틀림없다고 생각하고 가오리는 다짜고짜 마유코네 집에 따지러 갔다. 우리 에리카를 꾀어내지 마. 너희 집에서 놀 만한 애가 아니야. 몸이 떨리고 목소리가 나오지 않을 정도로 화가 나있었다. 에리카에 관한 것을 치카에게 들은 것에도, 저렇게 지저분한 집에서 에리카가 시간을 보내고 있었다는 것에도.

마유코는 실실 웃고 있었다. 내가 꼬신 게 아니야. 에리카가 제멋대로 온 거야. 학교에 연락하는 것도 해 달라고 해서 한 거야. 말해 두겠지만 나 고바짱네 딸은 4시간에 3천 엔 받고 봐주고 있거든. 과잣값도 전기료도 내가 내고 있지만. 그렇게 말하며 상스럽다고밖에 할 수 없는 얼굴로 웃고 있었다. 거의 모든 사고력이 정지될 정도로 분했던 가오리는 곧장 6층으로 돌아와 지갑만을 들고, 계단을 뛰어 내려와 마유코의 앞에 1만 엔짜리 지폐를 뿌렸다.

"돈을 원하면 차라리 달라고 해. 하지만 우리 애한테 얼쩡거리는 건 그만둬. 우리 애한테는 예쁜 것만 보여 주기로 했어. 이런 곳에서 망가지게 둘 수는 없어."

생각나는 대로 욕을 퍼부어도 마유코는 실실 웃고만 있었다. 그리고 6층으로 돌아가는 가오리를 향해 내뱉듯 말했다.

"예쁜 것만이라니 웃겨. 마담, 그 애 책상 서랍 본 적 있어? 기분 나쁜 인형이 뒤죽박죽 꽉 들어찬 서랍 말이야."

마유코의 말 따위 신경 쓰지 않았지만 다음 날, 에리카를 학교까지 데려다주고 돌아와 아이 방에 살짝 들어갔다. 딱 하나 잠겨 있는 서랍이 있었다. 여기저기 뒤적이며 찾다가 결국 연필꽂이 안에 들어 있는 열쇠를 찾았다. 서랍을 연 가오리는 비명을 질렀다. 연기라도 하듯 과장된 자신의 비명이 다른 사람의 소리처럼 들렸다. 풀썩 맥없이 주저앉아 좀처럼 일어설 수가 없었다.

체면 따위를 신경 쓸 때가 아니었다. 봄방학 동안 기분이 좋아질 거라는 둥 느긋한 소리를 하고 있을 때가 아니다. 지금 당장 어떻게든 해야 한다. 무언가 손을 쓰지 않으면 큰일이 벌어질 것이다. 원인 규명 따위 상관없다. 그 아이가 지금 있는 곳에서 바로 구해 주지 않으면 안 된다.

그러면서도 가오리가 의지하는 것은 다이스케였다. 다이스케에게 전화를 걸어 어디 평판이 좋은 심료내과(내과뿐만 아니라 마음의 아픔으로 인해 몸에 나타나는 모든 증상을 치료하는 진료과 — 옮긴이)를 아는지 물었다. 휴대폰 저편에서 다이스케는 그렇게 소란 피울 것 없다며, 가오리를 안심시키기 위해서인지 느긋한 소리를 했다. 봄방학 동안 매년 여행 가잖아? 갔다 와서 상태를 보고 나서 병원을 찾아보는 게 낫지 않아? 걱정할 거 없어. 그리고 다이스케는 "미안, 회의 시작해서 나중에 다시 걸게"라며 전화를 끊었다.

연결이 끊긴 휴대폰을 든 채, 가오리는 정리되지 않는 생각을 어떻게든 정리해 보려 했다. 에리카에게 무슨 일이 벌어지고 있는 걸까. 그것은 지금 벌어진 것인가? 그렇지 않으면 훨씬 전부터 벌어진 것일까. 하지만 생각은 좀처럼 정리되지 않았다. 그러다 문득, 수도꼭지에서 물이 한 방울 떨어지듯 가오리는 어떤 생각과 맞닥뜨렸다. 다이스케는 자신이나 자신의 가족과는 전혀 관련이 없는 남자라는, 너무나도 당연한 생각에.

가오리는 귀에 남아 있는 다이스케의 느긋한 목소리를 떠올렸다. 걱정할 거 없어 — 지금까지 의지해 온 목소리였다. 마모루가 말해 주지 않는 것을 말해 주는 목소리였다.

하지만 이 남자는 역에서 스쳐 지나가는 사람처럼 상관없는 사람이다. 에리카에게 무슨 일이 생기든 자기 일처럼 걱정해 줄 리가 없다. 이성을 잃을 일도 없다. 스스로를 희생해 줄 리도 없다. 당연하지 않은가. 다이스케에게는 다이스케의 가족이 있으니까. 그가 지켜야 할 가족이.

그날 가오리는 서랍을 본 것을 에리카에게 말하지 않았다. 열쇠로 서랍을 꼭 잠그고 열쇠는 연필꽂이에 도로 넣어 두었다. 학교에서 돌아온 에리카에게도 가능한 한 평소와 다름없이 대했다. 손은 줄곧 떨리고 있었다. 도저히 에리카를 정면으로 쳐다볼 수가 없었다. 왜 그런지 치카의 딸인 모모코와 만난 적도 없는 다이스케의 딸들, 마유코의 친구들이 데리고 왔던, 에리카보다 어린 아이들이 떠올랐다. 입시를 치르겠다느니 하지 않겠다느니, 좋은 학교에 간다고 반드시 행복하지는 않을 거라느니, 이 집에서 이야기했던 여자들. 두 딸을 희망하는 학교에 입학시킨 당당한 다이스케의 아내. 그녀들의 아이들. 어째서인지 가오리는 그녀들, 혹은 그녀들의 아이들에게 지금까지 느껴본 적이 없는 기분이 들었다. 모두 엉망이 되어 버렸으면 좋겠어. 입시에 실패하고 부모와 아이들 모두 울어 버리면 좋겠어. 입시에 합격해서 입학하자마자 학교에서 왕따를 당하고 입시 준비한 것을 후회하면 좋겠어. 그런 생각을 하는 자신을 깨닫고 가오리는 소름이 돋았다. 그리고 빌었다. 그 사람들이 모두 모두 자기 눈에 보이지 않는 곳으로 가버리면 좋겠어. 그러면 나는 이런 무서운 생각을 하지도 않을 텐데.

에리카가 잠자리에 들고 나서 마모루에게 이야기했다. 마유코에 대해서, 학교에 대해서, 서랍에 늘어놓은, 머리가 없는 괴기한 인형들에 대해서. 병원에 데리고 가자, 내일 알아보고 올 테니까. 굳은 표정으로 마모루는 이야기했고, 그때 가오리의 머릿속에 어떤 영상이 선명하게 떠올랐다. 널빤지를 그저 이어 놓기만 한 듯한 조악한 작은 배가 거친 파도의 해수면에 떠있다. 그 작은 배에는 마모루와 자신과 에리카가, 서로에게 기대며 타고 있었다. 그런 영상이었다.

에리카는 얌전히 시키는 대로 심료내과에 갔지만 다니기 시작한 지 반년 이상이나 전혀 입을 열지 않았다고 한다. 일 년 가까이 지나 겨우 이 여의사를 상대로 이런저런 이야기를 하게 되었다. 그리고 오늘, 가오리는 에리카의 최근 상황을 듣기 위해 예약했던 것이다.

"실패하는 것을 극도로 두려워하고 있다고 생각됩니다."

조용해진 진료실에 의사의 목소리가 작게 울렸고 가오리는 얼굴을 들었다.

"지금 에리카에게 필요한 것은 투약이 아니라 작은 실패 따위 중요한 게 아니라고, 온몸으로 느끼는 거라고 생각해요. 일주일만 지나면 웃어 버릴 수 있는 그런 작은 씩씩함이라고 생각해요."

가오리는 의사에게서 눈을 돌려 벽에 붙어 있는 달력을 응시한다. 그러지 않으면 울어 버릴 것만 같았다. 작은 실패 따위 중요한 게 아니다. 그거야말로 내가 에리카에게 가르치지 않았던 것이다. 나야말로 그렇게 생각하지 않았으니까. 달력에 그려진 미피는 무표정한 얼굴로 가오리를 보고 있다. 원색으로 그려진 이 토끼 그림책을 에리카에게 읽어 주던 날들을 가오리는 생각했다. 아직 말을 하지 못하던 에리카. 우유 냄새가 나던 에리카. 케이크에 손가락을 집어넣어 크림을 핥던 에리카. 아장아장 필사적으로 자신을 따라오던 에리카. 가오리는 미피를 응시한 채 이를 악물었다. 여기서 울거나 하지 않으려고.

한동안 상담을 계속하며 상태를 보기로 하고 그날 예약한 시간은 종료되었다. 진료실을 나오자, 가오리가 마지막 외래 손님이었던 듯 대기실도 복도도 텅 비어 있고 새하얀 백열등이 크림색의 벽과 바닥을 비추고 있었다.

클리닉 밖으로 나오자 아직 쌀쌀했다. 빈 택시를 찾아보지만 보이지 않아 가오리는 역을 향해 걷기 시작했다. 가방 안에서 휴대폰이 울리고 있었다. 마모루에게 온 것일까 생각하면서 꺼냈을 때 전화벨이 끊겼다. 통화 기록에는 마모루가 아니라 다이스케의 이름이 있었다. 회신하려고 버튼을 누르다가 가오리는 서둘러 취소 버튼을 누른다.

다음 휴일로 계획한 여행, 둘이서 다녀오는 게 어떻겠냐고 말한 것은 가오리 자신이었다. 자기가 같이 있음으로써 에리카는 숨이 막히는 것이 아닐까 하고 생각했던 것이다. 나이프와 포크를 바르게 사용하도록. 유리잔은 넘어뜨리지 않도록. 잠옷은 일어나면 개어 놓도록. 카메라를 향해서는 웃는 얼굴을 하도록. 즐겁냐고 물어보기 전에 '엄마, 정말 즐거워요'라고 말하도록. 마모루에게 그렇게 제안하자, '가끔은 에리카와 오붓하게 둘만의 시간을 갖는 것도 좋지'라며 웃었다. 둘이 상의해서 할머니 건강이 안 좋으니 엄마는 간병하러 가야 한다고 거짓말을 했다.

엄마가 없으면 나도 가고 싶지 않은데. 에리카는 낙심한 듯 말했다. 그 모습에 가오리는 안도할 뻔했지만, 에리카가 자기 생각대로 이야기한 것인지 아니면 그렇게 이야기해야 하니까 말한 것인지 이제는 알 수 없었다.

지하철 표시가 보인다. 주변은 완전히 어두워졌고 이제부터 식사하러 가는 듯한 젊은 남녀 커플과 한 무리의 사람이 스쳐 지나간다. 가오리는 지하철 입구에서 발걸음을 멈추고 나무 그늘로 가서 휴대폰을 켰다. 그리고 주소록에서 다이스케가 아니라 마모루를 찾아 전화를 걸었다.

"여보세요. 나. 어때? 에리카는 잘 지내? 재밌어하고 있어?"

바로 전화를 받은 마모루에게 가오리는 물었다.

"아주 잘 지내. 이제부터 저녁 먹으러 가려는 참이야. 잠깐 기다려."

바스락바스락 소리가 들리고 "엄마?"라는 에리카의 목소리가 들려온다. 에리카, 어때? 재밌어? 물으려다가 말문이 막혔다. 코끝이 찡하고 아팠다. '작은 실패 따위 중요한 게 아니야'라고 나는 언젠가 이 아이에게 가르쳐 줄 수 있을까. 나 자신이 그걸 배울 수 있을까?

"엄마, 오늘은 수족관에 갔어요. 엄마 선물도 샀어."

에리카의 목소리가 들려온다. 응. 가오리는 겨우 그 한마디만 했을 뿐이다.

"그래서 지금부터 라멘 먹으러 갈 거야. 아."

'해서는 안 되는 말인데'라는 생각이 들었는지 에리카의 말이 막히고 말았다. 라멘을 밖에서 먹는 것에 대해 지금까지 좋은 얼굴을 하지 않았던 탓이라고 가오리는 바로 생각했다.

"아빠가 꼭 먹고 싶다고 해서 … ."

"좋겠네, 엄마도 가고 싶다."

겨우 가오리는 그렇게 말했다.

"다음에는 엄마도 와요. 엄마가 없으면 에리카도 재미없어."

침묵이 흐른다. 에리카의 목소리 너머로 왁자지껄한 소음이 들려온다. 혼잡한 곳에 어린 딸이 혼자 서있는 듯한 착각이 들었다. 나는 무엇을 했던 것일까. 가오리는 생각한다. 이 아이에게 행복을 주기 위해서 필사적이었다. 그렇게 하는 대신에 이 아이에게서 무엇을 빼앗은 것일까.

"아빠 바꿀게요."

가오리가 아무 말도 하지 않자 에리카는 어색한 듯 말했다.

"그럼 또 무슨 일 있으면 연락할게. 이쪽은 잘 지내고 있으니까 걱정하지 말고. 당신도 신경 쓰지 말고 편하게 지내."

마모루의 목소리가 들려온다.

"에리카 잘 부탁해. 위험한 일 생기지 않게 하고."

"걱정하지 말라니까."

"그럼 또 전화할게요."

전화를 끊을 때, "엄마, 또 봐"라는 에리카의 목소리가 들렸다.

가오리는 통화가 끝난 휴대폰을 바라보고 있다. 통화 기록을 보니 다이스케의 이름이 떠있다. 마모루와 에리카 둘이서만 여행을 떠난 것을 아는 다이스케는 저녁식사라도 어떻겠냐고 물을 생각으로 전화를 했을 것이다. 다시 걸면 만날 장소가 바로 정해질 것이다. 둘이서 자주 가던 중화요릿집이나 이탈리아 레스토랑은 여기서 택시로 15분 정도면 도착한다. 지하철을 타도 30분 이내에는 도착한다. 그곳에 있는 자신들의 모습을, 둘이 나눌 말을, 가오리는 생생하게 떠올릴 수 있다. 자신은 조금 전 의사가 했던 말을 열심히 다이스케에게 이야기할 것이고, 다이스케는 나를 위로하기 위해 말을 아끼지 않을 것이다. 디저트를 내올 무렵에는 기분도 많이 좋아져 있을 것이다. 집에 돌아가도 아무도 없을 테니 호텔에서 쉴 수도 있다. 살갗을 맞대는 그 시간조차도 몇 분 전 기억처럼 상세한 부분까지 떠올릴 수 있다.

떠오르는 대로 행동하는 편이 그렇게 하지 않는 것보다 간단했다. 가오리는 나무 그늘에서 움직이지 않고 발신 버튼을 몇 번이나 만지작거린다. 만나고 싶다. 이야기하고 싶다. 결혼하기 전처럼 조급한 마음은 아니지만 서서히 물이 스며들듯 그런 생각이 들었다. 가오리는 손바닥의 하얀 불빛에 시선을 떨어뜨리고 주소록을 열어 다이스케의 이름을 찾아낸다. 그리고 삭제 버튼을 눌렀다.

그렇게 해도 관계가 지워진 숫자처럼 간단히 소멸하지는 않음을 가오리는 안다. 전화는 걸려 올 것이고 목소리를 들으면 여전히 만나고 싶어질 것이다. 하지만, 그래도, 이 남자는 나의 작은 배에 타고 있지 않은 것이다.

가오리는 지하철 플랫폼으로 향한 계단을 뛰어 내려갔다.

*

가오리가 퇴근하는 회사원들로 붐비는 지하철에서 흔들리고 있을 때, 히토미는 편의점에서 바구니 안에 있던 것들을 하나씩 진열대에 다시 올려놓고 있었다. 우유만 사러 왔지만 정신을 차리고 보니 장바구니는 필요 없는 것들로 가득 차 있었다. 빵, 삼각 김밥, 스낵과자, 초콜릿, 컵수프, 컵라면, 소시지, 냄비볶음우동 등 꺼내도 꺼내도 끝이 없을 것 같아 불안해질 정도로 많았다. 마지막으로 장바구니도 원래의 장소에 가져다 놓고 우유팩만을 든 채 히토미는 계산대를 향했다.

밖으로 나서자 인근 회사에서 토해낸 듯 쏟아져 나온 사람들이 해가 저문 거리를 분주하게 걷고 있다. 그중에는 아이와 함께 있는 엄마의 모습도 있었다. 이쪽을 향해 걸어온다. 히토미는 순간적으로 발길을 되돌려 방금 나온 편의점 안으로 들어갔다. 잡지 코너에서 뭔가를 찾는 척하며 창밖을 주시했다. 즐거운 듯 이야기를 나누며 걸어가는 회사원들과 섞여 아까 그 모녀가 지나간다. 치카라고 생각했으나 모르는 엄마와 아이였다. 엄마는 잡지모델 같은 모습을 하고 있었다. 검은색의 쇼트코트에 빨간색 숄을 걸치고 베이지색 슬림핏 바지에 펌프스를 신었다. 손을 잡고있는 여자아이도 체크무늬 코트와 배색이 잘된 모자를 쓰고 있었다. 설령 그들이 치카와 모모코라고 해도 숨을 이유가 아무것도없는데 히토미는 숨을 죽이고 모녀가 지나가는 것을 지켜보고 있었다. 난방이 되고 있는 편의점 안에서 장바구니를 다시 식품으로 가득 채우고 싶은 충동에 휩싸였지만 그런 마음을 겨우 참고밖으로 나왔다. 몇 걸음 걷다가 뒤돌아보니 인파 너머로 조금 전봤던 모르는 엄마의 숄이 붉게 흔들리고 있었다.

슈퍼마켓과 편의점에서 한 번씩 머릿속에 공백이 생기고, 정신을 차리고 보면 들고 있는 장바구니에 불필요한 것들이 가득 차 있다. 이런 일은 히토미가 처음 겪는 일이 아니었다. 결혼하고 아이를 갖고 난 후부터는 그런 일도 사라졌다고 생각했는데, 벌써 1년동안 이런 일이 이어지고 있다. 정신을 차리고 쇼핑에 집중하면괜찮았지만 의식을 하고 있어도 어느 틈엔가 공백은 슬며시 숨어들어 왔다.

저녁식사 전에 배가 고팠기 때문이야. 히토미는 심각하게 생각하지 않으려고 그렇게 혼자 중얼거리며 집으로 발길을 서두른다. 최근에는 예방책으로 지갑에 필요한 돈만 넣어 다녔다. 저녁 반찬을 사는 거라면 1천 엔, 지금과 같은 경우에는 500엔만 들고나온다.

"미안, 기다렸지."

현관을 열고 히토미는 밝은 목소리로 말하며 부엌을 향했다. TV 앞에서 아이들과 놀던 에이기치는 "어서 와"라고 대답한다. 아이스크림 샀어? 아이스크림 사러 간 거 아냐, 엄마. 에, 그래도 아카네 아이스크림 먹고 싶어. 아카네, 밥도 안 먹었는데 벌써 디저트 얘기하는 거야?

등 뒤에서 들려오는 대화를 들으며 히토미는 손을 씻는다. 가스레인지에 불을 켜고 양파를 볶던 프라이팬에 밀가루를 넣고 우유를 붓는다. 밥솥 스위치를 누르지 않았다는 것이 생각나 서둘러 스위치를 누르고, 냉장고에서 샐러드용 채소를 꺼낸다.

작년에 다시 생각이라도 난 듯 시작된 과식은 고타로의 입시가 끝남과 동시에 그만둘 수 있을 거라고 히토미는 믿었다. 지금 생각해 보아도 지난 1년은 정말로 체력적으로도 정신적으로도 힘들었다. 스트레스를 받지 말라고 하는 것이 무리였다. 그래서 이 1년 동안은 약간의 과식과 과소비도 자신에게 허용했다. 물론 가계를 압박하지 않는 정도였으나 그래도 체중이 8킬로그램이나 늘었다.

다시 떠올리고 싶지 않은 1년이었다. 실제로 다시 떠올리려고 하면 대부분의 날이 안개라도 낀 듯, 무슨 일이 있었는지 잘 생각나지 않았다. 고타로가 6세반에 올라간 직후 봄에 부모와 함께 가는 소풍이 있었다, 여름방학 때 하루 자고 오는 모임이 있었다, 가을소풍이 있었다, 아카네가 말할 수 있게 되었다, 아버지가 입원했다고 어머니한테 전화가 왔고, 퇴원했다는 연락이 왔다 등 기억할 수는 있었지만 그때 자신이 어떻게 했는지, 어디에서 어떤 식으로 했는지, 그 일에 대해 어떤 감상을 가졌는지, 히토미는 생각나지 않았다. 지금, 그렇게 친했던 치카와도 요코와도 마유코와도 전혀 왕래하고 있지 않지만 그것도 왜 그렇게 되었는지, 히토미는 잘 떠오르지 않았다. 이 1년 동안 있었던 상세한 일을 떠올리려고 하면 그저 혼자 울창한 숲속을 방황하고 있었던 것 같은 기분이 들었다. 부모와 함께 가는 소풍도, 하루 자고 오는 모임에서 있었던 불꽃놀이도, 포도 따기를 했던 가을소풍도, 아카네와 의미 있는 대화가 가능해졌을 때도, 어머니와 전화로 이야기했던 때도, 자신은 혼자 그 어둠 속에서 가만히 모두를 지켜보고 있었던 것 같은 느낌이 드는 것이다.

된장국을 데우고 준비된 저녁을 식탁에 차린다. 두 손을 모으고 '잘 먹겠습니다'라고 말하는 에이기치를 따라 가족 모두 '잘 먹겠습니다'라며 고개를 숙였다.

"저기요, 엄마. 입학식 언제야?"

닭고기 크림스튜를 한가득 입에 물고 고타로가 물었다. 꽤나 기다려지는 듯 고타로는 날마다 똑같은 질문을 하고 있다. 학교에서 보낸 지정 책가방과 운동화가 배달된 것은 사흘 전이었다. 그것도, 하루에 몇 번씩이나 쓰다듬고 있다.

"아직 한 ― 참 멀었어."

"앞으로 열 밤은 자야 해."

"아카네도 갈래?"

"아카네는 안 갈 거야. 집에서 '잘 다녀와'라며 손 흔들고 여기
서 기다릴 거야."

"에, 아카네도 고타로 오빠랑 같은 데 가고 싶은데."

"안 돼, 아카네는 어려서."

어른스럽게 말하는 고타로를 보며 히토미는 에이기치와 함께
소리 내어 웃는다.

'시험 삼아' 볼 뿐이라며, 자기 자신에게 말했다. 밑져야 본전
이라는 생각으로 국립대부속 초등학교 시험을 보는 것뿐이다. 거
기라면 학비도 그렇게 많이 들지는 않을 것이다. 에이기치도 그
건 인정해 주었다. 하지만 입시 날짜가 다가옴에 따라, '혹시'라
고 히토미는 생각하게 되었다. 혹시, 가즈토시도 고타로도 둘 다
합격한다면, 앞으로 6년, 또다시 요코와 얼굴을 마주 대하며 지
내야 하는 것일까. 참을 수 없을 것 같았다. 결국, 히토미는 한
곳 더, 사립초등학교에 에이기치에게는 비밀로 원서를 냈다. 유
타가 시험 친다고 말했던 사립초등학교였다. 요코와 함께 지내야
하는 것보다도, 또 모르는 엄마들과 함께 지내야 하는 것보다도,
치카와 함께 지내는 것을 히토미는 절실하게 바라고 있었다. 나
중에, 사실은 치카는 유타에게 그 학교의 시험을 보게 하지 않았
고, 결국 진짜로 가는 곳을 숨기기 위해 다른 학교명을 말했다는

것을 알았지만. 결과적으로 고타로는 국립은 떨어지고 사립에 붙었다.

겨우 설득시켜 학교 면접에 참가했던 에이기치는 합격 통지를 받고 당황한 듯했다. 마음은 기뻤지만 과연 고등학교 졸업까지 학비와 기타 경비를 대줄 수 있을까 불안했을 것이다. 히토미도 불안하기는 마찬가지였지만 그래도 역시 기뻤다. 유타는 그 학교 시험을 보지도 않았지만 고타로가 합격했다는 문자를 보았을 때 지금까지 자신의 인생에서 일어난 그 어떤 일보다도 큰 기쁨을 느꼈다. 자신에게 일어난 일이라고는 도저히 생각되지 않았다. 학비 따위 어떻게든 될 거라고, 불끈불끈 자신감이 솟았다. 이런 히토미의 모습을 보아서인지 에이기치도 더는 반대의견을 내세우지는 않았다. 합격 소식은 유치원 선생님들에게만 전했다. 그래도 어느새 고타로네 반 엄마들은 모두 알고 있는 듯했다. 지금까지 친하게 지내지 않았지만 축하한다고 말하는 사람도 있었고, 지금까지 오며 가며 자주 이야기를 나눴던 사람인데 전혀 말을 걸어오지 않는 사람도 있었다. 치카와도 요코와도 서먹서먹해졌다. 하지만 그런 것은 합격에 비하면 사소한 일로밖에 생각되지 않았다. 어두운 장소에서 밝은 곳을 쳐다만 보던 1년이라는 시간 속에서 이곳에만 빛이 비치고 있었던 것처럼 히토미는 생생하게 떠올릴 수 있었다.

그것으로 모든 문제는 해결되었어야 했다. 하지만 합격 통지를 받고 나흘째 되던 날, 히토미는 어두운 부엌에서 냉장고를 뒤지고 있었다. 어째서 이런 짓을 하고 있는 걸까 생각하면서.

최근, 히토미는 매일같이 구인잡지를 사고 고용센터에 다니고 있다. 에이기치의 월급만으로 고타로의 학비를 내는 것은 절대 무리였다. 이참에 아카네의 유치원과 초등학교도 본격적으로 알아봐 주고 싶었지만 우선 경제력이 없으면 앞일은 구체적으로 생각할 수 없었다.

아무것도 문제는 없다. 밝은 미래밖에 없다. 1년 전에는 이런 요행을 거머쥘 거라고 생각조차 할 수 없었다. 학교 마크를 새긴 책가방이 도착하고, 운동화가 도착하고, 교과서와 노트가 도착하고, 치수를 맞춘 교복도 곧 완성될 것이다. 교복을 입은 고타로와 큰길을 걷고 지하철에 탈 것을 생각하면 마치 동화에 등장하는 행복한 배역을 맡은 듯한 기분이 들었다. 유타가 다른 초등학교에 다니게 되어 치카와 지금까지처럼 만날 수 없다는 것이 불안했고, 또 모르는 엄마들과 다시 친해지는 것부터 시작해야 한다고 생각하면 성가시기도 했지만, 그런 건 대수로운 일이 아니라고 생각했다. 유치원처럼 매일 얼굴을 보는 것도 아니고 이벤트로 꽉 채워진 것도 아니다.

그런데 왜, 지금도 굶주린 듯 뭔가를 먹지 않으면 안 되는 것일까. 히토미는 알 수 없었다. 자신이 무엇을 두려워하는지, 무엇을 불만으로 생각하는지, 무엇을 참지 못하는지, 자신 안에 먹지 않고는 견딜 수 없는 어떤 패배감이 있는 것인지, 히토미는 전혀 이해할 수 없었다.

고타로가 먼저 식사를 마치고 TV 앞으로 달려간다. 이어서 식사를 마친 에이기치는 목욕물을 받기 위해 욕실로 향했다. 아카네의 식사를 도와주면서 히토미는 꾸역꾸역 식사했다. 공복감을 느꼈지만 막상 식사할 때는 왠지 잘 먹히지 않았다. 그래서 밤에 공복감을 느끼는 거구나 싶어 억지로 밀어 넣듯 먹었다.

가족이 모두 잠든 후 히토미는 거실에 놓여 있는 상자를 열어 보았다. 반짝반짝 광이 나는 책가방을 고타로에게 하듯 정성스레 어루만진다. 원래 자리에 내려놓고 부엌으로 가서 물을 끓인다. 늘 사용하던 머그잔이 아니라 웨지우드의 홍차 잔을 준비한다. 스즈코 씨와 다른 분들이 합격 축하선물로 준 것이다. 티백을 담그고 끓는 물을 붓는다. 일하기로 했기 때문에 자원봉사를 계속하는 것은 어려울 거 같다고 말해도 그녀들은 싫은 기색 하나 없이 언제든지 놀러 오라고 했다. 요코는 지금도 계속 오고 있느냐고 묻고 싶었지만 물을 수 없었다. 물으면 그녀들에게 요코에 대한 복잡한 감정을 들킬 것 같아 무서웠다. 요코가 계속하고 있든 아니든 자신에게는 이제 상관없다고 히토미는 스스로에게 되뇌며 질문을 삼켰던 것이다.

아무 문제도 없다. 무엇 하나 문제 될 것이 없다. 행복의 절정이란 이런 것을 말하는 걸 거야. 히토미는 생각했다. 소문에 의하면 유타는 어느 곳에도 합격하지 못한 듯했다. 요코가 숨기고 있는 것인지 사이좋은 엄마들이 없기 때문인지 가즈토시가 어떻게 되었는지 히토미는 알 수 없었다. 하지만 지금까지처럼 얼굴을 맞대지 않아도 된다고 생각하니 진심으로 안심되었다. 이제부터 새로운 세상에서 새로운 엄마들과 친해지고 새로운 세상을 향하는 고타로를 응원한다. 아무 문제도 없다. 무엇 하나 없다. 행복의 절정. 그런데 왜, 나는 이렇게도 굶주리고 있는 것일까. 냉장고를 뒤지며 히토미는 생각했다.

랩에 싸인 로스햄. 게살어묵. 절임 반찬. 저녁에 먹고 남은 샐러드. 히토미는 감자샐러드가 담긴 볼을 끌어안고 싱크대 옆에서 먹기 시작했다. 그만둬, 그만둬, 머리로는 생각하지만 포크를 쥔 손이 멈추지 않는다. 잔에 담가 둔 홍차가 너무 많이 우려져 색이 짙어지고 있다. 홍차 잔을 내려다보며 히토미는 포크를 계속 움직인다. 한순간에 감자샐러드가 담긴 볼이 비었다. 그래도 공복감은 줄어들지 않았다. 로스햄의 랩을 벗겨 그대로 먹는다. 홍차를 마신다. 내일 햄에그를 만들기 위해 남겨둔 것인데. 히토미는 먹고 있다는 것에 대한 의식을 다른 데로 돌리기 위해 상상한다. 입학식에 가는 자신과 고타로, 에이기치와 아카네의 모습을. 그날 입을 정장은 이번 일요일에 사러 가기로 했다. 유치원 입학식 때 입은 투피스의 사이즈가 이제 맞지 않았기 때문이다.

분명 자랑스러운 기분이 들겠지. 유치원에서 고타로와 같은 반이었던 아이들과 그 엄마들은 교복을 입은 고타로를 보며 부러운 마음에 한숨을 쉴 것이다. 치카도, 요코도 분명. 싱크대 위 선반을 열었다. 과자가 있다. 생각도 하기 전에 봉투를 잡아 뜯어 내용물을 입에 넣는다. 조금 전 편의점에서 후다닥 숨었던 자신이 떠올랐다. 나는 왜 그때 숨었던 것일까. 입시에서 떨어진 것도 아닌데. 마땅히 가슴을 펴고 있어야 함에도. 이대로 쭉 이 동네에서 사는 한 그런 식으로 나는 계속 도망칠 것인가. 하지만 무엇으로 부터? 무엇으로부터 도망치려는 것일까?

전화가 울리고 히토미는 놀라 몸이 굳는다. 움직임을 멈춘 채 벨 소리를 센다. 열두 번 울리고 끊긴다. 이 소리에 에이기치가 깼을지도 모른다. 히토미는 서둘러 샐러드 볼을 씻고 랩을 버리고 과자봉지를 고무줄로 묶었다. 에이기치가 일어나 나올 기색이 없다는 것을 알고는 천천히 고무줄을 벗기고 까슬까슬한 과자봉지에 손을 집어넣는다. 과자 부스러기가 붙은 손으로 웨지우드 홍차 잔을 들어 올린다. 홍차는 쓴맛이 났다.

쓸데없는 것은 생각하지 마라. 히토미는 자신에게 명령한다. 나는 도망치는 게 아니다. 이제부터 나에게도 고타로에게도 아카네에게도 밝은 미래만이 기다리고 있다. 교복도 곧 완성되고, 일요일에는 정장을 사러 간다. 히토미는 입학식 날을 그려보며 과자봉지에 계속해서 손을 밀어 넣는다.

*

히토미가 싱크대 옆에서 과자를 먹고 있을 때, 요코는 수화기를 내려놓고 침실을 들여다보며 신이치도 가즈토시도 자고 있는 것을 확인했다. 세면대에서 화장수를 두드려 바르고 이를 닦는

다. 의식하고 있지 않았지만 왼손으로 배를 문지르고 있다.

히토미 씨는 낮에도 없었고 이런 시간이 되었는데도 없다. 어디 여행이라도 간 것일까. 이를 닦으며 생각한다. 그렇게 생각해도 히토미의 맨션에 불이 켜져 있는지 아닌지 확인하러 가고 싶지는 않다는 것에 요코는 안도했다.

드디어 임신했다는 것을 히토미에게만은 이야기하고 싶었는데. 안정기가 가까워질 때까지 이야기하는 것을 쭉 참아 왔던 것이다. 뭐, 내일 다시 전화하면 되지. 마음속으로 중얼거리며 입안을 헹구고 요코는 침실로 향했다. 자신의 이불 속으로 들어가 신이치의 옅은 코 고는 소리와 규칙적인 가즈토시의 숨소리를 들으며 천장을 올려다보았다. 방 안의 전기를 모두 꺼도 큰길에서 들어오는 빛 때문에 천장의 나뭇결이 희미하게 드러나 보였다.

여자아이면 좋겠는데. 여자아이일 것 같다. 여자아이이기를. 요코는 두근거렸다. 임신을 알게 된 것은 올해 초였다. 다음 달이면 안정기에 들어간다. 요코는 이 임신이 자신을 살렸다고 생각했다.

작년 가을에는 마치 다른 사람이 되어 버린 듯했다. 자신의 생각이 하나같이 자신답지 않은 것들이었다. 예를 들어 고타로와 유타가 뭔가 심각한 병에 걸리면 좋겠다고 진심으로 생각했다. 아카네와 모모코, 레나가 태어나지도 않았던 아이처럼 휙 사라져 버리면 좋겠다고 진심으로 생각했다. 그런 생각을 하는 자신에게 소름이 돋았다. '그렇게 생각하면 안 된다, 도대체 그렇게 생각할 이유가 없다'라고 머리로는 생각하지만 문득 긴장이 풀리면 그런 생각으로 머릿속이 가득 찼다. 다른 사람은 다른 사람이고, 나는 나라고 확실히 선을 긋고 살아왔는데, 지금 이 순간 치카와 히토미가 무엇을 하고 있을까 신경이 쓰여 참을 수가 없다. 둘이서 만나고 있는 것은 아닐까, 유치원 엄마들과 차라도 마시고 있는 것은 아닐까. 실제로 히토미가 집에 있는지 없는지를 확인하기 위하여 한밤중에 집을 나간 적도 있다. 그런 자신이 무서웠다.

가즈토시가 국립대부속 초등학교에 추첨으로 붙었을 때는 기절할 것같이 기뻤지만, 면접에서 불합격했을 때는 정말로 죽음을 생각했다. 지금 생각해 보면 얼마나 바보 같았는가 싶다. 하지만 그때는 제정신이 아니었다. 떨어져도 억울할 것은 없다고 신이치는 말했지만 너무나 큰 충격에 눈앞이 깜박거리고 똑바로 걸을 수 없을 정도였다. 결과가 나오고 며칠 동안은 집 밖으로 나가지도 않았다. 가즈토시도 유치원을 쉬게 했다. '어떻게 됐어?'라고 누군가 물어보는 것이 싫었기 때문이다.

그렇다고 해도 계속 결석할 수만은 없어 주뼛주뼛 유치원에 등원했지만 아무도 요코에게 어떻게 되었냐고 물어보는 사람은 없었다. 마음이 놓이면서도 자기만 소외당하는 듯한 기분이 들기도 했다. 누가 어디에 붙었다든지 누가 어디에 떨어졌다든지 엄마들이 분명 떠들어 대고 있을 거라 생각했지만 며칠이 지나도 조용했다. 치카는 언제나 다른 엄마들 그룹과 함께 있었고, 히토미는 언제나 자신을 피하듯 서둘러 사라지고 없었다.

요코는 조용한 건 자기 주변뿐이고 엄마들은 뒤에서 진로에 관해 이야기하고 있는 것은 아닐까 하는 생각이 점차로 들기 시작했다. 그래서 이야기 중인 엄마들을 보면 다가가서 '무슨 이야기야?' 하고 웃는 얼굴로 물었다. 어느 누구도, 아무것도 알려주지 않았다. 고타로는 사립초등학교에 합격한 것 같다고, 누구에게 들었는지 요코는 잘 기억나지 않는다. 다만 그때 느낀, 불타는 듯한 질투심은 기억하고 있다. 입학금을 못 내게 되면 좋은데. 뭔가 착오가 있었다고 입학이 취소되면 좋은데. 생각하고 싶지도 않은 것에 또다시 자신도 모르게 머릿속이 점령되었다는 것도 기억한다. 그런 자신이 싫어서 요코는 이런 시각에 이불 속에 들어가 소리를 죽이고 울었던 것이다. 나는 더럽다, 나는 추악하다, 나는 비겁하다. 생각나는 모든 욕설을 자신에게 쏟아부으며.

어떤 가식도 부끄러움도 없이 신이치에게 잠자리를 조른 것은 바로 그 무렵이었다. 둘째를 만들지 않으면 머리가 이상해질 것 같았다.

그리고 실제로 머리가 이상해지지 않았던 것은 임신했기 때문이었다. 임신이라는 말을 들었을 때, 지금까지 끌어안고 있던 모든 것이 사라졌다. 정말로 사라졌던 것이다. 가즈토시의 진로에 관한 걱정, 고타로와 유타에 대한 마음, 히토미와 치카에 대한 생각, 아카네와 모모코에 대한 말로 할 수 없는 감정, 이 모든 것이. 뭐야, 전부 상관없었던 거잖아. 붙어 있던 악령이 떨어져 나간 것처럼 생각됐다.

지금도 그리 좋지만은 않았다. 졸업식이 끝나고 나서 치카와는 전혀 만나지 않았고, 히토미에게 몇 번인가 전화했지만 언제나 받지 않았다. 마유코의 모습도 보이지 않았다. 4월이 되어 혹시 교복을 입은 유타나 고타로와 맞닥뜨린다면 분명 거북한 생각이 들 거라고도 생각했다. 자기주장을 거의 하지 않는 가즈토시가 공립초등학교에 다니면 잘해 나갈까 불안하기도 했다. 하지만 불안도 걱정도 부러움도 모두 어딘가 먼 곳에 있다. 결코 자신을 위협할 수 없을 정도로 먼 곳에.

더 빨리 와주었으면 좋았을 텐데. 그럼 엄마는 더, 더 강해질 수 있었는데. 배 속의 아이에게 말을 걸고 나서 요코는 눈을 감았다.

*

"그 책, 좀 보여주시겠어요?"

요코는 산부인과 대기실에서 자신도 모르게 말을 걸었다. 책을 보던 여성은 놀라 요코를 쳐다보았다. 같은 나이거나 자신보다 연하일 거라고 요코는 추측했다.

"아니, 저, 찾고 있던 책이라⋯."

그녀는 요코의 얼굴과 배를 빠르게 번갈아 보고 나서는 웃음을 지으며 책을 요코에게 건넸다. 부풀어 오른 배는 사람들의 경계심을 풀어 준다는 것을 요코는 이미 알고 있었다.

그 책은 분명 다치바나 유리의 책이었다. 《엄마들의 전쟁터》라는 제목으로 들어본 적 없는 출판사명이 작은 글씨로 적혀 있었다. 제목과 출판사명을 여러 번 마음속으로 되뇌고 나서 아까 그 여성에게 책을 돌려주었다. 옆에 앉아 있던 가즈토시가 갑자기 모르는 여성에게 말을 건 엄마를 불안한 듯 올려다보고 있었다.

산부인과에서 돌아오는 길, 요코는 서점으로 직행해서는 다치바나 유리의 책을 찾았다. 좀처럼 보이지 않아 점원에게 부탁했다. 가즈토시를 위한 그림책과 함께 구입하고 서점을 나왔다.

집에 돌아갈 때까지 참지 못하고 요코는 큰길에 있는 찻집에 들어가 가즈토시에게는 주스를, 자신에게는 홍차를 주문하고 책을 펼쳤다. 도중에 가즈토시가 무언가 말을 걸었지만 건성으로 대답하고 계속 읽었다.

다치바나 유리의 책은, 입시에 열을 올리는 엄마들의 모습을, 당사자와 주변 사람의 증언을 섞어 가며 쓴 것이었다. 왜 그녀들이 그렇게까지 입시에 몰두하는지를 세대론으로 분석했고 몇 명의 실제 체험담을 소설 풍으로 썼다. 현역 유치원생 엄마들의 이야기도 과장스럽게 '증언'이라고 쓰여 있었고, 그렇게까지 가혹한 입시를 치른 아이들의 '그 후'도 몇 줄 쓰여 있었다. 다치바나 유리가 '카탈로그 세대'라고 부르는, 자신도 해당하는 듯한 세대론은 잘 이해가 되지 않았고 실제 체험담은 수준 낮은 아침드라마처럼 지나치게 드라마틱했지만 요코는 빠져들어 읽었다. 특히, 현역 엄마들의 이야기를 샅샅이 읽으며 그 안에 나타날 자신과 치카, 히토미의 모습을 찾았다.

하지만 자신들의 모습은 어디에도 없었다.

입시교실 이사장의 말을 듣고 입학을 희망하는 사립학교 교사에게 몇백만 엔이나 하는 뇌물을 주었다는 부모의 이야기, 기본적으로 입시교실에 들어가기 위해 고가의 선물을 주어야 했다는 부모 이야기, 일주일에 아홉 곳의 학원에 아이를 보내는 부모 이야기, 입시 준비를 한다고 말한 것만으로 유치원 엄마들에게 무시당했다는 부모 이야기, 입시정보를 찾아 모으는 데 지쳐서 위궤양에 걸렸다는 부모 이야기, 만약 저 아이가 붙고 이 아이가 떨어진다면 무슨 짓을 저지를지 모를 것 같다는, 막다른 곳까지 간 부모 이야기, 같은 학교에 원서를 내기로 한 가족이 휴일에 무엇을 하는지 신경이 쓰여서 집안일을 할 수 없었다는 부모 이야기 ….

문득 울음소리가 들려 요코는 책에서 얼굴을 들었다. 가즈토시도 얼굴을 들어 요코를 본다. 울고 있는 것은 가즈토시가 아니다. 더 작은 아이. 요코는 찻집 안을 둘러보지만 테이블에 앉아 있는 것은 회사원처럼 보이는 두 명의 남자와 중년여성그룹 세 명뿐이었다. 하지만 아직 울음소리는 들려온다. 요코는 창밖을 내다보았다. 햇빛 탓인지 먼지가 눈에 띄던 창문 너머로 하늘을 올려다보며 울고 있는 아이가 있었다. 두 발을 구르며 울고 있다. 빨갛게 물든 뺨에 투명한 물방울이 흐른다. 엄마는 어디에 있는 것일까 하고 요코는 몸을 내밀어 창밖을 본다. 아이를 놔두고 조금 앞까지 걸어간 듯한 엄마가 멈춰서 돌아보고는 되돌아온다. 울고 있는 아이의 손을 잡고 걷기 시작한다. 아이는 몸을 뒤로 젖히고 울면서 엄마를 따라 느릿느릿 걷는다. 모자의 모습이 보이지 않아도 요코의 귀에는 아이의 울음소리가 남아 있었다. 마치 목소리 그 자체가 발광이라도 하듯 반짝반짝 점멸하면서.

가즈토시와 손을 잡고 맨션을 향해 걷는다. 한 손에는 슈퍼마켓의 봉지를 들고 있다. 해가 기울어 주변은 금가루를 뿌려 놓은 듯한 색으로 물들고 있었다. 큰길을 돌아 언덕을 오른다. 아스팔트에 크고 작은 그림자가 생겼다. 요코의 그림자도, 가즈토시의 그림자도 길고 가늘다.

돌아가면 먼저 채소와 우유를 냉장고에 넣고. 빨래를 거두어들이고. 빨래를 개는 것은 가즈토시에게 부탁하고. 장난감을 가즈토시에게 정리하게 하고 그러는 동안 욕실을 청소하고. 그러고 나서 저녁 준비. 쌀을 씻어 솥에 물을 붓고. 긴 그림자를 바라보며 걸으면서 요코는 집에 가면 해야 할 일들을 생각했다. 끝이 없다. 할 게 왜 이렇게 많은 걸까 하고 요코는 생각했다. 매일매일, 왜 이렇게 할 일이 많은 것일까.

"가즈토시, 이제 곧 오빠가 되겠네."

잠자코 곁에서 걷던 가즈토시에게 요코는 말을 걸었다. 아무 대답도 하지 않는 걸까 싶을 정도의 시간이 흐른 뒤, 가즈토시는 작은 목소리로 물었다.

"언제?"

"가을쯤에는 오빠가 되려나?"

"얼마나 나중인데?"

"여름방학이 끝나고 2학기가 시작되고 가즈토시가 새로운 많은 친구와 공부하고 있을 때쯤이야."

"흐응."

요코는 가즈토시와 잡은 손을 크게 흔들며 아주 조금 앞선 미래를 떠올린다. 하지만 특별한 것은 아무것도 떠오르지 않았다. 자명종 소리에 잠에서 깨고, 아직 어두운 부엌에서 아침식사 준비를 하고, 남편과 아이를 깨우고, 바쁘게 아침을 먹고, 두 사람을 배웅하고, 세탁기를 돌리고, 창문을 열고, 청소기를 돌리고, 아기침대에서 자던 아이가 정직한 목소리로 울고, 달려가 작은 입에 젖을 물리고, 부드러운 등을 가만히 두드려 트림을 시키고, 창밖을 바라보며 자장가를 부른다.

"얼른얼른 나오너라."

배를 어루만지며 노래하듯 요코는 말한다.

"나오너라."

가즈토시가 흉내를 내며 배를 보고 말한다. 요코가 웃자 가즈토시도 요코를 올려다보며 웃었다. 요코는 눈을 크게 뜨고 웃고 있는 가즈토시를 보았다. 요코는 그 자리에 쭈그리고 앉아 슈퍼마켓봉지가 떨어져 내용물이 흩어지는 것에도 개의치 않고 가즈토시를 세게 껴안았다. 내일도, 모레도, 반년 후에도, 1년 후에도 계속될 자신의 나날들을 힘껏 껴안 듯이.